CRAIG SHAW GARDNER

EIN SCHWARZER TAG FÜR ALI BABA

Fantasy-Roman

Ins Deutsche übertragen
von Stefan Bauer

BASTEI LÜBBE

BASTEI-LÜBBE-TASCHENBUCH
Band 20246

Erste Auflage:
Dezember 1994

Deutsche Lizenzausgabe 1994
Bastei-Verlag
Gustav H. Lübbe GmbH & Co.,
Bergisch Gladbach
Originaltitel:
A Bad Day For Ali Baba
Lektorat: Gabi Hoffmann
Titelbild: Ron Kirby
Umschlaggestaltung:
Quadro Grafik, Bensberg
Satz: Fotosatz Schell, Hagen a.T.W.
Druck und Verarbeitung:
Brodard & Taupin,
La Flèche, Frankreich
Printed in France

ISBN 3-404-20246-5

Der Preis dieses Bandes
versteht sich einschließlich der
gesetzlichen Mehrwertsteuer.

Für das Tanzende Mädchen
(Dieser Cha-Cha-Cha geht auf mich)

Eine Einführung, in der schon deutlich wird, daß wir in dieser Geschichte mehr als nur ein blaues Wunder erleben werden.

Nun denn! Viele von euch sind also zurückgekehrt, um eine weitere unserer Geschichten zu hören.

Diejenigen unter euch, die schon einmal bei uns waren, kennen natürlich die Geschichte der beiden Sindbads, eine großartige Geschichte voller Wunder und gefährlicher Abenteuer, doch eine, in der am Ende auch alles wieder ins rechte Lot kommt … Nun ja, Freunde, abgesehen von dieser unangenehmen Sache mit der Königin der Affen. Aber all das habt ihr ja nun überstanden, zumindest hoffen wir das inständig. Um ehrlich zu sein, es sieht so aus, als hättet ihr euch fast völlig erholt.

Doch kommen wir zu dem, was uns alle hier zusammenführt. Heute will ich euch eine neue Geschichte erzählen, eine, die so voller unglaublicher und furchterregender Erlebnisse steckt, daß euch der vorangegangene Bericht vom tapferen Sindbad dagegen wie das leise Raunen des Windes in den Bäumen vorkommen wird.

Und so kehre ich also in die Zeit vor aller Zeit zurück, als Bagdad noch die größte Stadt der großen weiten Erde war, Bagdad mit seinen Türmen, die aus dem Licht des Himmels und der Farbe der Morgendämmerung und nicht etwa aus gewöhnlichem Lehm und schmutziger Erde geschaffen zu sein scheinen. Doch dies hier ist auch eine Geschichte über fremde, ferne Länder, über dunkle und geheimnisvolle Wälder, die so groß sind, daß ihre Bäume hundertmal mehr zählen als die gesamte Bevölkerung Persiens; Orte, die so riesig sind, daß sich darin sowohl die besten als auch die übelsten von Allahs Geschöpfen verstecken können. Und meine Geschichte wird euch in noch viel weiter entfernte Gefilde führen, durch große ausgedörrte Wüsten, in denen jene wilden und unheimlichen Wesen lauern, die aus den Städten der Menschen verbannt wurden, und in denen sengende Hitze und brennender Durst Mensch und Tier um den Verstand bringen.

Doch meine Geschichte ist mehr als nur eine einfache Aufzählung seltsamer und grauenerregender Geschehnisse. Es ist die Geschichte eines ganz bestimmten Mannes, eines Mannes von niedriger Herkunft, der sein ganzes Leben in bescheidenen Verhältnissen verbringen mußte, eines Mannes namens Ali Baba. Und es ist eine Geschichte, die erzählt, wie dieser Mann eher zufällig auf großen Reichtum stieß und auf noch viel größere Abenteuer.

Ha! Ich höre einige von euch schon aufstöhnen. Das sei doch nur die altbekannte Geschichte von den vierzig Räubern! Gewiß, ihr habt recht, diese Geschichte handelt tatsächlich von den vierzig Räubern (keiner mehr und keiner weniger) und davon, wie sie in schweren Zeiten auf ihr großes Karawanen-Umverteilungsprogramm verfielen. Wieso, so höre ich euch fragen, betone ich so sehr, daß es nicht *mehr und nicht weniger* als vierzig Räuber waren? Und was stellten sie mit all den Karawanen eigentlich an?

Nun, vielleicht kennt ihr doch noch nicht die wahre Geschichte der vierzig Räuber, einschließlich des Durcheinanders, das gewisse Ring- und Lampengeister und einige Gegenstände mit außergewöhnlichen magischen Eigenschaften verursacht haben. Vielleicht wäret ihr besser beraten, endlich mit eurem Geschnatter aufzuhören und zu *lauschen*. Wie ihr außerdem vielleicht richtig erraten habt, bin ich niemand anderes als Ali Baba, und vielleicht habt ihr – ja, ganz besonders ihr da in den letzten Reihen – vergessen, daß ich einst ein besonders tüchtiger Holzfäller war und mir einiges Geschick im Umgang mit überaus scharfen Geräten bewahrt habe.

Ja, so ist es schon viel besser. Ein Geschichtenerzähler muß seine eigene Stimme hören können. Jetzt werde ich beginnen.

Und ich bitte euch nachdrücklich: Diesmal kein Gekicher während der dramatischen Szenen!

BUCH NUMMER EINS,
IN DEM ALI BABAS GESCHICHTE
ERZÄHLT WIRD

Das 1. der 34 Kapitel, in dem wir lernen, daß die Bürde eines Holzfällers nicht nur aus einem Bündel unbehauener Holzklötze besteht.

Jeder Mensch, sagt man, hat sein Schicksal, und weise ist, wer sich abfindet mit dem, was ihm vorherbestimmt ist. Doch ach, damit fangen die Schwierigkeiten schon an, denn wer findet schon im Verlaufe seines Daseins hier auf Erden jenen Fetzen Pergament, auf dem seine wahre Bestimmung niedergeschrieben ist?

Und so schlug sich ein ganz bestimmter armer Holzfäller mehr schlecht als recht durchs Leben, das er in einer Stadt im entlegensten Winkel von Persien fristete, nichtsahnend von den großen Ereignissen, die diesem Leben bald schon eine Wendung geben sollten, und zwar in eine äußerst unerwartete und höchst unglaubliche Richtung. Dieser bescheidene, fleißige Holzfäller hieß Ali Baba.

Nun, Ali Baba war der jüngere von zwei Brüdern, und als sein Vater diese Welt verließ, vermachte er all seine irdischen Güter dem älteren seiner Söhne, dessen Name Kassim lautete. Dies stand ganz im Einklang mit den Sitten und Gebräuchen, wie sie damals, zu jener Zeit, an jenem Ort, herrschten und wie sie heute noch dort herrschen. Der jüngere Bruder ertrug sein Los gelassen, denn sein Vater war kein reicher Mann gewesen, und die Bescheidenen sollten nicht verbittern, nur weil die Sitten sie benachteiligen.

Doch der neugewonnene Reichtum genügte den Ansprüchen Kassims nicht. Der ältere Bruder ging verschwenderisch mit seinem Geld um, und die Münzen verschwanden so schnell wie Wasser, das man in den heißen Wüstensand gießt. Am Ende war auch er gezwungen, sich Arbeit zu suchen. Und auch hierbei zeigte sich sein Mangel an Umsicht und Ehrgefühl, denn er geriet bald schon in zweifelhafte Gesellschaft und begann zweifelhafte Aufträge zu erledigen und zweifelhafte Dienste für zweifelhafte Häuser mit äußerst üblem Ruf zu verrichten.

So kam es also, daß Ali Baba tagaus, tagein fleißig seinem Holzfällerhandwerk nachging, riesige Mengen Holz, die ihm sein Kreuz zu brechen drohten, in den unwirtlichen Wäldern vor der Stadt sammelte, sich Schwielen an den Händen und Splitter in den Fingern zuzog, ständig Gefahr lief, von erbarmungslosen Banditen überfallen oder noch erbarmungsloseren wilden Bestien zerfleischt zu werden – und trotz allem nur ein jämmerliches Dasein fristete. Während Kassim, der das Wenige, das von ihm erwartet wurde, in der finstersten Stunde der Nacht erledigte, tagsüber gemütlich zu Hause herumlungerte und nach seinen zahlreichen Dienern rief, damit sie ihm parfümiertes Wasser brachten, mit dem er seine Stirn kühlen konnte.

Der Holzfäller störte sich nicht am Lebenswandel seines Bruders, obwohl Kassim – wie der Zufall es wollte – direkt gegenüber Ali Babas armseliger Hütte auf einem riesigen Anwesen wohnte, das ungleich größer war als die wenigen Quadratmeter Besitz, auf denen Ali Baba, seine Frau und die einzige Dienerin, die sie sich leisten konnten, zusammengepfercht waren. Dazu kam noch Kassims Gewohnheit, lärmende Feste zu feiern, die bis weit in die Nacht andauerten und Ali Baba um den so sehr benötigten Schlaf brachten.

Aber der bescheidene Holzfäller beklagte sich noch immer nicht. In der Tat war dieser Mann so bescheiden und fleißig, daß er nicht einmal die unzähligen kleinen Bosheiten und nörgelnden Sticheleien seitens seines Bruders übelnahm, die ihm wahrlich Grund genug zur Klage hätten geben können. Ich denke da an einen bestimmten Vorfall, der sich an einem in jeder Beziehung angenehmen Abend ereignete. Zumindest war er so lange angenehm, bis die Sache mit den pechschwarzen Hengsten geschah. Die Tiere gehörten Kassims Auftraggeber (dessen richtiger Name Goha lautete, den aber alle nur Vier-Finger nannten. Einer seiner Daumen, der sich früher an seinem angestammten Platz an der linken Hand befunden hatte, fehlte jetzt nämlich. Er hatte seinen übrigen Finger-Gesellen Lebewohl sagen müssen, als er während einer außergewöhnlich heftigen Auseinandersetzung von einem außergewöhnlich scharfen Krummsäbel abgetrennt worden war. Worum der Streit ging, weiß keiner mehr so genau. Man munkelt etwas von einer vertrackten Haremsgeschichte, und man weiß ja, was alles passieren kann, wenn Frauen ihre Finger im Spiel haben.) Die erwähnten Hengste verließen den Torweg von Kassims Haus, streunten ein wenig herum, und dabei steckten sie zufällig ihre Köpfe durch eine Lücke in Ali Babas Zaun, um genauso zufällig das köstliche junge Gemüse zu verspeisen, das in dem winzigen, jedoch sorgfältig gepflegten Garten des armen Mannes wuchs. Außerdem füllten sie nicht nur ihren Magen, sondern – wie das nun einmal die Art von Pferden ist – entleerten auch ihren Darm, so daß ihre Ausscheidungen den für gewöhnlich tadellos sauberen und mit Pflastersteinen ausgelegten Pfad verunzierten, der zu Ali Babas bescheidener Hütte führte. So kam es, daß Ali Baba, als er am nächsten Morgen noch vor der Dämmerung aufstand, um seine Maultiere die schier unglaublich weite Strecke in den Teil des gefährlichen Waldes zu führen, in dem man das beste Holz finden konnte, sogleich die zweifache Katastrophe entdeckte.

Doch war der edle Holzfäller etwa verärgert über den Verlust seines Gemüses, der es ihm erschweren würde, seinen Haushalt mit vitaminreicher Nahrung zu versorgen? War der bescheidene Ali Baba etwa verbittert darüber, daß der Eingangsbereich seines Hauses nun kräftig gedüngt war und ein wenig streng roch?

Nun, das Beantworten solcher Fragen überlassen wir den Weisen, denn genau in diesem Moment erspähte der anspruchslose Ali Baba, wahrlich ein Prinz unter den Armen, seinen Bruder Kassim, wie dieser das Tor zu seinem nahe gelegenen Anwesen durchschritt. Und von so gütigem Wesen war der Holzfäller, daß er nicht gewillt war, diesen neuerlichen unangenehmen Zwischenfällen mit dem Nachdruck nachzugehen, wie es ein anderer vielleicht getan hätte.

»Mein guter Bruder!« lautete statt dessen sein Gruß.

»Was ist denn jetzt schon wieder?« erwiderte Kassim kurz angebunden. »Siehst du denn nicht, daß ich ein vielbeschäftigter Mann bin?«

Und in der Tat überlegte sich Ali Baba an dieser Stelle, ob es wirklich ratsam war, seinem Bruder auch noch eine weitere Bürde aufzuladen. Doch lautete eine seiner Überzeugungen, daß man das, was man einmal angefangen hat, am besten auch ohne langes Zögern zu Ende bringen sollte. Und so sagte er also: »Es gibt da zwei Dinge, die mir aufgefallen sind.« Und er deutete auf den Gemüsegarten, ein Fleckchen Erde, auf dem nun nichts Grünes mehr wuchs.

Sein Bruder warf einen flüchtigen Blick auf die aufgewühlte Erde. »So, wie dein Garten aussieht, ist es sehr klug von dir, einen Beruf gewählt zu haben, in dem man vornehmlich nur Holz zu fällen braucht«, lautete Kassims vergnügte Antwort.

Doch war der gütige Holzfäller etwa gewillt, stillschweigend den böswilligen Spott seines Bruders zu ertragen? Vielleicht nicht, denn der Holzfäller meinte weiterhin: »Aber es waren Gohas Pferde, die diesen Schaden angerichtet haben.« Und zum Beweis zeigte er auf die Pferdeäpfel auf dem Steinpfad, deren Gestank alle Wohlgerüche Arabiens nicht hätten dämpfen können.

Als er dies erblickte, legte Kassim die Stirn in Falten und rümpfte seine große mißgeformte Nase. »Warum ist das noch nicht beseitigt worden? Es ist schon schlimm genug, daß wir so nahe Tür an Tür wohnen müssen. Du solltest etwas mehr darauf achten, daß deine schlechten Angewohnheiten das Viertel nicht noch mehr in Verruf bringen.« Sprach's, drehte sich auf dem Absatz um und marschierte von dannen, wobei er jenen gebieterischen Gang an den Tag legte, den die Wohlhabenden so nachdrücklich pflegen.

Doch war der einfache Ali Baba, der in so vielen Dingen reineren Geistes war als sein Bruder, etwa im mindesten aufgebracht durch seines Bruders Selbstsucht? Und war der aufrechte Ali Baba etwa gewillt, jenen Becher aus Ton, den er in der Hand hielt, gegen jene nahe Zeltstange zu schleudern, um ihn in tausend Scherben zu zerbrechen? Stand der stets höfliche Ali Baba etwa kurz davor, jenen Fetzen Pergament vor seinen Füßen aufzuheben und ihn in winzige Stücke zu zerreißen und sich dabei vorzustellen, jeder einzelne Fetzen wäre ein Teil von seines Bruders …

Oh, bei Allah! Ihr müßt mir verzeihen. Ich habe mich für einen Moment von meiner Geschichte mitreißen lassen. Warum seid ihr denn so unruhig? Ihr wollt doch nicht etwa schon gehen? Ich bin doch gerade erst dabei, die Bühne für die großen Ereignisse zu bereiten, die bald folgen werden. Vielleicht hat Sindbad ja recht, und ich sollte die Geschichte tatsächlich etwas geradliniger erzählen.

Warum geht ihr denn? Ich habe euch ja noch nicht einmal vom Fluch der sich gegenseitig aufhebenden Wünsche erzählt; oder von der grauenhaften Entdeckung, die ich am Nationalen Dschinn-Feiertag gemacht habe. Und ich habe kein einziges Wort über den Palast der Schönen Frauen verlauten lassen.

Ah, so ist es schon besser. Ich denke, daß ich nun die Bühne hinreichend bereitet habe. Nun werde ich fortfahren – ja, ja, geradezu im Eiltempo – und an dem Punkt wieder einsetzen, an dem die eigentlichen Ereignisse ihren Anfang nahmen und ich deutlich spürte, daß sich mein Leben für immer verändern würde.

Was? Was meint ihr? Der Palast der Schönen Frauen? Nun, zu gegebener Zeit werde ich darauf zurückkommen.

Das 2. der 34 Kapitel, in dem wir erneut versuchen, herauszufinden, um was es in dieser Geschichte eigentlich geht.

So kam es also, daß der fleißige Holzfäller, wie es seine Absicht gewesen war, in jenem finsteren Teil des Waldes das außergewöhnlich harte Holz zu hacken begann, das man dort fand. Es war ein Ort, an dem das Dickicht so dicht wuchs, daß selbst am hellichten Tag, wenn die Sonne am höchsten stand, nur Zwielicht herrschte und jeder Schatten einen eigenen Schatten zu werfen schien. Diese Umgebung drückte verständlicherweise auf Ali Babas Gemüt, aber er wußte auch, daß das Holz, das er hier schlug, auf dem Markt einen guten Preis erzielen und es ihm so ermöglichen würde, seine Frau und seine Dienerin mit dem Allernötigsten zu versorgen.

Doch die Sonne versteckte sich schon bald hinter einem nahe gelegenen Berg, und am Nachmittag wurde es so dunkel, daß man hätte glauben können, der Abend wäre bereits hereingebrochen. Der Wind blies kräftiger und brachte das grollende Brüllen eines Raubtieres mit sich. Ali Baba verdoppelte seine Anstrengungen, und Zweifel stiegen in ihm auf, ob eine schnöde Summe Geld – wie hoch sie auch sein mochte – es wirklich wert war, sein Leben dafür aufs Spiel zu setzen. Kein Wunder also, daß er vor Schreck aufsprang und sich den Kopf am Ast eines Baumes stieß, als er hörte, wie sich eine große Schar von Pferden näherte.

Eine große Schar? Geschwind verließ er den Pfad, dem er bisher gefolgt war, während das Donnern der Hufe die Erde erzittern ließ. Und als die Tiere an seinem Versteck im dichten Unterholz des Waldes vorbeipreschten, da hörte Ali Baba auch ein rauhes Gelächter und jene Sprache, die man für gewöhnlich nicht mit den oberen Schichten der feinen Gesellschaft in Verbindung bringt. So voller Angst und

Bangen war er – was ja auch vollkommen verständlich ist –, daß er die schmerzende Beule auf seinem Kopf völlig vergaß und so ruhig und bewegungslos in seinem Versteck verharrte, wie es einem lebenden Wesen nur möglich ist.

Doch das Beben der Erde verstärkte sich weiter, und Ali Baba konnte bald nicht mehr unterscheiden zwischen dem Zittern der Erde unter seinen Füßen und dem Zittern seines Körpers, das ihn angesichts dessen, was sich da vor seinen Augen abspielte, befallen hatte. Denn nur wenige Meter vor dem Gebüsch, hinter dem er lag, konnte er nun die Pferde in Zweier- und Dreierreihen vorbeigaloppieren sehen. Und auf jedem Pferd saß ein Mann, eingehüllt in Gewänder, die so schwarz waren wie ein Sturm in der Nacht. Leise zählte Ali Baba mit, während sie vorbeizogen, und als er nichts mehr außer einer sich langsam auflösenden Staubwolke erkennen konnte, da war er bei genau vierzig Pferden und vierzig Reitern angekommen.

Vielleicht wäre es das Klügste gewesen, sich einfach umzudrehen, die Maultiere einzusammeln (die er in einiger Entfernung an eine kleine Gruppe von Bäumen gebunden hatte) und danach mit den Tieren die gefährliche Gegend zu verlassen, so schnell die Beine sie tragen konnten. Doch wie sagt schon der weise Mann? Neugier ist der Kamele Tod. Und das traf auch auf den Holzfäller zu, der, während er gedankenverloren die schmerzende Stelle auf seinem Kopf rieb, wußte, daß er nie mehr Ruhe finden würde, bevor er nicht herausgefunden hatte, was diese Gruppe furchterregender Männer in einem so abgelegenen Teil des Waldes verloren hatte.

Um also mehr von diesen offensichtlich ungehobelten, schwarzgekleideten Männern zu erfahren, drehte Ali Baba sich spähend um die eigene Achse und sah, daß die vierzig Reiter ihre Rösser auf einer nahen Lichtung am Fuße eines steilen Berges zum Halten gebracht hatten.

Nachdem sie abgestiegen waren, schnallten sie zuerst Wasserschläuche und Verpflegungstaschen von der einen Seite ihrer Sättel ab. Doch dann, auf ein Zeichen des Mannes an ihrer Spitze (von dem Ali Baba annahm, daß es sich um ihren Anführer handelte), machten die übrigen neununddreißig die Säcke los, die auf der anderen Seite ihrer Pferde hingen. Und aus dem Klimpern, das erklang, als diese Säcke auf die ausgetrocknete Erde plumpsten, sowie aufgrund der offensichtlichen Anstrengung, die es die Männer kostete, sie zu tragen, schloß Ali Baba, daß diese Taschen prall gefüllt waren mit Gold und anderen Kostbarkeiten.

Einige der Reiter drehten sich in diesem Moment um, und Ali Baba spähte so vorsichtig wie möglich aus seinem Versteck heraus, um eine bessere Vorstellung davon zu bekommen, was das für Männer waren, die solche Mengen Gold mit sich herumschleppten. Was er als nächstes erblickte, beruhigte ihn nicht eben, denn jeder Mann schien einen mächtigen Bart zu tragen, der in der Mitte geteilt und an den Enden nach oben gezwirbelt war. Was ihnen jedoch ein wirklich finsteres Aussehen verlieh, war die Dichte, die diese Bärte hatten. Sie reichten fast bis zu den Augäpfeln hinauf. Was jedoch nicht heißen soll, daß Ali Baba diese Augäpfel hätte sehen können, denn jeder dieser Männer legte die Stirn derart tief in Falten und blickte so finster drein, als hätte er ein noch viel unfreundlicheres Gemüt als Ali Babas Bruder.

Es gab nur eine Schlußfolgerung. Das Gold, das diese Männer da trugen, konnte unmöglich die Frucht ehrlicher Arbeit sein. Ali Baba hatte es demnach mit Banditen der übelsten Sorte zu tun. Und erneut bekräftigte der Holzfäller seinen Entschluß, keinen einzigen aus dieser Versammlung auf der Lichtung vor ihm jemals zu sich nach Hause einzuladen – egal, was für ein gesellschaftlicher Anlaß sich auch ergeben mochte.

»Sammeln!« rief der Anführer mit einer rauhen, unkultivierten Stimme. »Es muß schnell gehen, wenn wir uns in unser Versteck zurückziehen!«

Am Ende der Lichtung stand ein großer Felsblock, ein Stein, dreimal so hoch wie ein Mensch und ebenso breit. Zu diesem Felsen begab sich nun der Anführer der Banditen, und noch während er auf ihn zuging, sprach er folgende Worte:

»Sesam, öffne dich!«

Zuerst schenkte Ali Baba diesen seltsamen Worten keinerlei Beachtung, denn er war mit der Frage beschäftigt, in welchem Teil dieses dichten Waldes wohl das Versteck der Banditen liegen mochte. Doch zu seinem großen Erstaunen schien ihr Ziel sich nicht in einem Teil des Waldes zu befinden. Er hörte ein gewaltiges Knirschen und sah, wie der riesige Fels zur Seite rollte und den Blick freigab auf eine dunkle Höhle in dem dahinter liegenden Berg.

Keiner der Banditen vor ihm schien verwundert, als wäre ein Felsbrocken, der sich ohne menschliches Zutun von selbst bewegte, so alltäglich wie die Tatsache, daß ein Kamel spuckt. Sie packten in aller Seelenruhe ihre Säcke und schleppten sie in die Höhle, die sich eben aufgetan hatte, stöhnten und murrten ein wenig über das Gewicht ihrer Last und beschimpften einander in einer Art und Weise, die ihre niedere Herkunft erneut voll und ganz bestätigte.

Ali Baba war von diesem wundersamen Vorfall derart überrascht, daß er fast aus seinem Versteck hervorgetreten wäre. Er lehnte sich so weit nach vorne, wie das Gestrüpp es ihm erlaubte, und so konnte er drei weitere Worte tief aus dem Innern der Höhle vernehmen.

»Sesam, schließe dich!«

Woraufhin der mächtige Felsblock auch prompt wieder auf seinen alten Platz rollte und den Eingang der Höhle verdeckte.

Was für ein wunderbarer Zauber herrschte hier, daß riesige *Steinbrocken* sich auf die bloße Erwähnung eines landwirtschaftlichen Erzeugnisses hin zu bewegen begannen? Ali Baba war so überwältigt, daß es einen Moment dauerte, bis er bemerkte, wie sehr er sich im Geäst des Busches verheddert hatte. Und es dauerte noch einen Moment länger, bis ihn Panik erfaßte bei dem Gedanken, er könnte sich vielleicht nicht mehr befreien, bevor die Banditen zurückkamen. So verbrachte er also die nächsten Minuten damit, seine einfache, saubere Kleidung aus den Fängen des Gestrüpps zu lösen, während er gleichzeitig versuchte, nicht an die zahlreichen geschärften Krummschwerter zu denken, die er an den Hüften der Männer in Schwarz hatte baumeln sehen.

Doch da Ali Babas Finger geschickt und schnell waren wie die eines jeden Mannes, der sich mit Hilfe seiner Hände mühsam durchs Leben schlagen muß, gelang es ihm, sich aus seiner mißlichen Lage zu befreien, bevor ein weiteres Geräusch aus Richtung des Felsens zu ihm drang. Es dauerte allerdings nicht lange – er hatte kaum Zeit zu überlegen, was denn jetzt aus seinen Maultieren werden sollte, geschweige denn, all die anderen Gesichtspunkte dieser zunehmend unüberschaubarer werdenden Situation zu überdenken –, da begann die Erde schon wieder zu zittern, und der Felsen polterte erneut vom Eingang der Höhle weg.

»Beeilung!« rief der Anführer den anderen Räubern zu. »Wir müssen unsere Aufgabe erfüllen und zu den großen Karawanenstraßen zurückkehren, um noch mehr Gold zu erbeuten!« Er klatschte in die Hände, um die anderen zur Eile anzutreiben. »Sesam, schließe dich!«

Vielleicht war der Anführer etwas zu sehr darauf bedacht, sein Ziel so schnell wie möglich zu erreichen, denn diesmal wurde das Knirschen des Felsbrockens von einem lauten und höchst unerfreulichen Schrei begleitet.

»Da stimmt was nicht!« stieß der Räuberhauptmann hervor.

»O nein«, bestätigten ihm die anderen Banditen augenblicklich, »da stimmt etwas ganz und gar nicht.«

Der Anführer deutete nacheinander auf jeden einzelnen seines Gefolges, während sich seine Lippen rasch, aber lautlos bewegten. »Ich komme nicht auf neununddreißig!«

»Nun, das war es wohl, o tapferster aller Straßenräuber«, stimmte einer der anderen zu.

»Ich glaube, es war Nummer Achtundzwanzig«, fügte ein zweiter hinzu.

»Achtundzwanzig?« überlegte ein dritter. »Der war schon immer ein bißchen langsam. Ich wundere mich, daß es ihn nicht schon früher erwischt hat.«

»Achtundzwanzig?« wollte ihr Anführer wissen. »Ist er immer noch in der Höhle eingesperrt?«

»Nein«, entgegnete einer der anderen, »er ist bis zum Ausgang vorgedrungen.«

»Zumindest«, fügte ein anderer hinzu, »der größte Teil von ihm.«

»Was redet ihr da?« fragte ihr Hauptmann verärgert. »Haben wir Nummer Achtundzwanzig etwa *verloren?*«

»Nun, *verloren* ist vielleicht nicht der richtige Ausdruck ...«, antwortete einer aus der Gruppe rasch.

»Nein«, erläuterte ein weiterer Räuber. »Er ist einfach nur ein bißchen breiter und flacher, als er es vorher war.«

»Er ist zudem ...«, fügte einer der vorangegangenen Sprecher hinzu, » ...ein bißchen töter als vorher.«

Als er das hörte, taumelte der Hauptmann der Räuber vorwärts zum letzten Fleckchen Licht, das noch auf die kleine Lichtung fiel, und starrte in den Himmel hinauf. Seine Augen fingen die letzten Strahlen der untergehenden Sonne, und es sah aus, als spiegelte sich nackte Angst in seinem Gesicht. Seine Stimme zitterte, als er die nächsten Worte sprach: »Dann sind wir also nur noch neununddreißig Räuber?«

Was, so fragte sich Ali Baba, konnte daran wohl so grauenerregend sein, daß es einen furchteinflößenden Mann wie diesen so in Schrecken versetzen konnte?

Offensichtlich wußte die Banditenschar keine Antwort auf die Frage ihres Anführers, und ihr Schweigen schien schwer auf dem ganzen Wald zu lasten. Doch diese unnatürliche Stille währte nicht lange, denn der Räuberhauptmann hatte vollkommen die Fassung verloren. »O Weh und Ach!« schrie er, und seine Stimme hätte sich nicht jammervoller anhören können. Er zog seinen Krummsäbel und fuchtelte damit in höchst leichtsinniger Weise herum. »Ich werde Köpfe rollen lassen! Ich werde Bäuche aufschlitzen! Wahllos Arme und Beine abhacken!«

Die anderen achtunddreißig Schurken sahen sich nervös um, scharrten mit den Füßen und räusperten sich betreten. Ihr Anführer sprang immer höher in die Luft und gab dabei Laute von sich, die sich bestimmt zu Worten geformt hätten, wenn er nicht so aufgeregt gewesen wäre.

»Verzeiht, o größter aller Diebe«, wagte sich schließlich ein mutiger Gesetzloser vor. »Es gibt da noch eine andere Möglichkeit.«

»Eine andere Möglichkeit?« Der Räuberhauptmann wedelte mit seinem Säbel in die Richtung des Sprechers. »Schon für den bloßen Gedanken daran sollte ich dich in zwei Stücke spalten! Erinnere dich, was man dir gesagt hat, als du dich dieser Bande angeschlossen hast: Es gibt hier nur eine Art der Bestrafung, und das ist der Tod! Doch dann ...« – sein Gesicht nahm eine aschgraue Farbe an, als er fortfuhr – »... wären wir nur noch *achtunddreißig.*« Der Anführer lachte verbittert und senkte seinen Säbel. »Ihr seht, wie schnell uns das Glück verläßt, wenn wir nicht mehr vierzig Mann sind!«

Im gleichen Moment hörte Ali Baba das entfernte Donnern eines heraufziehenden Gewitters. War der Himmel denn nicht noch vor wenigen Minuten wolkenlos gewesen?

»Ich verbeuge mich vor Eurer überlegenen Weisheit, o gerissenster aller Beutelschneider«, schmeichelte der Mann, der zuvor gesprochen hatte. »Es sollte daher unsere vordringlichste Aufgabe sein, unsere volle Zahl von vierzig Räubern zurückzuerlangen, auf das wir wieder die Günstlinge der dunklen Mächte werden, denen wir huldigen.«

»Leichter gesagt als getan!« Erneut lachte der Anführer rauh und freudlos, als könnte er nicht den Sinn in den Worten des anderen erkennen. »Doch wo sollen wir so schnell einen neuen Räuber finden, und das in einem so finsteren und verlassenen Wald wie diesem hier?«

»Nun, da ist doch dieser Bursche, der sich dort drüben im Gebüsch verbirgt.« Der andere Sprecher deutete genau auf Ali Baba.

Kaum hatte er das gesagt, stürzte ein halbes Dutzend der Banditen nach vorne und zerrte den außerordentlich überraschten Ali Baba aus seinem unzureichenden Versteck.

Der Räuberhauptmann war immer noch nicht überzeugt. Er musterte Ali Baba, und sein bärtiges Gesicht zeigte eine Mischung aus Überraschung und Zweifel, gewürzt mit einer kräftigen Prise Widerwillen. Ali Baba stolperte vor Angst über die eigenen Füße und fiel vor der ganzen Schar auf den Boden.

»Dieser Mann ist wohl kaum aus dem Holz, aus dem man Diebe schnitzt!« verkündete der Anführer. »Die Kleider, die er trägt, sind armselig und voller Dornen. Außerdem scheint er eine blutige Beule auf dem Kopf zu haben, als sei er kürzlich erst von einem stumpfen Gegenstand niedergestreckt worden.«

»In der Tat ein geschlagener Mann, o Sultan des kräftigen Schlages«, entgegnete der mutige Sprecher. »Bedenkt nur, wie gut er damit auf die Art von Bestrafungen vorbereitet wäre, die Ihr für gewöhnlich schon aufgrund kleinerer Vergehen zu verhängen beliebt!«

»Bestrafungen?« fragte ein anderer Mann stirnrunzelnd. »Ich dachte, die einzige Bestrafung wäre der Tod.«

»Was? Du wagst es, meine Entscheidungen in Frage zu stellen?« schrie der Hauptmann der Banditen, und ein halbes Dutzend seiner Gefolgsleute rissen den Mann zu Boden, der die anstößige Bemerkung hatte fallen lassen. »Tötet ihn!« Doch dann hielt ihn anscheinend ein Gedanke zurück. Erneut verharrte sein Krummsäbel hoch erhoben in der Luft. »Nein, nein, das würde ja nur beweisen, daß er recht hat. Sein Vergehen war sicher völlig unbedeutend, also verdient er auch nur eine der unbedeutenderen Strafen. Hackt ihm den Daumen ab! Nein, nein, den kleinen Finger. Und auch nur den der linken Hand! Seht ihr? Von jetzt ab werde ich immer sehr gnädig sein.«

Ali Baba hatte einige Schwierigkeiten, sich auf den Fortgang der Unterhaltung zu konzentrieren, was vor allem an den Schreien jenes Mannes lag, dem nun die Gnade seines Herrn zuteil wurde.

»Doch wir sind unhöflich!« meinte der Anführer und wandte sich an den Holzfäller. Er war die Freundlichkeit in Person, doch Ali Baba war nicht recht überzeugt davon, daß die Ereignisse für ihn eine ausgesprochen günstige Wendung nahmen. »Wir haben das jüngste Mitglied unserer furchtlosen Schar noch gar nicht willkommen geheißen.« Daraufhin zogen alle Räuber, selbst der, den man eben erst von der Last eines Körperteils befreit hatte, ihre Säbel und hielten sie hoch über ihre Köpfe, während sie einen fürchterlichen Schrei ausstießen.

»Du bist jetzt einer von uns!« rief einer der neununddreißig.

»Es gibt kein Zurück!« fügte ein zweiter hinzu.

»Du wirst das Leben eines Räubers kennenlernen!« jubelte ein dritter.

»An dessen Ende der Strick auf dich wartet!« ergänzte ein vierter.

»Deine Finger werden sich in Berge der kostbarsten Edelsteine graben!« meinte ein fünfter.

»Bevor sie dir die Hand abschlagen!« kicherte ein sechster vergnügt.

»Du wirst im Golde baden!« ermunterte ihn ein siebter.

»Aber kaum lange genug leben, um es auszugeben!« warf ein achter ein.

Und so regnete eine Ermunterung nach der anderen auf Ali Baba herab, falls man sie überhaupt als solche ansehen wollte, denn die herrlichsten Versprechungen schienen sich mit den gräßlichsten Drohungen die Waage zu halten.

»Beeilung jetzt!« unterbrach der Hauptmann. »Gebt unserem neuen Kameraden ein Gewand so schwarz wie die dunkelste Höhle und einen Säbel so schneidend wie der Zorn eines Kleinkindes!«

Ali Baba erhob sich endlich von seinen Knien.

»Nummer Eins redet gerne so verdreht«, flüsterte ihm der Räuber, der ihm die Kleider brachte, ins Ohr.

»Hier wird nicht geflüstert, Nummer Siebzehn!« tadelte Nummer Eins. »Du weißt, wieviel Vergnügen es mir bereitet, Zungen abzuschneiden!«

Das fanden alle Räuber wohl sehr witzig, denn sie brachen in schallendes Gelächter aus. Da er gerade in dieser Gesellschaft nur ungern aus dem Rahmen fiel, tat Ali Baba sein Bestes und lachte mit. Er beeilte sich auch, die angebotenen Gewänder überzuwerfen, denn trotz seiner noch sehr beschränkten Erfahrung spürte er, daß jede Verzögerung einen entsprechenden Stimmungswechsel beim Hauptmann hervorrufen konnte.

Der Anführer nickte freundlich, als Ali Baba angezogen war. »Laß dir einen dichten Bart wachsen, und zwar schnell, und alles ist in Ordnung«!

Mir schnell einen dichten Bart wachsen lassen? dachte Ali Baba verzweifelt. Während er beim Holzfällen kaum seinesgleichen fand, zeigte sein Bart, besonders an den Wangen, doch eher die Neigung zu dünnem, schütteren Wuchs. Er fragte sich, wie gefährlich es wäre, solch ein Problem zur Sprache zu bringen, doch bevor er seine Gedanken weit genug entwirrt hatte, um eine geeignete Formulierung zu finden, hatte der Anführer sich schon von ihm abgewandt.

»Und wenn ich mir keinen Bart wachsen lassen kann?« fragte Ali Baba den Burschen, der ihm die Gewänder gebracht hatte.

Nummer Siebzehn antwortete, indem er sich mit der Handkante über den behaarten Hals fuhr. »Und damit spiele ich nicht aufs Rasieren an«, ergänzte er.

»Auf, meine tapferen Räuber!« brüllte Nummer Eins, der bereits sein Pferd bestiegen hatte. »Die Höhle muß gefüllt werden! Es gibt Gold zu erbeuten! Zeit, daß wir aufbrechen! Und Tod und Verderben werden uns auf den Fersen folgen!«

Daraufhin stürmten alle vierzig Räuber – außer einem – zu ihren Pferden und folgten ihrem Hauptmann in gestrecktem Galopp.

Es dauerte eine Weile, bis Ali Baba begriff, was eigentlich geschehen war. Eben erst war er von einer Bande Schurken und Meuchelmörder gefangen worden. Man hatte ihn gezwungen, in ihre Reihen einzutreten. Und jetzt, nur einen Moment später, waren diese Schurken und Meuchelmörder davongaloppiert und hatten ihn allein auf der Lichtung zurückgelassen.

Vielleicht, so überlegte er, wäre jetzt der Augenblick gekommen, sich die Maultiere zu schnappen und in sein bescheidenes Heim zurückzukehren. Doch warum eigentlich? Die Lichtung lag jetzt still und friedlich da, und er war sich zudem der Nähe einer gewissen Höhle samt ihres wertvollen Inhaltes deutlich bewußt. Daher ging er zu dem großen Felsbrocken auf der einen Seite der Lichtung hinüber und wiederholte die Worte des Räuberhauptmanns:

»Sesam, öffne dich!«

Und tatsächlich rollte der Felsen beiseite und gab den Weg in die große Höhle frei. Ali Baba schritt vorsichtig an den Überresten des letzten Räubers vorbei und trat ein. Doch was er vorfand, war nicht etwa eine einfache Höhle. Er hatte kahle Felswände und einen ebenso kahlen Steinboden erwartet, statt dessen fand er sich inmitten von wertvollen Teppichen wieder, die an den Wänden aufgehängt und auf dem Boden ausgelegt waren. Beleuchtet wurden sie vom Licht juwelenbesetzter Feuerschalen, die aus reinem Gold gefertigt waren und noch vom kürzlichen Besuch der Räuber brannten. Dieser Ort glich mehr dem Schloß eines Sultans als einer von der Natur geformten Höhle. Wahrlich, dachte Ali Baba, dieser ... ja, dieser *Palast* diente den Banditen gewiß als Heim, wenn sie nicht gerade auf der Suche nach Gold waren. Er trat einen Schritt nach vorne und zog einen der Wandteppiche beiseite, der diesen Teil der Höhle vom nächsten trennte.

Warum nur, so lautete sein nächster Gedanke, brauchten die Räuber wohl noch mehr Gold? Denn hinter der Abtrennung weitete sich die Höhle und führte noch tiefer in den Berg hinein. Der Holzfäller konnte ihre Größe allerdings nur vage abschätzen, denn der Innenraum wurde von riesigen Bergen aus Gold und wertvollen Edelsteinen eingenommen.

Ali Babas Blicke huschten von einem Ende des Gewölbes zum anderen, und er versuchte, so gut es ging, das Ausmaß dieses Reichtums zu ermessen. Doch so schnell sich seine Augen auch bewegten, seine Gedanken rasten noch schneller. Es gibt derart viel Gold in diesem Raum, sagte er sich, daß die Räuber es ganz bestimmt nicht bemerken werden, wenn ein wenig davon fehlt; sagen wir mal soviel, wie ein einzelner Holzfäller und sechs starke Maultiere tragen können. Und warum sollte Ali Baba auch nicht etwas von dem Gold mitnehmen, denn war es nicht äußerst unwahrscheinlich, daß er diesen vierzig Räubern noch einmal über den

Weg laufen würde? Besonders, da er sich fest vornahm, in Zukunft diesen Teil des Waldes zu meiden und die Gier nach größerem Reichtum nicht Herr seines Handelns werden zu lassen?

Dies waren die noblen, wenn auch etwas unzulänglichen Gedanken des Holzfällers, während er einen Sack voll Gold nach dem anderen aus der Höhle schleifte, zwei für jedes seiner kräftigen Maultiere. Ach, wenn er doch geahnt hätte, welch üble Folgen sein Handeln haben würde, dann ... nun, dann hätte er den Schatz sicher trotzdem mitgenommen. Immerhin: Gold ist Gold, und derartige Reichtümer begegnen einem Holzfäller ja nicht gerade jeden Tag. Aber gewiß wäre er nicht ganz so entzückt über den Verlauf der jüngsten Ereignisse gewesen.

Als er die Höhle zum letzten Mal verließ, hätte er schwören können, daß er ein Geräusch hörte, ein leises, grollendes Geräusch wie ein sehr, sehr tiefkehliges Kichern. Aber das war sicher nur der Wind, sagte er sich, oder vielleicht das Murmeln einer unterirdischen Quelle.

Ach, hätte er doch nur damals schon die wahre Bedeutung dieser Höhle erkannt!

Doch Ali Baba würde es erst später erfahren. Denn in einem Punkt hatte der Räuberhauptmann die Wahrheit gesprochen. Wo die vierzig Räuber ritten, da folgten ihnen Tod und Verderben auf den Fersen!

Das 3. der 34 Kapitel,
worin dem Holzfäller
ein ganz jämmerlicher
Empfang bereitet wird.

Zu jenem Zeitpunkt ruhte noch der Segen der Unkenntnis auf Ali Baba, der nichts von den unheilvollen Folgen seines Handelns ahnte. Er trieb in aller Seelenruhe seine Maultiere zurück in die Stadt, in der er lebte, und dort die Straße hinauf, in der sein Haus stand, bis vor das Tor an der Vorderseite seines Anwesens. Die ganze Zeit über war er darauf bedacht, sich so unauffällig wie möglich zu benehmen, damit nicht der Eindruck entstehen konnte, er befördere andere Dinge als die, die ein Holzfäller normalerweise mit sich schleppte. Als er jedoch gegen das Tor drückte, stellte er fest, daß es jemand von innen verschlossen hatte, und Angst begann seine Kehle zuzuschnüren, denn er hatte es vermeiden wollen, laut zu rufen und damit die Aufmerksamkeit auf sich und seine Maultiere zu lenken.

Einen Augenblick lang blieb Ali Baba bewegungslos stehen und atmete tief die frische Nachtluft ein. Das wäre doch gelacht, sagte er sich, wenn er jetzt, nach all den hinter ihm liegenden Fährnissen, am Tor seines eigenen, außergewöhnlich bescheidenen Heimes scheitern würde. Und da schenkte ihm die Vorsehung eine Idee: Was, so überlegte er sich, würde wohl geschehen, wenn er erneut jene magischen Worte benutzte, die eine solch wunderbare Wirkung auf das Tor zu der Höhle im Wald gezeigt hatten?

Und so kam es, daß er ein zweites Mal dieselben Worte sprach, wenn auch diesmal sehr viel leiser, da es bereits spät war und er nicht wollte, daß seine Nachbarn etwas hörten – und das aus mehr als einem Grund. Dennoch waren die Worte klar und deutlich zu hören:

»Sesam, öffne dich!«

Woraufhin sich das Tor entriegelte und aufschwang.

Schnell trieb er seine Maultiere in den kleinen Hof, und sobald sich das letzte der Tiere hineingezwängt hatte, sprach er leiser, aber bestimmt die Worte: »Sesam, schließe dich!« Das Tor schloß sich wieder, und der Riegel schob sich, wie von Zauberhand geführt, zurück ins Schloß. Dies sind, so dachte Ali Baba, in der Tat Worte mit großer Macht.

Allerdings hatte der Holzfäller nicht lange Zeit, sich Gedanken zu machen, denn seine Frau kam auf ihren lächerlich kleinen Hof hinausgestürmt und kreischte in den höchsten Tönen. »Wie bist du durch das Tor gekommen? Es hätte verschlossen sein müssen. O Weh und Ach? Man ist in unser bescheidenes Haus eingebrochen, und die wenigen Sachen, die wir besitzen, sind verloren!«

Ali Baba war zu diesem Zeitpunkt in einem Zustand derartiger Glückseligkeit, daß sogar das Klagen seiner Frau seine Stimmung nicht trüben konnte. »Ganz ruhig, meine Liebe!« sagte er. »Dieser Hof ist so winzig, daß du ihn überschauen kannst, ohne auch nur einmal den Kopf zu drehen. Siehst du, ob irgend etwas fehlt?«

Sie legte die Stirn in tiefe Falten, während ihre Blicke hin und her huschten, um eine Bestandsaufnahme ihrer Habseligkeiten zu machen. »Nein, da drüben steht noch der Eimer mit dem Loch und der Rechen, der nur noch die Hälfte seiner Zinken hat. Und dort hinten sehe ich unser einbeiniges Hühnchen und unsere halb verendete Ziege. Ich denke, wir sind noch im Besitz all unserer weltlichen Güter. Was nicht viel heißen soll.«

Zu jedem anderen Zeitpunkt hätte Ali Baba ihr aus vollem Herzen zugestimmt. Aber jetzt hatte er ein Dutzend Säcke voller Gold und Juwelen mitgebracht, und er war nicht fähig, an etwas anderes zu denken.

»Komm her, Frau«, sagte er daher, »und hadere nicht mit unserem armseligen Schicksal, denn dieses Schicksal hat sich gewendet.« Während er diese Worte sprach, tätschelte er einen der prall gefüllten Säcke, die an die Maultiere gebunden waren. Im Sack klimperte es herzerfrischend.

Die Antwort seiner Frau war – zumindest zu Anfang – in jeder Beziehung ebenso erfreulich wie der Klang des Goldes. Ihr Unterkiefer fiel nach unten, und ihr Mund blieb so weit offenstehen, daß selbst das Gähnen eines alten Mannes dagegen verblaßte. Bald jedoch schon kehrte ihr Denkvermögen zurück, und damit stellte sich eine vage Vermutung ein, was die Säcke enthalten könnten, und, noch schlimmer, auf welche Weise Ali Baba in ihren Besitz gekommen war.

»O Weh und Ach!« verkündete sie daher in ihrem besten Klageton. »Ein Leben, das dich tagein, tagaus nichts anderes als Holz hat fällen lassen, hat dich um den Verstand gebracht, und du bist zum Räuber geworden!« Sie zerrte mit verkrampften Fingern an ihrem zerlumpten Schal. »Alles ist verloren, wenn ein Holzfäller unehrenhaft wird!«

Doch der strahlende Glanz des neu gewonnenen Goldes hatte scheinbar auch auf Ali Babas Geduld abgefärbt, und so lächelte er nur nachsichtig über die Aufregung seiner ihm Angetrauten. »Nichts könnte weiter von der Wahrheit entfernt sein, o Frau. Komm, laß uns das Gold abladen, und ich werde dir erzählen, welchem Zufall ich es verdanke, daß ich es gefunden habe.«

Wieder sperrte seine Frau den Mund weit auf, als der schlaue Ali Baba ihr sein Abenteuer mit den vierzig Räubern erzählte, von dem Felsen, den ein Zauberspruch in Bewegung versetzte, und der Höhle, die voller Gold war. Und als er seine Geschichte beendet hatte, da lobte sie seine Heldentaten und dankte dem Schicksal dafür, daß es ihrem Mann den Weg zu diesem von den Räubern schändlich erworbenen Reichtum gezeigt hatte, der doch in der Tat viel eher ihm zustand als jenen abscheulichen Menschen niedrigster Herkunft.

Dann jedoch zögerte die Frau des Holzfällers und runzelte erneut die Stirn. »O Weh und Ach!« schrie sie und starrte auf das Dutzend Säcke voller Gold, das vor ihr lag. »Du hast mir unermeßlichen Reichtum mitgebracht, mir aber nicht einen Moment Zeit gegeben, zu überlegen, wo ich ihn denn verstauen soll! Nun müssen meine gebrechlichen, vom Hunger geschwächten Muskeln diese schweren Säcke hin und her schleppen und einen geeigneten Platz finden, wo sie vor den neugierigen Blicken der Nachbarn sicher sind – ganz zu schweigen von gewissen Behörden, die sich fragen werden, wie wir zu all diesem Reichtum gekommen sind!«

Ali Baba mußte zugeben, daß einige Sorgen seiner Frau durchaus berechtigt waren. Doch hatte ihn sein Glück derart beflügelt, daß er vor guten Ideen nur so übersprudelte, und so schlug er als nächstes vor: »Frau, du hast dich oft über die Unebenheit des Küchenbodens beklagt, und wie er beim geringsten Regen dazu neigte, sich in ein Schlammloch zu verwandeln. Wie wäre es, wenn wir das Gold in der Küche vergraben und dir damit gleichzeitig festeren Boden unter den Füßen verschaffen?«

Ali Babas Vorschlag schien seine Frau zu beruhigen, wenn auch nur für einige Sekunden. »O Weh und Ach!« merkte sie an. »Dann werden wir also das Gold vergraben, ohne genau zu wissen, wieviel du eigentlich mitgebracht hast?« Sie rang die Hände und richtete den Blick zum Himmel hinauf, als erwarte sie von dort oben Hilfe. »Das ist so, als würde ein Mann seine Vorräte nicht kontrollieren.«

Nun, Ali Baba war ein Mann, der über eine grenzenlose Geduld verfügte. Doch selbst der ruhigste Fluß begegnete eines Tages dem mächtigen Ozean. Und so kam es also, daß er mit weitaus weniger beherrscht klingender Stimme sagte: »Aber es würde mehr Tage dauern, als der Sommer hat, um all das Gold zu zählen!«

Noch immer war seine Frau nicht überzeugt. »Das mag vielleicht so sein. Aber es muß doch eine Möglichkeit geben, diesen ganzen Reichtum abzuschätzen. Wie sonst sollen wir jemals festsetzen können, was die Kinder einmal erben werden? Wenn wir schon nicht jedes einzelne Goldstück in diesen Säcken zählen können, so können wir sie doch abwiegen und dadurch wenigstens annähernd das Ausmaß unseres Reichtums bestimmen.«

Ali Baba mußte zugeben, daß es durchaus vernünftig war, an die Zukunft zu denken. Ihm wurde außerdem klar, daß er irgendwann in seinem Leben auch wieder einmal etwas Schlaf brauchte, und so fügte er sich den Wünschen seiner Frau.

»Es ist eine Freude, einem so weisen Ehemann zu gehorchen«, entgegnete sie, und da der Haushalt des Holzfällers viel zu arm war, als daß in ihm ein so ausgefallenes Gerät wie ein einfaches Maß zu finden gewesen wäre, ging sie also zu dem Zaun hinüber, den ihr bescheidenes Anwesen mit dem des weniger bescheidenen Nachbarn teilte, der – wie bereits erwähnt – zufälligerweise Ali Babas Bruder Kassim war.

Nun, wie ihr euch vielleicht erinnert, habe ich euch bereits erzählt, daß Kassim den weitaus größeren Teil des Reichtums seines und Ali Babas Vater geerbt hatte, und obwohl er nahezu das ganze Geld bereits für seine niederträchtigen Zwecke verschwendet hatte, besaß er noch immer ein Haus von gewisser Größe und Eleganz und war außerdem mit einer Frau verheiratet worden, die er in einem gewissen ›Etablissement‹ seines alles andere als ehrbaren Brötchengebers kennengelernt hatte.

Obwohl sie direkt nebeneinander wohnten, hatten beide Familien wenig miteinander zu tun, was vor allem auf einen gewissen Standesdünkel unter den Mitgliedern von Kassims Haushalt zurückzuführen war. Nichtsdestotrotz wußten Ali Baba und seine Frau sehr gut, wann und wo sie Kassims Frau antreffen konnten, denn sie sahen sie jeden Abend zu jenem besagten gemeinsamen Zaun kommen und nach einem geeigneten Platz Ausschau halten, wo sie die Reste ihres abendlichen Familienmahls hinschütten konnte.

Und so kam es also, daß Ali Babas Frau sich auf den Weg in diese entlegene Ecke ihres Hofes machte, während der Holzfäller die schweren Säcke in die Küche schleppte. Dort angelangt, teilte er ihrer einzigen Sklavin (sie waren so arm, daß sie sich nicht mehr als eine leisten konnten) mit, daß er ihre Hilfe beim Graben eines tiefen Loches benötigte.

Er war noch nicht lange damit beschäftigt, das Versteck für das Gold vorzubereiten, da hörte er, daß Kassims Frau die Stelle am Zaun erreicht haben mußte, an der seine Frau wartete. Denn obwohl die beiden ihre Unterhaltung am entlegensten Ende des Hofes führten, konnte er jedes einzelne Wort verstehen, so beklagenswert winzig war Ali Babas Grundstück. Er hörte also, wie seine Frau sich darüber beklagte, daß es in ihrem bescheidenen Haushalt noch nicht einmal ein Maß gäbe. Und mit noch größerem Interesse vernahm er die ungewöhnlich angenehme Stimme von Kassims Frau, die versprach, zu sehen, was sich da machen ließe. Nicht zum ersten Male dachte Ali Baba daran, was für eine Schande es doch war, daß ein solch anmutiges und entzückendes Geschöpf wie Kassims Frau aus solch zweifelhaften Verhältnissen stammte!

Doch ach, seine abschweifenden Gedanken machten ihn taub für alles andere, und so entging ihm auch der gefährliche Unterton in der Stimme seiner Schwägerin. Oh, wenn er doch nur etwas von ihren wahren Gedanken und den grauenhaften Folgen, die daraus erwachsen würden, geahnt hätte! Man bedenke jedoch: Wenn das tatsächlich der Fall gewesen wäre, dann wäre die Geschichte hier bereits zu Ende. Und wo blieben dann all die versprochenen Abenteuer und die sagenhafte Magie? Für einige Hauptpersonen dieses Dramas wäre es allerdings unbestreitbar von Vorteil gewesen: Sie würden nämlich in einem solchen Fall noch unter den Lebenden weilen.

Ali Baba aber wandte sich wieder seiner Grube zu und hörte nur, wie seine Frau erklärte, daß diese seltsamen Geräusche, die sich anhörten, als ob jemand etwas vergraben würde, wohl von einem Nachbarn stammen mußten. Ach, ihr Grundstück sei so bedauernswert winzig! Und an solch stillen Sommerabenden seien Geräusche so weit zu hören. Aber wäre sie jetzt vielleicht so freundlich, das Maß zu holen?

Sie erfülle, so lautete die tiefkehlige Antwort seiner Schwägerin, der Frau eines solch starken und stattlichen Holzfälllers gerne jeden Wunsch.

Ja, ja, hätte Ali Baba doch damals nur geahnt, daß der folgende Tag noch sehr viel schwärzer für ihn aussehen würde!

Das 4. der 34 Kapitel, in dem wir daran erinnert werden, wie wichtig ein gutes Gedächtnis ist.

Es sollte späte Nacht werden, bis Ali Baba endlich etwas Ruhe fand. Während er fleißig fortfuhr zu graben, maß seine Frau das Gold ab, und ihre junge Sklavin Marjanah legte es in die Grube. So ging es Stunde um Stunde. Und auch als die Arbeit erledigt war, konnte sich der erschöpfte Holzfäller nicht lange ausruhen, denn er hielt es für ratsam, auch weiterhin beim ersten Licht des Tages aufzustehen, um wie immer seiner Arbeit nachzugehen. Es sollte schließlich niemand erfahren, daß er eben erst einen Goldschatz, so groß wie das Vermögen eines Sultans, gefunden hatte. Wahrlich, das Reichsein hatte er sich etwas weniger anstrengend vorgestellt!

Also erhob er sich beim ersten Hahnenschrei, nahm seine Maultiere und brach zu einem Wald auf, der auf der anderen Seite der Stadt lag, weit entfernt von jenem Wald, in dem die vierzig Räuber ihre Schätze versteckt hatten. Und wie es so seine Art war, war er bald schon ganz ins Schneiden und Binden von Ästen und in die sonstigen anfallenden Arbeiten eines Holzfällers vertieft, so daß der Tag recht schnell vorüberging. Allerding war Ali Baba noch immer so erschöpft von den Strapazen der vergangenen Nacht, daß er, als sich eine Wolke vor die Sonne schob, befand, dies sei Zeichen genug für ihn, daß es bald regnen würde. Woraufhin er sein Tagwerk beendete und sich müde, erschöpft und mit schmerzenden Muskeln auf den Weg nach Hause machte, zu seinem Heim, das nicht mehr ganz so bedauernswert ärmlich war wie noch ein paar Tage zuvor.

So zog er also dahin, und schließlich erreichte er seinen Hof, wo er seine Frau vorfand, die auf den Knien hin und her rutschte, ununterbrochen wehklagte und ihre ohnehin zerschlissene Kleidung in Fetzen riß. Wahrlich, er hatte wirklich kein freudestrahlendes Willkommen von seinem Weib erwartet, dazu kannte er sie nach all den vielen Ehejahren zu gut. Dennoch war er auf eine so schreckliche Nachricht wie die, mit der sie ihn jetzt begrüßte, nicht gefaßt.

»O Weh und Ach!« kreischte sie, und ihre Stimme war voller Qual und Trauer. »Alles ist verloren! Man hat unseren großen Reichtum entdeckt!«

»Entdeckt?« entgegnete Ali Baba, und dieses eine Mal teilte er die Gefühle seiner Frau aufs innigste. »Was willst du damit sagen? Haben die Räuber herausgefunden, wo ich wohne?«

Die einzige Antwort seiner Frau bestand nur in fortwährendem Jammern und Händeringen. Und in der Tat, jetzt, wo er über seine Frage nachdachte, fand er selbst eine Antwort darauf, waren jene vierzig Räuber doch so niederträchtigen Charakters und so voller Jähzorn, daß sie ganz sicher weder seine wehklagende Frau noch sein bescheidenes Heim unbeschadet zurückgelassen hätten, wenn sie tatsächlich dagewesen wären.

»Die Räuber wissen also immer noch nicht, wo wir sind?« Daraufhin nickte seine Frau. Doch Ali Baba hatte noch immer keine Antwort auf seine erste Frage erhalten. Und mit der schrecklichen Gewißheit eines Seefahrers, der einen unheilvollen Sturm heraufziehen spürt, erkannte er, daß es durchaus Katastrophen gab, die weitaus schlimmer waren als die Rückkehr der Räuber: das Auftauchen von nicht minder gnadenlosen Dieben, denen es nach Gold gelüstete und die auch die Macht hatten, es sich einfach zu nehmen. »Ist es die Stadtwache?« fragte Ali Baba.

Seine Frau war noch immer so in Tränen aufgelöst, daß sie nur den Kopf schütteln und nach oben starren konnte, was wohl bedeuten sollte, daß es sich um einen noch Mächtigeren als die hiesige Stadtwache handeln mußte.

»Jemand, gegen den die Wache harmlos scheint?« Ali Babas Kehle war trockener als die Wüste vor einem Sandsturm. Wer konnte wohl eine noch größere Gefahr für das Gold darstellen? Dann erinnerte er sich an jene Muskelpakete mit weißen Turbanen, die den Palast des Sultans bewachten, Männer des geschliffenen Schwertes und der tödlich schnellen Reflexe. »Waren es die persönlichen Wachen des Sultans?«

Wieder schüttelte seine Frau den Kopf, und ihr Plärren und Heulen schien noch an Eindringlichkeit zuzunehmen.

Ali Baba hatte nie zuvor ein menschliches Wesen, nicht einmal seine Frau, so ausgiebig und unaufhörlich weinen sehen. Es konnte sich nur um eine Katastrophe ungeheuren Ausmaßes handeln. Was konnte also noch schlimmer sein, als von den Räubern, der Wache oder den Leuten des Sultans entdeckt zu werden?

Seine Frau unterbrach ihr Greinen lange genug, um mit Müh' und Not hervorzuwürgen:

»Kassims Frau.«

Der Tritt eines Kamels mitten in den Magen hätte nicht schlimmer sein können. Sein Geheimnis war verraten an seinen nichtnutzigen Bruder? Seine Frau hatte recht. Das war weitaus verhängnisvoller als all die anderen Möglichkeiten, die ihm zuvor in den Sinn gekommen waren.

»Na endlich!« erklang eine bekannte Stimme hinter ihm. »Dieser doppelzüngige Bursche, der es wagt, sich mein Bruder zu nennen, ist nach Hause zurückgekehrt.«

Ali Baba brauchte nicht hinzusehen, um zu wissen, daß dies die Stimme seines einzigen Bruders Kassim war, der auf der anderen Seite ihres gemeinsamen Zaunes stand. Nach einem tiefen, schweren Atemzug drehte sich der Holzfäller schließlich um, und es war, wie er vermutet hatte. Dennoch: Selbst derjenige, der auf alles gefaßt ist, kann noch überrascht werden, denn nur einen winzigen Augenblick später öffnete sein Bruder die Faust, und in dieser Faust lag ein Stück glänzendes Gold, das all den unzähligen anderen Goldstücken, die jetzt unter dem Küchenboden des Holzfällers ruhten, wie ein Ei dem anderen glich.

»Ich nehme an«, meinte sein Bruder mit einer Stimme, der man anhörte, daß sie von seinen Erfahrungen im Schuldeneintreiben – und zwar mit allen zur Verfügung stehenden Mitteln – geschärft worden war, »das Goldstück hier ist nicht unbekannt. Ich kann mir sogar gut vorstellen, daß dir noch viele, viele ähnliche Goldstücke bekannt sind. Ein solch außergewöhnliches Geheimnis kannst du nicht einfach vor deinem geliebten Bruder verborgen halten, der doch nur auf dein Wohlergehen bedacht ist – vor allem nicht, wen dein geliebter Bruder eine derart gescheite Frau sein eigen nennt.«

Während er dies sprach, schlenderte Kassims Frau zu ihrem Herrn und Meister, und für einen winzigen Augenblick wünschte Ali Baba sich, daß seine eigene Frau doch auch so aufreizend daherschreiten möge. Doch verbannte er derartige Gedanken schnell aus seinem Kopf und fragte sich, wieviel sein Bruder wohl für sein Schweigen verlangen würde.

Und dann erzählte Kassim, wie seine Frau, die sich eng an ihn schmiegte, Ali Babas Gold entdeckt hatte. Denn als Ali Babas Frau nach einem Maß gefragt hatte, war Kassims Frau zu ihrem Ehemann gegangen und hatte ihm berichtet, daß sie gerade Zeugin eines ganz außergewöhnlichen Vorkommnisses gewesen sei. Warum wohl benötigte ein Haushalt, zu dessen wertvollstem Besitz ein Eimer mit einem Loch und ein einbeiniges Hühnchen gehörten, ein Gerät, mit dem man etwas abmessen konnte? Die Neugier seiner Frau war derart angestachelt, daß sie beschloß, die Unterseite des Maßes mit Talg einzureiben. Egal, worauf es nun gestellt werden würde, sei es auf Korn oder auf Getreide oder sogar – was allerdings undenkbar erschien – auf Kupfermünzen: der Talg würde Zeugnis abgeben von dem, was gemessen worden war.

Dann hatte Kassims listige Frau das Maß an Ali Babas ahnungsloses Eheweib weitergegeben. Und nachdem diese es beim ersten Licht des folgenden Tages zurückgegeben hatte (denn Ali Babas Frau war in solchen Dingen immer sehr gewissenhaft – man konnte ja nie wissen, ob man sich denselben Gegenstand noch einmal ausleihen mußte), ging Kassims Frau augenblicklich zu einer abseits gelegenen Stelle auf dem Hof ihres palastartigen Heimes, wo sie von dem gemeinsamen Zaun aus nicht mehr gesehen werden konnte. Als sie sicher war, daß ihre Nachbarn nichts von ihrem dunklen Ränkespiel bemerkten, drehte sie das Maß um und entdeckte zu ihrem Erstaunen weder Korn noch Getreide noch Kupfer, sondern eine Münze aus purem Gold.

Sie war mit diesen Neuigkeiten, so erklärte Kassim weiter, augenblicklich zu ihrem Ehemann gekommen, wie es die Pflicht einer jeden guten Frau war. Und Kassim war zutiefst betrübt gewesen, denn nie hätte er vermutet, daß sein Bruder ein solch wertvolles Geheimnis vor seiner Familie verborgen halten würde.

Je länger dieser Bericht dauerte, um so schwerer fiel es dem Holzfäller, sich auf die Einzelheiten zu konzentrieren. Sie waren viel zu schmerzlich. Außerdem war da auch noch Kassims Frau, die ihn ein wenig ablenkte. Zugegeben, sie hing geradezu an den Lippen ihres Ehemannes – doch als sie an Kassims Ohr zu knabbern begann, schienen ihre Augen auf Ali Baba zu ruhen.

»Natürlich«, fuhr Kassim fort, »dachten wir, daß es sich nur um eine Art Versehen handeln konnte, daß du mit solchen Neuigkeiten nicht augenblicklich zu uns gekommen bist.«

»Wir wissen doch, daß der liebe Ali Baba keine Geheimnisse vor seiner Familie hat!« fügte seine Frau hinzu und schaffte es irgendwie, gleichzeitig zu reden und einen Schmollmund zu machen.

Den Holzfäller durchlief ein Frösteln, das rein gar nichts mit der Jahreszeit zu tun hatte. Und in der Tat gab es da etwas in ihm, das sich wünschte, er hätte vor dieser Frau wirklich keinerlei wie auch immer geartete Geheimnisse.

Dennoch blieb die Tatsache bestehen, daß Kassim und seine Frau das Gold entdeckt hatten; und des weiteren blieb zu bedenken, daß hinter Kassim die Macht seines Herren Vier-Finger stand, auf die er jederzeit zurückgreifen konnte, sollte ihm jemand Schwierigkeiten bereiten; und dann war da auch noch dieser Schmollmund, von dem der Holzfäller seine Augen einfach nicht abwenden konnte. Was konnte Ali Baba also anderes tun, als ihnen die Geschichte von den vierzig Räubern, der Schatzhöhle und den Zauberworten zu erzählen?

Kassim hörte mit größter Aufmerksamkeit zu und stellte Fragen, wie sie dem Holzfäller nie in den Sinn gekommen wären; Fragen, die kaum einen Zweifel daran ließen, daß Kassim bestens vertraut mit den Gewohnneiten von Dieben war.

»Sehr schön«, entgegnete Kassim, als Ali Baba geendet hatte. »Ich bin mit deinem Geständnis äußerst zufrieden.« Und dem Klang seiner Stimme nach zu schließen, hätte sehr wohl Blut fließen und Knochen hätten gebrochen werden können, wäre Kassim nicht zufrieden gewesen – familiäre Bande hin, familiäre Bande her.

»Es gibt da noch eine Kleinigkeit, die ich für meinen Herrn erledigen muß«, fuhr Ali Babas Bruder fort. »Doch gleich morgen werde ich dieser Höhle einen Besuch abstatten und nachsehen, ob du auch die Wahrheit erzählt hast.« Und das Lächeln, das er ihm daraufhin schenkte, erinnerte den Holzfäller eher an einen eisigen Wintersturm als an die warme Sommersonne.

So kam es also, daß Kassim und seine Frau sich vom Zaun zurückzogen. Und Ali Baba wandte sich ab, um bei seiner Frau und seiner Dienerin Marjanah Trost zu suchen. Und in der Tat, sogar sein ihm angetrautes Eheweib konnte spüren, wie abgrundtief sein Elend war, denn ihre Weh-und-Ach-Rufe ließen die sonst übliche Inbrunst vermissen. Marjanah dagegen wies ganz richtig darauf hin, daß Kassim und seine Frau ja nicht nachgeforscht hätten, wo sich der Teil des Schatzes befände, den Ali Baba bereits geborgen hatte, und daher schiene also zumindest dieser Reichtum einigermaßen gesichert.

Doch ach, nichts davon konnte den Holzfäller trösten. Hatte ein Mann von Kassims Moral und Ehre erst einmal das Versteck eines Goldschatzes entdeckt, so würde er nicht eher ruhen, bis er dieses Gold endgültig in seinen Gewahrsam gebracht hatte. Und was die Sache noch schlimmer machte, war die Tatsache, daß jener Mann, für den sein Bruder arbeitete, noch viele andere in seinen Diensten hatte, die

die gleiche Auffassung von Moral und Ehre besaßen und in den gleichen Bahnen dachten wie Kassim. Erst jetzt erkannte Ali Baba, daß der weise Spruch: ›Wie gewonnen, so zerronnen!‹ wohl von klugen Männern stammte, die dabei sein Gold im Sinn gehabt hatten.

Doch Ali Babas Schicksal sollte noch weitaus wunderlichere Dinge bereithalten als nur jene Zauberworte ›Sesam, öffne dich!‹, denn in jenem Augenblick nahm eine wahrlich unglaubliche Folge von Ereignissen ihren Anfang. Obwohl Ali Baba erst später von diesen Geschehnissen erfuhr – und zudem noch in einer leicht veränderten Fassung –, will ich sie nun doch hier an dieser Stelle berichten, und zwar so, wie sie sich in Wahrheit zugetragen hatten, damit ihr die Zusammenhänge versteht.

So kam es also, daß Kassim beim ersten Hahnenschrei am nächsten Morgen zu jener Stelle im Wald aufbrach, die Ali Baba ihm beschrieben hatte, ohne in der Nacht ein Auge zugemacht zu haben. Und als habgieriger Mann, der er nun einmal war, nahm Kassim gleich ein Dutzend Maultiere und zwei edle Pferde mit, die ihm helfen sollten, die Beute zu tragen, an die er so leicht zu gelangen glaubte.

Nun waren Kassim und Ali Baba aber, obwohl sie Brüder waren, in allen Dingen außer ihrer Abstammung derart verschieden, als wären sie die Früchte eines Baumes, der in einem Sommer Birnen und im nächsten Feigen trägt. Und so kam es, daß Kassim, als er in die Nähe der Lichtung mit dem großen Felsen gelangte, diese schnurstracks betrat, statt erst einmal die Umgebung nach Feinden abzusuchen, wie es der Holzfäller sicherlich getan hätte. Und sobald er auf der Lichtung war, band Kassim seine Maultiere an den nächstbesten Baum, anstatt seine Tiere zu verstecken. Nun ja, in den vielen Jahren, die er als Vollstrecker von Vier-Fingers Befehlen verbracht hatte, waren ihm Eigenschaften wie Fingerspitzengefühl und Vorsicht verlorengegangen. Kassim hielt sich nicht mit langen Vorbereitungen auf und ging gleich mit großen Schritten auf den mächtigen Felsen zu. Dabei sprach er so laut, daß es durch den halben Wald schallte:

»Sesam, öffne dich!«

Und da die Wirkung von Zaubersprüchen unabhängig von den Charaktereigenschaften derer ist, die sie aussprechen, rollte der Felsbrocken mit einem beeindruckenden Poltern zur Seite, das die Erde erzittern ließ. Kassim stellte hocherfreut fest, daß sein Bruder die Wahrheit gesagt hatte, und beschloß, die Strafen vorerst einmal zu vergessen, die er sich für den Fall ausgedacht hatte, daß Ali Baba ihn belogen hätte. Ohne zu zögern schritt er in die Höhle, die sich vor ihm aufgetan hatte, und nach einem schnell dahingesprochenen ›Sesam, schließe dich!‹ – denn selbst jemand, der so sorglos war wie Kassim, wußte, daß es immer ratsam war, den eigenen Rücken zu decken – folgte er den Angaben seines Bruders, bis er jenes Gewölbe erreichte, das bis zur Decke mit Gold, Edelsteinen und anderen Schätzen gefüllt war.

Kassim zog den Vorhang zur Seite und war minutenlang überwältigt. Hier, in diesem einen Gewölbe gab es mehr Gold als in all den zahlreichen Schatzkammern seines Herrn und Meisters Vier-Finger zusammengenommen! Warum nur hatte er nicht fünfzig Maultiere und zehn Pferde mitgebracht?

Trotz des sagenhaften Anblicks behielt Kassim jedoch einen klaren Kopf und schalt sich nicht zu sehr. Denn sollte er all den Reichtum, den er diesmal mit sich nehmen konnte, tatsächlich jemals ausgeben, nun, dann konnte er immer noch zurückkommen, um sich Nachschub zu holen. Und selbst wenn ihm diese Möglichkeit aus irgendwelchen Gründen verwehrt sein sollte, blieb ja immer noch sein rückgratloser Bruder, dem er ohne Probleme jede Summe würde abpressen können. So kam es also, daß er sich vergnügt ans Werk machte und die vielen Säcke füllte, die er mitgebracht hatte. Die Stunden vergingen wie im Fluge, doch alles hat einmal ein Ende, und schließlich hatte Kassim jeden einzelnen Sack bis zum Bersten gefüllt und von der Schatzkammer zum Eingang der Höhle geschleppt. Jetzt galt es nur noch, den Stein zur Seite zu rollen, die Tiere zu bepacken, und für den Rest seiner Tage würde er ein reicher Mann sein.

Er öffnete den Mund, um die magischen Worte zu sagen,

doch an ihrer Stelle kam nur ein Gähnen heraus. Er war so mit seiner Aufgabe beschäftigt gewesen, daß er erst jetzt bemerkte, welch große Müdigkeit ihn befallen hatte. Doch er hatte keine Zeit zum Ruhen, denn es konnte nicht mehr lange dauern, bis die Sonne sich hinter dem Berg mit dem verzauberten Felsen hinabsenken würde, und langjährige Erfahrungen hatten ihn gelehrt, daß man große Schätze am besten zu später Nachtstunde beförderte. Er versuchte, sich den Schlaf aus den Augen zu reiben, starrte den großen Felsen vor sich an und sagte schnell, bevor ihm ein weiteres Gähnen entschlüpfen konnte, drei Worte:

»Sisal, öffne dich!«

Er wartete geduldig, daß der Stein zur Seite rollte, aber nichts geschah.

Kassim runzelte die Stirn. Irgend etwas war nicht in Ordnung. Vielleicht hatte die Müdigkeit seine Stimme zittern lassen und seinem Befehl einfach der nötige Nachdruck gefehlt. Daher wiederholte er ihn jetzt, und diesmal schrie er die Worte fast:

»Sisal, öffne dich!«

Der gewaltige Felsen bewegte sich so wenig wie zuvor. In diesem Augenblick kam Kassim ein furchtbarer Verdacht. Er drehte sich um und warf einen zärtlichen Blick auf all sein Gold. Konnte es tatsächlich sein, daß ein ganzer Tag des Zählens unzählbarer Reichtümer einem so besonnenen Mann wie ihm das Erinnerungsvermögen getrübt hatte?

Nun, Kassim hatte schon in weitaus verzwickteren Klemmen gesteckt. Wenn die Beschwörungsformel kein Sisal beinhaltete, dann war es mit Sicherheit irgendein anderes landwirtschaftliches Erzeugnis. Und jetzt, wo er darüber nachdachte, war er sich sicher, daß es ein sehr gewöhnliches Erzeugnis sein mußte; so gewöhnlich, daß man es leicht vergessen konnte, selbst wenn man mit einem so gewaltigen geistigen Fassungsvermögen ausgestattet war wie er. Er brauchte sich also bloß dazu zu zwingen, in gewöhnlicheren Bahnen zu denken, als er es üblicherweise tat.

»Hafer, öffne dich!« verkündete er. Der Felsen schien jedoch auch mit diesen Worten nicht zufrieden zu sein. Kassim versuchte angestrengt, sich zu konzentrieren, was ihm allerdings immer größere Schwierigkeiten bereitete, da sein Kopf schwer war vor Müdigkeit und seine Augen nur noch Gold und Edelsteine sahen. Vielleicht, so überlegte er, war er noch nicht gewöhnlich genug.

»Bohne, öffne dich!«

Nein, das klang nicht sehr überzeugend. Kassim verspürte einen Anflug von Unruhe in sich aufsteigen. Sollte er in diesem Felsbrocken am Ende einen Gegner gefunden haben, der seinen Überredungskünsten zu widerstehen vermochte? Und doch, wieviel Körner und Nahrungsmittel konnte es schon geben? Er würde einfach alles nennen, was er an landwirtschaftlichen Erzeugnissen kannte. Eines würde schließlich Wirkung zeigen! Er befahl dem Stein, zur Seite zu rollen, im Namen des Roggens, der Hirse, der Kichererbse, des Maises, des Buchweizens, des Getreides, des Reises und der Wicke.

Die ganze Zeit über blieb der Felsen stur an seinem Platz und gab nicht einmal ein leises Knirschen von sich. Kassim glaubte, alle landwirtschaftlichen Erzeugnisse durchprobiert zu haben, die die zivilisierte Menschheit je gekannt hatte, und Panik überkam ihn. Außerdem war er sich nicht ganz sicher, was für eine Art von Pflanze die Wicke war. Möglicherweise, so dachte er in seiner aufkeimenden Furcht, war es gar nicht der erste Teil der Beschwörung, den er vergessen hatte. Konnte es sein, daß es nicht die Anrede, sondern der eigentliche Befehl war, an den er sich nicht mehr richtig erinnerte?

»Gerste, geh auf!« rief er schnell.

Wie ihr sicher erwartet habt, zeigten auch diese Worte keinerlei Wirkung. Kassims Gedanken rasten so schnell durch seinen Kopf wie ein Kaninchen zu seinem Bau. Welche Worte gab es noch, die mit ›öffnen‹ gleichbedeutend waren?

»Gerste, tu dich auf! Gerste, schließ dich auf! Gerste, mach auf!«

Inzwischen war Kassim soweit, daß er fürchtete, sich an gar nichts mehr erinnern zu können. Was, wenn Gerste tatsächlich nicht das richtige Wort war?

»Hafer, tu dich auf!« rief er. Und dann: »Hafer, schieb dich zur Seite!« und: »Hafer, mach auf!« und so weiter und so fort.

Als eine Beschwörung nach der anderen kein Ergebnis zeigte, spürte Kassim zwei Gefühle gleichzeitig in sich aufsteigen. Das eine war der Schrecken, daß es vielleicht eine Weile dauern konnte, bis er die richtigen Worte gefunden hatte, und er solange in der Falle saß. Das zweite, weitaus stärkere Gefühl, das das erste bald schon zu verdrängen drohte, war Wut auf seinen Bruder Ali Baba. Wie kam eine solch erbärmliche Kreatur, die sich einen Holzfäller schimpfte, dazu, seinen Bruder in eine derartig unangenehme Lage zu bringen? Hatte Ali Baba denn keinerlei Pflichtgefühl gegenüber der Familie? Und da hatte Kassim ihm gegenüber Gnade walten lassen wollen? Vielleicht sollte er seine Pläne noch einmal überdenken. Sobald er sich aus seinem vorübergehenden Gefängnis befreit hatte, würde Ali Baba für alle Unannehmlichkeiten büßen müssen, die er seinem Bruder bereitet hatte.

Kassims Wut verlieh ihm ungeahnte Kräfte. Ha! Das wäre doch gelacht! Irgendwann würde er ja wohl jede nur erdenkliche Zusammenstellung von Worten ausprobiert haben:

»Getreide, entkörne dich! Wicke, entranke dich!«

Während er so vor sich hin schrie, begann die Panik allmählich wieder Oberhand über die Wut zu gewinnen, und bald ertappte er sich dabei, wie er nur noch eine unsinnige Beschwörung nach der anderen herausbrüllte: »Bohnen, entschält euch! Hafer, mahle dich! Sesam, entöle dich!«, bis er keine Stimme mehr hatte und nur noch flüstern konnte.

Hatte er denn immer noch nicht jede nur mögliche Verknüpfung von Worten gebraucht? Na, warte! Und wie sein Bruder für all das würde büßen müssen, wenn Kassim sich erst einmal aus dieser mißlichen Lage befreit hatte!

Dann, als Kassim überhaupt kein Wort mehr über die Lippen brachte und zu guter Letzt eine Pause einlegen mußte, um neuen Atem zu schöpfen, rollte der Felsen zur Seite, als hätte er sich schließlich ganz von alleine dazu entschlossen.

Ach, wäre das doch der Fall gewesen! Es hätte sich als

weitaus bekömmlicher für Kassims zukünftiges Wohlergehen erwiesen. Doch auf der anderen Seite des geheimnisvollen Eingangs stand jemand. Um genau zu sein, es standen fast vierzig Jemande dort. Kassim sah nicht viel von ihren grimmigen Gesichtern hinter den noch grimmigeren Bärten, doch diesem Wenigen und der Farbe der Gewänder nach zu schließen, schienen sie ihm nicht gerade freundlich gesinnt zu sein. Groß und häßlich waren diese knapp vierzig Männer, doch gab es einen unter ihnen, der noch größer und häßlicher als alle anderen war. Und als dieser vortrat, erkannte Kassim, daß es sich bei ihm um den Räuberhauptmann handeln mußte.

»Na, wen haben wir denn da?« fragte der Anführer der Banditen, und Kassim begann sich noch unwohler in seiner Haut zu fühlen, jetzt, da der andere Mann seinen Mund geöffnet und seine Zähne entblößt hatte. Diese erwiesen sich als ausgezackt und verfault, als äße er nichts anderes als rohes Fleisch.

Kassim wußte genau, was Vier-Finger tun würde, fände er jemanden in einer seiner Schatzkammern. Und im Vergleich zu diesem rauhen Räuberhauptmann sah Vier-Finger wie eine gütige Vaterfigur aus! Kassim rechnete fest damit, auf der Stelle durchbohrt zu werden – er wußte nur noch nicht, von wie vielen Schwertern.

Doch der Anführer der schrecklichen Horde zögerte. »Einen Augenblick mal! Wie viele Räuber sind wir im Moment?«

Nein, Kassim würde auf keinen Fall ihre grausamen Abzählspielchen mitmachen! Er war ein Mann der Tat. Wenn er schon sterben mußte, dann lieber schnell, wenn auch vielleicht auf brutale Art und Weise. Nun, zumindest in diesem Fall bekam Kassim schließlich, was er sich gewünscht hatte.

Er stürmte nach vorn und versuchte die Reihen der knapp vierzig Männer zu durchbrechen. Er stieß den stämmigen Anführer beiseite, doch der war pfeilschnell wieder heran und packte Kassim am Kinn, während neununddreißig andere Männer gleichzeitig ihre Krummsäbel zückten. Und so fanden Kassims schändliche Taten am Ende eine gerechte Strafe. Seine Gefangenschaft – und zwar nicht nur die in der Höhle, sondern auch die in seiner eigenen Panik – war nur der Auftakt gewesen. Der Tod würde der nächste Akt sein.

Doch er war noch nicht das Finale. Und dieser letzte Teil der Strafe sollte schlimmer sein als alles andere.

Während Kassim auf den Urteilsspruch von fast vierzig Schwertern wartete, die schließlich alle gleichzeitig auf ihn hinabsausten, als würden sie von einer einzigen Hand geführt, da glaubte er, noch ein anderes Geräusch zu hören; ein Geräusch, das hinter ihm erklang. Und doch gab es dort nur die rauhen Felswände der Höhle.

Es war wirklich abwegig, was ihm durch den Kopf schoß; ein äußerst ungewöhnlicher letzter Gedanke, wie er ihn in einem solchen Moment ganz sicher nicht erwartet hätte:

Was, so überlegte er, *war das wohl für eine seltsame Kreatur, die sich in einer Höhle verborgen hielt und derart gehässig kicherte?*

Das 5. der 34 Kapitel, in dem wir erkennen, daß sechs Teile mehr als ein Ganzes sein können.

Ali Baba war kein glücklicher Holzfäller. In der Tat, er war so von Sorgen geplagt, daß er noch nicht einmal in der Lage war, seinen täglichen Geschäften nachzugehen. Statt dessen suchte er in jedem nur erdenklichen Schatten, den seine äußerst unzureichende Behausung zu bieten hatte, Schutz vor der brütenden Mittagshitze. Und dennoch, je mehr er sich aus dieser drükkend heißen Welt zurückzog, um so nachdenklicher brütete er über seinen Sorgen. Sein Geheimnis war nicht länger sicher, denn sein höchst unehrenhafter Bruder Kassim hatte herausgefunden, wo sich die Schatzhöhle befand.

Er dachte erneut an jene neununddreißig Räuber, die den Schatz bewachten. Wenn sie bisher nicht bereits entschlossen gewesen sein sollten, Ali Baba wegen seines kleinen, unbedeutenden Diebstahls zu verfolgen, so hatte er keinen Zweifel daran, daß sie jetzt erst richtig in Zorn geraten würden über die Verluste, die Kassim ihnen zufügen würde. Denn Ali Baba war ein genügsamer Mensch, selbst wenn es um Gold ging. Dasselbe konnte man nicht unbedingt von Kassim sagen.

Kassim war nicht der Mann, der Bescheidenheit walten ließ. Wie groß auch die Beute bei seiner Rückkehr ausfallen mochte, er und seine Frau würden sie bereits verschwendet haben, noch ehe der Frühling in den Sommer übergegangen war.

Ali Baba mußte feststellen, daß er ungewöhnlich stark zu schwitzen begann für einen Mann, der im Schatten saß.

Dazu kam, daß Kassim nicht gerade der Verschwiegenste war, und seine zahlreichen Freunde, die auch nicht eben einen guten Ruf genossen, würden sicher ganz erpicht darauf sein, der Quelle seines neuen Reichtums auf die Spur zu kommen.

Ach, stöhnte Ali Baba, was würde er nicht alles für eine kühle Brise geben!

Vielleicht sollte er einfach die Augen schließen und vor sich hindösen, bis sein Bruder zurückkam. Doch jedesmal, wenn er seine Lider schloß, hatte er Visionen von schnell schrumpfenden Goldschätzen. Richtete er seinen Blick in diesem Traum in die eine Richtung, so sah er, wie ganze Wagenladungen von Reichtümern von Kassim und Vier-Finger weggekarrt wurden. Wandte sein Traum-Ich sich ab, dann nur, um Zeuge zu werden, wie ihm *sein* Gold von vierzig schwarzgekleideten Männern aus dem Wald wieder abgenommen wurde.

Stunde um Stunde verging, und eine Lösung war so fern wie eh und je. Seine Probleme glichen einer Grube voller Treibsand, aus der es kein Entrinnen gab. Und immer noch war kein Ende des Dramas abzusehen. Der Holzfäller sah den Abend sich in dunkle Nacht verwandeln, doch kein Bruder erschien, um mit seinem neu gewonnen Reichtum zu prahlen. Ali Baba blinzelte kurz und hätte schwören können, daß er schon den ersten schwachen Schimmer des Morgengrauens aufziehen sah, und noch immer war weder ein ungestümes Lärmen noch ein gehässiges Lachen zu hören, wie es für gewöhnlich die Ankunft Kassims begleitete.

Sollte sich ihm auf einmal ein völlig anderes Problem stellen, überlegte Ali Baba. Doch nein! Sicherlich war Kassim schlau genug, der Räuberbande aus dem Weg zu gehen.

Doch andererseits war ja sogar Ali Baba von dieser ruchlosen Truppe entdeckt worden, und Ali Baba kannte sich, anders als Kassim, in den Wäldern gut aus.

Ein Klopfen am Zaun riß den Holzfäller aus seinen Überlegungen.

»Wach auf, o Schwager«, erklang die kräftige und dennoch honigsüße Stimme von Kassims Frau. »Du wirst doch nicht schlafen, wenn ein Mitglied der Familie in großer Gefahr schwebt.« Und nach einer Pause fügte sie in etwas sanfterem Tonfall hinzu: »Ganz abgesehen davon, ist es, wie ich denke, wirklich eine Schande, wenn man alleine schlafen muß.«

»Schlafen?« Aus unerfindlichen Gründen verspürte Ali Baba bei diesem Wort ein leichtes Unbehagen. Außerdem stellte er fest, daß ihm erneut der Schweiß ausbrach. »Ich habe nicht geschlafen«, meinte er mit Nachdruck, nachdem er sich wieder daran erinnert hatte, wie man einen vollständigen Satz bildete. »Ich war vielmehr ganz in Gedanken versunken.« Jetzt, da der Holzfäller einen Augenblick Zeit hatte, darüber nachzudenken, wunderte er sich schon, mit welch erstaunlicher Geschwindigkeit der Morgen heraufgezogen war.

»Ich wünschte, ich könnte mich in einen ähnlichen Zustand versenken«, murmelte Kassims Frau und fügte dann, als ob sie sich jetzt erst daran erinnerte, wo sie sich befand, hinzu: »Aber dein Bruder ist von dem gefährlichen Abenteuer, auf das du ihn geschickt hast, nicht zurückgekehrt. Sicherlich wirst du dich daher auf den Weg machen und ihn suchen!«

Ja, dachte Ali Baba, wenn man die Sache aus einem solchen Blickwinkel betrachtete, war dies wohl seine Pflicht und Schuldigkeit. Er riß sich daher von dem bezaubernden Anblick, den die Frau seines Bruders bot, los und ging, um seinem eigenen Eheweib von seinen Verpflichtungen zu erzählen.

»O Weh und Ach!« begann sie zu klagen. »Dann mußt du also tatsächlich in jenen grauenvollen Wald zurück, aus dem du neulich nur mit knapper Not entkommen bist, ohne deinen Kopf dabei zu verlieren?«

Ali Baba fand es zwar sehr umsichtig von seiner Frau, ihn an solche Dinge zu erinnern, aber es trug nicht dazu bei, seine Begeisterung zu steigern, doch Pflicht war nun einmal Pflicht. Und so kam es, daß sich Ali Baba im Licht des neuen Morgens wieder auf den Weg in jenen verzauberten, gefährlichen Wald machte, in dem es beim letztenmal zu jener schicksalhaften Begegnung gekommen war. Er nahm nur ein einziges Maultier mit, denn falls er erneut etwas zurückbringen würde, dann gewiß keine Unmengen von Gold.

Einige Zeit später erreichte er jene unglückselige Lichtung im Wald und stellte fest, daß alles ganz ruhig war. Er konnte zunächst keine Spur von seinem Bruder oder den vielen Lasttieren entdecken, die Kassim mitgenommen hatte, um sie mit den Schätzen zu beladen. Bei näherer Untersuchung des trockenen Bodens fand er jedoch die Abdrücke von zahlreichen Maultieren, die aus derselben Richtung wie er gekommen waren. Allerdings wurden diese Abdrücke, die eindeutig verrieten, daß die Tiere ganz ruhig gegangen waren, in der Mitte der Lichtung von Spuren überdeckt, die sich weitaus tiefer in den Boden gegraben hatten – die Spuren vieler galoppierender Pferde. Die Erde war regelrecht umgepflügt, so daß Ali Baba keinerlei Schwierigkeiten hatte, sich vorzustellen, daß diese Hufspuren von knapp vierzig Reittieren hinterlassen worden waren, die knapp vierzig Männer in Schwarz auf ihren Rücken getragen hatten.

Diese knapp vierzig Männer schienen Kassims Pferde und Maultiere beseitigt zu haben. Und ohne Zweifel hatten sie auch Kassim selbst beseitigt.

Dennoch gab Ali Baba die Hoffnung so schnell nicht auf, denn seine erst kürzlich gemachten Erfahrungen mit den Räubern einschließlich seiner viel zu kurzen Laufbahn als vierzigstes Bandenmitglied lehrten ihn, daß die Gesundheit seines Bruders, ja, dessen Leben überhaupt, weniger von dem Verhalten Kassims abhing, als von dem Umstand, wieviel Mann die Räuberbande zum Zeitpunkt ihrer Begegnung gerade zählte.

Ringsum herrschte Totenstille. Was immer die Banditen hier getan hatten, sie schienen nicht den Wunsch verspürt zu haben, sich lange aufzuhalten. War das nun ein schlechtes oder ein gutes Zeichen, was Kassims Schicksal betraf? Der Holzfäller sah zu dem Felsen auf, der den Eingang der Schatzhöhle verschloß. Barg diese möglicherweise Hinweise darauf, was mit seinem Bruder geschehen war? Nun, egal, welche Folgen es haben würde, er mußte sich einfach Gewißheit verschaffen.

»Sesam, öffne dich«, sagte er daher mit einem leichten Zittern in der Stimme.

Der Felsbrocken rollte zur Seite, wie er es vor zwei Tagen auch getan hatte. Während der verzauberte Felsen sich bewegte, stand der Holzfäller auf Zehenspitzen da, bereit, sich beim ersten Anzeichen einer Falle aus dem Staub zu machen. Doch schien das Innere der Höhle ebenso verlassen wie die Lichtung davor.

Er ließ jedoch alle Hoffnung fahren, nachdem er in der Höhle weiter Anzeichen dafür entdeckte, daß es wohl nicht gut um Kassim stand. Erstens schien der Weg mit einer dunklen, rotbraunen Flüssigkeit verschmiert zu sein, die an getrocknetes Blut erinnerte. Und wenn man zweitens die außergewöhnliche Durchlässigkeit des Erdreiches bedachte … nun, um derart große braune Flecken zurückzulassen, mußte wohl eine ganze Menge dunkles, rotbraunes Blut geflossen sein.

Doch es kam noch schlimmer, denn was dann folgte, ließ in Ali Baba den Veracht aufkeimen, daß er sich möglicherweise nicht allein in der Höhle aufhielt. Als er über den tiefbraunen Pfad schritt, plumpste etwas links von ihm in einer stockfinsteren Ecke zu Boden. Und er hatte gerade erst einen zögerlichen Schritt in Richtung dieses Geräusches gemacht, als zu seiner Rechten ein Schlurfen erklang. Er blieb wie angewurzelt stehen, konnte sich nicht entscheiden, wohin er sich wenden sollte, als auch noch etwas direkt hinter ihm aufstampfte.

In Ali Babas Kopf schwirrten alle möglichen unangenehmen Gedanken herum. Obwohl die hauptsächlich mit Gold gefüllten Höhlen in diesem Berg wie bei seinem ersten Besuch in das helle Licht von Fackeln getaucht waren, die nie zu erlöschen schienen, war es doch gut möglich, daß sich jene Räuber, die Kassim angegriffen hatten, in den düsteren Winkeln dieser Kavernen versteckt hielten und auf ein neues unglückliches Opfer lauerten. Oder, was noch schlimmer gewesen wäre, der Zauber, der über diesen Höhlen lag, erschöpfte sich nicht allein in einem einfachen ›Sesam, öffne dich!‹.

Ali Baba wurde mit einem Mal klar, daß er sich besser hätte vorbereiten müssen, und zwar am besten auf das Schlimmste aller denkbaren Ereignisse. Abgesehen von einigen kleinen Werkzeugen, die er zum Holzfällen brauchte und immer bei sich trug, war er vollkommen wehrlos.

Ein weiteres Plumpsen, ein zweites Schlürfen und ein erneutes Stampfen wurden von einem Geräusch begleitet, als würde etwas über den Boden geschleift. Ali Baba sah sich hastig in allen Richtungen um, konnte aber in den Schatten nichts erkennen. Nirgendwo schälten sich die Konturen eines Menschen aus der Dunkelheit. Dennoch hörte er auch weiterhin, wie sich etwas bewegte, und zwar in mehrere Richtungen gleichzeitig. Ein Bild des Grauens tauchte plötzlich vor Ali Babas innerem Auge auf, ein Bild von einem Dutzend furchterregender Schlangen, die ihn umzingelten und sich ihm unerbittlich von allen Seiten näherten. Er erinnerte sich an jenes seltsame Geräusch, das er vernommen hatte, als er vor zwei Tagen die Höhle verlassen hatte. Warum hatte er eigentlich seinen Bruder nicht davor gewarnt? Und was vielleicht noch wichtiger war: Warum hatte er selbst nicht mehr daran gedacht?

Dem Holzfäller wurde klar, daß er hier nur noch Entdekkungen machen konnte, die seiner Gesundheit nicht zuträglich waren. Daher bewegte er sich schnell in Richtung des tiefer im Innern liegenden Gewölbes, in dem er damals das Gold entdeckt hatte.

Doch an diesem Tag und an diesem Ort schien es keine einfachen Lösungen für seine Probleme zu geben, denn hinter dem Vorhang, der zu dem Schatz führte, hörte Ali Baba ein Stöhnen.

Damit war er nun wirklich umzingelt. Doch wenn er schon sein Leben aushauchen sollte, dann würde er es in einer Art und Weise tun, die seinem Stand alle Ehre machen würde. »Nehmt euch in acht, o wer auch immer hier herumschleicht«, rief er und versuchte, seine Stimme so zuversichtlich und todesverachtend klingen zu lassen, wie es ihm unter diesen Umständen möglich war. »Ich bin mit einem Beil bewaffnet, und ich weiß, wie man damit umgeht!«

Zu seiner großen Verblüffung erklang auf der anderen Seite des Vorhangs eine recht vertraute Stimme. »Du wagst es, deinem armen Bruder derartige Drohungen entgegenzuschleudern? Oder zumindest den Teilen, die von deinem armen Bruder übriggeblieben sind?«

Ali Baba zog den Vorhang, der die beiden Kammern voneinander trennte, schnell zur Seite und sah Kassims Kopf, der auf einem großen Haufen Gold ruhte.

»Lieber Bruder!« rief der Holzfäller überaus erleichtert. »Ich fürchtete schon, ich würde nie mehr mit dir sprechen können. Ich hatte schreckliche Visionen von Räubern, die dich mißhandeln und ermorden.«

»Mich mißhandeln?« entgegnete Kassim finster. »Mich ermorden? Ja, beides haben sie getan, und das war erst der Anfang!«

Diese letzte Bemerkung brachte Ali Baba völlig aus der Fassung. Was auch immer in dieser Höhle geschehen sein mochte, es schien auf jeden Fall den Verstand seines Bruders verwirrt zu haben.

»Komm, komm«, erwiderte Ali Baba und versuchte, so aufmunternd wie möglich zu klingen. »So schlimm wird es schon nicht gewesen sein. Ich werde dich aus deinem goldenen Gefängnis befreien, und wir werden zusammen von diesem verfluchten Ort fliehen.«

Zu seiner erneuten Verblüffung brach Kassim in ein bitteres Lachen aus. »Du nimmst also an, daß ich unter diesem meinem Mund noch einen Körper besitze?«

»Könntest du sonst noch mit mir reden?« erwiderte Ali Baba schnell. »Die Gefangenschaft in einem Berg aus Gold hat deinen Verstand wohl etwas verwirrt.«

Kassims nächste Entgegnung war sehr viel nüchterner. »In einer Welt, die nicht verrückt ist, wäre das vielleicht der Fall. Doch nur mein Kopf bleibt mir, um über meine Torheiten nachzudenken, und den restlichen Teilen meines Körpers bleibt nichts anders übrig, als zu versuchen, sich wieder mit ihm zu vereinigen.«

Dem Holzfäller seinerseits blieb nichts anderes übrig, als zu hoffen, daß Kassim aufhören würde, solchen Unsinn zu reden, wenn er erst einmal aus dem verzauberten Gefängnis befreit war. In diesem Augenblick vernahm Ali Baba erneut die Geräusche aus der anderen Kammer.

»Wie könntest du auch verstehen?« plapperte Kassim vor sich hin. »Diese Höhle birgt einen Zauber in sich, der weit über das Vorstellungsvermögen eines Sterblichen hinausgeht.« Zum zweitenmal erklang das bittere Lachen. »Nicht, daß es mir anstünde, von Sterblichkeit zu reden.«

Je eher es Ali Baba gelang, seinen Bruder hier heraus und in die heilenden Strahlen der Sonne zu bringen, desto besser. »Sprich nicht weiter in Rätseln«, sagte er. »Ich komme und helfe dir. Warte einen Augenblick, und ich werde Hand anlegen an dein Gefängnis.«

»Nein, lieber Bruder«, lautete Kassims Antwort. »Gleich werde ich mir selbst eine Hand anlegen. Wenn du so freundlich wärst und einen Schritt zur Seite gehen würdest.«

Der Holzfäller spürte, wie etwas gegen seinen Fuß drückte, ein kleines Tier vielleicht. Er sah schnell nach unten. Erneut tanzten Bilder von tödlichen Schlangen in seiner Phantasie.

Ach, wäre es doch nur eine Schlange gewesen! Ali Baba machte einen Satz, der ihn fast gegen die Decke der Höhle prallen ließ. Dort, an seinem Fuß, kroch eine Hand über den ausgetrockneten Boden. Daran hing ein Arm, der bis zur Schulter reichte, allerdings ohne diese, denn dieses kriechende Etwas endete abrupt in einer blutigen Masse aus Fleisch und Knochen.

»Was ist das?« schrie Ali Baba und fühlte seinen Verstand in jene entfernten Regionen entschwinden, in denen der seines Bruders schon eine Zeitlang verweilen mußte.

»Ach, das ist nur ein Stück von mir«, erwiderte Kassim, und auf einmal klang er ganz gefaßt und vernünftig. »Auf eben diese Art und Weise wurde ich von jenen schändlichen Räubern gequält und getötet: Sie haben mich nicht nur gevierteilt, sie haben mich gesechsteilt.«

»Ge-sechs-teilt?« würgte Ali Baba hervor, obwohl sich seine Kehle anfühlte, als versorgte sie seine Stimmbänder nicht länger mit Luft. Die Hand zog inzwischen den an ihr hängenden Arm weiter in Richtung des Goldberges.

»Zwei Arme, zwei Beine, ein Kopf und ein Rumpf«, zählte Kassim in aller Seelenruhe auf. »Meinen Kopf ließen sie auf diesem Goldhaufen als Warnung für jeden, der in diese Höhle eindringen würde. Der Rest von mir wurde hier und da in den Kammern verstreut.«

»Sie haben dich über die ganze Höhle verstreut zurückgelassen?« fragte Ali Baba ungläubig. Eine solche Tat schien nicht gerade für eine ordentliche Haushaltsführung zu sprechen.

»Es war das letzte, was sie getan haben«, erklärte Kassim, und der Tonfall seiner Stimme klang wie ein Echo von des Holzfällers Ungläubigkeit. »Nachdem sie mit mir fertig waren, schienen es die Räuber ungewöhnlich eilig zu haben, wieder zu verschwinden.«

Ali Baba erinnerte sich an die Ereignisse vor wenigen Tagen und wie schnell die Räuber damals verschwunden waren, nachdem sie ihn gefangengenommen hatten. Die Banditen schienen von einem Raubzug zum anderen zu hetzen, obwohl alleine in dieser Kammer bereits genug Gold gelagert war, daß Hunderte von Generationen in Wohlstand und Luxus leben konnten. Derart, so überlegte er, war der Wahnsinn, der mit großem Reichtum einhergehen konnte!

In diesem Augenblick allerdings mußte er sich einer ganz anderen Art von Wahnsinn stellen. Er sah erneut zu dem Teil seines Bruders hinüber, der immer noch mit ihm reden konnte.

»Es sieht offensichtlich so aus«, antwortete Kassim, noch ehe Ali Baba eine Frage stellen konnte, »daß nichts, was in dieser verzauberten Höhle getötet wird, wirklich sterben kann.« Seine Stimme verwandelte sich in ein verzweifeltes Heulen, als er die ganze Tragweite seines Schicksals bedachte. »Diese niederträchtigen Meuchelmörder haben mich einfach hier zurückgelassen, und Allah ist mein Zeuge, ich bin wahrlich nicht aus freien Stücken geblieben, nein, ich bin vielmehr *in* vielen Stücken geblieben und werde nie in Frieden ruhen können!«

Bei dieser Bemerkung fühlte der Holzfäller, wie sich seine Kehle erneut zusammenschnürte. Dies war wahrlich ein schreckliches Schicksal, eines von der Art, das Ali Baba keinem Menschen wünschen würde, nicht einmal seinem Bruder.

»Ich kann dich so nicht zurücklassen!« rief der Holzfäller voller Mitgefühl. »Bitte, sag mir, was ich tun kann.«

Der Kopf seufzte tief. »In der Tat, so kann ich nicht leben. Aber ich wäre gerne wieder zusammengesetzt, bevor ich sterbe.«

Ali Baba sprang schnell zur Seite, als ein Fuß und ein Bein an ihm vorbei auf den großen Goldberg hüpften. Der Wunsch seines Bruders erschien ihm äußerst berechtigt, wenn man die Umstände genauer bedachte.

»Nun gut«, entgegnete Ali Baba. Dennoch war ihm klar, daß er als Holzfäller viel mehr Erfahrung mit dem Zerlegen als mit dem Zusammensetzen von Dingen hatte. Daher fragte er: »Hast du eine Idee, wie ich das anstellen könnte?«

Der Kopf nickte zu den Händen und Beinen hinunter, die sich am Fuße seines goldenen Sockels versammelt hatten. »Ich fürchte, mein Rumpf ist völlig ohne Fortbewegungsmöglichkeiten. Wenn du ihn holen könntest, um ihn zu meinen übrigen Teilen zu bringen, wäre ich dir bis ans Ende meiner Tage sehr verbunden, was in Anbetracht meiner augenblicklichen Lage eine äußerst kurze Zeitspanne sein dürfte.« Kassim hielt inne, um erneut zu seufzen.

Seinen Rumpf? Ali Baba fragte, wo sich dieser Rumpf befände, und erfuhr, daß er in eine Ecke der äußeren Kammer verfrachtet worden war.

Daraufhin ging der Holzfäller in die äußere Kammer zurück, und es dauerte nicht lange, bis er Kassims fehlendes Stück entdeckt hatte. Der blutüberströmte Rest eines menschlichen Körpers. Dies war – bei Allah! – nicht die angenehmste aller Aufgaben, überlegte er, und wenn man genauer darüber nachdachte: Was hatte sein Bruder eigentlich jemals für *ihn* getan?

Ali Baba atmete tief durch. Er hatte sich von seinen familiären Verpflichtungen nun schon so weit leiten lassen, also konnte er jetzt auch noch seine Aufgabe zu Ende bringen.

Er ließ seinen Blick durch die Kammer schweifen, bis er auf eine Ansammlung von Weidenkörben fiel, die in einer der vielen Winkel der Höhle standen. Er suchte sich einen besonders großen aus und entdeckte, nachdem er den Deckel abgehoben hatte, daß er außer ein paar wertvollen Edelsteinen, groß wie Gänseeier, nichts enthielt. Er kippte den Korb um, so daß all die vielen Steine hinausrollen konnten, und dann stopfte er, sorgsam darauf bedacht, in der Nähe des abgetrennten Körperteils nicht einzuatmen, den Rumpf dort hinein, wo eben noch die Juwelen verstaut gewesen waren.

Anschließend trug er den Weidenkorb in die goldene Kammer und lud dort mit großer Sorgfalt auch noch die anderen Teile seines Bruders hinein.

»Vorsicht!« rief Kassim, als Ali Baba den Kopf zum Rest des Körpers steckte. Nun, er hatte schon immer an allem herumgemäkelt.

Als Ali Baba den Korb aufheben wollte, um ihn aus den Tiefen des Berges hinaufzutragen, kam ihm ein neuer und recht beunruhigender Gedanke. »Aber was wird geschehen, o Kassim, wenn wir diese Höhle verlassen?« fragte der Holzfäller voller Zweifel. »Werde ich dich töten, wenn ich dich hinausbringe?«

»Nennst du das hier etwa Leben?« lautete die Antwort des Kopfes. Kassim schien jede Hoffnung aufgegeben zu haben. »Wenn ich sterben muß, dann laß es mich wenigstens irgendwo anders als hier drinnen tun.«

Also erfüllte Ali Baba den Wunsch seines Bruders, und halb trug er, halb zog er den nun ziemlich schweren Weidenkorb aus der Schatzkammer zurück in die Vorhöhle.

»Du wunderst dich vielleicht«, meinte Kassim beiläufig, während seine Einzelstücke von Kammer zu Kammer geschleppt wurden, »wie ich in diese mißliche Lage geraten bin.«

Ob er sich wunderte? Ali Baba erkannte, daß er von den Wendungen, die die Dinge zuletzt genommen hatten, viel zu entsetzt gewesen war, um sich noch über irgend etwas zu wundern. Doch mit Sicherheit würde er auch diesmal darüber erstaunt sein, auf welche Weise ihm Kassim wieder einmal die Schuld für seinen augenblicklichen Zustand in die Sandalen schieben würde.

»Es war mein Fehler«, gab Kassim zur Überraschung des Holzfällers zu. »Ich konnte mich nicht mehr an die Zauberworte erinnern.

Ali Baba setzte den Korb ab, als er den großen Felsen erreicht hatte. »Ganz einfach«, entgegnete er. Endlich einmal war sein Bruder verzweifelt genug auf seine Hilfe angewiesen, um ihm zuhören zu müssen.

»Ganz einfach?« erwiderte Kassim aus dem Korb heraus. »An *diese* Worte kann ich mich überhaupt nicht mehr erinnern. Kein Wunder, daß ich keinen Erfolg hatte. Ich dachte, die Beschwörungsformel hätte etwas mit Körnern zu tun.«

»Nein, nein«, antwortete Ali Baba. »Das sind nicht die Worte.« Offensichtlich war sein Bruder doch nicht bereit, ihm zuzuhören. Noch bevor der Holzfäller allerdings eine weitere Bemerkung machen konnte, begann der Felsen von selbst zur Seite zu rollen.

»Das sollen nicht die richtigen Worte sein, wo sich der Felsen doch bewegt?« fragte Kassim argwöhnisch. »Es ist aber gar nicht nett von dir, einen Mann auf den Arm zu nehmen, der erst vor kurzem in sechs Teile zerhackt wurde.«

»Ich habe die Zauberworte nicht gesprochen«, entgegnete Ali Baba verblüfft.

Ali Babas Tonfall vertrieb den Argwohn aus der Stimme seines Bruders. »Aber wieso ist dann der Felsen ...«

»Jemand anderes muß sie ausgesprochen haben. Jemand, der draußen ist und hereinkommen will.«

Der Felsen bewegte sich nicht mehr.

»Nun, lieber Bruder, wir haben es zumindest versucht«, meinte Kassim mit einer gewissen Resignation. »Vielleicht können unsere Köpfe lange Unterhaltungen führen, falls man sie beide oben auf dem Gold zurückläßt.«

Oben auf dem Gold? O weh!

Wieder einmal war Ali Babas Kehle wie zugeschnürt, als er sich vorzustellen versuchte, wie sein zukünftiges Leben wohl aussehen würde – nachdem man ihn nämlich in viele kleine Stücke zerhackt hatte.

Das 6. der 34 Kapitel,
in dem wir lernen,
wie schnell man unter
die Räuber fallen kann –
und wie schnell diese
manchmal fallen.

Irgendwann wagte Ali Baba es schließlich, einen Blick auf jene Stelle zu werfen, an der eben noch der große Felsen gelegen hatte. Er war nicht im mindesten überrascht, festzustellen, daß der Platz jetzt von schwarz gekleideten Räubern eingenommen wurde. Das einzige Überraschende war, daß diese Räuber überhaupt nicht wütend, sondern im Gegenteil geradezu erfreut über die Wendung der Ereignisse zu sein schienen.

»Ah!« rief der Anführer. »Seht, wer da so geduldig auf unsere Rückkehr wartet! Es ist Nummer Vierzig, nicht wahr?« Die Nummer Eins der Räuber ging einen Schritt auf den Holzfäller zu. »Zumindest war das dein Name, als du unsere unwürdige Gesellschaft das letzte Mal mit deiner Gegenwart beehrt hast. Und jetzt haben wir dich also wiedergefunden.«

Ali Baba war sich nicht ganz sicher, welche Entgegnung auf eine derartige Begrüßung wohl passend gewesen wäre: eine Verbeugung, ein freundliches ›Hallo‹ oder ein verzweifeltes Winseln um Gnade. Seine Bestürzung, so erkannte er, rührte hauptsächlich daher, daß er sich sehr genau ausmalen konnte, welcher grausigen Ereignisse es bedurfte, einen solchen Räuber derart fröhlich zu stimmen.

»Wir sind sehr gut im Auffinden von Dingen«, behauptete Räuber Nummer Eins. »Noch besser sind wir, wenn es darum geht, Dinge einfach zu nehmen. Das ist der Grund, warum wir Diebe sind. Man muß nur die eigenen Stärken erkennen.« Er winkte einigen seiner Gefolgsleute. »Schafft das Gold an die übliche Stelle.«

Vier der Räuber gingen auf ihrem Weg zur goldenen Kammer an Ali Baba vorbei. Jeder von ihnen trug einen großen, gut gefüllten Sack. Ihre gegenwärtigen Gewinne schienen etwas geringer zu sein im Vergleich zu dem, was sie beim letzten Zusammentreffen mit Ali Baba angeschleppt hatten. Der Beruf eines Räubers brachte wohl derartige Einkommensschwankungen mit sich.

Der Anführer kam noch einen Schritt auf Ali Baba zu. »Wir waren sehr enttäuscht, daß du nicht mit uns gekommen bist. Es ist dein Glück, daß du dich entschieden hast, zu unserer Gruppe zurückzukehren. Andernfalls hätten wir dich suchen müssen, um dich auf eine phantasievolle, wenn auch unglaublich schmerzhafte Weise ins Nirwana zu befördern. Was, wie gesagt, natürlich erst geschehen wäre, nachdem wir dich gefunden hätten, wo immer du dich törichterweise auch versteckt gehabt hättest. Wie bereits erwähnt, sind wir sehr gut im Auffinden von Dingen.«

Als Räuber Nummer Eins auf ihn zukam, wurde Ali Baba nachdrücklich bewußt, wieviel Zeit dieser damit verbrachte, am Knauf seines Säbels herumzuspielen. »Und heutzutage ist es so schwierig, gute Räuber zu finden. Doch wie sagt der weise Räuber? Diejenigen, die nichts verschwenden, werden sich auch niemals auf die Suche nach dem Nachschub machen.

Doch jetzt bist du ja wieder dort, wo du hingehörst.« Der Hauptmann stand nun so dicht vor Ali Baba, daß dieser den Atem des anderen Mannes auf seinem Gesicht spürte. Der Holzfäller fragte sich, ob das Essen schlecht geworden war, bevor oder nachdem der Räuber es gegessen hatte.

»Ich bitte dich, du brauchst nicht zu zittern«, fuhr der Räuber fort. »Dein Leben ist noch nicht verwirkt. Zumindest nicht im Augenblick.« Sein häßliches Grinsen war nur wenige Millimeter vom Gesicht des Holzfällers entfernt. »Oh, natürlich hacke ich ab und zu ein oder zwei Glieder ab, um meinen Männern eine wichtige Lehre zu erteilen. Aber niemals vergeuden wir so einfach einen guten Räuber.«

Der Anführer der Bande hob gebieterisch eine Hand und heischte damit augenblicklich völlige Stille. Nicht, daß die anderen zuvor geredet hätten, zumindest war es Ali Baba nicht aufgefallen. Doch als die Hand sich hob, da hörten sie sogar auf zu atmen.

»Kann mir jemand den augenblicklichen Rang dieses Mannes nennen?« fragte der Anführer sanft.

»Nummer Neununddreißig, o Hauptmann!« rief etwa die Hälfte der anwesenden Männer nicht ganz zeitgleich.

»Ich hätte nie gedacht, daß Räuber schlau genug zum Zählen sind!« erklang eine andere Stimme in der Nähe.

»Oho!« verkündete der Räuber Nummer Eins. »So ungern ich es auch tue, vielleicht müssen wir doch ein wenig an unserem neuen Mitglied herumsäbeln. Aber ein Holzfäller müßte mit dem Vorgang des Abschneidens ja bestens vertraut sein.«

Doch dem höflichen und noch sehr viel ängstlicheren Ali Baba war kein einziges Wort über die Lippen gekommen. Er war in der Tat so nervös, daß es eine ganze Weile dauerte, bis er ausmachen konnte, woher die andere Stimme erklungen war.

»So, so«, tadelte diese äußerst unwillkommene Stimme erneut. »Ihr laßt also immer noch eure Schwerter die ganze Arbeit erledigen, statt euren Verstand zu gebrauchen? Das ist so offensichtlich wie jene ausgesprochen hervorstechende Nase, die Ihr da in Eurem Gesicht mit Euch herumtragt! Liegt es vielleicht daran, daß Ihr gar keinen Verstand besitzt?«

Als er das hörte, wechselte die Gesichtsfarbe des Anführers von einem dunklen Oliv zu einem noch weniger anziehenden Purpur. »Ein wenig herumsäbeln? Sagte ich tatsächlich, wie widerstrebend auch immer, daß wir ihm nur einen kleinen Hieb beibringen würden? Ich meine *Hiebe*, in der Mehrzahl; Dutzende Hiebe, um genau zu sein! Zuerst werden es nur kleine Schnittwunden sein, doch sei versichert, sie werden immer größer und qualvoller werden!«

Ali Baba jedoch schenkte den Ausmaßen, die diese Drohungen gegen seine Person annahmen, nicht länger seine Aufmerksamkeit, denn er erkannte mit wachsendem Entsetzen, daß die unverschämte Stimme von seinem Bruder in dem Weidenkorb kam!

»Hiebe mit den Schwertern?« spottete Kassim und lachte äußerst höhnisch. »Wie ich bereits sagte, wir haben es hier mit einem Verstand zu tun, der jeder Phantasie entbehrt. Es ist wohl nichts daran zu ändern, daß ein Mann Eures beschränkten geistigen Vermögens sich nichts Neues ausdenken kann, aber könntet Ihr nicht wenigstens einmal eine Idee aus Eurem hohlen Kopf hervorkramen, die nicht so alt ist, daß sie schon zu verwesen beginnt, bevor Ihr sie ganz ausgesprochen habt?«

»Wie kannst du es wagen?« wollte der Erste der Räuber vom Holzfäller wissen, während er sein Schwert zog. »Mein Widerwille, Blut zu vergießen, hat sich vollständig in Luft aufgelöst.«

»Aber«, stammelte Ali Baba, und die bedrohliche Nähe eines scharfen Säbels ließ ihn endlich seine Stimme wiederfinden, »das war doch nicht ich, der gesprochen hat!«

»Das ist wahr, o Hauptmann!« bemerkte einer der anderen Räuber. »Die Stimme hört sich ganz anders an, und die Lippen dieses Mannes bewegen sich überhaupt ...«

Der Räuber hielt unvermittelt inne, als er spürte, wie sich das Schwert seines Anführers in seine Eingeweide bohrte. Die Nummer Eins unter den Dieben stemmte einen seiner gestiefelten Füße gegen den nun schweigenden Untergebenen und zog seine Waffe aus ihm heraus. Dann wischte er den Säbel an seinem Gewand ab. Ali Baba bemerkte, daß Blut auf dem schwarzen Stoff so gut wie unsichtbar war. Diese Beobachtung trug allerdings nicht dazu bei, den Holzfäller zu beruhigen.

»So sehr ich Unverschämtheit auch hasse«, erklärte der Anführer mit ganz leiser Stimme, »ich hasse es noch mehr, wenn die Leute einem ins Wort fallen. Du bist hiermit zur Nummer Achtunddreißig befördert worden. Viele Räuber müssen auf einen solchen Aufstieg viele Monate lang warten.« Er hielt inne, um seine Aussage zu überdenken. »Nun, vielleicht eher ein paar Wochen ...« Er ließ seinen Blick über die Diebe um ihn herum schweifen. »... Oder vielleicht Tage. Auf jeden Fall einige Stunden. Zumindest aber solltest du stolz darauf sein, in der Rangfolge unserer Bande aufgestiegen zu sein, und ich hoffe, dieser Gedanke wird dir Trost spenden während deines entsetzlich in die Länge gezogenen Sterbens.«

»Aber, *Effendi!*« rief Ali Baba, und seine Stimme hatte den Klang angekommen, den er sich normalerweise für ganz hochgestellte Persönlichkeiten und Mitglieder der Familie seiner Frau aufsparte. »Ich habe kein Wort gesagt. Es ist mein Bruder, der eine derart scharfe Zunge besitzt.«

»Und sie ist nicht das einzige Scharfe hier«, fügte Kassim aus seinem Weidenkorb heraus hinzu. »Ihr könnt euch nicht vorstellen, wie unbequem es ist, wenn sich einem die Knochenenden in die Ohren bohren.«

Der Räuberhauptmann trat erstaunt einen Schritt zurück, als er endlich erkannte, daß Ali Baba die Wahrheit gesagt hatte. Er deutete mit dem frisch gesäuberten Schwert auf den Korb. »Du hast einen Spießgesellen mitgebracht!«

»Es ist sehr klug von Euch, zurückzuweichen«, behauptete Kassim mit tiefer Stimme. »Alle Männer, die gesunden Verstandes sind! Nehmt euch in acht vor der Rache des Weidenkorbs!«

»Du verspottest mich!« Der Anführer der Räuber regte sich mehr denn je auf. »Nein, ›verspottet‹ ist nicht das richtige Wort! Ich werde nicht verspottet, ich werde ... ich werde ...« Er wedelte auf der Suche nach dem passenden Wort mit seinem Schwert in der Luft herum.

»Sacht getadelt?« schlug einer der Diebe vor.

Das Schwert des Hauptmanns senkte sich blitzartig auf den kühnen Sprecher hernieder. »Nein, das ist es auch nicht. Höre ich irgendwelche anderen Vorschläge?« Abgesehen vom Geräusch eines zu Boden fallenden Körpers herrschte tiefste Stille. Nummer Eins wandte sich wieder an Ali Baba. »Du bist jetzt Nummer Siebenunddreißig. Und dein Freund im Korb ist Nummer Achtunddreißig.«

»In meinem gegenwärtigen Zustand könnte ich Nummer Achtunddreißig bis Dreiundvierzig sein.«

Der Räuberhauptmann starrte auf den Weidenkorb. »Hat dein Freund denn solche Sehnsucht danach, Bekanntschaft mit meinem Schwert zu machen?«

»In den Genuß bin ich bereits gekommen«, lautete Kassims abweisende Antwort.

»Bist du?« Die Augen des Hauptmannes blitzten bei dem Gedanken an all das Blut, das er so gerne vergossen hätte. »Nun, dann muß ich vielleicht ein paar Gliedmaßen abhakken!«

»Ach, auch das ist nur ein alter Turban.« Ein Geräusch erklang aus dem Innern des Korbes, das nur ein Gähnen sein konnte. »Auch das habt Ihr bereits getan!«

»Was?« Der Erste Räuber wischte erneut sein Schwert ab. Offensichtlich wünschte er, daß es vor jedem Gebrauch blitzblank war. »Genug gescherzt! Ich werde dich auf der Stelle töten!«

»Auch das habt Ihr bereits getan!« beschwerte Kassim sich lautstark. »Könnt Ihr denn nicht *einmal* mit einer neuen Idee aufwarten?«

Die zitternde Spitze des Schwertes schwebte nur wenige Millimeter über dem Weidenkorb. »Der Mann, der mit mir redet, ist schon aufgeschlitzt und getötet worden?« Der Räuberhauptmann runzelte die Stirn. »Wer nur könnte unser geheimnisvolles Opfer sein?«

Diesmal war es Kassims Stimme, die überrascht klang. »Ihr erinnert Euch nicht? Ihr seid noch hirnloser, als ich angenommen habe.«

»Nun, du mußt verstehen«, begann Räuber Nummer Eins entschuldigend, »im Laufe eines Tages töte ich so viele … ›Hirnlos‹?« Seine Stimme schwoll an. »Du wagst es, mich ›hirnlos‹ zu nennen? Ich werde Schlimmeres mit dir anstellen, als dich nur zu töten! Ich werde … ich werde dir den Kopf von den Schultern trennen!«

»Köpfen?« entgegnete Kassim in einem Ton, der andeutete, daß er kaum noch Interesse aufzubringen imstande war. »Zu spät. Das habt Ihr bereits getan. Aber warum mache ich mir eigentlich noch die Mühe, das zu erwähnen?«

»Das habe ich bereits getan?« Der furchterregende Räuber hielt inne, um auf seinen Säbel hinabzustarren. »Vielleicht habe ich es mit meinen täglichen Hinrichtungen ein wenig übertrieben. Ha, jetzt hab' ich's! Ich werde deinen abgetrennten Kopf irgendwo aufpflanzen ...«

»... und ihn als stumme Warnung zurücklassen für denjenigen, der es wagt, die Wege unserer Bande zu kreuzen«, beendete Kassim den Satz für ihn. »Schon geschehen. Habt Ihr schon einmal daran gedacht, abzudanken und jemand anderem die Führung Eurer Bande zu überlassen, jemandem, dessen Gehirn weniger verstaubt ist?«

»Abdanken? Verstaubt? Gehirn?« Der Räuberhauptmann gab ein seltsames kurzes Lachen von sich und machte mit seinem Schwert ein paar sinnlose Ausfälle in der Luft, als ob ihm, dem Räuber, jetzt vollständig der Verstand geraubt worden wäre. Er atmete ein und schaute wieder den Holzfäller an. »Ich weiß, was hier nicht stimmt. Unsere Truppe ist nicht vollzählig! So ist es immer: Alles gerät aus den Fugen, wenn wir nicht genau vierzig Räuber sind!«

Er steckte sein Schwert in die Scheide zurück. »Wir können es uns nicht leisten, noch ein Mitglied zu verlieren. Egal, was der Weidenkorb sagt, er ist einer von uns!« Er deutete mit einem Finger auf den Korb neben dem Holzfäller. »Doch sobald wir Räuber Nummer Neununddreißig und Vierzig angeworben haben, nehmt euch in acht!«

Diesmal, so bemerkte Ali Baba, war es Räuber Nummer Eins, dessen Körper bebte – wohl vor unterdrückter Wut.

»Bringt Pferde für sie«, befahl der Räuberhauptmann. »Es ist Zeit, daß wir aufbrechen!«

Zwei Diebe stürmten vor, die sich um den Weidenkorb kümmerten, während ein halbes Dutzend anderer Männer nach draußen eilte, um die Maultiere einzusammeln, wie Ali Baba annahm.

»Wenn du mir bitte folgen würdest?« Der Räuberhauptmann, der wieder einmal eine salbungsvoll gute Laune zur Schau stellte, winkte Ali Baba zu. Der Holzfäller sah keine andere Möglichkeit, als ihm zu gehorchen.

Kassim jedoch wollte sich nicht so ohne weiteres dieser neuen Wendung seines ohnehin schon recht seltsamen Schicksals fügen. »Wie kann ich denn ein Räuber sein?« wollte er wissen, als sein Korb in die Höhe gehievt wurde.

»Ich bin in sechs Teile gehackt worden. Ich müßte meinen Rumpf noch überprüfen, aber ich glaube nicht, daß ich überhaupt noch atme.«

»Das ist kein Hinderungsgrund«, meinte der Anführer und blieb einen Moment stehen. »Er kann immer noch reden. Und die erste Regel für einen guten Räuber ist: Wenn man reden kann, kann man auch stehlen.«

»Die Anforderungen, um in unserer Bande aufgenommen zu werden, sind sehr, sehr bescheiden«, flüsterte einer der Männer, die den Korb trugen.

»Natürlich«, fügte der andere Träger hinzu, »sind die Vorteile, die man in diesem Beruf hat, auch nicht besonders groß.«

Woraufhin beide Männer sich beeilten, ihrem Anführer zu folgen, als dieser kühn ins helle Sonnenlicht trat. Auch Ali Baba sputete sich, aufzuschließen, und zwar nicht so sehr aus Angst vor möglichen Vergeltungsmaßnahmen des Hauptmanns, nein, er wollte nur nicht an der falschen Stelle stehen, wenn irgend jemand ›Sesam, schließe dich!‹ rief.

Seine böse Vorahnung erwies sich als berechtigt, denn der Holzfäller hatte die Höhle kaum hinter sich gelassen, da erklangen erneut jene drei schicksalhaften Worte. Er bemerkte, wie alle unwillkürlich einen Schritt zurückwichen, als der große Felsen auf seinen Platz zurückrollte, um den Eingang in die dahinterliegende Schatzkammer zu versperren.

Der Anführer der Räuber kicherte vergnügt, ohne Zweifel in Vorfreude auf die kommenden großen Abenteuer. »Männer! Greift euch unseren Neuling. Diesmal wird er uns nicht so leicht entkommen. Bindet ihn auf ein Pferd!«

Woraufhin Ali Baba von groben Händen zu einem der Rösser gezerrt wurde, einem edlen, schwarzen Hengst, dessen Fell nur zwischen den Nüstern einen weißen Schimmer zeigte.

»Und was wird aus unserem anderen Zuwachs?« fragte einer der Männer, die den Korb trugen.

Der Hauptmann grummelte etwas Unverständliches in den Bart und rammte den Absatz seines Stiefels tief in die

Erde. Die Bürde, seine Truppe vierzig Mann stark zu halten, schien alles andere als eine leichte Last zu sein.

Ermutigt von der völlig uncharakteristischen Zurückhaltung, die sein Anführer an den Tag legte, fuhr der Mann, der zuletzt gesprochen hatte, fort: »Für einen Weidenkorb ist es nun mal sehr schwierig zu reiten.«

Wieder zuckte die Hand des Hauptmannes zur Waffe. Doch statt die Bewegung auszuführen, biß er sich lieber auf die Fingerknöchel.

»Und Ihr werdet Euch vielleicht daran erinnern«, fügte der kühne Sprecher flugs hinzu, »daß wir auf unserem letzten Beutezug mit einigen ... Problemen zu kämpfen hatten.« Er stolperte über die letzten Worte; vielleicht weil er am Gesichtsausdruck seines Anführers erkannte, daß er sogar jetzt einen Punkt erreichen konnte, an dem diesem keine andere Wahl mehr blieb, als sein Schwert zu zücken. »Ich wollte eigentlich nur erwähnt haben, daß wir etwas knapp mit Pferden sind. Natürlich nur im Moment. Ich bin sicher, das Problem wird sich in kürzester Zeit von selbst lösen.«

»Nun gut«, entgegnete der Räuberhauptmann, nachdem sein Untergebener endlich geendet hatte. Er entließ die beiden Träger, indem er mit seinem blutigen Knöchel winkte. »Bindet sie beide auf das Pferd!«

Seine Untergebenen machten sich schnell und voller Eifer ans Werk, und bald waren Ali Baba und der Weidenkorb, der seinen Bruder enthielt, auf dem Sattel des Pferdes festgeschnürt. In der Tat war der Holzfäller so fest angebunden, daß er nicht in der Lage war, auch nur einen Fuß oder Finger zu rühren.

»Wir haben getan, was du uns befohlen hast, o großer Hauptmann!« riefen die Räuber, als sie ihre Arbeit erledigt hatten.

Das war genau das, was ihr Anführer zu hören wünschte. Er bestieg eilends seinen Hengst und hob die rechte Hand über den Kopf. »Wir brechen auf, um Furcht in die Herzen der ehrbaren Leute zu bringen! Räuber! Mir nach!«

Auf diesen Befehl hin galoppierten sechsunddreißig

Räuber davon und ließen ein Pferd, einen Mann und einen Weidenkorb zurück.

Ali Baba gefiel diese neuerliche Entwicklung überhaupt nicht. Er hatte es schon wieder versäumt, dem Räuberhauptmann zu folgen, und gerade dieser Hauptmann schien jene Art von Temperament zu besitzen, das man besser nicht so oft reizte. »Wie soll man aber auch ein Pferd in Bewegung setzen, wenn man so sorgfältig zu einem bewegungsunfähigen Bündel zusammengeschnürt ist?« beklagte sich der Holzfäller.

»Ich denke«, antwortete ihm sein Bruder aus dem Weidenkorb, »ich könnte dir da eine hilfreiche Hand bieten.«

Das 7. der 34 Kapitel, in dem Kassim versucht, sich zusammenzureißen.

Mit viel Mühe gelang es Kassim also, mit einem seiner Arme den Deckel des Korbes weit genug zur Seite zu schieben, damit seine Hand hindurchschlüpfen konnte. Danach mußte diese Hand die Knoten abtasten, die den Bruder gefangen hielten, und sie größtenteils nur dem Gefühl nach lösen, denn die Sicht war Kassim weitestgehend von den Flechten des Korbes verdeckt.

So schwierig sich dieser Vorgang auch anhörte, wenn ich ihn euch jetzt erzähle, wisset, daß er in Wirklichkeit noch zehnmal schwerer zu bewältigen war. Und so waren Ali Baba und Kassim erst von ihren Fesseln befreit, als die Räuber bereits einige Stunden weg waren. Viel zu spät, dieser unehrenhaften Bande noch zu folgen. Die Brüder stimmten ebenfalls darin überein, daß es Unsinn gewesen wäre, vor der Höhle auf die Rückkehr der Banditen zu warten, denn es ließ sich beim besten Willen nicht abschätzen, wie lange das dauern konnte – und vor allem, wie die Stimmung der Räuber bei ihrer Rückkehr sein würde.

Schließlich erkannten die beiden, daß ihnen nichts anderes übrigblieb, als nach Hause zu reiten und zu beten, daß sie nie wieder etwas von Räubern oder ihren unermeßlichen Reichtümern hören würden. Doch leider ist das Leben niemals so einfach, wie man es sich wünscht.

Zusammen auf einem Pferd machten sie sich auf den Heimweg in die Stadt. Das Seil war zwar von Ali Baba gelöst, aber noch immer um den Weidenkorb gewickelt, so daß er nicht verlorengehen konnte. Und auf ihrem langen Weg nach Hause überdachte Kassim sein weiteres Schicksal.

»Ich werde wohl gleich sterben«, meinte er. Und dann, einige Zeit später: »Wirklich, wenn man es recht bedenkt …

Immerhin wurde ich in sechs Teile zerhackt. Sicherlich ist das ein ausreichender Grund, dahinzuscheiden.« Darauf folgten einige Minuten des Schweigens, nach denen Kassim verkündete: »Ich werde vermutlich meinen letzten Atemzug tun. Das heißt, wenn ich so darüber nachdenke, atme ich ja eigentlich gar nicht mehr.«

Und so grübelte er in einem fort, und man kann an dieser Stelle nicht alles wiederholen, denn, um die Wahrheit zu sagen, sogar ein so geduldiger Mann wie Ali Baba begann das Ganze als etwas zu weitschweifig und langweilig zu empfinden.

Doch nichts kann so weitschweifig und langweilig sein, daß ein gründlicher Mensch nicht noch ein Körnchen Wahrheit darin entdecken könnte. Und so kam es, daß die Gedanken des Holzfällers sich um die magischen Eigenschaften der Höhle zu drehen begannen, die sie vor kurzem erst verlassen hatten.

Vielleicht blieb etwas von ihrem Zauber an einem haften, auch wenn man nicht mehr in ihrer Nähe war. In der Tat erinnerte sich Ali Baba daran, wie er die Worte ›Sesam, öffne dich!‹ gebraucht hatte, um das Tor zu seinem bescheidenen Hof aufschwingen zu lassen. Es schien fast so, als habe er die Magie, nachdem er sie erst einmal am Höhleneingang hatte wirken sehen, mit in die Stadt genommen, ohne daß sie dabei etwas von ihrer Wirksamkeit verlor. Konnte dieselbe Zauberkraft vielleicht auch auf seinen Bruder übertragen worden sein? Möglicherweise waren Kassims sechs Teile mit dem Fluch des Lebens bedacht worden und nun dazu verdammt, für immer und ewig voneinander getrennt und doch am Leben zu bleiben.

Ali Baba unterbrach das Gemurmel seines Bruders, um ihm diese Vermutung mitzuteilen, doch Kassim schien von diesem Gedanken nicht besonders angetan zu sein.

»Für immer dazu verdammt, aus sechs Teilen zu bestehen, die man wie Abfall in einem Korb verstaut?« wehklagte Kassim. »Was habe ich mir in meinem armseligen Leben zuschulden kommen lassen, daß ich ein solches Schicksal verdiene?«

Nun, auf diese Frage hätte Ali Baba einige Antworten gewußt, angefangen von der Beziehung seines Bruders zu jenem berüchtigten Vier-Finger und den Botengängen, die Kassim immer unter dem Deckmantel der allerschwärzesten Nacht verrichtet hatte. Ganz zu schweigen davon, daß es einfach dumm von seinem Bruder gewesen war, die Zauberworte zu vergessen, die ihm ein Entkommen aus der Höhle ermöglicht hätten.

Doch Ali Baba dachte, daß sein Bruder schon genug Ärger an einem Tag gehabt hatte und es nicht verdiente, zum gegenwärtigen Zeitpunkt eine Auflistung seiner Sünden und Vergehen vorgebetet zu bekommen. Wenn Kassim außerdem wirklich dazu verdammt war, den Rest seines Lebens in einem Korb zu verbringen, so konnte er Ali Baba nicht entkommen, falls sich dieser irgendwann in der Zukunft dazu entschließen sollte, ihm doch noch eine Standpauke zu halten. In gewisser Weise, so überlegte sich der Holzfäller, konnte man tatsächlich dem größten Ungemach noch etwas Erfreulicheres abgewinnen.

Es gab da allerdings eine Sache, die Ali Baba so dringlich erschien, daß er sie augenblicklich mit seinem Bruder besprechen mußte, bevor es zu spät dazu war. Und diese Sache betraf Kassims hemmungslose Art, jene geistig nicht sehr regen Leute, die schnell mit großen Schwertern bei der Hand sind, tödlich zu beleidigen.

Sein Bruder zeigte nur wenig Verständnis. »Was können sie mir antun, was sie mir nicht bereits angetan haben? Mich in kleine Würfel schneiden?«

»Ich dachte eher an das«, tadelte der Holzfäller ihn so sanft wie möglich und in einer sehr brüderlichen Art und Weise, »was sie *mir* antun könnten.«

»Oh, an dich habe ich gar nicht gedacht.«

Das hatte sein Bruder noch nie getan, dachte Ali Baba.

»Ich werde wohl auf meine Zunge achtgeben müssen«, fuhr Kassim zum großen Erstaunen des Holzfällers fort. »Nun, nicht im wörtlichen Sinne. Meine Zunge befindet sich immer noch mehr oder weniger da, wo sie hingehört. Ganz im Gegensatz zu allem anderen. Und dennoch, wenn ich richtig wütend werde, wer weiß, wozu ich dann fähig bin.« Kassim lachte wehmütig. »Wenn man in sechs Stücke geteilt ist und zudem noch in einem Weidenkorb herumgetragen wird, sieht man viele Dinge in einem ganz neuen Licht.«

Ali Baba war eine lange Zeit still. Es war ein bemerkenswertes Zugeständnis, das sein Bruder da gemacht hatte.

»Was wird meine Frau denken?« murmelte Kassim und fuhr fort, in dieser für ihn untypischen Weise zu reden. »All meine Teile sind noch vollzählig. So, wie sie zur Zeit angeordnet sind, könnte meine Frau allerdings etwas außer Fassung geraten.«

Zumindest, so überlegte sich der Holzfäller, würde seine eigene Frau diesmal ausnahmsweise nicht den größten Grund zum Wehklagen haben. So kam es, daß beide Brüder in Schweigen verharrten, während ihr Pferd sich weiter der Stadt näherte, der Tag sich langsam zum Abend wandelte und der Abend zur sternklaren Nacht.

Sie erreichten Ali Babas Haustür in jenen frühen Morgenstunden, in denen nichts und niemand mehr wach ist außer ein paar kleinen Nachttieren und hier und da ein Hund, dessen Gebell der Welt von ihnen Kunde gibt. Der Holzfäller wollte seine Frau nicht schon wieder stören und beschloß, sein Tor in jener Art und Weise zu öffnen, die er erst vor kurzer Zeit gelernt hatte.

Daher sagte Ali Baba also mit einer Stimme, die leise, aber dennoch verständlich war: »Sesam, öffne dich!«

»He! Moment mal«, protestierte sein Bruder. »Ich verliere meinen Deckel.«

Ali Baba drehte sich um und sah, daß sein Bruder tatsächlich die Wahrheit sprach. Nicht nur das Tor vor ihnen öffnete sich auf die magischen Zauberworte hin, auch der Deckel des Weidenkorbes ruckte und wackelte, als wolle er vom Korb springen. Der Holzfäller erkannte, daß er in Zukunft mit diesen magischen Worten sehr viel vorsichtiger würde umgehen müssen.

Doch nach einem kurzen Kampf, in dem es zeitweise schien, als wollten sowohl Deckel als auch Kassims Hände davonfliegen, siegten die verschiedenen Teile von Ali Babas Bruder, und der Weidenkorb beruhigte sich wieder. Ali Baba trieb das Pferd durch das offene Tor in den Hof hinein.

Dort erwarteten ihn trotz der späten Stunde seine Frau und seine Dienerin.

»O Weh und Ach!« begrüßte ihn seine Frau. »So groß war meine Sorge um deine Sicherheit, daß ich kein Auge zutun konnte. Und die treue, vortreffliche Marjanah hat beschlossen, mit mir zusammen auf deine Rückkehr zu warten.«

Ali Baba nickte nur, denn in diesem Fall wußte er, was sich wirklich abgespielt hatte. Wenn seine Frau einen ihrer Anfälle hatte, gelang es niemandem im Haus, auch nur an Schlaf zu denken. Ganz sicher jedoch würde seine Frau Grund zum Frohlocken haben, wenn er ihr erst erzählte, wie knapp er einem furchtbaren Schicksal unter den grausamen Räubern entgangen war.

Er öffnete den Mund, um etwas zu sagen, doch er bekam keine Gelegenheit dazu.

»O Weh und Ach!« fügte seine Frau schnell hinzu, als sie sah, daß kein zweiter Mann auf dem Pferd saß. »Mein Ehegatte kehrt alleine mitten in der Nacht zurück!«

»Nein, nein«, versicherte ihr der Holzfäller, denn er wollte dic Sache so schnell wie möglich hinter sich bringen, ohne viel Lärm zu machen. »Kassim ist bei mir.«

»O Weh und Ach!« lautete die unmittelbare Antwort seiner Frau. »Mein Ehegatte kehrt mit Kassim mitten in der Nacht zurück! Aber wo ist denn dein ungeratener Bruder?«

Ali Baba warf einen Blick auf den Korb hinter sich. »Nun, ich habe nicht behauptet, daß ich ihn in einem Stück zurückgebracht ...«

Seine Frau verstand augenblicklich die Bedeutung seiner Worte. »O Weh und Ach! Mein Ehegatte kehrt mit einem zerstückelten Kassim mitten in der Nacht zurück!«

Ali Baba versuchte gar nicht weiter, seiner Frau etwas zu erklären, denn jedes Wort, das er hervorbrachte, würde das Klagelied seiner Frau nur noch verlängern. Und jedesmal greinte sie lauter als zuvor. Und wenn sie fortfuhr, in dieser Lautstärke zu wehklagen, dann würde sie nicht nur die unmittelbare Nachbarschaft, sondern das ganze Stadtviertel aufwecken. Daher stieg er von seinem Pferd und meinte beschwichtigend: »Wenn du mir helfen würdest, diesen Korb vom Sattel zu hieven, könnten wir vielleicht die Reste von Kassim ...«

Doch auf diese Worte hin trat die kluge und liebenswürdige Marjanah einen Schritt vor und mischte sich in die Sache ein: »Ich werde den Korb nehmen, Herr«, sagte sie mit ihrer honigsüßen Stimme, »und wir werden sicher einen geeigneten Platz für den unglückseligen Kassim finden.« Und so kam es, daß es erneut Ali Babas schlaue Sklavin war, die den Tag – oder besser die Nacht – rettete. Denn wie jedermann weiß, der schon einmal einem Geschichtenerzähler zugehört hat: Ohne das Eingreifen besonnener Sklaven wären wir alle schon längst an unserer eigenen Dummheit gestorben.

Ali Baba atmete erleichtert auf. Wenn Marjanah seinen verzauberten Bruder übernahm, würde es ihm vielleicht endlich gelingen, doch noch etwas Schlaf zu finden, den er so sehr benötigte. Selbst seine Frau schien weniger betrübt, als ihre Dienerin den Weidenkorb in Richtung ihres bescheidenen Heimes zerrte.

Noch bevor der Holzfäller sich jedoch von seinem Hof begeben konnte, hielt ihn eine Stimme zurück.

»O edelster aller Schwager. Was gibt es Neues von meinem Kassim?«

Ali Baba erkannte, daß er diese Situation meistern mußte, bevor seine Frau für ein weiteres ›O Weh und Ach!‹ Zeit hatte. Er klatschte in die Hände, um Marjanah zu bedeuten, daß sie den Korb herbringen sollte, und sagte: »Du wirst sofort eine Antwort erhalten.«

»Aber wo ist Kassim denn?« wollte Kassims Frau wissen.

»Ich bin hier«, erklang die Stimme ihres Mannes aus dem Korb, »mehr oder weniger.« Marjanah hob den Korb hoch, damit Kassims Frau ihn besser sehen konnte.

»Ich habe dich ein wenig größer in Erinnerung«, sagte sie mit einem Stirnrunzeln.

Kassim schilderte daraufhin ganz kurz, was ihm alles

zugestoßen war, einschließlich Ali Babas Vermutung, warum er immer noch am Leben war.

»Äußerst interessant«, entgegnete seine Frau, die über den Verlauf der Dinge ein wenig verblüfft zu sein schien. »Du wirst mir sicher vergeben, o Ehegatte, wenn ich frage, ob dir irgendwelche Teile fehlen.«

»Meines Wissens nach«, antwortete Kassim verwegen, »bin ich vollständig hier drinnen. Jedes einzelne meiner Teile.«

Seine Frau fuhr sich mit der Zunge über die Lippen. Ach, seufzte Ali Baba innerlich, wenn sich seine Fau doch auch nur einmal so über die Lippen fahren würde!

»Das könnte ganz interessant werden«, sinnierte Kassims Frau. »Es könnte die schon lange benötigte Abwechslung bringen.« Sie nahm den Korb von Marjanah entgegen und entfernte sich mit einem äußerst seltsamen Lächeln.

Ach, wenn doch Ali Babas Frau nur auch einmal eine ähnliche Begeisterung aufbringen würde!

Doch es hatte keinen Sinn, sich länger den Kopf darüber zu zerbrechen, was sein und was nicht sein sollte, denn jetzt, wo der Korb nicht mehr in seinen Händen war, spürte Ali Baba, wie ihn die Kräfte verließen, und so zog er sich augenblicklich zurück, um den Schlaf des wirklich Erschöpften zu schlafen.

Doch er sollte viel zu früh seine Augen wieder öffnen. Es war seine sonst so überaus rücksichtsvolle Dienerin, die ihn weckte.

»Herr!« rief Marjanah von der Tür zu seinem Schlafgemach aus. »Es gibt da etwas, was Ihr wissen solltet!«

Obwohl er so unsanft aus seinem Schlaf gerissen wurde, beschloß der Holzfäller, seiner Dienerin nicht böse zu sein. Nachdem er einer Bande von Mördern entkommen war und das, was von seinem Bruder übriggeblieben war, vor ihnen gerettet hatte, würde ihn so schnell nichts mehr erschüttern können. Er nahm sich vor, ganz gelassen zu bleiben.

»Was gibt es denn, mein Kind?« fragte er daher ruhig und blinzelte in das Licht des frühen Morgens.

»Als ich meinen morgendlichen Geschäften nachging«,

entgegnete Marjanah mit einer Ernsthaftigkeit, die im krassen Gegensatz zu ihrer Jugend stand, »da begegnete ich einem Mann, der vollständig in Schwarz gekleidet war, ganz so wie die Räuber, die Ihr beschrieben habt.«

Ali Baba fühlte die ersten Zweifel in sich aufsteigen, doch dann erinnerte er sich an den eben gefaßten Vorsatz. Ganz zweifellos gab es eine Unzahl von Männern in Schwarz, die täglich durch die Straßen dieser Stadt streiften. »Nun, das ist kein Grund zur Beunruhigung«, entgegnete er daher.

Doch Marjanah ließ sich nicht so leicht beruhigen. »Er hat viele Fragen gestellt«, erklärte sie weiter.

Diesmal waren die leichten Anflüge von Zweifel fast so schnell wieder verflogen, wie sie gekommen waren. Es war doch ganz natürlich, daß Menschen Fragen stellten! Wie sonst sollten sie sich denn in der Welt zurechtfinden?

»Nun, das ist kein Grund zur Beunruhigung«, sagte er erneut.

»Er fragte«, fügte sie hinzu, »ob ich jemanden kenne, der erst kürzlich in sechs Teile gehackt worden sei.«

Das war der Augenblick, in dem Ali Baba erkannte, daß es manche Vorsätze gibt, an die man sich unmöglich halten kann.

Das 8. der 34 Kapitel, in dem Ali Baba lernt, daß die Dinge nicht immer so sind, wie sie scheinen – oder wie sie nicht scheinen.

Es sollte noch viel schlimmer kommen! Noch bevor Ali Baba die Nachricht von Marjanah so richtig verdaut hatte, erklang ein lautes Klopfen an seiner baufälligen Haustür.

Hatten die schwarz gekleideten Räuber ihn etwa so schnell gefunden? Ali Baba sprang von seinem Lager auf und durchwühlte sein nur unzureichend ausgestattetes Heim nach einem Gegenstand, mit dem er sich verteidigen konnte, und entschied sich am Ende für seine bewährte Axt als beste verfügbare Waffe.

Wieder klopfte es, diesmal vielleicht sogar noch nachdrücklicher als zuvor. So fest er sich auch auf seiner Seite gegen das Tor preßte, es half ihm nicht, das Zittern in seiner Stimme zu unterdrücken: »Wer ist es, der da Einlaß begehrt?«

»Vier-Finger!« kam die barsche Antwort. »Und ich bin es, der hier die Fragen stellt!«

Vier-Finger? Das war der ruchlose Brötchengeber seines Bruders Kassim. Doch was wollte jemand, der einen so schlechten Ruf genoß, bei einem unbedeutenden Holzfäller wie ihm? Hatte Kassim etwa schon mit seinem Lohnherrn gesprochen, bevor all diese unangenehmen Dinge geschehen waren? Und waren bei diesem Gespräch vielleicht ein paar ganz bestimmte Worte gefallen? Und war eines dieser Worte vielleicht ›Gold‹ gewesen?

Ali Baba hielt es für besser, weiterhin Vorsicht walten zu lassen.

Das Zittern lag noch immer in seiner Stimme, als er erneut sprach:

»Was kann ich für Euch tun?«

»Das ist eine Frage!« lautete Vier-Fingers wütende Antwort. »Ich stelle die Fragen! He, ihr Kriecher! Schlagt das Tor ein!«

Ali Baba blieb kaum Zeit genug, zur Seite zu springen, da war seine schlecht gezimmerte Tür auch schon in Splitter zerborsten. Zwei Männer, in prächtige, reich mit Edelsteinen verzierte Gewänder gekleidet, schritten über die hölzernen Reste, die einmal ein Tor gewesen waren. Sie hatten ihre Säbel gezückt, und ihre Augen lagen im tiefen Schatten, den gewaltige Turbane spendeten.

»Da!« rief einer der beiden, nachdem er Ali Baba entdeckt hatte. »Der unverschämte Fragensteller!«

Zwei Schwerter wiesen auf ihn, als die Männer hastig näher kamen. Es gab keine Möglichkeit, sich gegen zwei Kerle wie diese zur Wehr zu setzen! Ali Baba ließ augenblicklich die Axt fallen, nur um sich gleich darauf gegen jenen Zaun gepreßt zu sehen, der sein Grundstück von dem seines Bruders trennte.

»Ah«, erklang eine andere Stimme aus der Richtung seines ehemaligen Eingangstores. »Wie ich sehe, wurde unserem Fragensteller eine kleine Rüge erteilt. Nur eine kleine Warnung, mein Freund. Und nach der Rüge kommt die Rübe – Rübe ab, heißt es dann nämlich.«

Der Holzfäller sah an den beiden Schwertern vorbei, um den Mann zu betrachten, den man Vier-Finger nannte.

Nun hatte Ali Baba den Brötchengeber Kassims in der Vergangenheit schon ein paarmal zu Gesicht bekommen, wenn diese hochgestellte Persönlichkeit einem festlichen Anlaß im Hause seines Bruders beiwohnte. Oder er hatte ihn zu anderen Gelegenheiten beobachtet, die eher in aller Heimlichkeit stattfanden; dann nämlich, wenn es den Schergen Vier-Fingers gelegen schien, Kassims Heim zu benutzen, um bestimmte bedauernswerte Geschöpfe zu befragen oder gar zu beseitigen. Dennoch war es ein Schock, diesen Mann nun aus nächster Nähe zu betrachten, besonders nachdem Ali Baba in letzter Zeit oft mit Räubern zusammen gewesen war, die schlank und kräftig waren und auf ihren Pferden durch die Wildnis preschten.

Im Vergleich zu diesen Leuten, die am ehesten schwarzem

Schilfrohr ähnelten, das sich im Winde wiegt, wog dieser Mann da vor ihm soviel wie eine ganze Kamelkarawane. Er sah aus, als hätte er die ganze Stadt leer gefressen und immer noch Platz genug, einen Zuckerkuchen in sich hineinzustopfen. Ali Baba wußte aus den Gesprächen mit seinem Bruder, daß Vier-Finger kein maßvoller Mensch war – in keiner Beziehung. Sein gewaltiger Umfang wurde noch betont durch seine Angewohnheit, stets nur fleckenlos weiße Gewänder zu tragen.

»Jetzt werden wir ja sehen, wer hier die Fragen stellt!« polterte der kolossale Mensch. Ali Babas einbeiniges Hühnchen hüpfte ängstlich aus dem Weg, als Vier-Finger sich schwerfällig über des Holzfällers jämmerlich winzigen Grundbesitz zwängte.

»Nun!« forderte Vier-Finger von Ali Baba. »Kassim!«

Ali Baba spielte einen Augenblick lang mit dem tollkühnen Gedanken, nachzufragen, was genau Vier-Finger denn über seinen Bruder zu erfahren wünschte. Das Problem war jedoch, daß er dann eine Frage stellen mußte. Und Vier-Finger hatte bereits allzu deutlich gemacht, daß er nicht gern gefragt wurde.

Ali Baba sagte daher gar nichts.

»Er schweigt«, bemerkte Vier-Finger ruhig und zufrieden. »Vielleicht ist er doch nicht jener rückgratlose Aal, den sein Bruder so oft beschrieben hat.« Er schenkte dem Holzfäller ein Lächeln. »Wir entsprechen nicht immer den Beschreibungen, die andere Menschen von uns geben. Ich weiß, welch böses Blut es in Familien geben kann. Auch ich war nicht gut auf meine Eltern und Geschwister zu sprechen, bevor ich sie alle umgebracht habe!« Sein Lächeln verschwand; der kurze Moment der Verbundenheit mit dem Holzfäller war wieder zu Ende. »Aber du hast mir nicht geantwortet.«

Ali Baba war sich nicht bewußt gewesen, daß ihm überhaupt eine Frage gestellt worden war.

Vielleicht, so überlegte er sich, sollte er sich im stillen einfach selbst eine Frage stellen und diese dann laut beantworten. Möglicherweise konnte er so Vier-Finger wenigstens teilweise zufriedenstellen.

»Ja, Kassim ist mein Bruder«, begann er.

»Ich wünsche nichts zu hören, was ich sowieso schon weiß!« Vier-Finger kramte eine Hand unter seinem blendend weißen Gewand hervor. Die Hand hatte die Größe eines kleinen Hundes. Und ihr fehlte ein Daumen.

»Einzelheiten!« befahl der fette Mann.

Einzelheiten? überlegte Ali Baba. Nach dem zu schließen, was Kassims Brötchengeber bisher gesagt hatte, mußten es auf jeden Fall Einzelheiten sein, die Vier-Finger noch nicht bekannt waren. Doch wußte dieser dicke Mensch nicht weit mehr über das Leben, das sein Bruder in letzter Zeit geführt hatte, als Ali Baba auch nur ahnen konnte?

Die Männer in den prächtigen Kleidern übten leichten Druck auf ihre Schwerter aus, so daß deren Spitzen sich durch die völlig abgetragene Kleidung des Holzfällers bohrten und seine Haut kitzelten.

»Schnell!« forderte Vier-Finger.

Ali Baba wußte, daß er etwas erzählen mußte, das über das Wissen Vier-Fingers hinausging – oder er mußte sich auf einen frühen Tod gefaßt machen. Doch was konnte Vier-Finger noch unbekannt sein?

»Als ich sieben und er fünf Jahre alt war, sammelten mein Bruder und ich kleine Kröten ...«

Die beiden Schwertträger traten einen Schritt zurück. War es dem Holzfäller etwa gelungen, den richtigen Gesprächsstoff zu finden?

»Falsch!« Vier-Fingers große Hand klatschte in Ali Babas Gesicht.

Der Holzfäller sah funkelnde Sterne vor seinen Augen tanzen. Er versuchte, sich mit dem Gedanken zu trösten, daß die Wut Vier-Fingers nach dieser heftigen Reaktion gewiß für einige Zeit gedämpft sein würde.

»Nun sieh dir an, was du getan hast!« Vier-Fingers Stimme hörte sich alles andere als gedämpft an. Der fette Mann rieb Ali Baba seinen weißen Ärmel unter die Nase. Nachdem es dem Holzfäller gelungen war, einen Blick auf den Stoff zu werfen, konnte er sehen, daß dieser nicht mehr unbefleckt war. Das strahlende Weiß war mit rötlichem Braun besprenkelt. Kein Zweifel: Es war Blut. Ali Baba fuhr mit der Hand an die Nase. Kein Zweifel: Es war Ali Babas Blut.

»Neue Gewänder!« befahl Vier-Finger.

Ein dritter Mann, der ebenfalls über und über mit Juwelen geschmückt war, eilte von der Straße herein. Er brachte eine neue Garnitur an blütenreinen weißen Gewändern.

Die beiden anderen Männer traten vor, um Ali Baba wieder mit ihren Schwertern am Zaun in Zaum zu halten, während Vier- Finger seine Gewänder wechselte.

»Niemand«, preßte Vier-Finger zwischen zusammengebissenen Zähnen hervor, »blutet ohne meine ausdrückliche Erlaubnis!« Er wischte ein unsichtbares Staubkörnchen von seinem Ärmel. »Solche Schwierigkeiten hatte ich mit Kassims Frau nicht. Als ich sie nach dem Aufenthaltsort ihres Gatten fragte, sagte sie mir ohne lange zu zögern, daß nur du mir darüber Auskunft geben könntest!«

Ali Baba runzelte die Stirn. Sollte das also die Frage sein? Die Frage nach Kassims Aufenthaltsort? Oder ging es um Kassims Frau? Oder hatte es etwas mit dem Bluten ohne Erlaubnis zu tun? Der Schlag auf den Kopf hatte offenbar sein Denkvermögen getrübt.

»Nun wollen wir fortfahren.« Der große Mann sah bedeutungsvoll zu seinen beiden Dienern hinüber, die mit gezückten Schwertern bereitstanden. »Da du ja so schnell blutest, sollten wir dich vielleicht ermutigen, noch ein bißchen mehr zu bluten.«

Als er das hörte, trat der dritte fein herausgeputzte Mann nervös einen Schritt vor und flüsterte etwas in Vier-Fingers Ohr. Sein weiß gewandeter Herr schielte zu Ali Baba hinüber und legte die Stirn in Falten. »Es sieht ganz so aus, als wäre das meine letzte Garnitur gewesen.« Er schüttelte trübselig den Kopf. »Es war in der Tat eine sehr geschäftige Nacht. Nun gut, o nichtswürdiger Bruder Kassims, dein Leben soll verschont werden, bis ich mich mit neuen Kleidern eingedeckt habe. Doch dann werden meine Fragen – auf die eine oder andere Weise – ausführlich beantwortet werden.«

Fragen? Ali Baba hatte noch immer keine einzige Frage zu hören bekommen. Es schien ihm jedoch gescheiter, diesen Punkt in unmittelbarer Zukunft lieber nicht zur Sprache zu bringen. Diesen Punkt nicht und auch keinen anderen. Er konnte sich nämlich, um genau zu sein, kein einziges Thema vorstellen, über das er gerne streiten würde, wenn die Argumente seines Gesprächspartners von zwei mit Schwertern bewaffneten Männern gestützt wurden. Vielleicht aber, so überlegte Ali Baba, konnte er diesen beiden Männern ein paar wie auch immer geartete Auskünfte entlocken, bevor sie sich verabschiedeten.

Doch Vier-Finger verließ Ali Babas bescheidenes Heim schneller, als dieser sich von seinem Schock erholen konnte, und die juwelenbesetzte, schweigsame Leibgarde folgte ihm ohne Verzögerung.

Ali Baba schloß die Augen und stöhnte leise. Der Tag begann noch schlechter als die Tage zuvor.

»Gibt es etwas, das ich für meinen Herrn tun kann?«

Er öffnete die Augen und blickte in das besorgte, liebreizende Antlitz seiner Sklavin Marjanah, die zu ihm aufsah. Doch selbst ihr junges, hübsches Gesicht vermochte einen Mann, der so niedergeschlagen war wie er, nicht aufzuheitern.

Ali Baba versuchte, sein Problem so klar und verständlich wie möglich auszudrücken. »Ich muß mich vor dem Anführer einer fürchterlichen Räuberbande verstecken, der nichts Gutes mit mir im Schilde führt. Jedoch habe ich, wie du sicher bemerkt hast, nicht länger ein Tor, hinter dem ich mich verstecken kann!« Wahrlich, er fühlte sich so elend, wie seine Frau sich des öfteren anhörte.

Selbst in Anbetracht solch niederschmetternder Umstände bewahrte Marjanah ihr Lächeln. »Nun, o gütiger Herr und Meister, habt Ihr schon bedacht, daß es mehr als eine Möglichkeit gibt, sich zu verstecken? Und darüber hinaus, daß es mehr als eine Möglichkeit gibt, sich ein Tor zu zimmern?«

Ali Babas Gedanken waren noch immer von seiner kürzlichen Begegnung mit einer vierfingrigen Hand verwirrt. »Ich fürchte, ich verstehe nicht, worauf du hinaus willst.«

»Dann werde ich es Euch erklären«, verkündete die immer noch lächelnde Marjanah, »während Ihr aus den Holzstücken, die hier im Hof herumliegen, ein Ersatztor zimmert.«

Er sollte also ein neues Tor machen? Soviel verstand er von dem, was Marjanah sagte. Und wenn es ein Material gab, an dem sein Haushalt keinen Mangel litt, dann war es Holz. Ein Überfluß an solchem war, genau genommen, der einzige Vorteil, den das Holzfällerhandwerk bot. Ali Baba stieß sich von der Wand ab und begann die Bruchstücke zu mustern, die am Boden verstreut lagen.

»Sehr gut«, stimmte Marjanah zu. »Während Ihr ein Tor zimmert, werde ich mich nahe der Stelle aufhalten, wo das alte Tor gestanden hat. Sollten Leute vorbeikommen, mit denen Ihr nicht zu reden wünscht, werde ich mein Bestes tun, sie abzulenken und am Eintritt zu hindern.« Sprach's und verbeugte sich, ganz wie es sich gehörte. »Es ist stets ein Vergnügen, den Ratschlägen eines solch weisen Meisters zu gehorchen.«

Sie machte sich an die Arbeit, und Ali Baba beschloß, daß es wohl vernünftig wäre, sich an seine zu machen. Und was auch immer geschehen mochte, er war auf jeden Fall froh darüber, daß Marjanah seinen Anordnungen stets so eifrig Folge leistete – selbst jenen Anordnungen, die gegeben zu haben er sich gar nicht erinnern konnte.

Und so kam es also, daß Ali Baba auf dem Hof und im Haus herumstöberte und jene dickeren Zweige und Äste zusammentrug, die er zu einem behelfsmäßigen Tor zusammenzubinden gedachte. Danach trug er das Material in jene kleine Nische, die er sich hinter der Küche eingerichtet hatte, und wo er normalerweise seine Arbeit verrichtete. Mehr Abgeschiedenheit stellte ihm ein so kläglich winziges Heim wie das seine nun einmal nicht zur Verfügung. Während der Arbeit stellte er fest, daß seine Stimmung sich zu bessern begann, denn mit Holz verdiente er sich nicht nur den Lebensunterhalt, das Arbeiten mit diesem Material war auch seine größte Freude. Er wünschte sich inbrünstig, den Rest seines Lebens unter Bäumen und Büschen verbringen zu können, statt unter Räuberhauptmännern und Freudenhausbesitzern.

Doch die Erfüllung dieses Wunsches lag für den Holzfäller in ebenso weiter Ferne wie ein sorgenfreier Tag, denn bald schon lenkte ihn Marjanahs Stimme von der Arbeit ab.

»Verzeiht mir, *Sirrah*«, sprach seine Sklavin in äußerst freundlichem und sanftem Ton, »aber es ist Euch verwehrt, diesen Weg zu beschreiten.«

»Willst du damit sagen, daß hier der Eintritt verboten ist?« entgegnete eine zweite, weitaus schroffere Stimme, und der Klang dieser Stimme brachte das Herz des Holzfällers fast zum Stillstand. Denn wahrlich, es war die des Räuberhauptmanns! Der Schurke wollte tatsächlich den kümmerlichen Hof des Holzfällers betreten, und da war niemand außer einem jungen Mädchen, um ihm den Weg zu versperren!

Doch in Marjanahs Stimme schwang nichts von der Angst mit, die Ali Baba gepackt hatte. Statt dessen lachte sie, als hätte Räuber Nummer Eins eine gar köstliche Bemerkung gemacht.

»O weiser Herr, sicher macht Ihr Euch lustig über eine junge, ungebildete Sklavin. Ihr könnt hier nicht durch, denn wenn Ihr nur noch einen einzigen Schritt weiter geht, prallt Ihr unweigerlich gegen das Tor, das zu diesem Grundstück führt.«

»Tor?« fragte Nummer Eins verwundert. »Ich sehe kein Tor!«

Marjanahs Lachen war glockenhell. »Natürlich *seht* Ihr kein Tor an dieser Stelle! Es wurde vor kurzem herausgenommen, damit es repariert werden kann. Doch das bedeutet nicht, daß da kein Tor ist.« Ali Baba hörte das Klopfen einer Hand auf Holz. »Ihr seht doch sicherlich diesen Teil des Zaunes?«

Der Räuberhauptmann grunzte zustimmend.

»Und diesen hier auch?« Marjanah klopfte wieder gegen Holz.

Erneut grunzte der Anführer der Diebe.

»Dies sind die Wände links und rechts vom Tor. Wahrlich, wenn diese Wände einen Sinn haben sollen, dann muß zwischen ihnen ein Tor sein, selbst wenn Ihr das Tor nicht sehen könnt!« erklärte Marjanah.

»Was?« rief der Hauptmann mit einer Stimme, der man anhörte, daß er völlig fassungslos war. »Liebes Kind, das ist ja reiner Unsinn! Wenn ich nicht ein harmloser alter Mann auf einem Spaziergang wäre, sondern zum Beispiel der Anführer der fürchterlichsten Bande von Meuchelmördern und Räubern, die je über die Steppe galoppiert ist, würde ich deine Behauptungen Lügen strafen, indem ich einfach in den Hof hineinginge.«

Doch Marjanah war durch solche Drohungen nicht aus der Ruhe zu bringen. »Bevor Ihr an so etwas denkt, was Ihr als harmloser alter Mann natürlich nie tun würdet, laßt mich folgende Frage stellen: Was wiegt mehr: ein einfaches Stück Holz oder die Tradition?«

»Nun«, antwortete der andere, »für einen alten Mann, wie ich es ohne Zweifel bin, würde die Antwort sicher ›die Tradition‹ lauten.«

»Dann solltet Ihr innehalten, um meine Gedanken zu hören«, fuhr Marjanah fort. »Seit ich als kleines Kind zum ersten Mal hierher gekommen bin und schon eine ganze Reihe von Jahren zuvor, stand hier an dieser Stelle immer ein Tor. Wie würdet Ihr diese ganze Reihe von Jahren wohl nennen?«

»Eine so lange Zeitspanne?« meinte der Räuber, und seine Stimme verriet einen Anflug von Unsicherheit. »Das hört sich ganz nach – Tradition an.«

»Nun denn«, entgegnete Marjanah fröhlich, »die Tradition sagt also, daß hier ein Tor steht!«

Es folgte ein Moment des Schweigens, der sich ein wenig in die Länge zog. Und als die Stimme des Räubers danach erneut erklang, hörte man ihn eine ganze Zeitlang bloß Unverständliches in seinen Bart murmeln.

Doch als er wieder laut sprach, hatte diese Stimme einen äußerst tückischen Tonfall angenommen. »Liebes Kind, du sagst, dieses Tor wird repariert? Könnte der Mann, der es repariert, möglicherweise ein Holzfäller sein?«

Der Strick, mit dem er die Holzstücke hatte zusammenbinden wollen, entglitt Ali Babas tauben Fingern. Er war nicht in der Lage, noch länger an seinem Tor zu arbeiten. Wie konnte Nummer Eins nur wissen, daß er ein Holzfäller war? Sicher, da waren seine verräterischen zerlumpten Kleider gewesen. Und als die Räuber ihn gefangengenommen hatten, hatte er auch beide Male seine Arbeitsgeräte zum Holzfällen bei sich getragen. Zweifellos hatte wohl auch Kassim ihnen einige Auskünfte gegeben, bevor man ihn in Stücke geschnitten hatte. Aber sonst ...? Abgesehen von diesen wirklich abwegigen Möglichkeiten sah Ali Baba keinen Grund, warum der Räuberhauptmann ausgerechnet nach einem Holzfäller Ausschau halten sollte. Und was konnte Marjanah auf diese Frage des bösen Mannes anderes antworten als die Wahrheit?

Wie zur Antwort auf seine Gedanken, wehte der Wind die Stimme seiner Sklavin zum Versteck des Holzfällers hinüber. »Aber ganz gewiß, weiser Herr, wird es von einem Mann instandgesetzt, der Tore instandsetzt.«

»Ja doch«, entgegnete der Räuberhauptmann mit beträchtlichem Nachdruck. »Aber dieser Mann, der Tore instandsetzt, ist das ein Holzfäller?«

Marjanahs Stimme war beseelt von reiner Unschuld. »Würdet Ihr denn Holz fällen, um ein Tor zu reparieren?«

»Was?« antwortete der Räuber leicht verwirrt. »Nun, sicher doch.«

»Dann, denke ich, ist es wohl auch ein Holzfäller«, lautete die logische Schlußfolgerung der Dienerin.

Der Mann in Schwarz seufzte so abgrundtief, daß es sogar Ali Baba in seinem Versteck hören konnte. »Aber ist er auch ein Holzfäller«, ließ sich der Räuber nicht beirren, »der in düstere, entlegene Winkel des Waldes vordringt und mitten in der Nacht mit Maultieren zurückkehrt, die schwer beladen sind mit geheimnisvollen Säcken?«

»Warum sollte er ein Tor in den düsteren, entlegenen Winkeln eines Waldes reparieren wollen?« fragte Marjanah leichthin.

Daraufhin schwieg sie und wartete höflich auf die Antwort des anderen. Doch der Hauptmann murmelte erneut nur ein paar unverständliche Worte zu sich selbst. Daher schien es Marjanah, nachdem eine angemessene Zeit verstrichen war, durchaus schicklich, ihrerseits eine Frage zu stellen:

»Habt Ihr denn einen bestimmten Grund, nach solchen Dingen zu fragen?«

»Oh, nein, nein«, beeilte sich der Räuber zu sagen. Seine Stimme hatte etwas von ihrer Härte verloren und klang fast ein wenig wehleidig. »Reine Neugierde. Nenn es die Marotte eines alten Mannes.«

Es folgte ein Augenblick des Schweigens, bevor der Räuberhauptmann fortfuhr: »Sag, hast du je daran gedacht, die Laufbahn eines Räubers einzuschlagen? Oh, ich weiß, du bist eine Frau, aber wenn wir dich mit genügend weiten Gewändern ausstaffieren würden, würde es niemand merken.«

Der Hauptmann hüstelte. »Verzeih mir. Ich habe mich einen Moment lang gehen lassen ... Ich bin nur ein harmloser älterer Mann, der seine wenigen verbleibenden Jahre damit verbringt, so unauffällig wie möglich Nachforschungen anzustellen.«

»Aber sicher doch«, entgegnete die Sklavin mit ihrem nie ermüdenden Frohsinn. »Und es war sehr unterhaltsam, mit jemandem zu plaudern, der so alt und weise ist, wie Ihr es seid.«

»Ja. Gut. Ich nehme an, da ich nicht durch dieses Tor schreiten darf, kann ich genausogut weiterschlendern, bis ich jemanden treffe, bei dem ich so unauffällig wie möglich Nachforschungen anstellen kann. Doch halt, dabei fällt mir etwas ein. Du kennst nicht zufällig jemanden, der erst vor kurzem in sechs Stücke zerteilt wurde?«

Ali Baba hörte das laute Klatschen, als Marjanah vor Begeisterung ihre Hände zusammenschlug. »Sechs Teile? Oh, ich weiß! Das ist bestimmt ein Rätsel! Ihr alten Leute seid ja so gerissen, was Rätsel betrifft! Vielleicht stehen die sechs Teile für die einzelnen Lebensabschnitte des Menschen, vom Säugling, der auf allen vieren krabbelt, bis zum vom Alter gebeugten Greis, womit ich Euch nicht zu nahe treten möchte, o ehrwürdiger Herr.«

»Nun, es war kein Rätsel, wirklich ...«, versuchte der Räuberhauptmann einzuwerfen.

»Nicht diese Art von Rätseln?« entgegnete Marjanah in jener heiteren, lebhaften Stimme, die zu unterbrechen kein Mann je wagen würde. »Vielleicht sind die sechs Teile die vier Elemente, Luft, Erde, Wasser und Feuer, zusammen mit dem sanften Westwind und dem Ostwind, der uns die Stürme von der See bringt ...«

Immer noch versuchte der Anführer der Räuber die Kontrolle über das Gespräch wiederzugewinnen. »Nun, um ehrlich zu sein, vergib mir, daß ich diese sechs Teile überhaupt erwähnt ...«

»Sind die sechs Teile die Beine eines Insektes?« fügte Marjanah mit einem kleinen Freudenjauchzer hinzu, als glaubte sie, diesmal die richtige Lösung gefunden zu haben. »Vielleicht eine emsige Ameise, die mit einem Gewicht kämpfen muß, daß zehnmal größer ist als ihr eigenes ...«

»Ich muß micht jetzt wirklich auf den Weg machen«, unterbrach der Räuberhauptmann noch etwas energischer. »War nett, mit dir zu plaudern.«

»Ach, das ist wirklich schade«, erwiderte Marjanah, und ihre Stimme verriet einen ganz leichten Anflug von höflicher Enttäuschung. »Das nächste Mal, wenn wir uns treffen, werde ich sicher eine Antwort auf Euer Rätsel gefunden haben!«

»Zweifellos«, antwortete Räuber Nummer Eins müde. »Zweifellos. Immerhin sehe ich einen kleinen Hoffnungsschimmer in dieser ganzen Angelegenheit. Ich nehme an, daß du so gut wie niemals deine Zeit in düsteren, entlegenen Winkeln des Waldes verbringst.«

»Kommt zurück und schaut Euch unser neues Tor an!« war alles, was Marjanah entgegnete.

Das dumpfe Murmeln des Räuberhauptmanns verklang

langsam in der Ferne. Dennoch wartete der Holzfäller eine angemessene Zeitspanne, bevor er aus seinem Versteck hervorlugte.

»Ganz ausgezeichnet, Marjanah«, lobte er seine Dienerin. »Könnte es sein, daß jener Mann, mit dem du eben erst geredet hast, derjenige ist, für den ich ihn halte?«

Marjanah nickte gutgelaunt. »Schwarze Gewänder, verschlagener Blick – er entsprach in jedem Punkt Eurer Beschreibung des Anführers der Räuberbande.«

»Wir müssen also damit rechnen, daß er zurückkommt, und zwar zweifellos im Schutze der Nacht«, überlegte der äußerst erleichterte Ali Baba. »Ich werde das Tor in aller Eile zusammenzimmern.«

Doch sollte die Erleichterung des Holzfällers auch diesmal nur von kurzer Dauer sein, denn eine andere Stimme mischte sich plötzlich in die Unterhaltung ein.

»Bevor du dich wieder an deine Arbeit machst«, rief sein Bruder vom Zaun aus, »gibt es noch einiges zu besprechen. Betreffs deiner Schulden.«

Ali Baba wandte sich um, nur um festzustellen, daß Kassims Frau den Korb mit seinem Bruder oben auf dem Zaun zwischen ihren beiden Grundstücken abgestellt hatte. Was nicht heißen soll, daß Kassims Frau dem ihrer Obhut anvertrauten Angetrauten besonders große Aufmerksamkeit geschenkt hätte. Wieder einmal würdigte sie ihren Ehegatten keines Blickes, sondern schien nur Augen für Ali Baba zu haben.

Doch der Holzfäller würde es nicht zulassen, daß der verlockende Blick dieser Frau, daß ihr langes, dunkles Haar, ihre vollen, feuchten Lippen, ihr Busen, der jedesmal zitterte, wenn sie einen Atemzug tat ... nein, er würde es nicht zulassen, daß all diese Dinge sein Urteilsvermögen trübten. Und dann war da noch etwas anderes. Trotz allem, was sein Bruder durchgemacht hatte, mußte Ali Baba feststellen, daß Kassim ihm so langsam auf die Nerven ging.

»Ich muß die Lücke in meinem Zaun wieder schließen, oder ihr werdet jede weitere Unterhaltung über Schulden mit einem toten Mann führen müssen.«

Kassims Stimme klang entrüstet. »Du wagst es, mich so zu behandeln, ein Mitglied deiner eigenen Familie, nach allem, was ich wegen dir erleiden mußte?«

Nun, dachte der Holzfäller, wenn ich Kassim nicht die Auskünfte gegeben hätte, wäre der Bruder wahrscheinlich noch ein *ganzer* Mann. Konnte dies vielleicht der Grund dafür sein, daß Kassims Frau ihn jetzt so durchdringend anstarrte? Er schwor sich erneut, sich durch diesen Blick nicht beeinflussen zu lassen. Allerdings hatte er noch nie zuvor bemerkt, daß ihre tiefbraunen Augen auch mit winzigen Punkten von betörend grüner Farbe gesprenkelt waren.

»Vielleicht bin ich tatsächlich nicht ganz unschuldig an deinem Schicksal«, gab der Holzfäller zu. »Ich entschuldige mich für jede Schwierigkeit, die ihr beiden vielleicht hattet, wieder eine normale Beziehung zueinander aufzunehmen.«

»Oh«, meinte Kassims Frau mit ihrer tiefen Stimme, »darum würde ich mir an deiner Stelle keine großen Sorgen machen.«

»Wenn wir auch tatsächlich einige Schwierigkeiten hatten, ein paar ganz bestimmte Teile wiederzufinden«, fügte Kassim barsch hinzu, »so haben wir doch nicht aufgegeben und weitergemacht.«

»Und nicht nur das«, sagte seine Frau, und ihr Lächeln wurde noch inniger. »Du kannst dir nicht vorstellen, was für Stellungen ...«

»Doch der Reiz des Neuen ist vergangen«, meinte Ali Babas Bruder. »Die Zeit ist mehr als reif, daß du eine Entschädigung zahlst!« verlangte er.

Eine Entschädigung? Wieder fühlte der Holzfäller Wut in sich aufsteigen. Entschädigung wofür? Dafür, daß sein Bruder die Zauberformel vergessen hatte und nicht mehr rechtzeitig aus der Höhle herausgekommen war? Doch ihm versagte die Stimme, als er zu Kassim und seiner Frau hinübersah. Zum Teil lag das auch daran, daß es nicht so einfach ist, einem Weidenkorb in die Augen zu sehen.

»Und du solltest deine Entscheidung schnell treffen«, drängte ihn Kassims Frau. »Vergiß nicht, daß ich bald zu unserem Gast ins Haus zurückkehren muß.«

»Eurem Gast?« waren die einzigen Worte, die Ali Baba hervorbrachte.

»Aber sicher«, entgegnete die Frau mit jener Art von herablassendem Lächeln, das diejenigen, die Reichtum und ein großes Anwesen ihr eigen nennen, sich für jene aufheben, die nichts besitzen. »Wir bewirten oft Gäste in einem unserer ausgedehnten Gärten.«

»Meine Frau ist eine äußerst aufmerksame Gastgeberin«, fügte der Mann im Weidenkorb voller Stolz hinzu, »und über Kassims Freigiebigkeit wird sowohl auf den Basaren wie in den Palästen gesprochen!«

»Unser gegenwärtiger Gast«, fügte seine Frau hinzu und klang dabei noch selbstzufriedener als zuvor, »ist ein netter alter Mann, ganz in Schwarz gekleidet, dessen einziges Vergnügen noch darin besteht, durch die Viertel der Stadt zu schlendern und so unauffällig wie möglich Nachforschungen anzustellen.«

Ali Baba mußte feststellen, daß er darauf nichts mehr zu erwidern wußte. Allerdings kam ihm der Gedanke, daß das Errichten eines neuen Tores nun wohl überflüssig geworden war.

Das 9. der 34 Kapitel, in dem das, was voneinander getrennt ist, wieder zusammenkommt – oder auch nicht, je nachdem.

Zum Glück stand noch immer die Sklavin Marjanah an Ali Babas Seite.

»Etwa jener alte Mann?« fragte sie so abfällig wie möglich. »O ja. Wir haben ihn bereits eine ganze Weile bewirtet. Ich war in der Tat erstaunt, wie schwierig es war, diesen Herrn wieder loszuwerden.«

»Das habt ihr?« fragte Kassims Frau, und ihr überhebliches Lächeln verwandelte sich in ein ungläubiges Stirnrunzeln. »Das wart ihr? Tatsächlich?« stammelte sie.

Die Geistesgegenwart seiner Sklavin hatte Ali Baba geholfen, seine Stimme wiederzufinden. »Marjanah«, befahl er, »klär sie über alles auf!«

»Das ist noch nicht alles?« fragte Kassims Frau beunruhigt.

Marjanah fuhr fort und stellte eine Reihe von Fragen, wie es alle wahrhaft Gelehrten tun, die Wissen vermitteln wollen. »Habt ihr schon darüber nachgedacht, warum dieser Mann schwarze Gewänder trägt? Und hat er zudem Nachforschungen angestellt, die gewisse Leute betreffen, die erst kürzlich in sechs Teile zerhackt wurden?«

»Einen Augenblick!« erklang Kassims Stimme, die durch den Weidenkorb etwas gedämpft wurde. »Selbst jemand, der wie ich in einem Korb steckt, kann sehen, worauf diese Fragen hinauslaufen! Du willst doch nicht etwa andeuten, daß unser Gast einer jener Räuber ist, denen wir erst vor so kurzer Zeit entkommen sind?«

»Was«, fragte Ali Baba daraufhin, »könnte noch schlimmer sein, als daß dieser alte Herr bloß einer der Räuber ist?«

»Du willst sagen, daß es ihr Anführer ist?« kreischte Kassim, als würde sein Körper erneut auseinandergerissen.

»Und meine unbedarfte Frau hat es einem greulichen Schurken erlaubt, unsere allerheiligsten Gärten zu betreten? Greif in den Korb hinein, Weib, und fische meinen Arm heraus, damit ich dich schlagen kann!«

Seine Frau schielte zweifelnd auf ihren weidenkorbumflochtenen Gatten, ihren Herrn und Meister. »Vor den Nachbarn?«

Diese Frage brachte sogar Kassim ins Grübeln. »Nun, vielleicht habe ich mich ein wenig gehen lassen. So zerstreut wie ich bin, ist das durchaus möglich. Doch was sollen wir nur machen, wenn dieser Mann jetzt weiß, wo wir uns versteckt halten?«

»Ich habe ihm gegenüber nicht erwähnt, daß mein Ehemann in sechs Teile gehackt wurde«, meinte seine Frau in einem Ton, der deutlich machte, daß sie überaus gekränkt sein würde, wenn jemand das Gegenteil auch nur andeuten würde. »Gewisse Dinge sollten doch in der Familie bleiben.«

»Verzeiht mir, o Herr und Meister«, mischte sich Marjanah mit ihrer äußerst melodischen Stimme ein, »aber dürfte ich in aller Bescheidenheit einen Vorschlag machen?«

»Aber sicher doch!« stimmte Ali Baba begeistert zu. »Deine bescheidenen Worte werden bei mir stets auf offene Ohren stoßen!«

»Nun gut«, erwiderte Marjanah. »Es ist mir aufgefallen – und zweifellos würde es auch euch allen auffallen, wenn ihr nur einen Augenblick darüber nachdenken würdet –, daß euer ganzes Problem aus einem Mann besteht, der in sechs Teile zerhackt wurde. Doch was wäre, wenn man diese Teile wieder zu einem Ganzen zusammenfügen würde?«

»Das rückgängig machen, was meinem Ehemann widerfahren ist?« fragte Kassims Frau, und der bloße Gedanke daran schien sie schon in das allergrößte Erstaunen zu versetzen. »Ich wünschte, das ließe sich bewerkstelligen. Leider kennt sich niemand in unserem Haushalt mit Magie aus.«

»Verzeiht mir meinen bescheidenen Vorschlag«, fuhr Marjanah fort, »aber die einzige Magie, an die ich dachte, ist die von Nadel und Faden.«

»Nadel und Faden?« wiederholte Kassim ungläubig.

»Wir sollen ihn einfach wieder zusammennähen?« Seine Frau lachte begeistert und klatschte in die Hände. »Und dabei könnten wir doch auch gleich ein paar Änderungen und Verbesserungen vornehmen!«

»Nimm dich in acht, Weib!« warnte ihr Ehemann. »Oder ich werde dich in der Tat einen Arm herausnehmen lassen, mit dem du dich dann – und zwar nicht zu knapp – schlagen darfst. Und vielleicht auch ein Bein, so daß noch ein paar kräftige Fußtritte hinzukommen!«

»Ihr müßt meinem Mann vergeben«, fuhr Kassims Frau fort. »Er ist nicht ganz bei sich. Ansonsten würde er nämlich erkennen, daß der Vorschlag dieser jungen Frau wirklich etwas für sich hat.«

Doch Kassim war noch immer nicht überzeugt. »Mich zusammennähen? Mit einer spitzen Nadel? Könnt ihr euch vorstellen, wie sehr das schmerzen würde?«

»Du bist in sechs Teile zerhackt worden«, antwortete seine Frau ungläubig. »Sicher hat dir das viel größere Schmerzen bereitet!«

»Genug für ein ganzes Dutzend Leben.« Kassim erschauderte. »Ich weiß nicht, ob ich mich zusammenreißen kann. Vielleicht solltet ihr das Nähen lieber jemand anderem überlassen!«

Wieder war es Marjanahs Klugheit, die ihnen zu Hilfe kam. »Ich kenne da einen blinden Schneider, dessen Hand so sicher ist wie der Tritt einer Katze. Ich bin überzeugt davon, daß er die einzelnen Teile mit äußerster Feinfühligkeit zusammennähen könnte.«

»Feinfühligkeit?« wehklagte Kassim und klang keine Spur überzeugter. »Oh, zumindest wird es wohl entsetzlich kitzeln!«

»Nun gut, das mag sein«, erwiderte Marjanah sanft, als bestünde ihr einziger Wunsch darin zu gehorchen, »aber wenn Ihr das nächste Mal einem Räuberhauptmann gegenübersteht, würdet Ihr wieder ein Ganzes sein.«

»Ah, so ist das.« Kassim gab sich alle Mühe, ein Lachen

zustande zu bringen. »Nun, was bedeuten schon ein paar Qualen?«

»Wie bitte?« Kassims Frau runzelte die Stirn, während sie sich vom Zaun wegdrehte, um einer jungen Dienerin zu lauschen, die ihr etwas ins Ohr flüsterte. Als sie ihren Blick wieder auf Ali Baba richtete, schien sie noch niedergeschlagener als zuvor. »Meine Dienerin hat mir gerade mitgeteilt, daß wir unseren Gast zu lange im Garten haben warten lassen. Er hat ihr zu verstehen gegeben, daß er, während er auf unsere fürstliche Bewirtung wartet, über unseren Grund und Boden schlendern wird, um sich ein wenig nach interessanten Besonderheiten umzusehen.«

Die Sklavin flüsterte noch etwas in das Ohr ihrer Herrin.

»Er sagte auch«, erzählte diese mit wachsender Angst, »daß er ganz besonders nach Personen Ausschau hält, die kürzlich erst in sechs Stücke gehackt wurden.«

Ali Babas eigenes Entsetzen angesichts dieser Neuigkeit wurde kurzfristig von der Stimme seiner Frau unterbrochen.

»O Weh und Ach!« erklang ihr altbekannter, aber immer noch durch Mark und Bein dringender Schrei. »Warum hast du mir nicht gesagt, daß du dich mit unserer Familie unterhältst?«

Doch der Holzfäller hatte in diesem Augenblick kein Ohr für die Klagen seiner Frau. Er wandte sich an die Gemahlin seines Bruders: »Wann müssen wir mit seinem Auftauchen rechnen?«

Sie legte die Stirn in Falten und überlegte. »Nun, es kann eine kleine Weile dauern. Wie mir meine Sklavin berichtet hat, ist er in eine Richtung aufgebrochen, die von hier aus gesehen genau auf der entgegengesetzten Seite des Grundstücks liegt. Bevor er hier ankommt, muß er mindestens drei der Gärten durchqueren.«

»Ah!« rief Kassim aus. »Da also hast du unseren Gast warten lassen? Am besten Fleckchen, das unser fürstlicher Grundbesitz zu bieten hat! Dieser Schurke hätte nicht einmal einen Blick auf solch vollendete Vornehmheit werfen dürfen! Dennoch, vergiß bei deinen Überlegungen nicht, daß er, um die Gärten zu erreichen, die großen Teiche umgehen muß.«

»O ja«, stimmte seine Frau zu. »Zumindest muß er an vier Teichen vorbei, wenn er nicht durch das Vogelhaus geht.«

»Und, wenn ich so anmaßend sein darf«, fügte die Sklavin so demütig hinzu, wie es ansonsten nur Marjanah war, »würde ich noch die sieben Nebeneingänge anführen, die er durchqueren muß.«

»Genau«, plichtete ihr Kassims Frau bei, »und das nur, wenn er den kürzesten Weg nimmt und in gerader Linie auf uns zukommt. Aber abgesehen davon, und wenn man den Park mit den in Form geschnittenen Sträuchern beiseite läßt, das Badehaus und natürlich unseren bescheidenen, gut mit Forellen bestückten Fluß sowie das wirklich kleine Wäldchen, das vor Wild nur so überquillt, nun, dann könnte er jeden Augenblick hier eintreffen.«

»O Weh und Ach!« unterbrach sie Ali Babas Frau, die darum bemüht war, wie gewohnt die Kontrolle über das Gespräch zurückzugewinnen. »Unsere Familie erzählt von ihrer Gastfreundschaft, und du vergißt, ihr die unsrige anzubieten?«

In Anbetracht des Ernstes der gegenwärtigen Lage fiel es sogar dem ansonsten geduldigen Ali Baba schwer, sich den Klagen seiner Frau zu widmen. »Nicht jetzt, meine Liebe«, sagte er daher sanft.

»So fängt es an.« Seine Frau machte ein noch verdrießlicheres Gesicht und nickte wissend. »So etwas führt dazu, daß Mann und Frau sich am Ende nichts mehr zu sagen haben. Kann das Scheitern unserer Ehe da noch lange auf sich warten lassen?«

Kassims Frau gelang es, noch lauter zu sprechen als Ali Babas Angetraute. »Wir müssen meinen Mann so schnell wie möglich zusammenflicken lassen. Wo kann man diesen blinden Mann finden, von dem deine Sklavin gesprochen hat?«

Doch aus dem Weidenkorb erklangen neuerliche Einwände. »Ich lasse mich nicht von einem Blinden anfassen, geschweige denn zusammennähen!«

»Unsinn!« erwiderte Kassims Frau. »Oder glaubst du etwa, jemand, der sehen kann, wäre in der Lage, eine solche Arbeit zu verrichten, ohne daß er wahnsinnig wird?«

Kassim lachte wehmütig. »Und glaubst du nicht, daß sogar ein Blinder seine Schwierigkeiten dabei haben könnte?«

»Das läßt sich nicht von der Hand weisen.« Kassims Frau schenkte dem Korb ein kleines Lächeln. »Ich denke, es ist besser, wenn du dich während des Nähens tot stellst.«

»Tot?« Kassim jaulte auf, als verursachte ihm der bloße Gedanke daran schon Schmerzen. »Aber die Teile meines Körpers sind noch immer warm. Was, wenn der Schneider einen Nerv trifft oder meine Haut kitzelt?«

»Dann werden wir ihm einfach sagen, daß du erst seit kurzem tot bist«, antwortete seine Frau und bemühte sich, so beruhigend wie möglich zu klingen. »Und egal, was auch geschehen mag, wir werden den Mann einfach derart mit Reichtum überhäufen, daß sein Mund so stumm sein wird wie seine Augen blind sind.«

Doch so leicht ließen Kassims Bedenken sich nicht wegwischen. »Reichtum? Und wo soll der herkommen?«

Die Augen seiner Frau richteten sich wieder auf Ali Baba. »Wir brauchen bloß auf die Großzügigkeit deines Bruders zurückzugreifen.«

Noch bevor der Holzfäller über eine solche Spende aus seiner Schatzkammer, die das zukünftige Wohlergehen seines Bruders sichern sollte, nachdenken konnte, mischte sich eine fremde Stimme in das Gespräch.

»Reichtum? Hat da jemand etwas von Reichtum gesagt?«

Ach! Es war der alte Herr, der in Wirklichkeit der Anführer der Räuber war! Erstaunlich schnell hatte er jene drei Gärten durchquert, war an vier spiegelnden Teichen vorbeigegangen, hatte das Vogelhaus und den Park mit den wunderschön geschnittenen Sträuchern hinter sich gelassen, den Forellenfluß über- und den Wald voller Wild durchquert, ebenso wie die sieben Nebengebäude. Die Frauen und Kassim stießen einen Schrei der Überraschung aus.

»Oh, ich wollte niemanden erschrecken«, behauptete der

Mann in Schwarz mit einem Lächeln, das man unter anderen Umständen vielleicht als freundlich hätte auslegen können. »Ich habe nur nach Ungewöhnlichem Ausschau gehalten. Bei Allah, da habt Ihr aber einen wirklich großen Korb. Es ist schon erstaunlich, nicht wahr, was man in einem Korb solchen Umfangs, solcher Höhe und von solcher Stabilität alles tragen kann?« Sprach's und trat kühn einen Schritt näher an den Korb heran, um einen genaueren Blick in das Innere werfen zu können.

Die Mitglieder der Familie starrten einander an, gelähmt, wie ohnmächtig. Wie konnte man verhindern, daß der Räuber eine ganz bestimmte Entdeckung machte? Der Holzfäller wußte, daß es nur eine Antwort auf diese Frage geben konnte.

»Wahrlich, da läßt sich nur noch eines tun«, sagte Ali Baba und wandte sein Gesicht ab, damit der Räuberhauptmann ihn nicht erkannte. »Es gibt nur noch eine Person, die die Situation retten kann, und das ist Marjanah!«

»Aber ihr habt mir immer noch nicht gesagt«, rief der Schurke mit offensichtlichem Vergnügen, während er noch einen Schritt näher trat, »was es mit dem Reichtum auf sich hat, von dem ihr gesprochen habt.«

Sein Vergnügen verflüchtigte sich jedoch so schnell wie der Tau in der Morgensonne, als Marjanah vortrat, um ihn zu begrüßen. »O ehrenwerter Herr, so ungern ich auch jemand mit Eurer Erfahrung und Weisheit widerspreche, fürchte ich doch, daß Eure so ehrenwerten Ohren langsam unter der Last des Alters zu leiden beginnen. Als Ihr die glücksverheißende Erwähnung von *Reichtum* zu vernehmen glaubtet, da war in Wahrheit von *Siechtum* die Rede.«

»Siechtum?« entgegnete der Schurke mit einem Ausdruck der Bestürzung.

»Ja. Ein Mitglied unserer Familie siecht dahin. Eine Grippe hat ihn niedergeworfen. Eine sehr ernste Krankheit«, fuhr Marjanah fort, als wäre gar kein Zweifel möglich. »Eine sehr ungewöhnliche Grippe. Wir haben natürlich die traditionelle Familienkur angewendet und den Kranken in diesen Weidenkorb da drüben gesteckt.«

Kassim ließ dienstfertig ein Niesen erklingen.

Der Räuberhauptmann blieb stehen und entschied, den Korb vielleicht doch nicht unbedingt näher in Augenschein zu nehmen.

»Doch Ihr seid ein Mann von ehrenwertem Alter und großem Wissen!« behauptete Marjanah mit Begeisterung in der Stimme, als ob ihr erst jetzt dieser Gedanke in den hübschen jungen Kopf gekommen wäre. »Ihr müßt ein schier unerschöpfliches Wissen über seltene Krankheiten haben! Sicher würdet Ihr, wenn wir Euch den Leidenden zeigen, sofort die großen, blutenden Pusteln erkennen, die seinen ganzen Körper überziehen sowie diesen eigentümlichen Fäulnisgeruch, der aus jeder einzelnen seiner Poren dringt!«

Als er das hörte, runzelte der Anführer der Räuber die Stirn und sah zur Sonne hinauf. »Na, so was! Schaut nur, wie spät es geworden ist! Obwohl ich euch sicher gute Ratschläge geben könnte, was diese Sache betrifft, fürchte ich, daß ich sofort aufbrechen muß. Selbst harmlose alte Männer müssen ab und zu ein paar Verabredungen einhalten!«

»Seid Ihr sicher?« entgegnete Kassims Frau, und ihre Lippen umspielte die Andeutung eines Lächelns. »Wir würden Euch gerne ein fürstliches Mahl bereiten.«

»Und ich bin sicher, daß ihr mir eine ganz vorzügliche Bewirtung angedeihen lassen würdet«, rief der Räuber über seine Schulter zurück, während er auf das nächste Gebäude zuschlenderte. »Ganz sicher werde ich später einmal in diesen Genuß kommen!«

Und damit verschwand der Räuberhauptmann.

»Ganz ausgezeichnet, Marjanah!« rief Ali Baba, sobald er sicher war, daß der Schurke außer Hörweite war. »Wieder einmal hast du uns gerettet!«

»Mein größter Wunsch ist es, Euch zu Diensten zu sein«, lautete die bescheidene Antwort der Sklavin.

»O Weh und Ach!« stimmte die Frau des Holzfällers in die Unterhaltung ein. »Könnten wir doch alle derart vollendet unseren Aufgaben nachkommen!«

»Doch ich fürchte, daß wir den Räuberhauptmann nicht zum letzten Mal gesehen haben«, mahnte Ali Baba zur Vorsicht. »Wir müssen meinen Bruder so schnell wie möglich zusammennähen lassen!«

Die jüngsten Ereignisse waren derart bedrohlich gewesen, daß sogar Kassim keine Einwände mehr vorbrachte. Man einigte sich schnell darauf, Ali Baba den Korb zu dem blinden Schneider tragen zu lassen. Denn von ihm waren die Leute es gewohnt, daß er in der Stadt seine Auslieferungen machte, und daher würde er wohl am wenigsten Verdacht erregen.

Marjanah und Kassims Frau winkten ihnen zum Abschied nach, während die Frau des Holzfällers ihnen noch ein letztes ›O Weh und Ach!‹ schenkte und Ali Baba den Weidenkorb durch jene Öffnung im Zaun hinaustrug, wo früher einmal sein Tor gestanden hatte. Marjanah hatte ihm den Weg zum Laden des Schneiders ganz genau beschrieben. Er lag in der Tat nur ein paar Häuser die Straße hinunter. Und so kam es also, daß Ali Baba seine Last, der er zuvor befohlen hatte, kein Sterbenswörtchen verlauten zu lassen, an Kassims Grund und Boden vorbeitrug. Doch kaum hatte er das große Wachhaus seines reichen Bruders ein paar Schritte hinter sich gelassen, als vier Männer ihm den Weg versperrten, die alle in Schwarz gekleidet waren!

Der Korb wurde Ali Baba sehr schnell mit Gewalt entrissen, während zwei Männer ihn an den Armen festhielten und recht grob herumdrehten, so daß er auf einmal dem Räuberhauptmann Auge in Auge gegenüberstand.

»Ich habe dir doch gesagt, daß es kein Entkommen vor unserer Bande gibt«, teilte ihm der Räuber Nummer Eins mit, und seine Lippen umspielte ein äußerst freundliches Lächeln. »Nun, da deine sich stets ungebeten einmischende Dienerin nicht mehr in der Nähe ist, gehört ihr uns – und zwar für den Rest eures Lebens.« Er hielt inne, um den anderen Räubern ein verschwörerisches Grinsen zu schenken. »Was natürlich nicht heißen soll, daß das sehr lange dauern wird.«

Das 10. der 34 Kapitel, in dem wir erfahren, was es heißt, ein Räuber zu sein.

Diesmal gab es für Ali Baba keinen Zweifel, daß er verloren war, hielten ihn doch zwei der schwarz gekleideten, bärtigen Männer in eisernem Griff. Nie mehr würde er sein bescheidenes Heim oder seine ärmliche Familie wiedersehen!

Der unheimliche Anführer der Banditen schlenderte die plötzlich gänzlich verlassen und ruhig daliegende Straße auf und ab. Es schien, als ob niemand, weder Mensch noch Tier, sich freiwilig in der Nähe dieser Männer aufhalten wollte. Außerdem besserte sich Ali Babas Stimmung nicht gerade dadurch, daß der Anführer der Räuber diese Gelegenheit nutzte, sich ausgiebig in hämischer Schadenfreude zu weiden.

»Ha, ha, ha!« Räuber Nummer Eins brachte sein Gesicht ganz nah an das von Ali Baba heran und spuckte ihm dieses Lachen geradezu entgegen. »Und noch ein Ha! und nochmals Ha! Dies sollte euch ein für allemal beweisen, daß niemand den vierzig Räubern zu entkommen vermag. Zu rauben, bedeutet leben; zu leben, bedeutet rauben!« Er wirbelte zu Kassim herum. »Und du da im Weidenkorb. Dich in sechs Teile zu zerhacken, das war erst der Anfang deines neuen Lebens!«

Als er das hörte, begann sogar Kassim zu wehklagen. »Dann habe ich also einen neuen Grund gefunden, meine Unsterblichkeit zu verfluchen. Jetzt werde ich Tag für Tag dazu verdammt sein, Euch zuzuhören!«

»Und laß dir versichern«, sagte der Räuberhauptmann, der diese letzte Bemerkung offensichtlich als eine besondere Art von Kompliment auffaßte, »daß du ständig an meiner Seite sein wirst!« Er kicherte. »Wir sind wieder vierzig Räuber. Ihr werdet allerdings aufgrund eurer neuerlichen unerlaubten Entfernung von der Truppe degradiert werden. Wenn wir unsere volle Zahl erreicht haben, sollte keine Macht dieser Erde dazu in der Lage sein, uns aufzuhalten!«

Er deutete nacheinander auf seine drei Untergebenen. »Bewacht unsere jüngsten Mitglieder gut. Ich werde die übrigen Räuber zusammenrufen. Und dann werden wir losreiten!« Sprach's, drehte sich um und lief den schmalen Weg hinter Kassims Anwesen hinunter.

War dies also tatsächlich das letzte, was Ali Baba von seinem Heim sehen sollte, von seiner Stadt, von seinem Leben als Holzfäller? Sogar ein so bescheidenes Gemüt, wie er es besaß, rebellierte bei solch einem Gedanken. Nein! Ganz sicher gab es einen Weg, wie er und Kassim fliehen konnten. Ali Baba verlagerte ganz vorsichtig sein Gewicht, doch der eiserne Griff um seine Arme lockerte sich nicht.

»Bitte, wehr dich nicht zu sehr«, sagte der Räuber, der Ali Babas linken Arm umklammert hielt, mit überraschender Sanftheit. »Du steckst bereits tief genug in Schwierigkeiten und brauchst sie nicht noch zu vergrößern.«

»Genau«, fügte der Räuber rechts von Ali Baba hinzu. »Niemand ist den vierzig Räubern bisher zweimal entkommen.«

»Zumindest niemand«, mischte sich der Bandit, der den Korb trug, ein, »der am Leben geblieben ist.«

»Was nicht heißen soll, daß unser Hauptmann euch töten wird«, fügte der erste der drei in einem etwas beruhigenderen Tonfall hinzu. »Zumindest nicht sofort.«

»Nein«, stimmte der zweite zu, »viel eher wird er euch einen kleinen, unbedeutenden Auftrag erteilen und euch losschicken – zum Beispiel die zerklüfteten Wände einer steilen Klippe hinunter oder direkt in das offene Maul eines riesigen Haies – eben irgendwohin, von wo es kein Zurück mehr gibt.«

»Dann wird uns euer Anführer also nicht persönlich ein Leid zufügen?« fragte Ali Baba. Er war unsicher, ob diese Tatsache Grund genug war, Erleichterung aufkommen zu lassen.

»Nichts könnte weiter von der Wahrheit entfernt sein«,

meinte der erste der drei ein wenig heftiger. »Wie ich aus sicherer Quelle weiß, sollt ihr beide ...«, und er mußte kurz innehalten, bevor er den Satz beenden konnte, »... degradiert werden.«

Die beiden anderen Banditen hielten die Luft an – vielleicht vor Schreck und Entsetzen. Die Dichte ihrer Bärte machte es Ali Baba schwer, ihre wahren Gefühle zu erkennen. Und dennoch, als armer Holzfäller, der er war, hatte er sich über derartige Dinge einfach Klarheit zu verschaffen. »Ist diese Degradierung denn tatsächlich ein so schreckliches Schicksal?«

»Das einzige, was noch schlimmer als eine Degradierung ist ...«, sagte der letzte der drei, bevor auch er eine dieser unangenehmen Pausen einfließen ließ, »... ist der Tod.«

»Ich hätte da einen Vorschlag zu machen«, meinte der sanftmütige erste Räuber an seine beiden Gefährten gewandt. »Wie wäre es, wenn wir die uns Anvertrauten für den Augenblick losließen? Doch sollt ihr, o unsere jüngsten Mitglieder, dies wissen: Unsere Absichten ändern sich nicht. Außerdem möchte ich nicht versäumen, euch darüber aufzuklären, daß ich, als Mitglied unserer furchterregenden Räuberbande, über eine Hand verfüge, die so behende mit dem Messer ist, daß sie nur noch übertroffen wird von der Schnelligkeit, mit der ich mein unglaublich scharfes Schwert führe, was im Vergleich zu der unvorstellbaren Geschwindigkeit meiner vergifteten Pfeile so langsam wie eine Schnecke ist.« Er hüstelte leicht, als er seinen Griff um Ali Babas Arm löste. »Ihr wäret gut beraten, dies im Gedächtnis zu behalten.«

Und in der Tat behielt Ali Baba es im Gedächtnis. Obwohl der Druck an seinen beiden Seiten weg war, fühlte sich der Holzfäller nicht freier als zuvor. Nun denn, wenn er also schon dazu verdammt war, dieser Räuberbande beizutreten, konnte er wenigstens versuchen, gute Miene zum bösen Spiel zu machen.

Er ging zu dem Korb hinüber, der seinen Bruder enthielt und den der dritte Dieb auf dem Boden abgesetzt hatte.

»Ich nehme an, ein Leben als Räuber wird zumindest eine

Abwechslung im ewigen Alltagstrott sein«, tastete Ali Baba sich langsam vor. »Vielleicht bekommen wir etwas von der Welt zu sehen?«

Die drei Räuber versammelten sich um ihn und sahen sich nacheinander an. Keiner von ihnen schien angesichts der Bemerkung des Holzfällers in Begeisterung auszubrechen.

»Was will man da schon zu sehen bekommen?« antwortete der erste der drei. »Du wirst immer inmitten einer Horde galoppierender Pferde stecken.«

Doch Ali Baba ließ sich nicht so schnell entmutigen. »Dann werde ich vielleicht Neues zu hören bekommen, wie zum Beispiel den Gesang exotischer Vögel und das sanfte, geheimnisvolle Rauschen des Meeres.«

»Was du zu hören bekommen wirst?« entgegnete der dritte. »Wahrscheinlich nichts als das Hurrageschrei der Sieger und die Schmerzensschreie der Besiegten. Von einer Bildungsreise kann da ganz sicher nicht die Rede sein.«

Dennoch blieb der Holzfäller hartnäckig. Er würde ja auch nicht einfach so aufhören, einen Ast zu durchsägen, bevor er das Astloch nicht gemeistert hatte. »Aber sicher werden mir meine Reisen doch eine Menge neuer Erfahrungen ...«

»Wann willst du schon großartige Erfahrungen sammeln?« fügte der zweite hinzu. »Es wird nichts für dich geben außer Sonne und Hitze und Staub.«

»Aber«, begann der Holzfäller von neuem, und er konnte selbst die wachsende Verzweiflung in seiner Stimme hören, »wißt ihr denn nicht ...«

»Was willst du schon großartig wissen?« unterbrach ihn der zweite. »Ganz sicher wirst du niemals wissen, wo du gerade bist, denn immer werden dir eine Menge Räuber die Sicht versperren.«

»Aber ihr geruht mir doch wohl nicht zu sagen ...«, versuchte es Ali Baba erneut.

»Wann willst du schon großartig ruhen?« faßte der erste zusammen. »Es heißt immer nur: galoppieren, galoppieren, galoppieren und stehlen, stehlen, stehlen.«

Das sah nun nicht gerade nach einer besonders rosigen Zukunft aus. Und dennoch gab Ali Baba, der schon immer ein Mann mit optimistischer Grundeinstellung gewesen war, nicht so schnell auf, nach irgend etwas Tröstlichem an der ganzen Sache zu suchen. Verzweifelt angelte er nach einem rettenden Strohhalm. »Vielleicht können wir etwas von eurem Anführer lernen?«

Alle drei Räuber schüttelten erneut den Kopf.

Der erste begann zu sprechen: »Einen niederträchtigeren Mann wie ihn gibt es nicht.«

Doch Ali Baba war nicht bereit, eine solch negative Bemerkung ohne Widerspruch hinzunehmen. »Sicher gibt es doch auch etwas Gutes über euren Hauptmann zu berichten.«

Alle drei Räuber hielten inne, um nachzudenken.

»Er ist kein geduldiger Mensch.«

»Er ist kein mildtätiger Mensch.«

»Und großzügig ist er auch nicht«, fügte der dritte nach weiterem Überlegen hinzu.

»Wenn man genau darüber nachdenkt«, faßte der erste der drei zusammen, »gibt es eine Menge Eigenschaften, die er nicht hat.«

Als er dies hörte, war sogar unser Holzfäller, der ansonsten nicht so leicht aufgab, nahe daran, sich eine völlige Niederlage einzugestehen. »Dann hat er überhaupt keine guten Eigenschaften? In der Ordnung der von Allah geschaffenen Wesen nimmt er also einen noch niedrigeren Rang ein als jene Kreaturen, die sich vom Abfall der Erde ernähren?«

Der erste Räuber lehnte sich vor, um Ali Baba warnend am Ärmel zu ziehen. »So etwas solltest du nicht laut sagen! Unser Hauptmann ist leicht beleidigt.« Er kraulte sich erregt sein behaartes Kinn. »Manchmal tötet er auch noch diejenigen, die sich die Beleidigungen anhören. Er kann sehr gut mit einem Schwert umgehen.«

»Gut mit einem Schwert umgehen?« erwiderte der Holzfäller. »Das ist doch etwas Positives – zumindest in gewissem Sinn.«

Wieder dachten die Räuber eine Weile nach, bevor der zweite meinte: »Sein Wissen über Folterungen ist enorm.«

Durch diese Bemerkung ermutigt, fügte der dritte hinzu: »Und außerdem ist auch seine Gier nach Gold unersättlich.«

»Da seht ihr es!« grinste der erste Räuber. »Wir haben unserem Anführer unrecht getan. Es gibt doch eine Menge Eigenschaften, die man ihm zuschreiben kann.«

Es folgte ein längeres Schweigen. Was sollte man darauf auch noch sagen? Ali Baba wurde mit jeder Sekunde des Schweigens unruhiger, denn ihm war klar, daß er sich in Gegenwart von Männern aufhielt, die ihre Zeit mit Rauben und Plündern verbrachten, und daher hoffte er inständig, daß sie nicht auf dumme Gedanken kamen, nicht in so unmittelbarer Nähe seines unbedeutenden Heimes, oder, um genau zu sein, jenes erst kürzlich gegrabenen Loches in seiner Küche.

Wäre es nicht besser, so überlegte der Holzfäller, wenn er versuchte, mit diesen drei Banditen Freundschaft zu schließen, als dieses Schweigen noch länger zu ertragen? Also beschloß er, sich vorzustellen.

»Mein Name ist Ali Baba.«

»Du bist Räuber Nummer Neununddreißig«, berichtigte ihn der erste der Banditen. »Wir gebrauchen untereinander keine Namen.«

»Dann hat keiner von euch einen Namen?« fragte der Holzfäller überrascht.

»Oh, nein, nein«, widersprach der erste, »natürlich haben wir Namen. Wir gebrauchen sie bloß nicht – zumindest nicht, wenn unser Hauptmann in der Nähe ist.«

»Räuber Nummer Eins hat ein paar merkwürdige Eigenheiten«, fügte der zweite der drei hinzu. »Die augenfälligste unter ihnen ist seine Besessenheit, was Zahlen anbelangt.«

»Es hat etwas damit zu tun, daß es immer vierzig Räuber sein müssen«, erklärte der letzte Räuber weiter. »Für ihn ist das eine mystische Zahl.«

»Es ist schade«, stimmte der zweite zu, »daß es ihm so schwerfällt, diese Zahl beizubehalten.«

»Schade?« fragte Ali Baba.

»Für uns alle«, sagten die drei Diebe einstimmig.

Der Holzfäller überlegte, ob es wirklich ratsam wäre, noch mehr darüber erfahren zu wollen.

»Aber du hast uns nach unseren Namen gefragt«, sagte

der erste der drei schnell, als könnte er es gar nicht erwarten, das Thema zu wechseln. »Ich bin lange genug bei der Truppe, um bis zur Nummer Dreißig aufzusteigen.« Er warf rasch einen Blick die Straße hinauf und hinunter, bevor er hinzufügte: »Früher einmal, da hat man mich Aladin genannt.«

Die Räuber würden sich also tatsächlich nacheinander vorstellen? Diese Gesprächsbereitschaft führte zwar nicht gerade dazu, daß Ali Baba sich nun wohlfühlte, aber wenigstens schwächte sie sein Verlangen etwas ab, in nacktem Entsetzen loszubrüllen. Während die Räuber weitersprachen, musterte Ali Baba sie nacheinander genau, und obwohl sie alle die gleichen Gewänder und den gleichen Bart trugen, erkannte er jetzt einige Merkmale an ihnen, die sie deutlich voneinander unterschieden. Zum Beispiel war derjenige, der Aladin oder Nummer Dreißig hieß, ein wenig größer als die beiden anderen und hatte breitere Schultern, als ob er in seinem Leben als ehrbarer Mensch sehr hart zu arbeiten gehabt hätte, bevor er ein Leben als Räuber begann.

Dann war der zweite an der Reihe, sich vorzustellen. »Ich bin in unseren Kreisen als Nummer Achtundzwanzig bekannt.« Bevor er den nächsten Satz aussprach, senkte er die Stimme. »Doch in meinem zarten Knabenalter, das noch nicht lange zurückliegt, wurde ich stets nur Achmed genannt.«

Dieser Mann war in der Tat bei weitem der jüngste der drei. Seine hochgewachsene, schlaksige Gestalt hatte noch nicht die volle männliche Reife erreicht. Sein Bart verbarg seine Jugend, aber nach näherem Hinsehen schätzte Ali Baba, daß Nummer Achtundzwanzig nicht viel älter sein konnte als seine liebliche Marjanah.

»Bleibe nur noch ich, der sich vorstellen muß«, sagte das dritte Mitglied der Räuberbande. »Ich bin Nummer Zwölf, denn ich bin schon viele Jahre lang ein Räuber. Aber vor noch längerer Zeit, in ferner Vergangenheit, als ich noch in einem Palast lebte, da hat man mich Harun al Raschid genannt.«

Der letzte der drei war auch der älteste, und sein Barthaar

war bereits ziemlich ergraut. Seine Stimme besaß auch etwas mehr Autorität als die seiner jüngeren Kameraden, ganz so, als wäre er tatsächlich an das Leben eines Herrschers gewöhnt, zumindest aber an das eines Mannes, dem Paläste nicht fremd waren und der sich nicht so leicht wie andere dem Willen eines Räuberhauptmannes beugen würde.

Ali Baba fand die Namen, die sie getragen hatten, bevor sie zu bloßen Nummern geworden waren, außerordentlich interessant. Während Achmed ein recht gewöhnlicher und häufig vorkommender Name war, hatte Ali Baba andererseits nicht wenige Geschichten über Männer mit dem Namen Harun al Raschid und Aladin gehört. Konnte es sein, daß vor ihm dieselben Männer standen, um die sich diese Geschichten drehten? So unwahrscheinlich die Ereignisse der letzten Tage auch gewesen sein mochten, eine solche Vermutung schien ihm doch etwas zu weit hergeholt. Außerdem wußte der Holzfäller keinen einfachen Weg, den Räubern derartige Auskünfte zu entlocken. Es war schon schwer genug gewesen, ihre Namen in Erfahrung zu bringen. Wie hartnäckig würde er da erst bitten und betteln müssen, daß sie ihm auch noch ihre Lebensgeschichte erzählten?

Im Augenblick schien es Ali Baba daher ratsamer, einen anderen Weg einzuschlagen. Er entschied sich für den der Höflichkeit. »Wir sind entzückt, eure Bekanntschaft zu machen.«

Bevor er jedoch noch weitere Liebenswürdigkeiten anbringen konnte, wurde er wie gewöhnlich von der (im wahrsten Sinne des Wortes) körperlosen Stimme seines Bruders unterbrochen.

»*Wir?* Ich darf dich wohl daran erinnern, daß *mich* bisher noch keiner vorgestellt hat!« rief Kassim unter dem Deckel seines Weidenkorbes. »Da wird man kleingehackt, in einen Korb gesteckt, und schon beachtet einen niemand mehr! Typisch!«

»Aber ja doch, das ist wahr«? rief der Mann, der früher

Aladin genannt worden war, höflich. »Wir haben Nummer Vierzig ganz vergessen.«

So leicht ließ sich der Bruder des Holzfällers jedoch nicht beschwichtigen. »Für dich immer noch Kassim! Ein Mann, der in dieser Stadt einiges zu sagen hat. Ein Mann mit mächtigen und einflußreichen Freunden!«

Ali Baba vermutete, daß sein Bruder sich auf seinen Brötchengeber bezog, den fetten, unangenehmen Vier-Finger. »Es gibt da einen mächtigen und einflußreichen Freund, dem du vor kurzem noch lieber aus dem Weg gegangen bist«, rief er ihm daher sanft ins Gedächtnis zurück.

»Nun, das stimmt«, meinte Kassim im Korb und klang schon etwas bescheidener. »Doch ich versichere euch, daß dies nur eine vorübergehende Sache ist. Wenn man sich in einem derartigen Zustand befindet, dann drängt man sich nicht gerade danach, ausschweifende Erklärungen abzugeben.«

»Wie zum Beispiel eine Erklärung darüber, dachte Ali Baba, sagte es aber nicht, was sein Bruder in der Nähe eines unermeßlichen Goldschatzes getan hatte, ohne Vier-Finger augenblicklich darüber in Kenntnis zu setzen.

»Ich glaube, Nummer Vierzig, daß du ein wenig mit deinen Klagen übertreibst«, meinte der Räuber, der einmal Achmed geheißen hatte, jetzt aber nur noch Nummer Achtundzwanzig genannt wurde. »Selbst wenn du in sechs Teile zerhackt wurdest, so genießt du doch noch einige Vorteile.«

»Nenn mir einen«, erklang die Stimme Kassims, alles andere als überzeugt, »und ich werde mich still in mein Schicksal ergeben.«

»Nun«, lautete Achmeds Antwort, »wenn ich mich recht erinnere, hast du einen Bart.«

»Den habe ich ganz sicher«, grunzte Kassim. »Zur Zeit kitzelt er gerade meine Kniekehle auf ganz unangenehme Weise!«

»Aha«, meinte Achmed mit einem Lächeln, das seine wahre Jugend verriet. »Du entsprichst damit eher dem Idealbild eines Räubers als dein bartloser Bruder.«

Kassim war noch immer nicht überzeugt. »Ich entspreche

einem Idealbild, obwohl ich in sechs verschiedene Stücke zerteilt bin?«

»Es gibt keine Vorschrift, die besagt, daß man aus einem Stück bestehen muß. Doch es gibt unumstößliche Regeln, was Bärte betrifft.« Achmed zog an seinem eigenen.

Harun, Nummer Zwölf, sah sich mit einiger Besorgnis das Gesicht des Holzfällers an. »Falls du schon dabei bist, dir einen Bart wachsen zu lassen, sieht es nicht so aus, als hättest du großen Erfolg damit.«

»Andererseits, wenn du trotz der Ermahnung des Hauptmanns noch nicht versucht hast, dir einen Bart stehen zu lassen«, sagte Achmed, »sieht es noch schlimmer für dich aus.«

»Wie dem auch sei, das kann so nicht gutgehen«, meinte Räuber Nummer Dreißig, der früher als Aladin bekannt gewesen war, und Ali Baba hatte noch nie jemanden in einem grimmigeren Tonfall sprechen hören. »Laß dir schnell einen Bart wachsen. Sollte nämlich unser Hauptmann ein paar Minuten Muße finden, sich seine Untergebenen genauer anzusehen, bevor das Barthaar dein Kinn vollständig bedeckt«, er zupfte zur Verdeutlichung an seinem eigenen Bart, »wirst du dich sehr in acht nehmen müssen.«

»Zu unser aller Glück«, fügte Nummer Achtundzwanzig mit etwas beruhigenderer Stimme hinzu, »hat unser Hauptmann nur sehr wenige Augenblicke der Muße.«

Ali Baba mußte feststellen, daß er kein einziges Wort hervorzubringen imstande war, denn mit geradezu schmerzlicher Deutlichkeit wurde ihm erneut die Unzulänglichkeit seiner Haarwurzeln bewußt.

Die drei Räuber schienen das nicht zu bemerken. »Das gilt leider für alle von uns«, sagte der Bandit, der einmal auf den Namen Aladin gehört hatte. »Gäbe es Augenblicke der Ruhe und Erholung, würde es einigen von uns vielleicht gelingen zu entfliehen.«

»Wie wir bereits sagten«, versicherte der Mann in Schwarz, der es in einem anderen Leben gewohnt gewesen war, in einem Palast zu residieren, »waren wir nicht immer Räuber. Wir alle können auf eine Vergangenheit zurückblikken, die sich von unserem gegenwärtigen Leben deutlich unterscheidet.«

Die Augen von Räuber Nummer Dreißig wurden ganz groß vor Begeisterung, als das Gespräch auf dieses Thema kam. Er nickte eifrig. »Und jeder von uns hat Geschichten aus dieser Vergangenheit zu erzählen; sehr lehrreiche Geschichten wohlgemerkt.«

»Oh«, rief Achmed nicht wenig beunruhigt, »er fängt schon wieder mit dem Abenteuer mit der Lampe an!«

»Es ist eine gute Geschichte!« erwiderte Räuber Nummer Dreißig, der auch als Aladin bekannt war.

»Sind unsere das etwa nicht?« hielt Räuber Nummer Zwölf, Harun al Raschid, der Palastbewohner, dagegen. »Wir sollten nicht vergessen, wer von den Anwesenden das Recht des Ältesten für sich in Anspruch nehmen darf.«

Lampe? Wieder kam Ali Baba ins Grübeln. Sollte jene unwahrscheinlihce Vermutung möglicherweise doch zutreffen?

Bevor allerdings jemand irgendeine Geschichte erzählen konnte, erklang das Klappern zahlloser Hufe. Zuerst war es nur ein dumpfes Dröhnen in der Ferne, doch mit jedem Herzschlag wurde es lauter.

»Die Räuber kommen!« rief Achmed.

»Keine Zeit mehr für Geschichten!« fügte Harun mit einigem Bedauern hinzu. »Keine Zeit mehr für jegliche Unterhaltung!«

»Jetzt heißt es wieder: galoppieren, galoppieren, galoppieren, stehlen, stehlen, stehlen!« meinte Aladin, und in seiner Stimme klang eine gewisse Resignation mit.

Während das Dröhnen immer lauter wurde, stieg eine große Staubwolke und eine Menge Lärm aus der Gasse auf, die an Kassims Haus vorbeiführte. Zuerst kam es Ali Baba seltsam vor, daß die Räuber sich entschieden haben sollten, durch eine schmale Gasse zu kommen. Aber wahrscheinlich, so überlegte er weiter, konnte von schmal in diesem Falle keine Rede sein. Alles, was mit seines Bruders Anwesen zusammenhing, war von außergewöhnlichen Proportionen (Wieso fiel ihm in diesem Augenblick Kassims Frau ein?). Bestimmt konnten drei Reiter nebeneinander diese Gasse durchqueren.

»Es hat Spaß gemacht, sich mit dir zu unterhalten«, rief ihm der Räuber, der einst Aladin gewesen war, zu. »Bete zu Allah, daß wir es irgendwann in unserem Leben noch einmal werden tun können – wie kurz dieses Leben auch sein mag.«

Und das waren die letzten Worte, die einer seiner neuen Kameraden sprach, denn in diesem Augenblick preschte Räuber Nummer Eins auf dem Rücken seines rabenschwarzen Hengstes aus der Gasse, gefolgt vom Rest der schwarzgekleideten Bande.

»Aha!« rief der Räuberhauptmann triumphierend. »Jetzt ist es bald soweit! Die Geschäfte warten. Und niemand wird sich uns entgegenstellen können, denn wir sind wieder vierzig Mann stark!« Er winkte den Räubern Nummer Dreißig, Zwölf und Achtundzwanzig zu. »Wir werden unsere jüngsten Mitglieder wieder auf ihre Pferde binden. Doch diesmal werdet ihr drei sie aus der Stadt eskortieren!«

Die Räuber schienen es inzwischen zu etwas gebracht zu haben, denn diesmal erhielten sowohl Ali Baba als auch der Weidenkorb, der Kassim enthielt, ein eigenes Pferd. Ehe sich der Holzfäller versah, hatten Aladin und Achmed ihn auf den Sattel eines der Reittiere gehoben, während Harun den Korb zu dem anderen Roß trug, um ihn darauf festzuschnallen. Einige der anderen Räuber warfen ihren Kameraden, die dazu bestimmt waren, die Neulinge anzubinden, eine Unmenge an Stricken zu. Es waren, um genau zu sein, so viele Stricke, daß es den dreien einige Schwierigkeiten bereitete, mit dem Überschuß zurechtzukommen.

»Könntest du dieses Seil da von meinem Bein wickeln?« wollte Achmed von Aladin wissen, während er versuchte, sein Knie aus den Schlingen zu befreien.

»Welcher der Räuber bist du?« wollte der Hauptmann daraufhin von Achmed wissen.

Der junge Mann ging in Habachtstellung. Alle Gedanken an das hinderliche Seil waren für den Moment vergessen. »Nummer Achtundzwanzig, Herr.«

Ein Lächeln überflog das Antlitz ihres Anführers, der mit der Welt zufrieden schien. »Ach, wieviel Sicherheit liegt doch in Nummern und Zahlen!«

»Auf jetzt!« rief Räuber Nummer Eins kurz darauf und hob seine Hand zum Zeichen, daß die anderen ihm folgen sollten. »Wir werden die reichsten Viertel dieser Stadt plündern. Sicher wird jeder Winkel eines Palastes bis obenhin mit Gold gefüllt sein!«

»Wenn Ihr vielleicht noch eine Minute warten könntet«, versuchte Harun das immer lauter werdende Stampfen der Pferdehufe zu übertönen, »und mir Zeit ließet, meine Hand aus dieser Schlinge zu befreien?«

»Jemand hat diesen Strick ganz verknotet«, brüllte Aladin gegen den Lärm an. »Es wird eine Weile dauern, bis wir uns wieder herausgewickelt ...«

»Räuber!« rief der Anführer der Banditen, während er sein Pferd zum Galopp antrieb. »Es ist Zeit, daß wir losreiten!« Nummer Eins stieß einen Schrei aus, der einem das Blut in den Adern gefrieren ließ, und sein Geheul wurde von den anderen Reitern aufgegriffen, als wollten sie durch dieses furchterregende Brüllen ihre Pferde zu größter Eile anspornen.

Und dann preschten die anderen Räuber davon und ließen die fünf zurück.

»O weh!« seufzte Harun, als sich wieder Stille über die Straßen gesenkt hatte. Endlich gelang es ihm, seine Hand aus den verfänglichen Knoten zu befreien.

»So etwas mußte ja früher oder später einmal passieren«, meinte Achmed, während er die ineinander verschlungenen Stricke abstreifte.

Aladin trat einen Schritt neben den wirren Haufen aus Hanf, in den er Ordnung zu bringen versucht hatte. »Schade, daß es ausgerechnet uns passieren mußte.«

»Ich verstehe das alles nicht!« rief Kassim aus seinem Korb. »Was ist denn los?«

»Räuber Nummer Eins«, erklärte Aladin, »hat uns in seiner Gier nach Gold einfach vergessen.«

»Vielleicht ist das ein Geschenk des Himmels?« fragte Achmed unsicher.

»Oder der sichere Tod«, mutmaßte Harun.

»Wie dumm von mir«, stimmte ihm Achmed zu, und diesmal schien er keinerlei Zweifel mehr zu hegen. »Ganz sicher ist das der sichere Tod.«

»Er führt sich immer so auf, unser Räuberhauptmann«, fügte Aladin hinzu, und es war ihm deutlich anzuhören, daß er sich völlig in sein Schicksal ergeben hatte.

»Es ging los, als er das Wort ›Gold‹ in den Mund genommen hat«, erklärte Achmed mit einem Ernst, der bar jeder Hoffnung war.

»Sobald dieses Wort erklingt, verliert er den Blick für alles andere«, fügte Harun grimmig hinzu.

»Dennoch sollten wir versuchen«, warf Aladin ein, »die Sache auch von ihrer positiven Seite zu sehen, wie uns der optimistische Holzfäller zweifellos raten würde. Gewiß wird uns nämlich eine gewaltige Last von den Schultern genommen.«

»Du meinst, wenn er uns den Kopf abschlägt?« fragte Achmed. »Ja, in der Tat, in gewisser Weise liegt ein Trost darin, sein Schicksal zu kennen. Man ist dann auf alles vorbereitet. Und was könnte wohl noch schrecklicher sein als dieser plötzliche und qualvolle Tod?«

In diesem Augenblick trat Vier-Finger aus der Gasse.

Das 11. der 34 Kapitel, in dem wir erfahren, daß es machmal weise ist, sich Haare wachsen zu lassen, auch wenn sie möglicherweise schon am nächsten Tag grau werden.

Ali Baba sah zu den Räubern hinüber. »Ihr glaubt wirklich, daß euer Anführer ohne zu zögern töten würde?«

Daraufhin hob Aladin die Schultern, die alles andere als schmächtig waren. »Das würde davon abhängen, wie es mit der Verfügbarkeit von Ersatzräubern aussieht.«

»Allerdings ist unser Anführer«, fügte Achmed hinzu, »was neue Mitglieder unserer Bande betrifft, nicht gerade sehr wählerisch. Du brauchst dir nur uns drei anzusehen. Oder, was das angeht, euch beide.«

Jeder Versuch einer weiteren Unterhaltung wurde durch die Rufe Vier-Fingers zunichte gemacht, der mit seinem Gefolge auf Ali Baba und die anderen zugestürmt kam.

»Da bist du ja«, verkündete der dicke Mann in Weiß. »Und sicher versuchst du gerade, dich aus dem Staub zu machen, ohne uns mitzuteilen, wo wir dich finden können. Das wird dir sehr schlecht bekommen! Es gibt nur eine Möglichkeit, wie du meiner Rache vielleicht noch entgehen kannst. Du wirst uns augenblicklich verraten, wo sich dein Bruder Kassim aufhält. Ich bin es satt, keine Antwort zu bekommen.«

»Hat es denn eine Frage gegeben?« wollte Achmed wissen.

Vier-Finger strafte den jüngsten Räuber bloß mit einem scharfen Blick. Ansonsten schenkte er ihm keinerlei Beachtung. Er winkte einen seiner juwelenbehangenen Gefolgsmänner heran.

»Hassan«, befahl er seinem Diener, »schau nach, was in diesem Korb da ist!«

Doch noch bevor Hassan auch nur einen Schritt machen konnte, um diesem Befehl Folge zu leisten, traten die drei Räuber vor und stellten sich so in einer Reihe auf, daß der

Weidenkorb hinter ihren schwarzen Gewändern verborgen war.

»Werter Herr, es steht doch wohl außer Frage, daß der Korb nicht Euer Eigentum ist«, erklärte Harun in einem Ton, der Respekt heischte.

Seine Rede brachte Vier-Finger jedoch nur dazu, in einer besonders niederträchtigen Weise zu lächeln. »Ich nehm' mir, was ich will!«

Aladin beeilte sich, dieses Lächeln zu erwidern, und fügte noch folgende Worte hinzu: »Was nur möglich ist, wenn die andere Partei damit einverstanden ist, die in Frage stehende Sache auch herzugeben.«

Der spöttische Hohn, der eben noch das Antlitz Vier-Fingers überzogen hatte, war plötzlich wie weggewischt und machte einem Ausdruck unverhohlener Wut Platz. »Ihr verweigert mir also diesen Korb! Ich werde euch lehren, was es heißt, Vier-Finger etwas zu verweigern! Und außerdem«, fügte er hinzu, als sei es ihm jetzt erst aufgefallen, »bin ich hier der einzige, der Fragen stellen darf!«

»Wer hat denn etwas von Verweigern gesagt?« fragte Achmed mit einer Stimme, die so glatt war, daß sich selbst der Tod die Zähne daran ausgebissen hätte. »Es sieht ganz so aus, als wären wir noch immer dabei, die Begriffe, um die es hier geht, zu klären.«

So schnell wie der Zorn auf Vier-Fingers Gesicht erschienen war, so schnell verwandelte er sich jetzt in einen Ausdruck völligen Unverständnisses. Während sein Mund für eine Weile auf-und zuklappte, schien sein Gehirn völlig überfordert zu sein, einen dieser Bewegung entsprechenden Laut hervorzubringen.

»So wie ich es sehe, heißt ›geben‹ soviel wie ›jemandem etwas anbieten‹«, meinte Achmed. Er trat einen Schritt zur Seite, um die Sicht auf den Weidenkorb freizugeben. »Nun seht Euch diesen schäbigen Korb an. Seht, wie ausgebeult der Deckel ist, und die Griffe sind abgenutzt. Das Flechtwerk ist sogar an zwei, nein, an drei Stellen ausgefranst. Dieser Gegenstand ist viel zu schäbig, als daß man auch nur einen Gedanken daran verschwenden könnte, ihn jemandem anzubieten. Ihr habt vollkommen recht, wenn Ihr Euch bei der bloßen Erwähnung eines solchen Tauschhandels beleidigt fühlt. Aber vielleicht kommen wir doch noch ins Geschäft, denn mir fallen da aus dem Stehgreif eine Menge anderer Sachen ein, die ich Euch viel lieber geben würde.« Er beugte sich vor und zog mit bemerkenswerter Geschwindigkeit Hassans Schwert aus der Scheide. »Darf ich?« fügte er noch hinzu, nachdem er die Waffe bereits in der Hand hielt. »Ein schönes Beispiel für eine ganz ausgezeichnete Gabe wäre dieses juwelenbesetzte Schwert.«

Der Schrei, den Hassan angesichts des Verlustes seines Säbels ausstieß, offenbarte ein beträchtliches Maß an unkontrollierter Wut. Er regte sich so sehr auf, daß er die erste Frage äußerte, die Ali Baba jemals von einem der Mitglieder aus Vier-Fingers Gefolge gehört hatte. »Du willst meinem Herrn und Meister sein eigenes juwelenbesetztes Schwert geben?«

Achmed schüttelte mit einem traurigen Lächeln den Kopf, als läge ihm eine solche Idee ebenso fern wie die, einen Sultan mit einem Sklaven zu vergleichen. »O nein«, fuhr der junge Räuber fort. »Ich habe nichts davon gesagt, daß ich ihm das Schwert geben will. Genauso wenig wie die beiden anderen Schwerter, die sich augenblicklich in den ruhigen, aber geübten Händen meiner beiden Kameraden befinden.«

Vier-Finger schien allerdings entschieden genug von Achmeds ausführlichen Erklärungen zu haben. »Männer!« rief er daher in einem Ton, der alles andere als freundlich war, »hackt sie in Stücke wie herumstreunende Hunde!«

Doch an diesem Tag gab es nichts zu hacken, denn während Achmed alle Aufmerksamkeit auf sich gelenkt hatte, hatten die beiden anderen Räuber Vier-Fingers Gefolgsmänner um ihre jeweiligen Säbel erleichtert.

»Was ...« Der Zorn, der in Vier-Finger brodelte, drohte überzukochen. »Ihr wagt es, ihr hinterwäldlerisches Diebesgesindel!«

»Wir wagen es nicht nur, wir tun es«, lautete Achmeds

Antwort. »Überrascht Euch das? Ihr habt bisher wohl noch keine Räuber ersten Ranges getroffen.«

»Sagt mir, wer von euch der Anführer ist«, lautete die etwas unpassende Antwort Vier-Fingers, »und ich werde ihn mit bloßen Händen erwürgen!«

»Ach, unsere gegenwärtige Gruppe besteht nur aus Gleichgestellten«, entgegnete Achmed mit einer solch ausgesprochenen Freundlichkeit, daß in Ali Baba der Verdacht aufstieg, er könne womöglich mit Marjanah verwandt sein. »Unser Anführer hat uns für kurze Zeit alleine hier zurückgelassen. Er wird jedoch zweifellos schon bald mit den übrigen Räubern wiederkommen.«

Erneut gab Vier-Finger jenes unangenehme Bellen von sich, das wohl ein Lachen sein sollte. »Was sind schon ein paar Räuber mehr oder weniger verglichen mit der Macht von Vier-Finger!«

»Selbst wenn es im ganzen vierzig sind?« fragte Achmed sanft.

»Vier- ... vierzig Räuber?« stotterte Vier-Finger und sperrte den Mund weit auf, was seinen Anblick nicht gerade angenehmer machte. »Etwa *jene* vierzig Räuber?« Er wies in die ungefähre Richtung, in die die Männer in Schwarz verschwunden waren. Am fernen Horizont konnte man sie mit einiger Mühe immer noch ausmachen. »Ihr könnt die Schwerter behalten. Ich bin entzückt, einer so berühmten Räuberbande ein Geschenk überreichen zu können. Ich fürchte allerdings, daß inzwischen anderswo dringende Geschäfte auf mich warten.«

Also machte sich sogar Vier-Finger vor ihnen aus dem Staub? Und das, nachdem der Freudenhausbesitzer so aus der Fassung gebracht worden war, daß er sogar eine Frage gestellt hatte (eine Situation, die nach Einschätzung des Holzfällers wohl nicht allzuoft vorkam)? Ali Baba war nicht wenig beeindruckt, sowohl von der Schlagfertigkeit, die die Räuber an den Tag legten, als auch vom Ruf, den die Bande, der er jetzt angehörte, genoß.

Doch bevor er aufbrach, hielt Vier-Finger warnend einen Zeigefinger in die Höhe. »Sagt eurem Herrn allerdings, daß ich niemals etwas vergesse«, meinte er in unheilschwangerem Ton. »Und wenn die Zeit gekommen ist, werden wir uns wiedersehen, und dann wird ihm die Sache mit den Hühnchen noch leid tun!«

Hühnchen? Der Holzfäller kam ins Grübeln. Vielleicht war der Ruf der Räuber doch nicht so überwältigend. Wieder überkam Ali Baba das seltsame Gefühl, mitten in eine Geschichte hineingeschlittert zu sein, deren eigentlichen Anfang ihm niemand erzählt hatte.

Aladin, der trotz gegenteiliger Behauptungen der Anführer dieser kleine Gruppe von Räubern zu sein schien, hob seine Stimme und rief: »Niemand sieht die vierzig Räuber, außer wir wollen ihn sehen!« Und etwas leiser fügte er mit einem Seitenblick auf Ali Baba hinzu: »Und manchmal *übersehen* wir dabei sogar jemanden.«

Ali Baba ließ sich durch das Selbstvertrauen, das die Räuber an den Tag legten, nicht beruhigen. Während all dieser wirren Begebenheiten hatte ihn erneut das Verlangen nach den einfachen, wenn auch armseligen Annehmlichkeiten seines Heimes gepackt, das immer noch so nahe lag und in das er trotzdem vielleicht nie mehr wieder würde zurückkehren können. Bald würde man ihn von hier fortschleppen, weit weg von allem, was er kannte und liebte. Für einen winzigen Augenblick wünschte der Holzfäller sich fast, er hätte niemals jene unglückseligen Mengen Gold mitgenommen. Doch dieser Gedanke verflog rasch wieder. Das Leben konnte lange währen, das Schicksal eines Menschen war unsicher, und ganz sicher konnte es nichts schaden, wenn man unter dem Küchenboden unschätzbare Reichtümer vergraben hatte. Ja, in der Tat, das war ein Gedanke, wie ihn auch ein Weiser nicht besser hätte in Worte fassen können. Und ganz egal, welchen Gefahren er in den Händen dieser Räuber ausgeliefert sein würde, er würde ganz sicher zu seinem Gold zurückkehren. Ganz zu schweigen von seinem bescheidenen Haushalt und seiner unbedeutenden Familie. Dann, und nur dann, würde er wahren Frieden finden.

Er betrachtete die drei Räuber, die ihn nun mit lockerem Griff gefangenhielten. Diese Männer hatten ihrem Gefangenen Bruchstücke aus ihrer Lebensgeschichte offenbart, und indem sie es getan hatten, waren sie zu einzelnen Persönlichkeiten geworden, waren aus jener anonymen bärtigen Masse mörderischer Diebe herausgetreten.

Ali Baba erkannte, daß er niemals gegen die ganze Gruppe zusammen ankämpfen oder mit ihr verhandeln konnte. Doch wenn er einzeln mit den Räubern sprechen konnte, von Mann zu Mann – sie zum Beispiel fragte, wie sie zu der Bande gestoßen waren, oder ob und wie sie schon einmal zu entkommen versucht hatten –, nun, dann würde sich ihm vielleicht irgendwann eine Möglichkeit auftun, seine Freiheit zurückzugewinnen. Nur weil ein einziger Ast verrottet ist, muß man ja schließlich nicht den ganzen Wald aufgeben. Und so würde es ihm sicher irgendwie gelingen, durchzuhalten, bis er wieder zu seinem Heim zurückgefunden hatte.

Er überlegte sich, daß es wohl am ratsamsten wäre, auf seiner Suche nach Auskünften mit jenem gesprächigen Jüngling vor ihm anzufangen.

»Sag mir, Achmed, Verzeihung, Nummer Achtundzwanzig«, verbesserte sich Ali Baba schnell, als er sah, wie der Räuber die Stirn runzelte, »wie kommt es, daß jemand, der so gewandt mit dem Wort umzugehen versteht wie du, so tief gesunken ist, daß er ein Leben als Dieb führt?«

»Genaugenommen bin ich gar nicht tief gesunken«, entgegnete der junge Räuber lächelnd. »Um ehrlich zu sein, begann ich mein Leben in einer Stellung, die vielleicht noch niedriger als die eines Diebes ist. Das heißt, ich war ein Sklave in einem reichen Haushalt. Einer solchen Stellung verdanke ich auch meine flinke Zunge, denn Sklaven müssen schlau sein, sonst sind ihre Herren aufgeschmissen.«

Und in der Tat wußte Ali Baba von der Weisheit, die hinter diesen Worten steckte, denn sie war allen Menschen gleichermaßen bekannt. »Doch wie«, fragte er den jüngsten der drei, »kamst du in deine jetzige Lage?«

»Ich wurde zusammen mit meinem Kameraden eingefangen, mit dem ruhmreichen Sindbad.«

Das war schon wieder ein Name, der unter den Geschichtenerzählern berühmt war. Vielleicht steckte doch mehr hinter dieser Bande von Räubern, als ihre Mitglieder gewillt waren zuzugeben. Diesmal jedoch entschied sich Ali Baba dafür, der Sache auf den Grund zu gehen. Daher fragte er:

»War das der ruhmreiche Sindbad der Seefahrer?«

Doch Räuber Nummer Achtundzwanzig schüttelte den Kopf. »Nein. In Wahrheit war es der etwas weniger ruhmreiche andere Sindbad, nämlich Sindbad der Lastenträger.«

Na bitte, dachte Ali Baba. Das kam dabei heraus, wenn ein armer Holzfäller solch gewagte Schlußfolgerungen zog. Zweifellos würde auch dieser Aladin seine Lampe lediglich zum Lesen in der Dunkelheit gebrauchen.

»Dennoch«, fuhr Achmed fort, gewiß als Antwort auf die deutlichen Anzeichen der Enttäuschung, die er in Ali Babas Miene erkennen konnte, »ist er auf seine eigene Weise auch recht berühmt.«

»Für's Lastentragen?« fragte Kassim ungläubig.

»Um die Wahrheit zu sagen, hat er die Beschäftigung schon lange aufgegeben«, lautete Achmeds Erklärung. »Mein eigentlicher Herr und Meister hat ihm eine wichtige Stellung in seinem Haus versprochen, aber um die antreten zu können, müßten wir erst einmal nach Bagdad zurückkehren. Was nicht heißen soll, daß ich da noch große Hoffnungen hege. Bagdad könnte genausogut in einer anderen Welt zu einer anderen Zeit existieren, denn jetzt gehören wir zu den vierzig Räubern.«

»Und zu den vierzig Räubern werden wir immer gehören«, fügte Harun hinzu, und seine Stimme klang gewichtig und ernst wie die eines Weisen, »bis zum Tage unseres Todes, der, wenn ich meinem Urteilsvermögen noch trauen darf, in nicht allzu ferner Zukunft liegen wird.«

»Das ist nun einmal das schwere Los, unter dem wir alle zu leiden haben: der Zorn unseres Herrn«, stimmte Aladin ihm zu.

»Das ist nun einmal unser trauriges Schicksal: die Gefahren des Räuberlebens«, ergänzte Achmed.

»Und, was noch mehr als all das zählt«, schloß Harun mit einem Gesicht, so feierlich und ernst, wie der Holzfäller selten eins hinter einem buschigen schwarzen Bart gesehen hatte, »das ist nun einmal unsere Bestimmung: das tödliche Geheimnis der Schatzhöhle.«

Zorn, Gefahren, Geheimnis und Tod? Mehr noch, als daß er sich wünschte, sein Heim nicht verlassen zu müssen, und mehr noch, als daß er nicht mit Gewalt dazu gezwungen werden wollte, ein Mitglied der vierzig Räuber zu werden, wünschte Ali Baba sich, daß sie endlich aufhören würden, immer wieder auf solche Themen zu sprechen zu kommen. Allerdings hatte er von jener Sache mit dem tödlichen Geheimnis zuvor noch nichts gehört. Konnte es sein, daß die Räuber von derselben mit Gold gefüllten Höhle sprachen, die seinen Bruder dazu verdammt hatte, den Rest seines möglicherweise ewigen Lebens in sechs Teile zerhackt zu verbringen?

»Und in eine solche Lage hat mich also mein gedankenloser Bruder hineinmanövriert!« beklagte sich Kassim mit großer Inbrunst, womit er möglicherweise die Tatsache auszugleichen versuchte, daß niemand sein Gesicht sehen konnte, das im Korb verborgen war. »Habe ich euch eigentlich schon erzählt, wie er mich in dieses ganze Unglück gestürzt hat?«

Wollte Kassim tatsächlich alles verraten? Ali Baba konnte sich selbst von seinem Bruder nicht vorstellen, daß er so etwas tun würde, ohne die Folgen zu bedenken – und die würden zweifellos Armut heißen. Wenn Kassim den Räubern die ganze Geschichte erzählte, würden die sich gewiß daran erinnern, daß ihnen eine ganze Menge Gold fehlte, und weiterhin würde ihnen klar werden, wohin dieses Gold verschwunden war. Da der Ort, an dem das Gold verborgen war, sich zudem nur ein paar Schritte die Straße hinunter befand, was würde sie dann noch daran hindern, ihren unehrlich erworbenen Reichtum zurückzufordern – was sie, auch da war Ali Baba sicher, ohne zu zögern auf die gleiche unehrliche Weise tun würden?

Selbst ein Mensch, der mit weitaus größerer stoischer Ruhe ausgestattet war als Ali Baba, wäre angesichts solcher Aussichten in Panik geraten. Bevor also jemand auf die Idee kommen konnte, seinen Bruder um genauere Erläuterungen zu bitten, beeilte sich der ansonsten durchaus gelassene und geduldige Holzfäller etwas zu sagen.

»Seid ihr sicher, daß ihr euch anhören wollt, was mein Bruder sich zusammenfaselt?« meinte er mit einem kurzen Lachen, das, wie er hoffte, völlig sorglos klang. »Er ist in letzter Zeit nicht ganz er selbst gewesen.«

Wie gewöhnlich war Kassim auch diesmal schnell beleidigt. »Wie kannst du es wagen, so etwas von deinem eigenen Bruder zu behaupten?« Doch wenn man eine Zeitlang in sechs Stücke zerlegt in einem Weidenkorb haust, dann kann das manchmal geradezu Wunder wirken, was die Bescheidenheit angeht. Nachdem er einen Moment überlegt hatte, fügte Kassim hinzu: »Nun, wenn man es ganz genau ausdrücken wollte, bin ich in letzter Zeit tatsächlich nicht ganz ich selbst. Man müßte, glaube ich, von meinem Ich eigentlich in der Mehrzahl sprechen, nicht wahr? Dennoch würde ich gerne meine Geschichte erzählen. Oder sollte es, berücksichtigt man meinen gegenwärtigen Zustand, vielleicht eher *Geschichten* heißen?«

Kassim fuhr eine ganze Weile fort, auf diese Weise vor sich hinzumurmeln, so daß die anderen ihm immer weniger Beachtung schenkten. An dieser Stelle hätte der demütige Holzfäller eigentlich Gewissensbisse über die Art und Weise verspüren müssen, wie er mit seinem Bruder umgegangen war. Aber es gab keine Gewissensbisse, die stark genug waren, als daß sie Ali Baba dazu gebracht hätten, das Geheimnis seiner Küche zu verraten. Ja, so kommt es, daß die Gier nach Gold einen Menschen sogar seine Verpflichtungen gegenüber der eigenen Familie vergessen läßt!

»Aber ich wollte euch eigentlich erzählen, wie ich zu der Lampe gekommen bin«, meldete sich noch einmal der Räuber zu Wort, der früher Aladin geheißen hatte, was er zweifellos nur tat, um von Kassims unzusammenhängendem Gemurmel abzulenken. »Und wie sie mir einstmals zu großem Glück verholfen hat, bevor ich sie wieder verlor.«

Ali Baba hockte sich auf den Boden und machte sich bereit, zuzuhören. Wenn er schon den Rest seines Lebens als Gefangener würde fristen müssen, so konnte er sich wenigstens noch ein bißchen Ablenkung verschaffen.

»In meinem früheren Leben«, begann Aladin, »unterschied ich mich gar nicht so sehr von dem Mann, der ich jetzt bin und den ihr hier vor euch seht, denn ich war der Sohn eines armen Schneiders ...«

»Ein Schneider!« heulte Kassim. »Ach, ob ich jemals wieder eins mit mir sein werde?«

»Du hast recht«, sagte Achmed zu Ali Baba. »Dein Bruder ist mit Sicherheit nicht ganz bei sich.«

»Nun, das ist nicht weiter verwunderlich«, meinte Harun verständig. »Allein der Schock muß gewaltig gewesen sein. Und wie sieht für einen Menschen wie ihn die Zukunft aus? Wie könnte man einfach so weiterleben wie bisher, wenn man ständig damit rechnen muß, vielleicht eines Morgens aufzuwachen und festzustellen, daß einem einzelne Teile fehlen?«

»Fehlende Teile?« fragte Achmed. »Wenn ihm inzwischen etwas abhanden gekommen ist, dann kann es eigentlich nur sein Verstand sein.«

»Ich flehe euch an«, beschwor Kassim all diejenigen, die sich in seiner Nähe aufhielten, »bringt mich die Straße hinunter zum Laden des blinden Mannes.«

»Möglicherweise merkt er gar nicht, daß er Unsinn redet«, ergänzte Achmed mit großem Mitgefühl.

»Vielleicht«, meinte Harun weise, »durchlebt er erneut seine Kindheit.«

Die beiden Räuber nickten ernst und würdevoll, als wäre dies tatsächlich das Problem, mit dem Kassim sich herumzuschlagen hatte.

»Doch nur zu, Nummer Dreißig, beende deine Geschichte«, forderte Achmed seinen Kameraden Aladin auf. »Und vielleicht gelingt es uns diesmal sogar, sie von Anfang bis Ende zu hören.«

»Nun gut«, sagte Aladin mit der leisen Andeutung eines Lächelns.

»Als ich noch klein war, war ich nicht gerade ein sehr

gehorsamer Junge, und ich haßte es, das Handwerk meines Vaters zu erlernen.«

»Können wir nicht gleich zu der Lampe kommen?« unterbrach ihn Achmed. »Wenn es etwas gibt, was ich auf meinen vielen Reisen gelernt habe, dann ist es dies: In Zeiten der Gefahr und der Abenteuer heißt es, gleich zum Kern der Geschichte kommen.«

Doch bevor Aladin ein weiteres Wort herausbringen konnte, hörten alle Versammelten ein anderes Geräusch: das furchterregende Stampfen galoppierender Pferde.

Dicht gedrängt preschten die Tiere um die Ecke, und auf ihren Rücken saßen die Männer in Schwarz. Ali Babas Kehle wurde ganz trocken, die Knie knickten ein, während die Räuber rasch auf sie zukamen und dabei fürchterliche Schreie ausstießen und große Mengen Staub aufwirbelten.

»Ah!« rief der Räuberhauptmann jenen Männern zu, die er vorhin zurückgelassen hatte. »Es ist gut, daß ihr auf uns gewartet habt, denn es hätte euren Tod bedeutet, wenn ihr es nicht getan hättet.« Er hielt inne, um sie gnädig anzulächeln. »Ich habe vorhin natürlich sogleich erkannt, daß ihr euch nicht so schnell um unsere neuen Mitglieder kümmern konntet. Und weil ihr uns nur am Vorwärtskommen gehindert hättet, hielt ich es für das beste, euch zurückzulassen.« Er winkte seinem berittenen Gefolge. »Nun wird euch die Ehre zuteil, unseren großen Erfolg zu bestaunen. Zeigt ihnen unsere Beute!«

Einer der anderen Räuber hielt einen kleinen Beutel hoch, der ein wenig dumpf klimperte. Nun war Ali Baba nicht gerade ein Fachmann in diesen Dingen, aber dennoch erschien ihm dieses Beutelchen als Beute bedauernswert klein.

»Das ist alles?« wollte der Räuberhauptmann wissen, als würde er sich erst jetzt des Ernstes der Lage bewußt.

»Ihr wart mit dabei, o Herr«, sagte der Mann, der den Beutel hielt. »Ihr habt gesehen, wie wenige Wertsachen diese Leute besaßen; die schwierigen Fälle mit eingeschlossen, bei denen es nötig war, zuerst ein paar Finger oder sonstige Gliedmaßen zu beseitigen.«

»Wie kannst du es wagen, meine Vorgehensweise zu beanstanden?« Der Anführer der Banditen zückte sein Schwert. »Ich werde dir die Eingeweide ... nein, nein, ich muß an die Anzahl meiner Räuber denken. Du hast versucht, mir Auskunft zu erteilen. *Schlechte* Auskunft!« Wieder mußte Nummer Eins schwer mit sich kämpfen, um nicht doch noch mit dem Aufschlitzen zu beginnen, doch er überlegte es sich rechtzeitig wieder anders, bevor er mehr als die Gewänder des Mannes und möglicherweise ein wenig Haut aufgeritzt hatte. Er steckte das Schwert schnell wieder in die Scheide, bevor er seine Absichten noch einmal ändern konnte. Dann hielt er inne und blickte wie um Hilfe flehend in den Himmel.

»Ach, früher, da war alles ganz anders für meine furchtlosen Räuber. Ich verstehe das nicht.« Und an dem fieberhaften Ausdruck, der auf dem dunklen Gesicht des Hauptmanns lag, erkannte Ali Baba, daß er es mit einem Menschen zu tun hatte, der wirklich besessen war. »Ständig rekrutieren wir neue Mitglieder, um unsere volle Zahl wiederherzustellen. Alles sollte günstig für uns verlaufen, wenn wir vierzig Mann stark sind.« Die Falten auf seiner Stirn vertieften sich, als er den Blick wieder auf seine Männer senkte. »Außer vielleicht, wir haben nicht die *richtigen* vierzig Räuber!«

Ali Baba erinnerte sich daran, wie schnell und gnadenlos ihr Anführer mit dem Schwert war, und er war dankbar dafür, daß er mindestens ein halbes Dutzend Schwertlängen von besagtem Anführer entfernt stand.

Seine Dankbarkeit verflog ziemlich schnell, als er sah, wie Räuber Nummer Eins ihn anstarrte.

»Aha!« rief der Hauptmann erregt wie jemand, der soeben das Problem gelöst zu haben glaubt, das ihn die ganze Zeit über gequält hat.

»Auf einmal ist mir alles klar! Sehe ich da etwa ein Mitglied unserer Truppe, das keinen Bart trägt?«

ehr.« Der ältere Räuber seufzte, als er das sagte. cht immer so, wie ich heute bin«, fügte er hinzu, lem einzelnen Wort klang der Schmerz über diese ng. »Früher war ich stets frohen Herzens und Geschichten über die Schwächen der Menschen rzählt.«

fäller konnte sich nicht vorstellen, daß dieser e Mensch jemals in seinem Leben einen freundli-nken gehabt hatte. Würde er sich während seiner len Räubern möglicherweise auch derart grund-ndern?

er Räuber hatte von irgendwoher einen kleinen orgezaubert und schlug nun mit dem flachen s Dolches dagegen. »Ef ift Feit für eine Ratver- rief er. Dabei hatte er einige Schwierigkeiten auten, da ihm die meisten seiner Zähne fehlten. ehr, als daß er sie sprach.

ummer Zwei«, erklärte der Mann, dessen Name al Harun gelautet hatte. »Gib acht, daß du ihm rerbietung erweist.«

nmlung!« rief Nummer Zwei.

aubte zu verstehen. »Er nimmt sicherlich einen ng ein, weil er soviel Weisheit versprüht.«

nige Räuber versprühen Weisheit«, meinte r. »Aber eine der vielen Regeln unseres Anfüh- Wenn du zu den ersten zehn Nummern gehörst, ubt, jemand anderen an deiner Stelle töten zu liesem Grund ist es nicht ratsam, sich bei den den niedrigeren Nummern unbeliebt zu besten ist es, man spricht nicht einmal mit

die Ratverfammlung!« wiederholte Nummer lug dabei unentwegt seinen Gong.

andte sich von seinem grimmigen Ratgeber ab. blick in dieser unwürdigen Gesellschaft eine neue Unannehmlichkeit. Doch trotz der es älteren Mannes, möglichst auf eine Wort- erzichten, gab es da noch eine Menge Fragen, äller auf der Zunge brannten.

Das 12. der 34 Kapitel, in dem von einer haarigen Sache berichtet wird, und damit ist nicht nur die Ratsversammlung gemeint.

Der Holzfäller machte sich auf einen plötzlichen, aber nichtsdestoweniger äußerst schmerzhaften Tod gefaßt.

Doch es kam zu keinerlei Todesqualen. Es herrschte statt dessen ein verlegenes Schweigen.

»Oh, verzeih mir«, meinte schließlich der Räuberhauptmann mit einem säuerlichen Lächeln. »War wohl mein Fehler.« Er überflog rasch die anderen Banditen, als ob er nach einem Schuldigen Ausschau hielte. »Nein, meine Räuber tragen tatsächlich alle Vollbärte!«

Alle? wunderte sich Ali Baba ziemlich ratlos. Sollte das etwa heißen, daß seine Bartlosigkeit ihn einfach aus ihren Reihen ausgeschlossen hatte? Sollte ein Entkommen tatsächlich so leicht möglich sein? Das war die einzige vernünftige Erklärung. Und doch hätte er eher angenommen, daß das einzig typische Ausschlußverfahren aus dieser Gruppe darin bestand, von der Spitze eines Schwertes durchbohrt zu werden.

Was immer auch geschehen sein mochte, es sah nicht so aus, als schwebte Ali Baba augenblicklich noch in Lebensgefahr. Würden die Räuber am Ende also doch zufrieden damit sein, daß sie nur neununddreißig Mann zählten und ihn seiner holzfällenden Wege ziehen lassen?

Er hob die Hand, um sich nachdenklich am Kinn zu kraulen, und schrie plötzlich erschrocken auf. Da saß etwas am unteren Teil seines Gesichts!

Was auch immer es sein mochte, Ali Baba unterdrückte das Verlangen, nach dem pelzigen Tier zu schlagen, dem es gelungen war, sich an seinem Kopf festzukrallen. In der Gesellschaft, in der er sich im Augenblick befand, schien es ihm nicht ratsam, mehr Aufmerksamkeit auf sich zu lenken als unbedingt nötig. Doch was konnte da an seinem Gesicht hängen? Warum fühlte er keinen Schmerz, den die Klauen des Tieres eigentlich hätten verursachen müssen? Hatten die jüngsten Ereignisse ihn derart erschreckt, daß ihm jedwedes Gefühl in den oberen Körperteilen abhanden gekommen war?

Wie auch immer, noch seltsamer war es, daß keiner der Banditen in seiner Nähe in anstarrte. Immerhin hing ja irgend etwas Großes und gut Sichtbares an seinem Kinn. Der Holzfäller beschloß, dem Beispiel der anderen zu folgen und sich so zu benehmen, als wäre es für ihn das Natürlichste auf der Welt, ab und zu mit beiden Händen zum Kinn zu greifen und nachzuprüfen, ob jenes pelzige Tier noch immer da hing.

Mit Sicherheit war es ein seltsames Wesen mit dichten Haaren, die sich nach allen möglichen Richtungen lockten. Doch gleichgültig, wie tief Ali Baba seine Hände in diese pelzige Masse grub, er konnte den Körper des Tieres nicht ertasten. Dazu war der Holzfäller während dieses anfänglichen Erforschens noch nicht ein einziges Mal gebissen worden. Dieser Umstand verlieh ihm den Mut zu einer weiteren heroischen Tat. Er würde dieses Ding von sich wegzerren, damit er ihm direkt in die Augen schauen konnte! Also griff er mit beiden Händen in den Pelz und zog kräftig daran, schnell und ohne jede vorherige Warnung.

Der Schrei, den Ali Baba ausgestoßen hatte, als er zum ersten Male die Haare an seinem Kinn entdeckt hatte, war nichts im Vergleich zu dem, der sich jetzt aus seiner Kehle rang. Es war vollkommen unerklärlich, aber scheinbar war diese rauhe, lockige Masse vollkommen mit Kinn und Wangen verwachsen.

Das ließ nur eine einzige Schlußfolgerung zu. Das Ding an seinen Händen war ein Vollbart, *sein* Bart. In einem winzigen Augenblick, schneller, als man blinzeln konnte, war Ali Baba das gelungen, was er sein ganzes Leben als Erwachsener vergebens versucht hatte: Er hatte sich einen Bart wachsen lassen! Es war wirklich erstaunlich, überlegte sich der Holzfäller, wozu der Mensch fähig war, wenn die Angst ihn antrieb.

»Es gibt nur einen einzigen
gen Situation«, verkündete
Truppe. »Wir werden eine Ra
»Was ist denn eine Ratsvers
»Wieso fragst du das?« ant
den der Holzfäller als Numm
ber also, der früher Harun al
»Ah so, du bist einer der Neu
du dir einen Bart hast wac
einen Moment gedauert, bis
Ali Baba stimmte ihm zu,
ihn wiederzuerkennen, den
vielen Männern mit nahez
dern, ging es nicht anders.
diejenigen unter den Räube
vor so kurzer Zeit erst mit N
»Aber du hast mich
gefragt«, fuhr Nummer Z
Gehabe eines alten, weisen
lädt unser Anführer seine
sogar leichte Kritik anzubr
muß, daß solche Vorschlä
Es kommt nicht einmal z
zumindest meistens nicht.
Nummer Zwölf lehnte
hinüber und fügte noch l
ratsam, etwas zu sagen –
bestimmt nicht deshalb
den Räubern zu werden,
Glücksspiele eingelasse
während der Ratsvers
Schwerthieben kommen
der Räuber, die während
zu sagen wagten, nach
Opfer fielen.«
»Bedauerlichen Unfäl
der Ehrlichkeit dieses
Räubern denn wirklich
»Es zermürbt einen

bißchen
»Ich war
und aus je
Veränderu
habe klug
und Tiere
Der Ho
schrecklic
chen Geda
Zeit unter
legend ver
Ein ande
Gong her
Knauf sei
fammlung!
mit den S-
Er pfiff sie
»Das ist
früher ein
die nötige
»Ratverfa
Ali Baba
so hohen R
»Nur we
Harun düst
rers besagt:
ist es dir erl
lassen. Aus
Räubern m
machen. Ar
ihnen.«
»Feit für
Zwei und sc
Ali Baba w
Jeder Auge
bescherte ih
Warnungen
meldung zu
die dem Holz

»Ratverfammlung beginnt aufgenblicklif!« verkündete Räuber Nummer Zwei.

Ali Baba beschloß, Nummer Zwölf eine dieser Fragen zu stellen: »Dann hat euer Anführer also keine Möglichkeit, die zu bestrafen, die den höchsten Rängen angehören?«

»Macht euf für die Ratverfammlung bereit!« brüllte Nummer Zwei und verdoppelte seine Anstrengungen beim Schlagen des Gongs.

Statt Ali Babas Frage zu beantworten, deutete Nummer Zwölf auf den Hauptmann.

»Es reicht jetzt mit dem Gedröhne!« meinte Räuber Nummer Eins und starrte wütend auf den Mann mit dem Gong.

Räuber Nummer Zwei ließ Gong und den als Schlegel benutzten Dolch augenblicklich fallen, als seien seine Finger plötzlich taub geworden. Gleichzeitig starrte er seinen Anführer mit einem Ausdruck des blanken Entsetzens an.

»Noch ein Fahn?« lautete seine einfache, doch schreckerfüllte Frage.

»Noch ein Zahn!« befahl der Hauptmann.

»Gebt mir einen Ftein«, erwiderte sein Untergebener schicksalsergeben, »und Eurem Befehl foll augenblicklif Folge geleiftet werden!«

Der Räuberhauptmann nickte. Er schien zufrieden darüber, daß man sich ohne zu murren seiner Autorität beugte. »Die Ratsversammlung kann jetzt beginnen!«

Niemand ergriff das Wort. Möglicherweise wurden sie alle durch die Geräusche abgelenkt, die Nummer Zwei verursachte, als er sich mit einem Stein einen Backenzahn auszuschlagen versuchte.

»Wieviel Gold haben wir erbeutet?« fragte Nummer Eins und wandte sich an ein anderes Mitglied seiner Bande, einen dünnen Mann mit einer hervorstechenden Nase.

»Das da war mein Reisegefährte«, flüsterte jemand in Ali Babas Ohr. Er blickte kurz zur Seite und erkannte Achmed, auch bekannt als Nummer Achtundzwanzig, der mit dem Finger auf den Räuber deutete, den ihr Anführer angesprochen hatte.

Der Dieb, der früher Achmeds Reisegefährte gewesen war, hob den kleinen Beutel voller Gold auf. Er sah nur einen kurzen Augenblick hinein, und schon erklang seine Antwort: »Einhundertundsiebenundzwanzig Dinare.«

Jede noch so schwache Andeutung eines Lächelns auf dem Antlitz des Räuberhauptmanns war wie weggewischt. »Das ist alles? Wenn das so weitergeht, werden wir alleine an den Ausgaben, die wir haben, zugrunde gehen. Das muß sich ändern!« Er ließ seinen Blick über die versammelten Männer schweifen. »Ich brauche ein paar Vorschläge, wie wir zu Gold kommen können, und ich brauche sie jetzt!« Nummer Eins kratzte ausgiebig seinen Backenbart. »Von wem haben wir denn schon lange nichts mehr gehört?« Die Hand, mit der er sich eben noch gekratzt hatte, schoß nach vorne und deutete auf einen der Räuber. »Nummer Zweiundzwanzig!« Alle Augen blickten auf einen etwas klein geratenen Mann, der am linken Rand der Gruppe stand.

»Ähm«, begann Nummer Zweiundzwanzig und verlagerte sein Gewicht von einem Fuß auf den anderen. »Nun, mal sehen. Das heißt ...«

»Deine Chance ist verstrichen!« Der Hauptmann schnippte mit den Fingern, und in Schwarz gekleidete Männer zu beiden Seiten von Nummer Zweiundzwanzig ergriffen ihren Kameraden und schleiften ihn fort. Ein paar andere Räuber zückten ihre Schwerter und folgten ihnen.

»Wenn Ratsversammlung ist, hat man die Erlaubnis zu sprechen«, flüsterte Harun in Ali Babas Ohr. »Auf keinen Fall ist dir erlaubt, *nicht* zu sprechen!«

»Vorsicht da hinten«, rief Nummer Eins den anderen zu. »Bringt ihn nicht ganz um. Wir müssen unsere ideale Mitgliedsstärke behalten. Zumindest im Augenblick.«

Dann ließ der Räuberhauptmann den Blick wieder über den Rest seiner Männer schweifen und runzelte die Stirn. »Doch wir sind, was das Gold anbelangt, noch nicht weitergekommen. Jemand muß doch in der Lage sein, einen Vorschlag zu machen, bevor ich meine Geduld verliere.« Er deutete direkt auf Ali Baba. »Du, Nummer Neununddreißig! Du verstehst es doch ausgezeichnet, dir einen Bart wachsen zu lassen. Was also das Anwachsen unserer Goldvorräte betrifft, müßtest du eigentlich mit ein paar brauchbaren Empfehlungen aufwarten können.«

Ali Babas Kehle war so trocken, als wäre ein Sandsturm hindurchgeweht – ein Sandsturm, der sich in seinem Magen gebildet hatte und wie ein tanzender Derwisch durch ihn hindurchfuhr. Er mußte augenblicklich einen Vorschlag machen, oder er würde genau ›nicht-ganz-tot‹ enden wie Nummer Zweiundzwanzig. Doch was wußte er, ein armer Holzfäller, schon davon, wo man Gold finden konnte? Er hatte nur einmal in seinem Leben eine größere Menge davon in dieser Stadt gesehen, und das war auf dem Marktplatz gewesen, und auch nur aus größerer Entfernung. Waren doch nur jene wohlhabenderen Händler damit gesegnet, die sich niemals dazu herabließen, mit armen Holzfällern wie ihm zu verkehren.

Wohlhabende Händler, die hochmütig gegenüber armen Holzfällern waren? Natürlich! Wenn es um Gold ging, war der Marktplatz der richtige Ort!

»Dies ist eine Stadt«, sagte Ali Baba so schnell wie möglich. »Hier treffen jeden Tag große Karawanen ein.«

Räuber Nummer Eins zeigte auf diese großartige Offenbarung hin erst einmal keinerlei Reaktion. »Wir sind geschäftige Räuber. Das Warten liegt uns nicht.«

»Oft kommt mehr als eine«, fügte Ali Baba hastig hinzu, obwohl er sich gar nicht sicher war, ob das tatsächlich zutraf. »An einem guten Tag kann man Dutzende antreffen!«

Als er dies hörte, lächelte der Räuberhauptmann. »Dutzende von Karawanen, alle schwer beladen mit Gold? Das hört sich nach einer Aufgabe für die vierzig Räuber an!« Er zog seinen Säbel aus dem Gürtel und schwang ihn durch die Luft. »Die Ratsversammlung ist beendet. Führe uns, Nummer Neununddreißig, und wir werden rauben, plündern, morden!«

Was blieb dem armen Holzfäller anderes übrig? Ali Baba drehte sich um und lief in Richtung Marktplatz. Er betete zu Allah, daß tatsächlich eine Karawane in der Nähe sein würde. Falls nicht … nun, dann *hoffte* er, daß das ›Beinahe-getötet-werden‹ nicht so schlimm war, wie er es sich vorstellte. Allerdings *fürchtete* Ali Baba, daß es in Wirklichkeit wohl noch sehr viel schlimmer sein würde.

Das 13. der 34 Kapitel,
in dem wir lernen,
daß Ereignisse sich
manchmal planen lassen,
manchmal aber auch
einfach nur eintreffen.

Die Räuber näherten sich dem Marktplatz von Westen her. Ali Baba lief zu Fuß voraus, gefolgt von über dreißig Reitern und dem Korb seines Bruders, der auf dem Sattel eines Pferdes festgebunden worden war. Mit jedem Schritt, der ihn seinem Ziel näher brachte, zweifelte er mehr an der Weisheit des Vorschlages, den er dem Räuberhauptmann unterbreitet hatte. Was würde geschehen, wenn auf dem ganzen Marktplatz nichts zu finden war, was auch nur einer Karawane ähnlich sah? Was, wenn an den Ständen nur Käufer und Verkäufer von Gemüse auf sie warteten? Andere Räuber hatten, wie der Holzfäller mit eigenen Augen gesehen hatte, schon bei weitaus geringeren Anlässen Finger und Zähne verloren. Was würde Ali Baba wohl verlieren, wenn er nicht in der Lage war, das Gold zu beschaffen, nach dem es ihren Anführer so sehr gelüstete?

Er bog um die letzte Ecke vor dem Marktplatz und entdeckte im Osten eine Gruppe von Männern, die langsam auf Kamelen näher kamen; eine Gruppe, die groß genug war, um als Karawane zu gelten. Später würde es Ali Baba schwer fallen, die geradezu überwältigende Freude, die er bei diesem Anblick empfunden hatte, angemessen zu beschreiben. Er erinnerte sich aber stets daran, daß dies das erste Mal gewesen war, daß er den Wunsch verspürt hatte, ein Kamel zu küssen.

»Seht!« rief er denen, die ihm folgten, zu. »Genau, wie ich vorausgesagt habe!«

Und daraufhin preschten die Räuber und Pferde an ihm vorbei, füllten die Luft mit riesigen Staubwolken, mit dem Lärm donnernder Hufe, Schreien des Triumphes und – von anderer Seite – Schreien der Angst.

Als sich der Staub wieder gelegt hatte, war die Karawane, falls es denn wirklich eine solche war, bereits besiegt. Zumindest lagen nun all die Männer, die zuvor auf Kamelen geritten waren, ausgestreckt auf dem Boden und flehten um ihr Leben, während die hämisch grinsenden Räuber über ihnen standen und auf sie hinabsahen.

»Wir haben gesiegt!« verkündete einer der Räuber und deutete mit seinem Schwert auf die im Staub liegenden Reisenden.

»Wir haben fette Beute gemacht!« rief ein anderer und hielt zwei schwere, prall gefüllte Säcke hoch.

»Hauptsächlich haben wir Gemüse erbeutet!« fügte ein dritter hinzu, der in einen der anderen Säcke hineingriff und etwas großes Grünes daraus hervorzog.

»Was sagst du da?« brüllte ihr Anführer, der noch immer auf seinem Pferd saß und von dort den Sieg auskostete. »Kein Gold?«

»Doch, doch, da ist auch etwas Gold«, erwiderte einer der Räuber, die die Säcke hielten. »Allerdings besteht kein Zweifel daran, daß wir eine gewaltige Menge röhrenförmigen Gemüses erobert haben.«

Als er das hörte, runzelte der Hauptmann seine Stirn. »Bist du dir da sicher?«

Der Räuber, der eines der großen knollenförmigen Gewächse aus dem Sack gezogen hatte und es in seiner Hand hielt, sah das Ding prüfend an. »Es muß eine Art Gemüse sein.«

»Wie kannst du das wissen?« fragte einer seiner Kameraden, der offenbar mit landwirtschaftlichen Erzeugnissen nicht besonders vertraut war.

»Erstens einmal«, lautete die überzeugende Antwort des anderen, »hat es keine Beine.«

»Ein knollenförmiges Gemüse?« fragte ihr Anführer. »Mehr könnt ihr nicht finden?«

»Nun«, entgegnete der Räuber, der seinen Sack als erstes durchsucht hatte, »da sind immerhin grüne und orangefarbene Knollen.«

»Wofür ist Gemüse schon gut?« meinte der Hauptmann, und sein Gesicht nahm eine höchst unerfreuliche Farbe an.

Ali Baba, der sich in nicht unerheblichem Maße für die Wendung der Ereignisse verantwortlich fühlte und sich immer noch Sorgen über den möglichen Verlust eines Körperteils machte, erkannte, daß es an der Zeit war, sich kurz zu rechtfertigen und den Räubern die Aussichten im wahrsten Sinne des Wortes etwas schmackhafter zu machen.

»Wir könnten es immerhin essen«, warf er daher ein.

»Wer von uns kann schon kochen?« fragte einer seiner Kameraden in Schwarz. »Wir sind alle Räuber!«

»Genug von Gemüse!« befahl der Hauptmann. »Was ist mit dem Gold?«

»Oh, da ist tatsächlich etwas Gold«, entgegnete der Bursche mit der vorstehenden Nase, während er einen erschrekkend kleinen Beutel hochhielt. »Siebzehn Dinare.«

»Das ist alles?« rief Räuber Nummer Eins mit einem Zittern in der Stimme, von dem manches Erdbeben noch etwas hätte lernen können.

»Habt Erbarmen mit uns, o furchterregende Räuber!« rief der Führer der Karawane, wobei sein Gesicht noch in den Staub gepreßt war. »Früher besaßen wir einmal große Mengen Gold und Juwelen, bis Räuber in der Wüste sie uns stahlen. Nach und nach verloren wir unseren ganzen Reichtum, so daß wir nicht länger mehr mit Gold handeln konnten und gezwungen waren, den Tauschhandel mit Gemüse zu betreiben.«

»So sieht das also aus?« Die Stimme des Räuberhauptmannes war nicht mehr als ein Flüstern. »Wir sind *zu* erfolgreich gewesen?« Zum ersten Mal glaubte Ali Baba so etwas wie Furcht im Gesicht von Räuber Nummer Eins lesen zu können. »Wie sollen wir dann aber unseren Lebensunterhalt verdienen?«

Niemals zuvor hatte der Holzfäller den Anführer der Banditen so niedergeschlagen gesehen. Jetzt konnte es keinen Zweifel mehr daran geben, daß er in nicht allzu ferner Zukunft einen nicht unbedeutenden Teil seines Körpers einbüßen würde.

Doch anstatt Ali Baba den Befehl zur Selbstzerstümmlung zu geben, drehte Nummer Eins den Männern am Boden zornig den Rücken zu.

»Auf, meine Räuber!« rief er seinen ruchlosen Untergebenen zu. »Untersucht diese Kreaturen noch gründlicher. Vielleicht haben sie noch ein paar geheime Verstecke in ihren Kleidern oder in ihren Körpern.«

Es mußten nicht viele Gewänder zerrissen, und es mußte auch nicht lange mit Schwertern herumgefuchtelt werden, um noch eine Handvoll Münzen und Ringe und sogar ein oder zwei Halbedelsteine aus allen versammelten Opfern hervorzuzaubern.

»Das ist alles?« fragte Räuber Nummer Eins ungläubig. »Es gibt da ein ernstes Problem, dem wir uns stellen müssen, o meine Räuber.« Sein Schwert war auf den Mann gerichtet, der um Gnade gefleht hatte. »Vielleicht hat dieser Sohn einer unverheirateten Hündin recht, und wir haben bereits fast alles Gold, das es in dieser Gegend gibt, gehortet.«

Diese Sache schien ihrem Anführer von solch immenser Wichtigkeit zu sein, daß Ali Babas Vergehen zumindest für den Augenblick vergessen war. Und um genau zu sein, die Bestürzung, die sich jetzt ausbreitete sowie die aufgeregte Diskussion, die unter den Räubern entstand, schienen nicht nur dieses Vergehen, sondern auch den Holzfäller selbst in Vergessenheit geraten zu lassen.

»Zeit für eine Ratsversammlung!« verkündete Nummer Eins.

»Eine Ratsversammlung!« murmelten die anderen Räuber zustimmend.

Ja, wenn Ali Baba genauer darüber nachdachte, war es vielleicht gar nicht verwunderlich, daß er vergessen wurde. Jetzt, wo auch er einen Bart trug, erkannte der Holzfäller, daß er ein Gleicher unter Gleichen war und ihm niemand mehr besondere Aufmerksamkeit zu schenken schien.

»Ein Räuber ohne Beute ist ein Mann ohne Lebensaufgabe«, verkündete Räuber Nummer Eins. Viele seiner Untergebenen nickten zustimmend.

Ali Baba befand sich also auf dem Marktplatz seiner Heimatstadt, nur ein paar Straßen von seinem Haus entfernt. Ein, zwei Schritte nur – die natürlich wie zufällig aussehen mußten –, und er würde sich nie mehr Sorgen über den möglichen Verlust von Körperteilen machen müssen. Ein paar Schritte nur, und dieser Alptraum würde für immer zu Ende sein.

»Mir kommt da ein Gedanke«, schlug der Mann, der Achmeds Freund war, vor.

»Sprich, o größter meiner Diebe, wenn es darum geht, Dinare abzuschätzen«, ermutigte ihn der Anführer.

»Wie wäre es, wenn wir etwas davon zurückgeben würden?« fragte der andere Räuber.

Ali Baba entfernte sich ein paar Schritte von dem ganzen Aufruhr. Niemand schien es zu bemerken.

»Du sprichst vom Gold?« fragte der Hauptmann der Banditen düster. »Es gibt einige Gedanken, die man nicht einmal während einer Ratsversammlung äußern sollte! Es ist anscheinend Zeit, daß einige Räuber einem tragischen Unfall zum Opfer fallen!«

»Hört mich bis zu Ende an!« sagte der andere Mann in einem zweifellos irrwitzigen Anflug von Tapferkeit. »Wir würden es ja nicht für immer zurückgeben. Wir würden es ihnen eher leihen, so daß es sich zusammen mit ihren anderen Reichtümern verdoppeln kann. Und in dem Moment, in dem sie es dann in ihren Schatzkammern verbergen wollen, schlagen wir zu – egal, wie gut sie diese versteckt haben mögen!«

Sollte es dem Holzfäller tatsächlich gelingen zu entkommen? Er dachte kurz daran, auch Kassim zu retten, verwarf den Gedanken aber sofort wieder. Dem Holzfäller war klar, daß sein Bruder in seinem jetzigen Zustand kein normales Leben führen konnte. Vielleicht würde er in der Tat weniger mit seinem Schicksal hadern, wenn es ihm vergönnt war, ein abenteuerliches Leben unter den Räubern zu verbringen.

Nummer Eins hielt einen Moment inne, um über den letztgenannten Vorschlag nachzudenken. »Damit willst du also sagen, Räuber Nummer Siebenundzwanzig, daß wir diesen Narren das Gold nicht wirklich zurückgeben würden.«

»Bei Allah, nein! Nicht für immer, auf keinen Fall«, entgegnete Achmeds Freund mit großem Nachdruck. »Wir würden es ihnen in der Tat nur überlassen, um es ihnen wieder zu rauben!«

»Wodurch wir in der Lage wären, weiterhin alles Gold in unserem Königreich zu horten und dennoch unserer Bestimmung Tag für Tag nachzukommen«, sinnierte Räuber Nummer Eins, dem die Möglichkeiten, die sich da auftaten, durchaus zuzusagen schienen. »Ich sehe da nur eine Schwierigkeit. Es darf nicht einmal angedeutet werden, daß wir Gold an ehrenwerte Leute zurückgeben. Denkt nur daran, wie sehr ein solches Gerücht unserem Ruf unter Halsabschneidern und Tunichtguten schaden könnte.«

Ali Baba schob sich sachte durch die hinteren Reihen der Räuber.

»Oh, solche Gerüchte würden erst gar nicht aufkommen. Nichts einfacher als das«, erklärte Nummer Siebenundzwanzig. »Gleich von Anfang an soll jeder erkennen, daß dies natürlich nur Teil eines großen Plans ist.«

»Eines großen Plans?« fragte ihr Anführer fasziniert.

»Der Große-Karawanen-Umverteilungsplan«, erklärte der andere Räuber. »Ja, wir werden diesen Reisenden in der Tat ein wenig Gold geben. Anschließend überfallen wir sie, verteilen dieses Gold wieder um und nehmen auch alles andere mit, was sie sonst noch so bei sich haben.«

Der Räuberhauptmann schien noch einen letzten Zweifel zu verspüren. »Wir müßten nicht mehr in die Höhle zurück, oder?«

»Ganz sicher nicht«, antwortete Nummer Siebenundzwanzig. »Wir bräuchten nur mit dem Gold, das wir bei uns tragen, zu arbeiten.«

»Genial! Einfach genial!« verkündete der Bandenführer. »Möge dieser ausgezeichnete Räuber in den nächsten hundert Jahren von jedem Unfall verschont bleiben!« Er hielt inne, um an einem seiner schartigen, schmutzigen Fingernägel zu kauen. »Doch wie sehen unsere nächsten Schritte aus? Ich glaube, daß noch etwas Gold in unmittelbarer Nähe zu erbeuten wäre.«

Ali Baba hatte nun alle Räuber vor sich, niemand stand mehr hinter ihm. Wenn er jetzt die Flucht nach Hause antrat, würde niemand daran denken, ihn aufzuhalten. Wenn er erst einmal unter dem Schutz der redegewandten Marjanah stand, würde er für immer vor dieser niederträchtigen Bande in Sicherheit sein!

Also lief Ali Baba los. Und zu seinem eigenen Erstaunen hörte er keine Verfolger. Geschwind ging es die eine Straße hinauf, die andere hinunter, bis er das unzureichende Tor seines unzulänglichen Heimes erreicht hatte, das in seiner Abwesenheit wieder aufgebaut worden und nun geschlossen und ganz zweifellos abgesperrt war.

Er klopfte gegen das Holz, das viel stabiler zusammengezimmert (und daher um einiges weniger unzureichend) war als das Tor, das früher einmal hier gestanden hatte.

»Marjanah«, rief er, »öffne mir sofort das Tor!«

Und das Tor öffnete sich.

»Wer seid Ihr?« wollte Marjanah wissen.

»Wo hast du deine Augen, Mädchen?« fragte Ali Baba. »Ich bin es, dein Herr und Meister!«

Doch diese Antwort stellte die junge Frau nicht zufrieden. »Obwohl mein Herr und Meister viele Talente besitzt, das, sich einen Bart wachsen zu lassen, zählt nicht dazu.«

Das Tor wurde wieder zugeschlagen, und Ali Baba vernahm das eindeutige Geräusch eines Riegels, der mit Nachdruck in seine Verankerung geschoben wurde.

Bei Allah, dachte Ali Baba. Das war genauso fürchterlich, als würde man aus einem Sandsturm in eine Flutwelle geraten. Sein verändertes Aussehen hatte seine Sklavin im letzten Augenblick getäuscht. Wenn er allerdings nicht schnell von der Straße verschwand, würden andere, die genauso aussahen wie er, ganz sicher dafür sorgen, daß sich die nahe Zukunft für ihn äußerst unangenehm gestaltete. Wie aber sollte er von dieser Straße verschwinden, wenn dieses verfluchte Tor geschlossen war?

In diesem Moment erinnerte sich Ali Baba daran, daß es ja

mehr als eine Möglichkeit gab, zu öffnen, was verschlossen war.

»Sesam, öffne dich!« rief er daher.

Das Tor öffnete sich.

Von der anderen Seite aus starrte ihn Marjanah an. »Wie habt Ihr das gemacht? Nun, ich hatte von Anfang an keinen Zweifel über Eure wahren Absichten!« In ihrer Hand schwang Marjanah ein ihm nur allzu bekanntes Beil. »Wir wissen hier, wie Räuber ihr schändliches Handwerk betreiben!«

Das Tor schloß sich mit einem geräuschvollen Krachen.

Das also war das Schicksal des armen Holzfällers. Marjanah würde ihn niemals erkennen, denn sie hatte ihn nie mit einem Bart gesehen. Oh, wie launisch war doch die Hand des Schicksals! Eben jener Bart, der ihm noch vor kurzem das Leben gerettet hatte, ließ ihn jetzt ohne Zufluchtsort und Heim dastehen.

In der Tat, konnte dieser Tag noch schwärzer werden?

»Ah!« ertönte die inzwischen altvertraute Stimme von Räuber Nummer Eins. »Einem aus unseren Reihen ist es gelungen, einen Ort zu finden, an dem sich höchstwahrscheinlich noch etwas Gold finden läßt!«

Das 14. der 34 Kapitel, in dem sich alles entschieden und ganz ohne Zweifel zum Schlechteren wendet.

Ali Baba drehte sich blitzschnell von der Tür weg. »Gold?« sagte er und versuchte so ungläubig wie möglich zu klingen. »Warum sollte in einer solch bescheidenen Hütte wie dieser Gold zu finden sein?«

Räuber Nummer Eins grinste wohlwollend angesichts dieser Scheinheiligkeit, während die Räuber, die sich hinter ihm drängten, vergnügt lauthals lachten.

»Es stimmt schon«, meinte der Räuberhauptmann. »An einem Ort wie diesem würde man in der Tat am wenigsten große Reichtümer erwarten. Doch wie sagt der weise Mann: Sogar Juwelen werden zuweilen von Fledermausdreck bedeckt.«

An Ali Babas geistigem Auge zogen Bilder von vielen abgetrennten Gliedmaßen vorüber, ganz zu schweigen von den Bildern gewisser Stellen unter seiner Küche, die bald ihres Schatzes beraubt sein würden.

»Wir sind sehr froh, daß dir soviel daran liegt, uns bei der Anhäufung unserer Reichtümer behilflich zu sein«, fuhr der Räuberhauptmann beschwichtigend fort. »Leider hast du versäumt, uns mitzuteilen, wohin du uns führen wolltest. Wir können uns glücklich schätzen, daß dein Bruder im Korb den Weg kannte.«

»Ja, genau«, erklang Kassims selbstgefällige Stimme aus dem Weidenkorb, der nun zur Rechten des Hauptmannes abgestellt worden war. »Mein Bruder ist schuld an meiner augenblicklichen Lage. Aber sagt mal, wußtet Ihr auch, daß hier ganz in der Nähe ein blinder Schneider zu finden ist?«

Der Anführer der Räuber schien im Augenblick allerdings nur mäßiges Interesse für blinde Schneider aufzubringen. Statt dessen fuhr er, an Ali Baba gerichtet, fort: »Deine jüngsten Handlungen lassen deine Ergebenheit und Treue ein wenig fragwürdig erscheinen.« Er hielt inne, und ein niederträchtiges Lächeln spielte um seine Lippen. »Wie dem auch sei, sobald wir eine genügend große Menge Gold gefunden haben, werden all diese Fragen bedeutungslos geworden sein.«

»Ja«, tönte Kassims Stimme ein wenig erregt aus dem Korb. »Ich weiß ganz genau, wo das Gold ist! Setzt mich wieder zusammen, und ich verspreche, daß ich euch zu riesigen Goldschätzen führen werde!«

Doch die jüngste Drohung von Nummer Eins zeigte eine völlig unerwartete Wirkung: Der Holzfäller faßte mit einer gewissen Grimmigkeit einen Entschluß. Nein, er würde das Gold nicht so einfach aufgeben. Wenn er denn schon so bald sterben mußte, dann würde er wenigstens nicht arm sterben!

Entschlüsse taugen jedoch gar nichts, wenn sie nicht in die Tat umgesetzt werden. Ali Baba wußte, daß er schnell ein paar Erklärungen abzugeben hatte, oder er würde tatsächlich mitansehen müssen, wie sein Küchenboden ausgehöhlt wurde.

»Wie Ihr an diesem kläglichen Tor hier erkennen könnt«, sagte er, während er mit seinem Finger gegen die grob zusammengezimmerten Holzbruchstücke klopfte, »muß wohl alles, was sich dahinter verbirgt, von vollkommener Bedeutungslosigkeit sein.«

»Nun gut, wir werden uns die Sache genauer ansehen.« Der Hauptmann deutete auf einen der Räuber. »Nummer Achtundzwanzig. Klettere auf den Zaun da. Was siehst du?«

Der Räuber, der einmal Achmed genannt worden war, tat, wie ihm befohlen, und kletterte den ebenfalls nur roh zusammengezimmerten Zaun mit einer solchen Behendigkeit hinauf, als würde er bloß eine Leiter besteigen. Er ließ seinen Blick einen Moment lang über den Hof schweifen, bevor er antwortete. »Ich kann nichts sehen außer einem Eimer, der ein großes Loch hat, und einem einbeinigen Hühnchen.«

»So übel sieht's aus?« fragte Räuber Nummer Eins überrascht. »Mit solchen Besitztümern würde sich niemand zufrieden geben, der auch nur ein bißchen Geld besitzt. Vielleicht sagt Nummer Neununddreißig doch die Wahrheit.«

»Ein Räuber, der die Wahrheit sagt?« meinte einer der anderen erstaunt, ein Mann mit noch dunklerer Hautfarbe als die, die um ihn herumstanden. Er hielt einen Moment inne, um Ali Baba mit einem abschätzenden Blick zu mustern.

»Er gehört noch nicht lange zu uns«, entgegnete der Räuber, der früher einmal Aladin gewesen war. »Wir müssen ihm etwas Zeit lassen, unsere Gebräuche zu erlernen.«

»Wenn du meinst.« Woraufhin sich der dunkelhäutige Räuber abwandte.

»Halt!« rief Achmed von seinem Ausguck auf dem Zaun hinunter. »Da ist noch etwas! Ich sehe eine junge Frau mit einem Beil.«

»Das ist alles?« fragte der Hauptmann, nachdem er eine Weile abgewartet hatte.

»Nun«, antwortete Achmed, nachdem eine weitere Pause verstrichen war, »um genau zu sein, es ist eine wirklich hübsche Frau.«

»Aber ich sage euch doch«, rief Kassim, als fürchte er, die Aufmerksamkeit der anderen zu verlieren, »er versteckt das Gold!«

Als er das hörte, festigte sich Ali Babas Entschluß; ein Entschluß, der sogar stärker geworden war als die Gefühle, die er gegenüber seinem Bruder hegte.

»Ist euch eigentlich noch nie der Gedanke gekommen«, wandte sich der Holzfäller daher an die versammelten Räuber, »daß euch dieser Mann nur auf eine falsche Fährte lokken will, indem er euch mein Grundstück durchsuchen läßt, um euch von seinem fernzuhalten?« Er warf einen bedeutungsvollen Blick die Straße hinunter auf das weitaus kunstvollere und stabilere Tor, das Kassims Anwesen zierte.

Ein Lächeln kehrte auf das Gesicht des Räuberhauptmanns zurück. »Das scheinen mir die ersten Worte zu sein, die ein Körnchen Wahrheit enthalten könnten.«

»Da ist noch mehr!« rief Achmed von seinem Beobachtungsposten. »Ihr Beil kommt ziemlich schnell auf mein Gesicht zugeflogen.« Er sprang zurück auf den Boden, während etwas mit einem lauten Krachen gegen den Zaun donnerte.

»Also ist sie nicht nur wunderschön, sondern besitzt auch Geistesgegenwart?« überlegte der Anführer. »Ich sage euch, auf der Welt gibt es auch noch andere Reichtümer außer Gold.«

»Doch alles, was Ihr wollt, ist Gold!« warf Kassim ein, und seine Stimme klang aufs äußerste erregt. Vielleicht war er sich bewußt, daß seine Sache bereits verloren war. »Näht mich zusammen, und Ihr sollt in Reichtum schwimmen.«

»Wem wollt Ihr mehr Glauben schenken«, fragte Ali Baba gelassen, denn er glaubte nun, die Oberhand zu haben, »einem Räuber, den ein voller Bart ziert, oder einem Kopf, der in einem Weidenkorb steckt?«

»In der Tat ein Gesichtspunkt, der nicht so leicht von der Hand zu weisen ist«, stimmte der Bandenführer zu. »Es gibt nur eine Möglichkeit, festzustellen, wer die Wahrheit spricht und wer lügt.« Während er sich zu den anderen umdrehte, klatschte er laut in die Hände. »Räuber! Brecht in beide Häuser ein!«

Ein halbes Dutzend Räuber sprang in Richtung des völlig unzulänglichen Tores von Ali Babas bescheidenem Heim, während der Rest der niederträchtigen Bande die Straße zu Kassims Haus hinaufstürmte.

Selbst heute noch bin ich darüber erstaunt, doch was dann geschah, dauerte nicht länger, als ich benötigte, um einen einfachen Satz zu beenden. Ali Babas nur ungenügend befestigtes Tor gab bereits dem einfachen Druck eines halben Dutzends starker Arme nach, während Kassims Eingang einige Sekunden länger standhielt und den wohlüberlegten Einsatz von Äxten und Knüppeln erforderte.

Die beiden Gruppen von Räubern verschwanden augenblicklich innerhalb des ihnen jeweils zugewiesenen Anwesens. Ali Baba dachte kurz daran, den Banditen zu folgen, die in sein eigenes Heim eingedrungen waren, doch die Spitze des Schwertes, die Räuber Nummer Eins ihm auf die

Brust setzte, brachte ihn schnell auf andere Gedanken. Kassim dagegen gab eine Reihe von spitzen und unzusammenhängenden Lauten von sich, als fühlte er erst jetzt die wahren Qualen, die das Zerstückeltsein mit sich brachte.

»Es besteht für keinen von euch die Veranlassung, sich von der Stelle zu rühren«, versicherte ihnen der Räuberhauptmann mit einem viel zu freundlichen Gehabe. »Was immer ihr auch in diesen Haushalten wiederzusehen wünscht, wird euch, das kann ich euch versichern, in Windeseile vorgeführt werden.«

Kassim raste und tobte, fragte wiederholt, warum der Anführer der Räuber ihn derart behandelte, und forderte als Entschädigung für den Raub, daß man ihn zumindest wieder zusammennähen lassen sollte.

Durch das zerborstene Tor von Kassims Grundstück kamen bereits die ersten Räuber wieder hervor, und sie schleppten große, auffällige Gegenstände aus Gold und wertvollen Edelsteinen mit sich; eben solche Gegenstände, wie Kassim und seine Frau sie normalerweise bevorzugten.

»Das ist nur ein kleiner Teil der Reichtümer, die wir dort drinnen gefunden haben!« teilte der erste der zurückkehrenden Räuber voller Begeisterung mit. »Teiche mit spiegelnder Wasseroberfläche und voller Perlen! Gartenanlagen mit vergoldeten Wegen! Mit Edelsteinen verzierte Statuen! Nebengebäude voller Schätze! Der Ort strotzt nur so vor Reichtum!«

»Also hast du uns tatsächlich noch zu Unmengen von Gold geführt«, wandte sich der Anführer anerkennend an Kassim.

Kassims Antwort bestand zunächst einmal nur aus einem Räuspern. »Nun ja, da ist in der Tat noch *jenes* Gold.«

Und immer noch strömten Räuber von Kassims Grundbesitz und trugen Gegenstände von immer größerem Umfang und Wert. Dieser ganze Aufmarsch brachte Nummer Eins ins Grübeln. »Ich bin schon einmal auf diesem Grundstück gewesen. Jetzt, wo ich all diese Dinge sehe, erinnere ich mich an diesen Ort.« Er hielt inne, um sich zu schütteln – und zwar, wie es schien, nicht ganz freiwillig. »Es gab da eine gewisse Sklavin, die mich, als ich dem Haus nebenan einen Besuch abstattete, dermaßen verwirrt hat, daß alles in mir vor der Erinnerung an jene Ereignisse zurückschreckt.«

Der letzte der Räuber verließ Kassims Wohnsitz. Hinter sich schleifte er Kassims außergewöhnlich schöne Frau und fünf ihrer Sklavinnen her.

»Und bist du nicht jene Schönheit, die meine Gastgeberin war?« meinte Räuber Nummer Eins an Kassims Frau gewandt, wobei er ihr seinen boshaftesten Blick zuwarf. »Ich werde darauf achten, daß man dir eine ganz besondere Behandlung zukommen läßt.«

Kassims Frau – das arme, vor Furcht zitternde Wesen – gab sich alle Mühe, unter diesen denkbar schlechten Umständen ein Lächeln zustande zu bringen, und entgegnete tapfer: »Dann laßt Euch gesagt sein, daß ich nichts weniger als das Beste erwarte.«

Als der Räuberhauptmann das hörte, begann er, vor Lachen zu brüllen. »Und mein Bestes sollst du auch bekommen! Doch wie sieht es mit den Schätzen des anderen Haushaltes aus?«

Zwei Räuber verließen Ali Babas armseliges Grundstück, doch zur großen Erleichterung des Holzfällers kamen sie mit leeren Händen.

»Da drinnen ist nichts außer Holz«, verkündete der erste der beiden. »Und davon ist das meiste von ausgesprochen minderwertiger Güte.«

Wäre Ali Baba nicht so besorgt über das Schicksal seines Haushaltes und des darin verborgenen Goldes gewesen, hätte er sich womöglich dadurch beleidigt gefühlt, daß es einem einfachen Räuber einfiel, seine holzfällerischen Fähigkeiten in Frage zu stellen.

»Wir haben kurz überlegt, ob wir einige der hübscheren Sachen mitnehmen sollen«, gab der zweite Räuber zu, »aber dann fiel uns ein, daß ja schon alle unsere Säcke mit Gemüse gefüllt sind.«

»Dennoch war unsere Hausdurchsuchung nicht ganz erfolglos«, fügte der erste der beiden hinzu, und das Grinsen, das er dabei aufsetzte, gefiel Ali Baba ganz und gar nicht.

Der Holzfäller bemerkte, daß er kaum mehr atmen konnte. Würden sie jetzt, nachdem sie ihren Spaß gehabt hatten, doch noch sein Gold herausbringen?

Ali Babas Befürchtungen traten nicht ein – zumindest in gewisser Weise nicht. Denn die übrigen vier Räuber traten paarweise auf die Straße hinaus, und jedes Paar begleitete eine der beiden Frauen des Haushaltes.

»Ihr steckt also hinter all dem!« rief Marjanah herausfordernd, nachdem ihr Blick auf den Räuberhauptmann gefallen war.

»Du!« rief der Räuberhauptmann bei ihrem Anblick.

»Das ist die junge Frau, von der ich eben gesprochen habe«, meinte Achmed, während er Marjanah an ihrem linken Ellbogen führte. »Ist sie nicht zauberhaft?

»Sie ist in der Tat ein sehr hübsches junges Ding«, mußte der Hauptmann mit einigem Widerwillen zugestehen. »Sollten wir uns jedoch entschließen, sie zu verkaufen, müßten wir ihr vorher die Zunge herausschneiden.«

»Sie verkaufen?« lautete Achmeds ein wenig bestürzte Antwort.

»Nun, nicht sofort«, schränkte Nummer Eins ein. »Ein Mädchen, das so schön ist wie dieses hier, ist zuerst einmal dazu bestimmt, in den Palast der Schönen Frauen zu kommen.«

Als sie das hörten, brachen alle Räuber in lautes Jubelgeschrei aus. Ali Baba fühlte seinen Atem wieder stocken. ›Der Palast der Schönen Frauen‹ – das klang nicht gerade nach einem der Gesundheit besonders zuträglichen Ort. Was hatte er nur getan? Sein Gold war vielleicht noch in Sicherheit, aber die beiden Frauen, die ihm am meisten auf der ganzen Welt bedeuteten, waren in eine tödliche Gefahr geraten!

»O Weh und Ach!« schrie seine Frau, als sie nach vorne gebracht wurde. »Wir sollen von fürchterlichen Banditen verschleppt werden!«

»Siehst du?« sagte der Räuberhauptmann zu Marjanah.

»So stelle ich mir schon eher den Respekt vor, den wir von unseren Gefangenen erwarten!«

»O Weh und Ach!« fuhr Ali Babas Frau fort und sank auf ihre Knie. »Nie mehr wieder werden wir unser ach so bedauerlich bescheidenes Heim wiedersehen!«

Der Hauptmann sah dem Schauspiel wohlwollend zu. »Auf den Knien herumkriechen, sich die Haare raufen und das Zerreißen der Kleider – das sind die Zeichen wahrer Verzweiflung.«

»O Weh und Ach!« fuhr Ali Babas Frau fort, und ihre Stimme wurde immer lauter, je mehr Zutrauen sie gewann. »Nie mehr wieder werde ich unter meinem unzureichenden, undichten Dach schlafen!«

»Natürlich«, fügte der Anführer der Bande hinzu, während sein Lächeln ein ganz klein wenig ernster wurde, »gibt es selbst bei den angenehmsten Dingen eine gewisse Grenze, die man nicht überschreiten sollte.«

Doch Ali Babas Frau hatte ihre Grenzen noch lange nicht erreicht. »O Weh und Ach! Nie mehr wieder werde ich versuchen dürfen, Wasser in einem durchlöcherten Eimer von einem Ort zum anderen zu tragen!«

»O Hauptmann!« unterbrach sie einer der niederen Räuber zur offensichtlich großen Erleichterung seines Anführers. »Wir werden wohl etwas von dem Gemüse zurücklassen müssen. Wir haben nicht genügend Seile, um alle Vorräte und die Frauen an die Pferde zu binden.«

»Sehr gut«, sagte der Räuberhauptmann laut und tat sein Bestes, die anschwellenden Klagen der Frau zu überhören. »Erledigt das umgehend. Ich will so schnell wie möglich aufbrechen. Wir haben einen weiten Weg zurückgelegt ...« Bei diesem Gedanken schnitt er eine Grimasse. »... bevor wir den Palast der Schönen Frauen erreichen und natürlich auch ...« Er hielt erneut inne, und als er wieder das Wort ergriff, klang seine Stimme leiser und schien voller Drohungen zu stecken. » ... die verzauberte Höhle.«

»O Weh und Ach!« fuhr Ali Babas Frau mit noch größerem Überschwang fort. Selbst der Holzfäller mußte zugeben, daß dies eine der besten Klage-Vorstellungen war, die sie je gegeben hatte. »Nie mehr wieder die Stadt sehen, in der ich geboren wurde! Nie mehr wieder jenes von Läusen umlagerte Wasserloch aufsuchen! Nie mehr wieder das Spülwasser am Abend über den Zaun hinter dem Haus schütten!«

Der Räuberhauptmann ließ von seinen Vorbereitungen zum Aufbruch ab. »Das reicht jetzt wirklich!« befahl er.

Doch Ali Baba wußte aus Erfahrung, daß sie jetzt durch nichts mehr zu bremsen war. »O Weh und Ach!« greinte sie weiter. »Nie mehr werde ich unter der süßen Schmach zu leiden haben, ein Hühnchen mit nur einem Bein zu besitzen!«

»Ich werde dich ganz schrecklich mit meinem Schwert zurichten!« drohte der Hauptmann und griff vielsagend nach dem Knauf seines Säbels.

»O Weh und Ach!« entgegnete sie. »Er wird mich ganz schrecklich mit seinem ...«

Der Anführer der Räuber nahm die Faust vom Schwertgriff, damit er besser die Hände ringen konnte. »Das genügt! Laßt sie hier zurück. Das Seil gebrauchen wir besser für das Gemüse. Immerhin müssen wir auch etwas essen!«

»O Weh und Ach!« klagte die Frau des Holzfällers. »Sie lassen mich hier zurück und gebrauchen das Seil ...«

»Werft sie in ihren Hof zurück, und schließt das, was von dem Tor übriggeblieben ist, hinter ihr gut zu«, schrie der Räuberhauptmann und hob seine Fäuste an die Schläfen. »Ich ertrag' das nicht mehr!«

»O Weh und Ach!« fuhr Ali Babas Frau fort. »Ich soll zurück in meinen Hof geworfen werden ...«

Zwei Räuber kamen hastig dem Befehl ihres Herrn und Meisters nach, bevor die Frau noch weiter wehklagen konnte.

Nun, dachte Ali Baba, wenigstens seine Frau würde also verschont werden. Es war nur gut, daß die Räuber diese Frau nicht so kannten, wie der Holzfäller es tat, denn dann hätten sie erkannt, daß ihr verdrießliches Klagen noch eine ihrer liebenswertesten Eigenschaften war. So allerdings würde sie am Leben bleiben, und damit war zumindest einer in der Lage, die Unmengen an verstecktem Gold auszugeben. Es war nur schade, daß er selbst nie in den Genuß kommen würde, an diesem Vergnügen teilzuhaben.

Doch anders als Ali Baba begnügte Marjanah sich nicht damit, im stillen vor sich hin zu leiden. »Glaubt Ihr Euch denn wirklich so mächtig und über allen anderen stehend«, fragte sie den Anführer der schrecklichen Banditen, »daß Ihr über das Leben jedes Einzelnen ganz nach Eurer Laune zu bestimmen wagt?«

»Ich bestimme nicht nur über das Leben, o elendes Weib!« antwortete der Räuberhauptmann erhaben. »Ich bestimme auch über den Tod!«

»Ah ja«, entgegnete Marjanah mit dem Anflug eines Lächelns, »man muß ja auch ein wirklich weiser Gelehrter ein, um sein Schwert führen zu können. Oder würdet Ihr es vorziehen, Euch noch ein wenig über die wahre Natur von Türen und Toren zu unterhalten?«

Daraufhin starrte der Anführer der Räuber sie eine ganze Weile lang an, doch sein Gesicht wechselte in dieser Zeitspanne mehr als einmal die Farbe, und keine davon glich seiner natürlichen.

Der Holzfäller ahnte, worauf dieser Zweikampf hinauslaufen würde. Zuerst war er der Gesellschaft seiner Frau beraubt worden, und in wenigen Augenblicken würde er auch noch Marjanah verlieren. Ali Baba konnte nicht länger an sich halten und ließ einen tiefen, verzweifelten Seufzer hören.

Augenblicklich wandte sich ihm Marjanah zu, und ihr Blick verriet Überraschung und Erstaunen. »Meister?« fragte sie. »Seid Ihr es denn wirklich und wahrhaftig?«

»Ja, ich bin es, mein liebes Kind«, sagte Ali Baba lächelnd, denn sie hatte ihn aus seiner tiefen Verzweiflung gerissen. »Wie kommt es, daß du mich zu guter Letzt doch noch erkannt hast?«

Und sie antwortete wie folgt: »Ich habe Euch in harten und noch härteren Zeiten gedient.« In der Tat war das eine äußerst angemessene Beschreibung seines bisherigen Lebens. »Euer Wimmern würde ich überall und zu jeder Zeit wiedererkennen.«

»Die Zeit ist vorbei, in denen wir noch Namen und ein vergangenes Leben hatten!« rief der Räuberhauptmann jetzt, da er wieder einen klaren Gedanken fassen konnte. »Wir alle sind für immer nur noch Räuber! Bindet die Frauen zusammen, so daß wir sie hinter den Pferden herschleppen können!« Und der schreckliche Anführer der Banditen erfreute sich an der Gewalt, die er über die hilflosen Frauen hatte. »Niemand kann sich uns widersetzen!«

Doch selbst jetzt blieb Ali Babas Sklavin keineswegs stumm. Statt dessen sagte sie: »Die Art und Weise, wie Ihr diese Frauen behandelt, zeigt mir ganz deutlich, wie mächtig Ihr seid!« Sie schenkte ihm ein herausforderndes Lächeln. »Solltet Ihr mit uns genauso leicht fertig werden, wie Ihr mit Türen und Toren fertig werdet, dann glaube ich ganz fest daran, daß wir gehen können, wohin wir wollen!«

Jede Bemerkung, die Marjanah machte, schien den Hauptmann nur noch mehr in Zorn zu versetzen. »Das wird dir deine Zunge schneller abschneiden, als du denkst!« sagte er, nachdem es ihm irgendwie gelungen war, sein heftiges Zittern wieder unter Kontrolle zu bringen. »Ich bin mir nicht sicher, ob das in deinem Fall tatsächlich deinen Wert mindern würde!« Er winkte Achmed in einer endgültig wirkenden Geste, während er sein Pferd bestieg. »Bring sie ganz nach hinten, so daß ich so wenig wie möglich mit ihr in Berührung komme!«

Achmed zog die trotzige Sklavin von seinem Anführer fort, doch die Sanftheit, mit der er das tat, war verblüffend. Kassim flehte, während sein Korb erneut auf ein Pferd gebunden wurde, noch einmal darum, zu einem blinden Schneider gebracht zu werden, doch seine Bitten blieben ebenso unerhört wie alle Hoffnungen und Pläne, die sein Bruder, der Holzfäller, gehabt hatte.

Ali Baba mußte sich eingestehen, daß es zum erstenmal in seinem Leben tatsächlich so aussah, als würde sich wirklich alles unwiderruflich, unabwendbar und unumstößlich zum Schlechten wenden.

DAS ZWEITE DER DREI BÜCHER, IN DEM ALADINS GESCHICHTE ERZÄHLT WIRD

Das 15. der 34 Kapitel, in dem sich eine völlig andere Geschichte in den Vordergrund zu drängen droht.

Der Holzfäller erinnerte sich später nur noch dunkel an das, was in den nächsten Stunden geschah.

Einer der Räuber kam zu ihm und gab ihm ein Pferd. Daran konnte er sich noch erinnern. Es war ihm auch klar, daß er irgendwie auf den Rücken dieses Pferdes gekommen sein mußte, denn kurz darauf ritt er inmitten dieser schwarz gekleideten Horde. Er vernahm nichts als das Stampfen von Pferdehufen und ab und zu einen heiseren Ruf, der sie weiter zum Galopp antrieb.

Zurück blieb die Stadt, in der er geboren worden war, die Frau, die er geheiratet hatte, und sein unzulängliches Heim, in dem nun eine beträchtliche Menge Gold gelagert war. Er war nicht fähig, sich über diese Dinge Sorgen zu machen, denn er würde sie wohl nie mehr wiedersehen.

Viel größere Sorgen machte er sich um Marjanah und – ja, er mußte es sich eingestehen – um die Frau seines Bruders Kassim. Sie sollten laut Befehl des verachtenswerten Anführers dieser niederträchtigen Bande in den Palast der Schönen Frauen gebracht werden. Und obwohl der Räuber, der früher einmal ein Holzfäller gewesen war, keine Vorstellung hatte, wie dieser Ort in Wirklichkeit aussah, so ließen ihn doch die zweifelhaften Eigenschaften jener Männer, die eine solche Stätte mit Nachschub versorgten, nichts Gutes ahnen. Vernachlässigte man die Tatsache, daß Kassim weiterhin in sechs Stücke zerhackt blieb, konnte Ali Baba sich durchaus vorstellen, daß sein Bruder sich sofort an einem solchen Ort zu Hause fühlen würde – schließlich war er Angestellter eines Freudenhausbesitzers. Vielleicht, so überlegte sich Ali Baba, gab es in unmittelbarer Nähe des Palastes der Schönen Frauen sogar einen blinden Schneider.

Doch sein Gedankengang stockte, als die Pferde langsamer wurden.

»Sind wir an unserem Ziel angekommen?« fragte der Holzfäller den Räuber, der einmal Aladin genannt worden war und der jetzt an seiner rechten Seite ritt.

»Nein, das liegt immer noch einen halben Tagesritt vor uns«, lautete die Antwort des Räubers. »Wahrscheinlich haben wir einen Ort erreicht, der etwas Zerstreuung bietet.«

»Wie bitte?« fragte Ali Baba, denn er verstand nicht, was Aladin damit sagen wollte.

Achmed, der an der linken Seite ritt, entschloß sich nun, auf die Verwirrung des Holzfällers einzugehen. »Unser Herr und Meister, der Hauptmann aller Räuber, ist ein Mensch, der ..., nun, der sehr geradlinig denkt. Wenn er sagt, daß wir zu dieser oder jener Stelle reiten, dann reiten wir auch dorthin, egal, wie lange es dauert, wie weit der Weg oder wie schwierig das zu durquerende Gelände ist, bis wir unser Ziel erreicht haben. Diese Regel kennt nur zwei Ausnahmen. Eine davon tritt in jenen Momenten in Kraft, in denen unser Trupp unerwartet auf eine Karawane trifft.«

»Zeit, um anzuhalten und zu rauben, hat man immer«, stimmte Aladin zu.

»Allerdings«, fügte Achmed hinzu, »sieht es so aus, als lohne es sich dieser Tage kaum noch, wegen einer Karawane anzuhalten, wenn man sieht, wie gering die Ausbeute ist, die wir dabei machen. Vielleicht wird dies hier die erste sein, die in den Genuß unseres Karawanen-Umverteilungsprogramms kommt.«

»Doch halten wir nicht nur für Karawanen an«, fuhr Achmed fort. »Der zweite Fall tritt dann ein, wenn wir uns einer Situation gegenübersehen, die ein ausreichend hohes Maß an Gefahr birgt.«

»Eine Gefahr, die uns möglicherweise zu viele Räuber kosten könnte«, erklärte Aladin weiter, bevor Ali Baba etwas fragen konnte. »Oh, ich bin sicher, du hast bereits bemerkt, daß wir oft im Verlaufe eines ganz normalen Nachmittags ein oder zwei Räuber verlieren. Doch sollte uns der Verlust eines, sagen wir, guten Dutzends Mitglieder der Truppe drohen ..., nun, selbst unserem Anführer wird ab und zu klar, wie schwierig und zeitraubend es ist, Ersatz für Räuber zu finden.«

»Obwohl es eigentlich nicht wirklich viel Zeit kostet«, widersprach Achmed. »Die Anforderungen für die Aufnahme im Trupp sind tatsächlich äußerst bescheiden.« Er beugte sich nach vorne und tätschelte den Deckel des Korbes, der hoch auf dem Sattel eines Pferdes direkt vor ihm in der Menge ritt. »Und sie werden immer bescheidener.«

»Ihr würdet mich ganz anders behandeln«, entgegnete Kassim mit einer gewissen Gereiztheit, »wenn ich die Gelegenheit gehabt hätte, mich zusammennähen zu lassen!«

»Und dennoch«, mußte selbst Achmed zugeben, »je mehr Zeit darauf verwandt wird, neue Mitglieder zu werben, desto weniger Zeit bleibt für das Gold.«

»Es ist die Kraft, die uns vorantreibt«, fügte Aladin hinzu, und zumindest in diesem Punkt schienen die beiden erfahrenen Räuber einer Meinung zu sein. »Oder die uns, wie in diesem Fall, anhalten läßt.«

Der Räuber, der früher einmal Harun genannt worden war, brachte sein Pferd neben ihnen zum Stehen. »Ich sehe keine Karawane«, war alles, was er zu sagen hatte.

Im nächsten Augenblick hörten sie von vorne Rufe zu ihnen dringen. »Sandsturm! Absteigen! Schutz suchen! Ein Sandsturm kommt auf.«

»Das wird uns Zeit geben, uns auszuruhen«, wandte sich Harun an die anderen.

»Das wird uns Zeit geben, uns vor der Wut der Elemente zu verbergen«, stimmte Aladin zu.

»Das wird uns Zeit geben, uns Sand in die Augen und den Mund blasen zu lassen«, bemerkte Achmed.

Doch der Holzfäller sah sich nicht so ohne weiteres in der Lage, die Sorgen der anderen zu teilen. »Sandsturm?« fragte Ali Baba ein wenig verwirrt. »Nicht einmal die kleinste Wolke ist am Himmel zu sehen.«

»Das stimmt«, erklärte Harun. »Aber was da auf uns zukommt, steht außer jeder Frage. Das ist etwas, was du noch lernen wirst, solltest du lange genug in unserer Truppe überleben. Denn es gibt Räuber unter uns, die mit gewissen außergewöhnlichen Fähigkeiten augestattet sind.«

»Ich weiß, wie recht Nummer Zwölf hat«, meinte der Räuber, der früher Achmed geheißen hatte. »Mein Herr und Meister zum Beispiel, der einmal als Sindbad bekannt gewesen ist, ist bemerkenswert gut darin, alles abzuschätzen, was mit Geld zu tun hat. Und genauso ist dieser andere Räuber, ein besonders dunkelhäutiger Bursche, zu erstaunlich genauen Vorhersagen dessen fähig, was sich in der Wüste zutragen wird.«

Ali Baba erinnerte sich an den Mann mit der dunklen Hautfarbe – und auch an seinen durchdringenden Blick. Er konnte sich gut vorstellen, daß ein Mann mit einem solchen Blick in der Tat eine Menge Dinge wissen mußte. Er teilte seinen unmittelbaren Gefährten seine diesbezüglichen Überlegungen mit.

»Er benimmt sich äußerst sonderbar«, stimmte Aladin zu, und auf seiner Stirn zeigten sich tiefe Sorgenfalten. »Dennoch kommt er mir irgendwie bekannt vor. Es hat sich so viel in meinem Leben geändert, daß es manchmal schwierig ist, sich an Gesichter und Ereignisse der Vergangenheit zu erinnern.«

»Wenn man sich ständig von neununddreißig Männern in schwarzen Gewändern und mit langen Bärten umringt sieht, kommen einem alle irgendwie bekannt vor«, versicherte Achmed seinem Kameraden.

»Vielleicht hast du recht«, entgegnete Aladin, während er sein sorgenumwölktes Gesicht zum Himmel wandte. »Und dennoch, dieser Mann ..., jetzt, wo unser neuer Räuber es anspricht ...« Er stockte, offensichtlich außerstande seine Gedanken in eine bestimmte Richtung zu lenken. »Wenn ich doch nur noch meine Lampe hätte!« Er drohte einem gleichgültigen Himmel mit der geballten Faust. »Doch das führt zu nichts. Wir müssen uns auf den bevorstehenden Wetterumschwung vorbereiten.«

Eine Lampe? Damit hatte Ali Baba also erneut einen Hinweis darauf erhalten, daß einer dieser Männer derselbe sein könnte, von dem die Geschichtenerzähler sprachen! Denn warum sollte ein Mann derart nachhaltig den Verlust einer gewöhnlichen Leselampe bedauern? Es sei denn, so schränkte er ein, diese Lampe hätte ein besonders helles Licht gespendet. Er runzelte ganz ähnlich wie jener Räuber, der vormals Aladin genannt worden war, die Stirn. Solche Überlegungen führten einfach zu keinem Ergebnis. Er sah statt dessen wieder zum Himmel hinauf und entdeckte die ersten Anzeichen von Schwärze am fernen Horizont.

»Deshalb haben sie uns also an dieser Stelle halten lassen«, meinte Harun, der ein wenig vor den anderen hergeritten war. »Direkt vor uns gibt es eine Ansammlung von Felsbrocken, die uns etwas Schutz vor der Wut der Elemente bieten werden.«

Es war, wie dem Holzfäller jetzt erst bewußt wurde, das erste Mal, daß diese Räuberbande sich langsam genug vorwärts bewegt hatte, um ihn tatsächlich etwas von der Umgebung wahrnehmen zu lassen. Sie hatten die Wälder hinter sich und hielten sich nun in einer Ebene mit jener Sorte Gras und niedriger Büsche auf, die man unmittelbar am Rande der Wüste findet. Die ersten Räuber vor ihm führten ihre Pferde einen kleinen Hügel hinunter, mitten hinein in die Ansammlung großer Felsen, von denen Harun eben gesprochen hatte.

Ali Baba hatte schon einmal eine solche Anordnung von Felsen gesehen. »Gibt es dort unten vielleicht auch ein paar Höhlen?«

»Es ist besser, niemals von Höhlen zu sprechen, wenn man sich in der Nähe unseres Anführers befindet«, warnte ihn Achmed leise. »Nummer Eins schätzt Höhlen überhaupt nicht.«

»Aber«, widersprch Ali Baba, und seine Worte entbehrten nicht einer gewissen Folgerichtigkeit, »er bewahrt doch all seine Schätze in einer Höhle auf!«

»Und das ist genau der Grund, warum er sie nicht schätzt«, stimte Achmed zu. »Eine Höhle hat unseren Herrn und Meister gegenüber allen anderen Höhlen verbittert werden lassen.«

Ali Baba erinnerte sich daran, wie die Räuber vor kurzem

behauptet hatten, daß er niemals ganz in der Lage sein würde zu verstehen, was ihre Truppe vorantrieb, weil selten genügend Zeit für lange Erklärungen blieb.

»Kommt«, rief Harun. »Die Sturmwolken ballen sich zusammen.«

»Räuber Nummer Zwölf wäre nie so weit in den Rängen aufgestiegen, wenn er unnötige Risiken eingegangen wäre«, rief Achmed Ali Baba zu, während er schnell nach vorne stürmte, als wollte er dadurch betonen, daß alle sich an dem alten Mann ein Beispiel nehmen sollten.

Und im gleichen Augenblick hörte Ali Baba in weiter Ferne die ersten Anzeichen des aufkommenden Sturms.

Die anderen setzten sich schnell in Bewegung, und Ali Baba strengte sich an, ihnen zu folgen, stieg von seinem Pferd und half den neuen Gefährten, ein großes Segeltuch zwischen zwei Felsbrocken zu spannen, das ihnen als Schutz gegen den drohenden Sturm dienen sollte. Harun wies den Holzfäller an, sich ein paar Bahnen des Stoffes zu nehmen, sie zu befeuchten und sich um das Gesicht zu binden, damit Mund und Augen vor dem Sand geschützt waren.

Als sie mit den wenigen Vorbereitungen, die sie treffen konnten, fertig waren – und dazu gehörten auch die kleinen Teppiche und Kissen, die sie auf dem Boden ausbreiteten, um es bequemer zu haben, sowie zwei Lampen, die ihnen etwas Helligkeit spenden sollten, wenn der Sturm kein Licht von draußen mehr hereinließ – als also all dies erledigt war, trat Harun vor ihren neugebauten Unterschlupf, um noch einmal den Himmel zu betrachten.

»Wir haben noch ein paar Minuten Zeit.« Er drehte sich um und warf einen Blick auf ihre Pferde, die sie hinter der Einfassung aus Segeltuch angebunden hatten, um ihnen soviel Schutz wie möglich vor dem Wind zu bieten. »Kommt, kriechen wir unter die Plane und unterhalten wir uns noch eine Weile, bevor es richtig losgeht.«

Doch Ali Baba war mit ihrer Arbeit noch immer nicht zufrieden, denn er sorgte sich um das Wohl von Marjanah und Kassims Frau.

»Aber was wird denn aus den anderen?« fragte er. »Was ist mit den Frauen?«

»Die anderen werden sich schon so gut es geht durchschlagen«, entgegnete Achmed. »Aber um die Frauen brauchst du dir gewiß keine Gedanken zu machen. Sie werden bei unserem Anführer sein, und der wird den bestgeschützten Winkel in der ganzen Umgebung für sich beansprucht haben. So sorglos Nummer Eins auch mit seinen Männern umgehen mag, er wird niemals jemanden gefährden, der für den Palast der Schönen Frauen bestimmt ist.«

Auf diese Weise beruhigt (Wenn er doch nur gewußt hätte, um was es sich bei diesem Palast handelte!), schien es dem Holzfäller am vernünftigsten, innerhalb der geschützten Enklave zu bleiben. Er konnte jetzt den Wind wehen hören – er blies stetig, mit einem hohen, schneidenden Geräusch, als trüge er die Schreie all jener mit sich, denen er schon den Tod gebracht hatte.

»Doch wir können mehr tun, als nur dem Wind zuzuhören«, sagte Achmed, als er sich seinem Gefährten gegenüber setzte. »Unter uns sind zwei Neulinge.« Er nickte sowohl Ali Baba als auch dem Korb zu, der Kassim enthielt. »Gibt es denn eine bessere Entschuldigung dafür, die Geschichten unseres Lebens noch einmal zu erzählen?«

Jeder der drei älteren Räuber stimmte diesem Vorschlag augenblicklich zu. Man stritt sich noch ein Weilchen darüber, welche der Geschichten es wohl am ehesten wert war, erzählt zu werden. Harun machte versteckte Andeutungen, die eine Unzahl von äußerst komplizierten Scherzen betrafen, und Achmed steigerte ihre Neugier, indem er auf Sindbad und seine zahlreichen Reisen anspielte. Während dieses ganzen Hin und Hers schien der Räuber, der einmal Aladin genannt worden war, seltsam ruhig zu bleiben. Schließlich kam man überein, verschieden lange Grashalme zu ziehen, ein Vorgang, der von dem Räuber, der früher Aladin geheißen hatte, überwacht werden sollte. Derjenige, der den längsten Grashalm zog, sollte seine Geschichte erzählen dürfen.

Sehr schnell schon – und offensichtlich wunderte sich niemand besonders darüber – stellte sich heraus, daß der

Sieger dieses Wettkampfes Aladin hieß. Ali Baba warf den anderen einen fragenden Blick zu, als vermutete er, daß es bei diesem Glücksspiel nicht ganz mit rechten Dingen zugegangen wäre.

»Er ist nun einmal kräftiger als wir beide«, beantwortete Achmed die unausgesprochene Frage des Holzfällers, »und selbst in einem fairen Kampf würde er Sieger bleiben.«

»Was nicht heißen soll, daß wir keine Einwände anmelden«, fügte Harun schnell hinzu.

»Wenn auch nur ganz leise«, ergänzte Achmed nach einem warnenden Blick von Seiten des ausgelosten Geschichtenerzählers.

»Dieser Räuber da, der neu in unseren Reihen aufgenommen wurde, hat mir Fragen gestellt, die mich beunruhigt haben«, gab der Mann, der vormals Aladin genannt worden war, zu, während er sich auf die Kissen sinken ließ. »Und jetzt spüre ich, daß ich mein Leben noch einmal ganz genau an mir vorüberziehen lassen muß, um herauszufinden, inwieweit meine Vergangenheit mit meiner gegenwärtigen Lage zusammenhängt und vielleicht sogar mein zukünftiges Schicksal bestimmt.«

»Kein Mensch kann sein eigenes Schicksal voraussagen«, warnte ihn Harun, während auch er sich in einer ähnlich bequemen Stellung niederließ.

»Obwohl manch einer den lieben langen Tag nichts anderes tut, als darüber zu reden«, stimmte Achmed zu, und auch er setzte sich auf den Boden. »Doch beginnen wir mit der Geschichte, bevor der Sandsturm es unmöglich macht, noch etwas zu hören.«

Ali Baba schien es am besten, sich den anderen anzuschließen, und sammelte so viele der übriggebliebenen Kissen, wie er benötigte, es sich bequem zu machen. Zwei besonders große und flauschige Kissen hob er für seinen Bruder auf, so daß auch Kassim, das heißt, vielmehr sein Weidenkorb, in den Genuß eines angemessenen Polsters kam.

»Nun gut«, begann Aladin, als er sah, daß alle um ihn herum bequem saßen. »Und ich empfehle euch, jedem meiner Worte zu lauschen, denn ich habe die unbestimmte Ahnung, daß diese Geschichte den Schlüssel zu unser aller Schicksal enthalten könnte, einschließlich der Möglichkeit, dieser niederträchtigen Bande von Räubern zu entfliehen.«

»Nun, das muß man ihm zugestehen«, meinte Achmed mit leiser Bewunderung in der Stimme und einem äußerst zurückhaltenden Pfeifen. »Er weiß, wie man die Aufmerksamkeit seiner Zuhörer gewinnt.«

Und während der Wind draußen immer lauter wurde, begann Aladin mit seiner Geschichte.

Das 16. der 34 Kapitel, in dem eine neue verzwickte Geschichte beginnt und eine alte noch verzwickter wird.

»So wisset denn, daß ich nicht immer ein Räuber war, auf den die Leute geringschätzig hinabblickten«, sagte der Räuber, der einmal Aladin genannt worden war. »Vor langer, langer Zeit war ich ein junger Straßenbengel, auf den die Leute geringschätzig blickten, doch fand ich zwischen diesen beiden Stationen großen Reichtum und lebte für eine Zeitlang in einem unvergleichlich prunkvollen Palast.«

»Wie viele von uns«, beeilte sich der, dessen Name einmal Harun al Raschid gelautet hatte, zu erwähnen.

»Man muß derartigen Geschichten nur lange genug zuhören«, stimmte Achmed zu, »dann wird die Rede unweigerlich auf unvergleichlich prunkvolle Paläste kommen. Es ist wirklich erstaunlich, wo diese Räuber alle einmal gelebt haben.«

»Ja, doch«, entgegnete Aladin und zeigte schon etwas weniger Geduld als zuvor, »doch ich erzähle jetzt meine Geschichte, und ich wäre euch dankbar, wenn ihr euch nicht immer in den Vordergrund drängen und mir das Wort entreißen würdet.«

»Wie es jeder gute Räuber tun würde«, meinte Achmed. »Unser einziger Lebensinhalt besteht darin, anderen Leuten etwas zu entreißen.«

»So will uns unser Anführer zumindest glauben machen«, schränkte Aladin ein. »Aber ich habe mit meiner Geschichte ja noch nicht angefangen.«

»Mein Palast war auch unvergleichlich prunkvoll«, unterbrach Harun, und seine Stimme verriet, daß er nicht weniger verdrossen war.

»Der Palast war doch gar nicht wichtig«, erwiderte Aladin, »jedenfalls nicht zu einem so frühen Zeitpunkt meiner Geschichte.«

»Paläste sind stets von größter Bedeutung«, antwortete Harun nachdrücklicher, als Ali Baba ihn je zuvor gehört hatte.

Doch Nachdruck hin, Nachdruck her, Aladin entschloß sich, den Einwurf zu überhören. »Wie ich bereits sagte«, fuhr er statt dessen fort, »war ich ein unbesorgter Bursche von wenig mehr als einem Dutzend Jahren, der seine Tage mit nutzlosen Beschäftigungen verbrachte, wie junge unbesorgte Burschen das eben tun, die den Kopf nur voller unschuldiger Spielchen wie Sand-Ringkämpfe und Fezball haben.«

»Wie viele Minarette hast du gehabt?« fragte Harun in ausgesprochen scharfem Ton.

»Das spielt doch gar keine Rolle«, meinte der Räuber, der einmal Aladin genannt worden war. »Und so beachtete ich das Flehen meines hart arbeitenden Vaters und meiner leidgeprüften Mutter nicht, die mich eindringlich baten, mir einen Beruf zu suchen. Ich zeigte so wenig Begeisterung, daß es meiner Familie nicht gelang, jemanden zu finden, der mich als Lehrling haben wollte. Also nahm mich mein Vater in seiner eigenen Werkstatt auf und versuchte, mich mit den Grundlagen des Schneiderhandwerks vertraut zu machen.«

»Schneider?« erklang Kassims Stimme. Also war er vielleicht doch nicht eingeschlafen. »Hat da jemand gesagt, daß er als Schneider ausgebildet wurde?«

»Doch ach«, entgegnete Aladin traurig, »die Lehre zeigte keinerlei Erfolg, war ich doch viel mehr daran interessiert, mit meinen kindlichen Spielchen fortzufahren. Und so kam es, daß ich Tag um Tag vertrödelte, Monat um Monat, Jahr um Jahr, bis mein Vater plötzlich von einer Krankheit befallen wurde und starb.«

»Das ist sehr bewegend, wirklich«, meinte Kassim in einem Ton, in dem er für gewöhnlich Ali Baba abzutun pflegte. Dieser Ton änderte sich allerdings bei seinen nächsten Worten. »Doch ganz sicher beherrschst du auch heute noch Nadel und Faden wie ein Schneider.«

»Nun, ich denke, daß ich durchaus noch dazu in der Lage bin, eine Nadel in irgend etwas hineinzustecken – wenn man mir zu sehr auf die Nerven geht«, antwortete Aladin, und seiner Stimme war anzuhören, daß es bis dahin nicht mehr weit sein konnte. »Doch nach dem Tode meines Vaters war meine Mutter gezwungen, mühsam unseren Lebensunterhalt zu verdienen, indem sie die Wäsche anderer Leute wusch, und selbst wenn ihre vom Alter geschwächten Hände und Augen vom ersten Licht des Tages bis spät in die Nacht hinein arbeiteten, so war doch alles, was sie sich leisten konnte, eine Kruste trockenen Brotes und etwas, nun, sagen wir überreifes Gemüse, das kaum gut genug war, um es den Ziegen vorzuwerfen. Und mit dieser mageren Kost gelang es ihr nicht nur, sich selbst durchzuschlagen, sondern auch noch ihren unbekümmerten Sohn zu ernähren.«

»Jetzt, wo ich genügend Zeit hatte, darüber nachzudenken«, fuhr Kassim fort, vielleicht an Aladin gewandt, vielleicht aber auch ohne jemand bestimmtes anzusprechen, »bin ich überzeugt davon, daß ich nur dann eine Zukunft habe, wenn man mich wieder zusammennäht.« Ali Baba mußte feststellen, wie schwierig es war, all die Feinheiten einer Unterhaltung mitzubekommen, wenn der Kopf dessen, der redete, tief in einem Weidenkorb steckte.

Aladin ließ sich jedoch nicht länger davon abhalten, seine Geschichte zu erzählen. »Niemand kann voraussagen, was das Schicksal für einen bereithält. Oder zumindest niemand, der dem rechten, von Allah vorgegebenen Pfad folgt. Was, so fragt ihr euch sicher, will ich wohl mit dieser Bemerkung sagen?«

»Es mag schon sein, daß du einen Palast verloren hast«, antwortete Harun auf eine völlig andere Frage, »doch bezweifle ich, daß seine Minarette so zahlreich oder prächtig waren wie die des prunkvollen Palastes, den ich verloren habe!«

»Sehr schön«, fuhr Aladin fort, ohne dabei jemanden anzusehen. Statt dessen starrte er entschlossen auf eine Stelle irgendwo über den Köpfen aller Anwesenden. »Ich werde keinerlei Fragen beantworten, sondern ohne

Umschweife fortfahren und die wahre Geschichte meiner Jugend erzählen. Es geschah also, daß meine hart arbeitende Mutter und ihr nichtsnutziger Sohn unerwartet Besuch erhielten. Er gab sich als mein Oheim aus, als Bruder meines Vaters. Und obwohl mein Vater in all den langen Jahren, in denen er mit meiner Mutter verheiratet gewesen war, niemals einen Bruder erwähnt hatte, und obwohl ihr, wenn ihr genau hinseht, an meinen leicht schräg gestellten Augen und der Farbe meiner Haut erkennen könnt, daß meine Vorfahren aus China kommen, und der Mann, der mit uns verwandt zu sein behauptete, von sehr viel dunklerer Tönung war, als stamme er von den Mohren ab, ja, trotz alledem wiesen wir den Fremden nicht ab. Denn er überhäufte uns mit Gold, zuerst nur mich, dann auch meine Mutter, und verschaffte uns manch üppige Mahlzeit und andere kleine Annehmlichkeiten, auf die meine Mutter seit dem Tode meines Vaters hatte verzichten müssen.

Was machte es also schon, wenn er meinem Vater in nichts ähnelte und sich auch ansonsten so benahm, als wären ihm unser Land und unsere Sitten und Gebräuche vollkommen fremd? Angesichts der Menge Gold, die er so großzügig verteilte, war er über jeden Zweifel erhaben.

Doch zu dieser bemerkenswerten Zeit geschah noch eine andere wundersame Sache. Es war ganz so, als ob man lange Zeit durch die größte aller Wüsten gewandert wäre und plötzlich nicht nur auf eine blühende Blume stieße, sondern gleich auf zwei.

Bei dem ersten Mahl, das die drei Mitglieder dieser neu zusammen gefundenen Familie geteilt hatten, hatte der Fremde enthüllt, wer er sei, nämlich der Oheim des nichtsnutzigen Bengels. Während eines zweiten Mahls verriet er ihnen, daß es noch einen zweiten Grund gäbe, warum er seine Familie gesucht habe – außer dem verständlichen Wunsch nach seiner Wiedervereinigung mit seinen Lieben. Und dieser Oheim sagte auch, daß er ihnen diesen Grund während einer dritten Mahlzeit mitteilen würde, und diese letzte Mahlzeit daher die beiden anderen an Üppigkeit und Erlesenheit der Speisen noch übertreffen sollte. Er überhäufte Aladin und seine Mutter mit einer solchen Menge Gold, daß sich seine früheren Gaben dagegen bloß wie ein paar aufgewirbelte Staubkörner gegenüber einem Sandsturm ausnahmen.

Doch ich habe von einer zweiten, wundersamen Begebenheit gesprochen, die dem jungen Burschen noch herrlicher und erstaunlicher vorkam als der unerwartete Wohlstand.

Es geschah also, daß der junge Aladin eine Handvoll dieses dritten Beweises der Großzügigkeit des Fremden nahm und sich auf den Weg machte, um die Zutaten einzukaufen, mit denen er ein noch prächtigeres Mahl zuzubereiten gedachte als die, die er, seine Mutter und der Mann, der behauptete, sein Oheim zu sein, zuvor genossen hatten. Plötzlich wurde er jedoch von einem großen Tumult aufgehalten. Und bald schon erkannte Aladin, daß dies keiner der gewöhnlichen Tumulte war.

›Gebt acht!‹ riefen drei Stimmen, die für ihre Lautstärke eigentlich viel zu hoch waren. Drei gewaltige Eunuchen, jeder so groß wie ein Mann, der auf der Schulter eines zweiten kauert – und genauso ›umfangreich‹ –, marschierten durch die Straßenmitte und verkündeten, daß alle Männer verschwinden und sich in ihren Häusern verbergen müßten, denn die schöne Prinzessin Badabadur verspüre den Wunsch, über den Marktplatz zu spazieren. Sollte es irgendein Mann wagen, sie ohne Erlaubnis anzublicken, würde diese Taktlosigkeit augenblicklich mit dem Tode bestraft werden.

Aldadin wurde von einer großen Furcht gepackt, daß sein Leben schon so bald, nachdem er zum ersten Mal ein wirklich ausgewogenes und vollständiges Mahl zu sich genommen hatte, enden könnte, und suchte rasch ein Viertel auf, in dem er sich zu verbergen trachtete, so daß sein Gesicht von der Straße aus nicht mehr gesehen werden konnte. Doch das Schicksal wollte es, daß eben jene Gasse, in die er in seiner Angst eingebogen war, nicht zu dem Teil der Stadt gehörte, in dem es Stände und Läden gab, sondern eher ein Wohnviertel war, in dem sich die einzelnen Häuser hinter hohen Mauern verbargen. Wohin sollte der junge Bursche sich wenden, wenn es zu beiden Seiten nichts als steinerne Hindernisse und verschlossene Türen gab?

›Gebt acht!‹ erklangen die Stimmen erneut. ›Wenn wir ein zweites Mal hier vorbeikommen, wollen wir keine Menschenseele mehr antreffen, sonst ist ihr Leben verwirkt!‹

Vielleicht, so überlegte Aladin, konnte er sich gegen eines dieser verschlossenen Tore werfen und es aufbrechen oder eine Weinranke finden, an der er über eine dieser festungshohen Mauern klettern konnte. Doch bis auf ein paar krüppelige Büsche hier und da schien es kaum Pflanzen zu geben, und die metallenen Gitterwerke, mit denen die Tore geschmückt waren – zumindest die, die der Bursche sich Zeit nahm zu untersuchen –, waren mit einer Unmenge scharfer und nicht sehr einladend aussehender Dornen und Spitzen versehen. In diesem Teil der Stadt wurde ein Straßenengel wie Aladin nirgendwo gerne aufgenommen.

›Gebt acht!‹ erklangen die Stimmen, die immer näher kamen. ›Denn unsere Schwerter sind gezogen, und sie schneiden jedem Sterblichen das Herz aus dem Leib, noch bevor er einen Laut von sich gegeben hat!‹

Oh, es war ungerecht, daß sein Leben so enden sollte! Zum ersten Mal wünschte Aladin sich, daß er sich ein erstrebenswerteres Ziel in seinem armseligen Leben gesetzt hätte, als die Meisterschaft im nachbarlichen Fezball zu erringen.

›Gebt acht!‹ erklang die immer näher kommende Warnung. ›Denn unsere Ohren sind scharf und hören auch das leiseste sehnsüchtige Seufzen eines Mannes!‹

Aladin sah sich nicht länger nach einer Mauer oder einem Tor um, hinter denen er sich verstecken konnte. Fieberhaft suchte er nach einem Gegenstand, egal welchem, der ihm Schutz vor Entdeckung bieten konnte.

›Gebt acht!‹ erklangen die Stimmen, die sich nun anhörten, als kämen sie von der nächsten Straßenecke. ›Denn unsere Augen sind klar und scharf und können den Bewegungen einer Mücke in fünfzig Schritt Entfernung folgen.‹

In diesem Augenblick fiel der Blick des Jungen auf eine etwas vertiefte Stelle unmittelbar hinter dem letzten Tor in der Häuserreihe. Und in dieser Vertiefung standen drei niedrige Büsche, wie sie für gewöhnlich in diesem Teil der Stadt zu wachsen pflegten, und außerdem gab es dort drei große Gefäße aus Steingut. Es war die Sorte von Gefäßen, in denen man die weniger angenehm duftenden Überbleibsel eines Haushaltes verstaute, bis die Sklaven Gelgenheit fanden, sie zum Fluß zu schleppen.

Aladin tauchte hinter den dicht zusammenstehenden Büschen und Gefäßen unter, als die schrillen Stimmen erneut ihre Botschaft verkündeten.

›Gebt acht!‹ riefen sie im Gleichklang. ›Denkt erst gar nicht daran, euch vor uns zu verstecken, denn kein Mann ist dazu imstande, einen Blick auf die unglaubliche Schönheit der Prinzessin Badabadur zu werfen, ohne einen Ruf der Verzückung und des Verlangens auszustoßen!‹

Und dann hörte Aladin die schweren Schritte der Eunuchen auf dem Schmutz der Straße. Er schlang seine Hände um die Knie, bemüht, auch nicht die kleinste Bewegung auszuführen, ja, er hielt sogar den Atem an. Und als er so laut- und bewegungslos wie ein Stein geworden war, konnte er die drei großgewachsenen Eunuchen belauschen, wie sie sich unterhielten, bevor sie ihre nächste Warnung ausriefen.

›Soweit keine besonderen Vorkommnisse‹, sagte der erste der drei. Von einem günstigen Blickwinkel zwischen zweien der Steingutgefäße aus konnte Aladin sehen, daß der erste ein kleines Stück vor den beiden anderen ging, als ob dieser Eunuch ihr Anführer wäre. ›Ach, wir sind nun einmal die gehorsamen Diener einer jeden Laune unserer Prinzessin.‹

›Ich wünschte, die Prinzessin hätte etwas weniger von diesen Launen‹, beklagte sich der zweite der drei. ›Immer tun mir die Füße weh, wenn wir uns auf diese Streifzüge begeben.‹

›Ach, wären es doch nur meine Füße, die mir zu schaffen machen‹, jammerte der dritte Eunuch und faßte sich an den Bauch. ›Ich war heute mittag sehr unklug in der Wahl meiner Speisen.‹

›Es ist Zeit‹, sagte der erste nur. Die beiden anderen stimmten mit ein, als er rief: ›Gebt acht! Die Prinzessin Badabadur wandelt unter euch!‹

Während er sich vor dem Zorn und der Rache der Eunuchen versteckte, entdeckte Aladin noch einen weiteren Grund, den Atem anzuhalten, denn die Gefäße dicht vor seiner Nase standen kurz vor dem Überquellen, und ihrem doch recht ausgeprägten Geruch nach zu schließen, schienen sie dazu bestimmt, in nicht allzu ferner Zukunft zum Fluß gebracht zu werden.

Doch alle Gedanken an gewisse Düfte, ja, alle Gedanken, die jemals durch den Kopf des Jünglings gehuscht waren, waren bei dem Anblick, der sich ihm als nächstes bot, mit einem Mal wie weggewischt. Denn da erschien ein Mädchen, gehüllt in Gewänder von der Farbe des Sonnenlichts, und allein die Andeutung ihres Lächelns war schon wärmer als die Sonne selbst. Sie schritt nicht über die Straße, nein, sie tanzte vielmehr, und ihre zierlichen Füße, die in goldbesetzten Sandalen steckten, schienen den Boden kaum zu berühren.

›Das hier ist eine ziemlich langweilige Straße‹, sagte sie mit einem Seufzer, und ihre Stimme klang traurig und schön wie das Lied einer Nachtigall. ›Keine Läden oder Stände oder sonst etwas, das mir Ablenkung bieten könnte.‹ Doch alle Traurigkeit der Welt fand ihr Ende, als sie erneut lächelte. ›Dennoch, alles in allem gesehen, gibt es zu beiden Seiten der Straße sehr schöne und starke Mauern. Und in diesen Mauern gibt es reich verzierte und furchteinflößende Tore, nicht wahr? Und schaut, dort drüben, die wirklich exquisite Ansammlung von Steingutgefäßen und Büschen!‹

Und diese letzte Bemerkung bedeutete, daß die Prinzessin genau zu Aladins Versteck hinübersah. Daß jemand, der so schön war, fast einen Blick auf jenes unwürdige Kind der Straße warf, das war mehr, als der Jüngling zu ertragen vermochte. Jeder Gedanke an riesige Eunuchen mit schnellen, scharfen Schwertern war wie weggewischt. Aladins Mund öffnete sich, und ungewollt stahl sich ein Ausruf auf seine Lippen, den er nur dadurch zu dämpfen vermochte, daß er sich die Faust zwischen die Zähne steckte. Die drei Eunuchen blieben stehen, und zwar nur ein paar Schritte von der Stelle entfernt, an der sich der unglückliche Aladin verbarg.

›War das nicht das verlangende Seufzen eines Mannes?‹ fragte der Eunuch, der die beiden anderen anführte.

›Es hörte sich mehr nach jemandem an, der sich auf die Faust beißt, um ein Stöhnen zu unterdrücken‹, meinte der zweite, der diesen Halt nutzte, um sich an die nächste Mauer zu lehnen und seinen linken Fuß zu massieren.

›Entschuldigt mich‹, sagte der dritte Eunuch und umfaßte seinen Bauch noch heftiger als zuvor. ›Wie ich schon sagte, ich hätte diesen exotischen Käse nicht essen sollen.‹

Nachdem er das gesagt hatte, verstärkte der dritte Eunuch die Winde, die in dieser Gasse wehten, durch eine außerordentlich heftige Blähung, die klang, als würde ein großer Vogel von einem ganzen Stapel Holz zermalmt.

›Die Geräusche, die du hervorbringst, sind besonders prächtig‹, meinte ihr Anführer, während die drei wieder in ihren alten Marschschritt verfielen und eine schützende Mauer aus Fleisch vor der Prinzessin errichteten.

Bedeutete das etwa, daß diese drei geschlechtslosen Soldaten in der Überzeugung weiterziehen würden, daß es hier nichts gab, was ihre Aufmerksamkeit verdiente? Der Jüngling konnte kaum an sein Glück glauben. Doch das Schicksal ließ ihn nicht ganz ungeschoren davonkommen, denn zufällig befand sich Aladin genau hinter dem dritten sich zurückziehenden Mann und kam so in den Genuß eines neuen Duftes, den der Wind ihm zutrug und gegen den der Gestank aus den Steingutgefäßen um ihn herum lieblich wie der Wohlgeruch von Frühlingsblumen erschien.

Von diesem neuen Duft war der Junge so überwältigt, daß er sich erst davon erholt hatte, als die Eunuchen und die Prinzessin schon ein Stück weit außer Sichtweite waren. Doch zu diesem Zeitpunkt war der größte Schaden bereits angerichtet. Aladin wußte, daß seine Kindheit und all seine kindlichen Spiele schließlich doch noch zu einem Ende gekommen waren. Er hatte jetzt ein klares Lebensziel vor Augen, denn sein Herz gehörte nicht länger ihm. Er wußte, daß er diese Prinzessin heiraten mußte, sonst würde er ganz sicher sterben.«

Räuber Nummer Dreißig hielt inne, und seine Augen schienen in weite Fernen zu blicken.

»Meine früheren Gefährten hatten ein ähnliches Problem«, warf der Räuber ein, der einmal Achmed genannt worden war. »Nun, so ähnlich nun auch wieder nicht, denn die Königin der Affen war darin verwickelt.«

Aladin blinzelte und starrte den jüngeren Räuber mit einiger Bestürzung an, als ob die bloße Erwähnung einer Affenkönigin schon ausreichte, nicht nur die Träume, die er hegte und pflegte, sondern auch seine völlige Konzentration zu zerstören. Und in der Tat, eben diese Erwähnung einer tierischen Majestät hatte das Interesse des Holzfällers geweckt, trotz der Faszination, die Aladins Erzählung auf ihn ausübte. Ali Baba wurde klar, daß das Geschichtenerzählen so schnell kein Ende nehmen würde, sollte er lange genug inmitten dieser Truppe überleben.

»Ich werde jetzt fortfahren«, sagte Aladin mit einer gewissen Schroffheit in der Stimme, »denn ich spüre, daß diese Geschichte im Gegensatz zu jedweder Erwähnung von Palästen und Affenköniginnen von größter Wichtigkeit für unser zukünftiges Wohlergehen sein könnte.«

»Schneider?« rief Kassim derart unvermittelt, daß die Vermutung nahe lag, er sei gerade eben erst aus dem Schlaf erwacht. »Das hatte ich fast vergessen. Denk doch nur einmal, wieviel mehr Applaus du für deine Geschichte ernten könntest, wenn du gleichzeitig mit Nadel und Faden hantieren würdest. Was könnte noch freundlicher sein?«

»Freundlich?« entgegnete Aladin und verlieh seiner Stimme noch mehr Nachdruck als zuvor. »Ich werde so freundlich sein, deine einzelnen Körperteile derart in der Gegend zu verstreuen, daß sie nie wieder zusammenfinden können!« Er hielt inne und fuhr dann in sanfterem Ton fort. »Verzeih mir. Mein Leben als Räuber hat mich ein wenig schroff und kleinlich werden lassen. Ich weiß, wie sehr du gelitten hast und zweifellos noch immer leidest. Doch bitte halte dich mit deinen Zwischenrufen zurück, oder ich werde deinen Kopf aus dem Zelt werfen, als Spielball für die Schakale.«

»Das war freundlich gesprochen«, erwiderte Kassim in einem respektvolleren Ton. »Meine Körperteile werden ruhig und still in ihrem Korb verweilen.«

Doch Ruhe und Stille sollten nicht zu diesem Tag gehören, denn in diesem Augenblick verdoppelte der Wind seine Stärke und rüttelte so heftig an dem Segeltuch, daß es Ali Baba schien, als trete ein Riese draußen gegen den Stoff.

»Und ich werde *doch* mit meiner Geschichte fortfahren«, meinte Aladin etwas lauter als zuvor, »denn zu guter Letzt sind wir trotz aller Störungen an ihrer wichtigsten Stelle angelangt.«

»Dem Palast?« unterbrach Harun in gleicher Lautstärke.

Der geschichtenerzählende Räuber schüttelte müde sein Haupt. »Nein«, rief er zurück. »Jetzt, wo ich darüber nachdenke, war der Palast, obwohl er groß, ja geradezu gewaltig und ziemlich bequem war, bei weitem nicht so bedeutend wie das, was ich als nächstes erzählen werde.«

»Ich bin der Meinung«, brüllte Harun, dem es trotz des Lärmes gelang, die Nase verächtlich zu rümpfen, »daß Paläste immer bedeutend sind.«

»Besonders, wenn man nicht länger Zugang zu ihnen hat!« fügte Achmed mit lauter Stimme hinzu, die dennoch fast ganz im Sturm unterging.

Ali Baba entdeckte die ersten Spuren von Sand, die dort in ihren Unterschlupf hineingewirbelt wurden, wo sie das Zelttuch mit Steinen gesichert hatten.

»Vielleicht solltest du mit deiner Geschichte warten, bis der Wind sich gelegt hat!« rief Harun. »Obwohl: Wer weiß schon, was das für eine Geschichte ist, die noch nicht einmal einen ...« Den Rest des Satzes übertönte der draußen heulende Sturm. Ali Baba stellte fest, daß inzwischen eine ganze Menge Sand durch die Ritzen in ihre Zufluchtsstätte eindrang. Er blinzelte, als ein Teil davon in seine Augen flog.

Ali Baba deutete auf das wellenschlagende Tuch. »Seid ihr sicher, daß das hält?« rief er, ohne jemand direkt anzusprechen.

»Wäre besser, wenn es das täte!« brüllte Achmed ihm zur

Antwort ins Ohr. »Ansonsten könnte es gut sein, daß unser Leben verwirkt ist!«

»Unsinn!« erwiderte Aladin mit einer Stimme, die laut genug war, daß man sie immer noch leise über dem Lärm des Windes hören konnte. »Wir haben so selten die Gelegenheit, unsere Geschichten zu erzählen, daß es schon mehr braucht als einen gewöhnlichen Sturm, um mich aufzuhalten!«

Genau in diesem Moment erhob sich eine Bö, die noch stärker war als die vorherige, und ließ das Segeltuch über ihren Köpfen zusammenbrechen.

»War nett, euch kennengelernt zu haben!« rief Achmed noch, während der Sand und das dunkle Tuch die Welt um sie herum auslöschten.

Und genau in diesem Augenblick gab die Erde unter Ali Babas Füßen nach.

Das 17. der 34 Kapitel, in dem sich nicht nur in der Erde Löcher auftun, sondern möglicherweise auch in der Geschichte.

Ali Baba konnte nicht sagen, ob einer seiner Gefährten einen Schrei ausstieß. Der heulende Sturm über ihnen übertönte jedes Geräusch. Ringsum herrschte Dunkelheit und das höchst unangenehme Gefühl, in eine bodenlose Tiefe zu stürzen.

Ali Baba schien es ratsam, den Mund zu schließen, denn dieser begann sich mit Sand zu füllen. Er landete mit einem heftigen Aufprall, aber scheinbar unverletzt, was zum Teil ganz sicher daran lag, daß sein neuer Ruheplatz aus nichts anderem als Dreck und Kissen bestand.

In seiner Bestürzung bemerkte Ali Baba erst gar nicht, daß das Geräusch des Windes abgeklungen war, bis er die Stimme seines Bruders vernahm.

»Was ist mit uns geschehen?« rief Kassim. »Ich kann nicht aus meinem Korb hinaussehen!«

»Was das betrifft«, antwortete Achmeds Stimme, »ergeht es uns dieses eine Mal auch nicht besser als dir.«

»Es sieht so aus, als hätte ich meine Hand verloren!« schrie Kassim in wachsender Panik. »Nein, vielleicht hat meine Hand auch nur den Rest von mir verloren.«

»Wir sind irgendwo hinuntergefallen«, stellte Harun fest, und seine Stimme nahm jenen befehlsgewohnten Ton an, der älteren Leuten zuweilen eigen ist. »Doch ich denke, daß all unsere Sachen mit uns gefallen sind.«

»Ja, doch, ich scheine vollständig, wenn auch völlig verstreut zu sein«, murmelte Kassim, als wolle er dem älteren Räuber zustimmen. »Vielleicht habe ich den Deckel meines Korbes verloren.«

»Wenn es mir gelingt, eine Lampe zu finden«, bemerkte Harun, »und falls das Öl darin noch nicht ganz ausgetrocknet ist ...« Es gab eine Pause, in der Ali Baba anhaltendes Scharren, Schlurfen und Klimpern hörte.

Irgend jemand schrie plötzlich in der Dunkelheit auf.

»Tut mir leid«, erwiderte Kassims Stimme, »ich habe nur versucht, mich ein wenig vorzutasten.«

»Aha!« rief Harun triumphierend. »Ich glaube, ich habe genau das gefunden, was wir brauchen. Wenn mein Zunder jetzt noch immer in den Falten meines Gewandes verborgen ist ...«

Einen Moment später leuchtete eine Reihe von kleinen Blitzen auf. Ali Baba mußte einen Augenblick lang die Augen vor dem gleißenden Licht verschließen. Er blinzelte und versuchte, die anderen auszumachen. Sie schienen noch alle zusammen zu sein, obwohl jeder seiner Gefährten etwas verwirrt schien.

»Wo sind ...«, begann Aladin, bevor er ein zweites Mal aufschrie. »Würdest du dieses Ding da von mir wegnehmen?«

»Welches Ding?« fragte Harun und starrte stirnrunzelnd in die Düsternis.

»Diesen abgeschlagenen Arm ... Das heißt, diesen Teil von Räuber Nummer Vierzig!« Aladin wies auf Ali Baba. »Du da! Du bist sein Bruder, oder nicht? Sieh zu, daß du ihn wieder zusammenklaubst!«

»Das würde er tun«, stimmte Kassims Kopf zu, der jetzt aus dem Korb hervorlugte, »wenn er auch nur ein bißchen Verantwortungsgefühl gegenüber seiner Familie besäße. Und damit meine ich nicht nur, daß er hier meine einzelnen Teile zusammenraffen sollte, sondern auch, daß es seine Pflicht wäre, einen fähigen, wenn auch vielleicht blinden Schneider für mich ausfindig zu machen!«

Der ehemalige Holzfäller schenkte diesen bösen Worten seines Bruders keinerlei Beachtung. Er war ziemlich verblüfft über Aladins Empfindlichkeit. »Was bereitet dir denn Schwierigkeiten?« fragte er höflich. »Sind wir nicht alle – ich bitte um Verzeihung – *abgehärtete* Räuber?«

»Räuber sind eigentlich nicht zum Handel mit Körperteilen berufen!« entgegnete Aladin mit einem Schaudern. »Sag mir das noch einmal, wenn wir die vierzig Mörder genannt werden!«

Gehorsam erhob sich Ali Baba von dem Platz, auf den er gefallen war, und kletterte über die Stapel von Teppichen und Kissen.

»Wir scheinen in eine ziemlich große Höhle gefallen zu sein«, meinte Harun, während er sein Licht hochhielt und einen Blick auf die Umgebung warf. »Unser Lager auf dem Sand muß wohl zusammen mit dem Sturm irgend eine Öffnung freigelegt haben.«

»Bitte, hör auf, dich so zu winden«, befahl Ali Baba seinem Bruder, während er den Arm einsammelte, um ihn wieder in den Korb zu stecken.

»Du hast gut reden«, verteidigte sich Kassim. »Aber wenn man nichts hat außer einem Arm, dann besteht die einzige Form der Fortbewegung nun mal im Herumwinden.«

»Ich werde dich auf deine Kissen zurücksetzen«, meinte der bescheidene Ali Baba mit großer Geduld. Er legte den Arm sanft zu Kassims anderen Teilen, dann hob er den Weidenkorb auf, um ihn in eine stabilere Lage zu bringen.

»Vorsicht, Vorsicht!« ermahnte ihn sein Bruder, als seine Körperteile beim Tragen durchgeschüttelt wurden. »Wenn man auf die Art und Weise durch die Welt reist, wie ich es tue, bekommt das Wort ›Brechreiz‹ eine ganz andere Bedeutung.«

»Sprich nicht von Brechreiz!« rief Aladin. Seiner Gesichtsfarbe nach zu schließen, schien er mit diesem Wort bereits allzu vertraut zu sein.

»Wir scheinen diese Prüfung heil überstanden zu haben«, sagte Achmed freundlich und fügte mit einem Seitenblick auf Aladin hinzu: »Nun, einige von uns vielleicht weniger als andere. Und hier sind wir viel geschützter vor dem Sturm als vorher. Nummer Zwölf! Kannst du erkennen, wo wir gelandet sind?«

Harun hielt seine Lampe über den Kopf. »Dieses Gewölbe ist sehr groß, vielleicht so groß wie die Höhle, in der unser Anführer das Gold versteckt hat.«

Dieser Bemerkung folgte ein Augenblick der Stille. Zum

ersten Mal vernahm Ali Baba eine Andeutung des Sturmes über sich, doch er hörte sich jetzt erstaunlich weit entfernt an.

»Dein Herumhantieren mit der Lampe bringt mich auf meine Geschichte zurück«, meinte Aladin. »Ganz zu schweigen davon, daß das Geschichtenerzählen mich von bestimmten anderen Ereignissen der jüngsten Vergangenheit ablenken könnte!«

»Fahr auf jeden Fall fort«, ermutigte ihn Achmed, »denn dem Geräusch des Sturmes nach zu urteilen, werden wir eine lange Zeit totzuschlagen haben.«

»Und totschlagen werde ich sie«, sagte Aladin mit fester Überzeugung. »Meine Geschichte geht folgendermaßen weiter: Nachdem ich die schönste Prinzessin des ganzen Landes gesehen hatte, war ich kaum noch in der Lage, die Vorräte zu kaufen, die wir für jenes entscheidende Abendessen brauchten, das mein Oheim mir und meiner Mutter vorzusetzen gewünscht hatte. Doch es gelang mir schließlich, mich zusammenzureißen. Während dieses Essens erhielt ich die ersten Hinweise auf mein zukünftiges Schicksal, und ich wurde auf jenen Pfad geführt, den zu beschreiten mir im Leben vorbestimmt war.

Wir speisten köstlich an diesem Abend. Es gab ein Dutzend Gänge, die von einem weiteren Dutzend gefolgt wurden, und alles war von den Frauen aus der Nachbarschaft unter den strengen Augen meiner lieben Mutter zubereitet worden.

Nachdem das Mahl beendet war und wir uns genügend Zeit für all die kleinen Feinheiten einer angemessenen Verdauung gelassen hatten, wandte sich der Mann, der unser Wohltäter war, an meine Mutter und sagte: ›Ich habe noch nicht genug für diese Familie getan. Deshalb werde ich deinem höchst ehrenwerten Sohn einen Laden einrichten, in dem er mit allem Handel treiben kann, was ihm in den Sinn kommt. Außerdem werde ich sein Geschäft mit den erlesensten Waren ausstatten, die diese größte aller Städte zu bieten hat.‹

Diese Neuigkeit überwältigte die Mutter des jungen Burschen, denn es sah ganz so aus, als sollte ihr Sohn schließlich doch noch einen Beruf finden. Das hieß, daß sie nicht zu den endlosen Wäschebergen zurückkehren mußte, sobald der Bruder ihres Mannes sich für immer von ihnen verabschiedet hatte.

Auf diese Weise gelang es dem Oheim des Jünglings, das Vertrauen der Mutter vollkommen zu gewinnen. Doch er war mit seinen Ausführungen noch nicht am Ende, und was er seiner Familie dann unterbreitete, wurde, obwohl beiläufig gesprochen, von einem derart eindringlichen Blick begleitet, wie ihn Aladin nie zuvor an diesem Mann bemerkt hatte.

›Das ist also abgemacht‹, sagte der Oheim. ›Leider ist morgen Freitag, und da dies ein Tag der frommen Andacht ist, werden weder Läden noch Ämter geöffnet sein, so daß wir unser Vorhaben nicht augenblicklich verwirklichen können. Daher werde ich den Jungen in der Frühe zu ein paar Gärten mitnehmen, die ich kenne, denn der erfolgreiche Geschäftsmann sollte eine Vorstellung davon haben, was schön und erlesen ist.‹

Auch diesem stimmte die Mutter des jungen Burschen bereitwillig zu. Ja, zweifellos hätte sie nahezu allem zugestimmt, was der Oheim vorschlug. Daher wurde also beschlossen, daß der Oheim beim ersten Licht des Tages zu ihnen zurückkehren würde, um den Jungen mitzunehmen und ein wenig zu dessen Erziehung beizutragen.

Und so kam es, daß der Oheim den Jüngling im Morgengrauen des heiligen Tages abholte und ihm befahl, ihm ohne langes Zögern zu folgen, denn ihr Weg sei lang. Nun, innerhalb der Stadtgrenzen hätte so mancher erlesene Garten der Unterrichtung des Jungen dienen können, wenn dies tatsächlich die Absicht des älteren Mannes gewesen wäre. Die beiden durchquerten jedoch die ganze Stadt, verließen sie dann durch das Westtor und wanderten noch gut eine Stunde weiter, bis sie zu einer Stelle gelangten, an der der Oheim verkündete, daß der Garten jetzt ganz in der Nähe sei.

Aladin hegte noch immer keinen Verdacht. Er war eben

ein unerfahrener Jüngling, der nichts kannte, außer den undurchsichtigen Regeln einiger Straßenspiele und der Anzahl der verschiedenen Gerichte, die seine Mutter aus Gemüse und altem Brot bereiten konnte. Auch in dieser Beziehung hatte der Mann seine Wahl gut getroffen, obwohl er den Jüngling eigentlich aus ganz anderen Gründen für seine Zwecke auserkoren hatte.

Selbst einem unerfahrenen jungen Burschen wie Aladin drängten sich jedoch ein, zwei Fragen auf. Zwar behauptete sein Oheim, sie wären jetzt in der Nähe des Gartens, doch der Jüngling entdeckte in der großen, weiten Ebene, die ausgebreitet vor ihm lag, nichts anderes als hie und da ein paar Felsbrocken sowie die schwarzen Reste größerer Büsche und Bäume, die hier einst geblüht hatten, bevor eine Seuche das Land heimgesucht und sie alle in verdorrtes Laubwerk verwandelt hatte.

›In der Tat‹, so sprach der junge Bursche in aller Unschuld, ›es sieht nicht so aus, als sei hier ein Garten in der Nähe. Sagt, wohin führt unser Weg?‹

Als Antwort auf diese harmlose Frage erhielt er einen spielerischen Klaps auf das Ohr. Außerdem befahl ihm sein Oheim, etwas von den verwelkten Pflanzen einzusammeln, die in unmittelbarer Umgebung verstreut lagen. Dieser Aufforderung kam der Junge schnell nach, woraufhin der ältere Mann ihn anwies, sich etwa zehn Schritte entfernt aufzustellen.

Nachdem der Junge sich weit genug entfernt hatte, kramte der Oheim tief aus seinen dunklen, eleganten Gewändern eine Zunderbüchse hervor. Aus dieser nahm er die Gegenstände, die nötig waren, um ein Feuer anzufachen, und setzte den ausgetrockneten Busch in Flammen. Danach zog er ein Kästchen aus seinen Gewändern hervor, das aus edlem Schildkrötenpanzer gefertigt war, entnahm eine winzige Menge Pulver und streute sie über das Feuer, während er Worte in einer Sprache sagte, die dem jungen Aladin völlig fremd war. Dort, wo das Pulver niedergerieselt war, stieg dichter Qualm aus den Flammen auf, und der alte

Mann fuhr noch schneller in seiner unverständlichen Beschwörung fort.

In diesem Moment stellte der junge Aladin fest, daß um ihn herum seltsame Dinge vor sich gingen. Denn plötzlich bebte der Boden unter seinen Füßen, die Felsbrocken, die auf der Ebene verstreut lagen, begannen hin und her zu rollen, und die abgestorbenen Bäume bebten so heftig, daß dicke Äste abbrachen. So groß war das Gepolter, daß sogar der Himmel zu zittern schien, und aus der Erde selbst quälte sich ein gewaltiges Ächzen und Heulen – halb aus Wut und halb aus Schmerz.

Als das Beben endlich nachließ, hatte sich vor Aladin ein Loch in dem ehemals flachen Boden aufgetan, das zehn Ellen lang und zehn Ellen breit war. Und zehn Ellen tief in diesem Loch entdeckte der Junge einen großen Stein aus Marmor. Und auf diesem Marmorstein war ein Ring aus Kupfer angebracht, der so groß war, daß ihn die Arme eines jungen Mädchens nur mit Mühe hätten umschließen können.

›In der Tat‹, sagte Aladin vor sich hin, ›dies ist gewiß ein magischer Zauber.‹ Der Junge war niemals zuvor Zeuge eines solchen Zaubers gewesen, und jetzt, da er einen erlebte, war er ziemlich sicher, daß er lieber keinem mehr beiwohnen mochte.

›Vielleicht ist es das‹, sagte der Mann, der behauptete, sein Oheim zu sein. Er lächelte, als er auf den Jungen zuging, doch Aladin sah den alten Mann jetzt mit ganz anderen Augen. Ja, vielleicht war das der Grund, warum sein Vater nie über seinen Bruder gesprochen hatte, dachte der junge Bursche, und augenblicklich lief ihm ein Schauer den Rücken hinunter. Wer ist schon stolz darauf, einen Zauberer in der Familie zu haben?

›Da fällt mir ein‹, sagte Aladin rasch, ›daß ich in der Stadt eine Verabredung habe, die sehr wichtig ist und keinen Aufschub duldet.‹ Sprach's, krempelte den Saum seines Gewandes hoch und machte sich eilends auf den Rückweg in die Stadt, in der er geboren war.

›Aber wir haben den Garten fast erreicht‹, lautete die

beschwichtigende Antwort des älteren Mannes. ›Sicherlich willst du doch nicht umkehren, jetzt, wo wir dem Ziel so nahe sind.‹

›Es war ein äußerst vergnüglicher und belebender Spaziergang‹, sagte Aladin und bemühte sich, so freundlich wie möglich zu klingen, ›doch wenn ich mich nicht täusche, höre ich da meine Mutter nach mir rufen.‹

›Du gehst nirgendwohin!‹ meinte der Oheim, und genauso schnell, wie er das sagte, schoß eine Hand aus seinen Gewändern hervor. Sie traf Aladin mit derartiger Wucht seitlich am Kopf, daß die ganze Welt vor seinen Augen verschwamm und er so viele Lichtpunkte vor sich tanzen sah, wie sie auf dem großen Ozean glitzern, wenn die Sonne untergeht. ›Außer zu jener Tür dort unten, um sie zu öffnen. Hat deine Mutter dich nicht gelehrt, älteren Menschen zu gehorchen? Wir sind hierher gekommen, damit du einen Garten besichtigen kannst, und diesen Garten wirst du besichtigen!‹

Aladin schüttelte den Kopf, weniger, um seinem Oheim zu widersprechen, als in dem Versuch, wieder einen klaren Gedanken zu fassen. Er hatte jetzt erkannt, daß dieser Mann nicht nur ein Zauberer, sonder ein *mächtiger* Zauberer war – zumindest was den Gebrauch seiner Fäuste anging.

›Was?‹ rief der Oheim angesichts dieser vermeintlichen Unverfrorenheit des Jünglings. ›Selbst jetzt willst du mir nicht gehorchen?‹

›Das habe ich nicht gesagt!‹ entgegnete Aladin geschwind. ›Ich muß einen klaren Kopf bekommen, damit ich überlegen kann, warum mir mein Oheim wohl einen derart heftigen Schlag versetzt.‹

Als er das hörte, setzte sein Oheim ein großmütiges Lächeln auf und sagte: ›Es ist nur zu deinem Besten, wie alles, was wir älteren Leute für die Junged tun.‹

Diese Worte beruhigten den Jüngling, denn genau diese Erklärung hatte er immer von seinen Eltern zu hören bekommen, und obwohl sie jetzt so unverständlich schienen wie bei all den vorangegangenen Gelegenheiten, so fand er doch ein wenig Trost in ihrer Vertrautheit.

›Nun wirst du meinen Anweisungen folgen‹, sagte sein Oheim weiterhin, ›und zwar aufs Wort, denn es ist wichtig, daß die Jugend stets der Weisheit des Alters gehorcht. Klettere in dieses Loch hinab und ziehe an dem Kupferring, so daß du den Marmorstein zur Seite bewegen kannst.‹

Der Junge starrte auf die riesige Marmorplatte hinab, die, wie ihr wißt, wenn ihr richtig zugehört habt und mit Zahlen umzugehen versteht, zehn Ellen lang und zehn Ellen breit und wer weiß wie viele Ellen dick war. ›O Oheim‹, sagte Aladin mit zweifelnder Stimme, ›gewiß ist dieser Marmorstein für einen einzelnen Jungen viel zu schwer, um ihn auch nur ein Stückchen von der Stelle zu bewegen.‹

Wieder flog Aldadins Kopf zur Seite, ganz so, als seien unsichtbare gewaltige Mächte am Werke.

›Wisse, daß ich dich nur deshalb wiederholt schlage, weil es deiner Charakterbildung und deinem zukünftigen Wohlergehen dient‹, sagte sein Oheim mit einer Stimme, die sich vor Freundlichkeit geradezu überschlug. ›Wie ich dir bereits gesagt habe, mußt du meinen Anweisungen ganz genau folgen. Mein lieber Junge, wenn du diese Sache erst einmal erledigt hast, wirst du nicht mehr länger ein Kind, sondern einer der größten Männer dieser Erde sein.‹

Derart ermuntert, beschloß Aladin, seinem Oheim zuzuhören, so gut es ihm trotz des Klingelns in seinen Ohren möglich war.

›Du hast gesehen, wie ich vor dir die Erde geöffnet habe, doch laß mich dir sagen, daß ich dies nur zu deinem Besten getan habe. Hinter dieser Marmorplatte liegt ein Schatz vergraben, der nur für dich dort verborgen worden ist und den nur du zu heben in der Lage bist. Niemand außer dir ist imstande, diesen Kupferring zu ergreifen und den Marmorstein zur Seite zu bewegen. Niemand außer dir kann auch nur eine einzige Stufe der Treppe hinuntersteigen, die hinter diesem Stein auf dich wartet. Und wenn du meinen Befehlen ganz genau Folge leistest, werden wir so viele Reichtümer unter uns aufteilen können, daß wir beide fortan wie Könige leben werden.‹

Der Junge mußte zugeben, daß ihm alles bisher Gehörte

äußerst verlockend erschien. Daher faßte er sich ein Herz und sagte: ›Nun gut, dann werde ich es tun.‹

›Ganz ausgezeichnet!‹ stimmte ihm sein Oheim zu und küßte den Jüngling mehrere Male auf die Wangen und die Finger, was dieser als kaum weniger unangenehm empfand als die Schläge. Doch angesichts der Tatsache, daß er bald wohlhabender als ein König sein würde, war er geneigt, seinem Oheim die etwas heftigen Reaktionen zu verzeihen.

›Nun denn‹, sagte sein Oheim mit einer Ungeduld, die in ihrer Eindringlichkeit fast erschreckend war, ›spring also hinab in dieses Loch und nimm den Kupferring in beide Hände!‹

›Aber der Marmor sieht so massiv aus‹, meinte Aladin, wobei er vorsorglich einen Schritt nach hinten machte, um der Gefahr einer neuerlichen Ohrfeige zu begegnen. ›Könnt Ihr nicht ebenfalls in dieses Loch springen, um Eure Kraft mit der meinen zu vereinigen?‹

Doch statt zuzuschlagen, lachte der Oheim nur über die Torheit von Aladins Worten. ›Wenn ich tatsächlich versuchen würde, mit dir zusammen den Stein zur Seite zu bewegen, ja, selbst wenn dir hundert starke Männer aus der Armee des großen Sultans dafür zur Verfügung stünden, so würde der Marmor sich doch kein Stück zur Seite bewegen, sondern festsitzen, als wäre er mit dem Felsen auf immer und ewig verwachsen. Nur du allein kannst diesen schweren Marmor bewegen, und es wird dir nur auf eine einzige Art und Weise gelingen. Ergreife den Kupferring mit beiden Händen und nenne laut deinen Namen, dann den deines Vaters und schließlich den Namen des Vaters deines Vaters.‹

Diese Anweisungen waren nicht schwer zu befolgen, und so kam es, daß der Junge schließlich doch in das Loch hinabsprang, den Kupferring ergriff, der sich erstaunlich warm anfühlte, und sagte: ›Mein Name ist Aladin, dessen Vater Mustafa genannt wurde, der von Beruf ein Schneider war, und dessen Vater war ein Schneider mit Namen Ali.‹ Daraufhin sprang der Marmorstein auf und schwang zur Seite, als hätte jemand von der anderen Seite dagegen gedrückt.«

Räuber Nummer Dreißig hielt kurz inne, doch es erfolgte kein Zwischenruf. Also fuhr er fort:

»Ja, das Schneiderhandwerk war eine Tradition in der Familie – seit Generationen schon –, eine Tradition, mit der ich gebrochen habe, und ich danke denjenigen unter euch, die zur Zeit in Körben hausen, daß sie auf die Erwähnung dieser Tatsache hin geschwiegen haben. Doch zurück zu meiner Geschichte: Hinter der Platte gab es nicht das geringste Anzeichen von Leben. Statt dessen entdeckte ich ein Dutzend marmorner Stufen und am Fuß dieser Stufen eine zweite Tür aus strahlend rotem Kupfer, die mit Nägeln aus demselben Material beschlagen war.

›Geh dort hinunter, mein Sohn‹, rief mein Oheim von oben, ›und tritt durch die Tür aus Kupfer ein, die sich von selbst vor dir öffnen wird. Du wirst dann in eine riesige unterirdische Höhle gelangen, die in drei hintereinander gelegene Kammern geteilt ist. In der ersten Kammer wirst du vier mächtige bronzene Krüge entdecken, die mit flüssigem Gold gefüllt sind. In der zweiten wirst du vier silberne Krüge finden, die mit Goldstaub gefüllt sind. In der dritten wirst du vier goldene Krüge sehen, die mit geprägten Goldstücken gefüllt sind.‹

Nachdem er das gesagt hatte, drohte der Oheim mit dem Finger. ›Es ist von äußerster Wichtigkeit, daß du an all diesen Gefäßen achtlos vorübergehst und außerdem auch deine Gewänder dicht um dich geschlungen hältst, damit sie nicht einen der Krüge streifen. Denn wenn auch nur eine dieser Urnen mit einem Teil von dir oder deinen Kleidern in Berührung kommt, wirst du augenblicklich zu einem Block aus reinem Obsidian versteinert werden.‹

Er würde versteinert werden? Zu einem Block aus Obsidian? ... Ha, was war das? Rief da nicht noch immer Aladins Mutter aus der Ferne nach ihrem Sohn? Vielleicht sollte er doch lieber umkehren? Allerdings sah er keine Möglichkeit, aus diesem Loch wieder herauszukommen, jetzt, nachdem er einmal hineingesprungen war.

›Am Ende der dritten Kammer‹, fuhr der Oheim fort, ohne in seiner Begeisterung das Unbehagen des Jungen zu bemerken, ›wirst du auf eine weitere Tür stoßen, die jener am Ende dieser Stufen in allen Einzelheiten gleicht, und diese wird dich in einen prächtigen Obstgarten führen, in dem zahlreiche Bäume blühen, die alle schwer mit Früchten behangen sind. Halte dich auch hier nicht auf. Schreite ohne Umschweife durch den Garten hindurch, und du wirst zu einer mit Säulen versehenen Treppe gelangen, die dreißig Stufen zählt und zu einer Terrasse führt. Wenn du auf dieser Terrasse bist, wirst du vor dir zwischen den Säulen eine Nische entdecken, und in dieser Nische, auf einem Podest aus Bronze, wird eine kleine Kupferlampe stehen.

Nun, die Lampe wird noch immer brennen, also mußt du sie löschen. Und egal, wieviel Öl sich darin befindet, du mußt alles auf den Boden vor deinen Füßen ausgießen und die Lampe dann augenblicklich in deinen Gewändern verbergen. Dann mußt du auf demselben Weg, den du gekommen bist, zu mir zurückkehren. Allerdings kannst du dir auf dem Rückweg Zeit lassen und dich ein wenig in dem Garten aufhalten und von seinen Früchten kosten, wenn du den Wunsch danach verspürst. Aber selbstverständlich mußt du mir die Lampe aushändigen, sobald wir uns wiedersehen.‹

Nachdem er dies gesagt hatte, zog der Oheim einen Ring von seinem Finger und warf ihn mit der Anweisung, Aladin sollte ihn sich über den Daumen streifen, hinunter.

›Dieses magische Spielzeug wird dich vor jeder Gefahr beschützen‹, meinte der Oheim und klang dabei vollkommen zuversichtlich. ›Er wird alles Böse von dir abwenden. Er wird dich aus jeder Not erretten, dich sicher durch jedes Wagnis geleiten, dich vor jedem Unglück bewahren und jede Versuchung von dir abwenden. Habe ich eigentlich schon erwähnt, daß du mir bei deiner Rückkehr die Lampe augenblicklich übergeben mußt?‹

Aladin streifte den Ring, der reich geschmückt und sicher in einem fernen Land gefertigt worden war, wie befohlen über seinen Daumen. Auf eine unerklärliche Weise vermittelte ihm das kalte Metall auf der Haut tatsächlich ein Gefühl von Sicherheit.

›Nachdem du diese noble Aufgabe erfüllt hast‹, fuhr der

Oheim fort, ›wirst du nicht länger mehr ein Kind sein, denn dann hast du eine Tat vollbracht, wie sie eines Mannes würdig ist. Und niemand wird dir ebenbürtig sein – wenn die Lampe erst einmal in meinen Händen ist! Sei nur ganz darauf bedacht, deine Gewänder hochzuschürzen und an dich zu raffen, wenn du diese Kammern durchschreitest; sonst wirst du zusammen mit der Lampe für immer verloren sein.‹

Nachdem er diese Worte gesprochen hatte, winkte der alte Mann ihm voller Herzlichkeit zu und sagte: ›Gehe deinen Weg wohlbehütet, mein Kind. Doch vielleicht sollte ich zu dir hinunterspringen und dich noch ein letztes Mal umarmen.‹

Um jedem weiteren Kuß seines Oheims zu entkommen, brach der Junge unverzüglich zu seinem gewagten Abenteuer auf. Er stieg das Dutzend Stufen hinab, und als er sich der Kupfertür näherte, schwang diese auf, um ihn einzulassen. Und auch diesmal waren auf der anderen Seite keinerlei lebende Wesen zu entdecken. Dort gab es nur jene drei großen Kammern, die sein Oheim beschrieben hatte. Aladin schürzte seine Gewänder bis über die Hüften, schlug den Weg ein, den der alte Mann ihm gewiesen hatte, und gelangte so unbeschadet durch jene zweite Tür in den Garten und die große Treppe hinauf zu der Terrasse mit der Nische. Dort, auf dem bronzenen Podest, ganz genau, wie sein Oheim es beschrieben hatte, stand die Lampe und brannte mit einer hellen, karmesinroten Flamme.

Ein einziges Pusten des Jungen genügte, um diese Flamme zu löschen. Dann nahm Aladin die Lampe und leerte das restliche Öl aus. Er zögerte kurz wegen der Flekken, die das Öl auf seinen Kleidern hinterlassen würde, doch zu seiner Überraschung war die Oberfläche der Lampe im Nu trocken, so daß er den kleinen kupfernen Gegenstand augenblicklich in den Falten seines Gewandes verschwinden lassen konnte. Schließlich stieg er von der Terrasse wieder hinunter in den Garten.

Erst jetzt warf er einen näheren Blick auf das Obst an den Bäumen des Gartens, und nie zuvor in seinem kurzen Leben hatte er solch große, makellosen Früchte wie diese gesehen. Dann dachte er daran, wie lang und anstrengend der Weg gewesen war, den er an diesem Tag mit seinem Oheim zurückgelegt hatte. Während all dieser Stunden hatten sie nicht einmal angehalten, um sich zu erfrischen. Außerdem hatte sein Onkel erwähnt, daß dies der einzige Platz innerhalb dieser magischen Höhle war, an dem er sich, wenn er wollte, aufhalten und etwas zu sich nehmen konnte.

Also streckte er sich und pflückte eine Frucht, die ihm auf den ersten Blick ein Apfel zu sein schien. Als seine Finger sie jedoch zum ersten Mal berührten, war er erstaunt über die beachtliche Festigkeit ihrer Schale. In der Tat, bei näherem Hinsehen schien der Apfel keine Frucht, sondern vielmehr ein Stein zu sein. Weder Finger noch Zähne konnten diese seltsamen Gebilde durchdringen, und nur der Form nach glichen sie Feigen, Orangen, Trauben, Melonen (sowohl grünen als auch orangefarbenen), Bananen, Pampelmusen, Zitronen, Äpfeln, Birnen und all den anderen köstlichen Früchten.

Er nahm daher an, daß diese Gegenstände aus buntem Glas gefertigt waren, und obwohl er immer noch Hunger verspürte und ziemlich enttäuscht darüber war, daß er ihn nicht würde stillen können, pflückte er von diesem Zierat, um ihn seiner Mutter und seinen jungen Spielkameraden als Geschenk mitzunehmen. Und so nahm er Früchte von jeder Farbe, ohne auch nur zu ahnen, daß es sich bei den roten um Rubine handelte, um Karfunkelsteine, Hyazinthe, Korallen oder Karneole, bei den weißen um Diamanten, Perlen, Perlmutt oder Mondsteine, bei den grünen um Smaragde, Berylle, Jade oder Aquamarine – ganz zu schweigen von den vielen Gebilden in unzähligen Schattierungen von Blau und Violett, Gelb und zahlreichen unbekannten Farben, die in Wahrheit Saphire, Lapislazuli, Türkise, Amethyste, Jaspise, Topase, Bernsteine, Achate, Opale, Roteisensteine, Turmaline oder Chrysoprase waren.

Er war derart verzaubert von diesen Steinen, daß er von jeder Farbe eine Menge auswählte und sie in seine Taschen stopfte, unter den Gürtel klemmte, in die Ärmel und alle möglichen Teile seiner Kleider steckte, wo sie Halt finden konnten, so daß er bald schon wie ein Lasttier aussah, das man beladen hatte, um es zum Marktplatz zu treiben. Irgendwie gelang es ihm dennoch, vorwärtszukommen und die unteren Teile seines Gewandes hoch genug zu schürzen, um an den gefährlichen Urnen aller drei Kammern vorbeizukommen, ohne sie zu berühren.

Und so durchschritt er erneut die Kupfertür zu jenen Stufen, die zu seinem Oheim führten. Sein Oheim jedoch schien, als er ihn erblickte, nicht gerade überwältigt vor Freude über die Rückkehr seines Neffen, sondern fragte statt dessen: ›Wo ist die Lampe?‹

›Die Lampe?‹ antwortete Aladin. ›O ja, die Lampe. Ich könnte schwören, daß ich sie irgendwo hier habe. Vielleicht ist es jenes scharfkantige Ding, das mir die ganze Zeit ins Kreuz drückt.‹

Doch sein Oheim wollte keine langen Erklärungen hören. ›Was habe ich dir über die Lampe gesagt?‹ wollte er wissen, und seine Wut stieg mit jeder Sekunde, die verstrich. ›Ich will sie augenblicklich haben! Gib sie mir auf der Stelle!‹

›Aber lieber Oheim‹, entgegnete der Jüngling mit großer Einsicht, ganz erfüllt von der Freude darüber, seine Aufgabe bewältigt zu haben, ›wie soll ich sie dir auf der Stelle geben, wenn du doch sehen kannst, daß meine Gewänder bis zum Überquellen mit diesen herrlichen Glasmurmeln vollgestopft sind? Laß mich die Treppe hinaufsteigen, und dann hilf mir, aus diesem Loch herauzukommen, damit ich die Murmeln an einem sicheren ebenen Platz ausschütten kann, wo sie nicht davonrollen und zerbrechen können. Danach werde ich dir gerne die Lampe aushändigen, denn im Moment scheint sie gerade meine Hüfte hinunterzurutschen, und ich fürchte, sie könnte ein paar meiner empfindlichsten Teile einquetschen.‹

Doch sein Oheim war so begierig, in den Besitz dieser Lampe zu kommen, daß er keinem, vernünftigen Gedanken mehr zugänglich war. ›Du willst mir die Lampe also nicht geben? Du räudiger Sohn einer Hündin, gib mir die Lampe oder stirb!‹

Niemals zuvor hatte der Junge den alten Mann mit einer derart furchterregenden Stimme sprechen gehört, noch hatte dieser jemals zuvor solch scharfe Worte an ihn gerichtet. Aladin erinnerte sich an die Schläge. Dann erinnerte er sich daran, wie sein Oheim die Erde und den Himmel zum Beben gebracht hatte, um danach ein großes Loch im Boden entstehen zu lassen.

Vielleicht, so überlegte Aladin, war er nicht besonders klug in der Wahl seiner Worte gewesen. Und vielleicht wäre es jetzt noch klüger, in das Innere der Höhle zurückzukehren, bis sein Oheim sich etwas beruhigt hatte.

Und genau das tat er, so schnell es sein überladener Körper erlaubte. Erneut öffnete sich die Kupfertür vor ihm und schloß sich hinter ihm, sobald er die andere Seite erreicht hatte, beides völlig ohne Zutun Aladins, was ihm ganz gelegen kam, da er im Augenblick größere Schwierigkeiten als üblich hatte, das Gleichgewicht zu halten.

Obwohl er tief unter der Erde war, hörte er die Stimme des alten Mannes mit einer erstaunlichen Deutlichkeit. Das half dem Jüngling entschieden, sich über das wahre Wesen dieses Mannes klar zu werden – ganz abgesehen davon macht es mir die Sache weitaus leichter, euch eine zusammenhängende Geschichte zu erzählen. Der Mann, der behauptete, Aladins Oheim zu sein, tat also folgendes:

›Wenn es mir nicht vergönnt ist, die Lampe zu besitzen, dann soll niemand sie haben!‹ schrie der Mann, während er erneut das Feuer anzündete und noch eine Prise von dem Pulver darüberstreute. Als zum zweiten Male dicker Qualm aufzusteigen begann, sprach er wieder einige unverständliche Worte, woraufhin die große Marmorplatte auf ihren ursprünglichen Platz zurückschwang, so daß es aussah, als wäre Aladin für immer dahinter begraben.

›Verflucht sei dieses dumme Kind!‹ ereiferte sich der alte Mann hoch über Aladins Versteck. ›Es ist ein Segen, daß ich nicht länger vorzugeben brauche, ein Verwandter von ihm zu sein! Ich wünschte, meine Zauberkünste, die mir verraten haben, wo sich die Lampe befindet und daß jener Aladin der einzige Mensch auf der ganzen Welt ist, der sie bergen kann, ja, ich wünschte, diese Zauberkräfte hätten mir auch verraten, daß der Junge so starrsinnig und unausstehlich ist. Ich kann jetzt genausogut meine Zaubersprüche und magischen Tränke einpacken und nach Marokko zurückkehren.‹

Aha! Endlich ging Aladin ein Licht auf. Wie viele von euch, die meiner Geschichte lauschen, vielleicht schon vermutet haben, war dieser Mann mitnichten mein Oheim, sondern ein sehr mächtiger Zauberer, der die lange Reise aus dem fernen Land mit Namen Marokko nur deshalb unternommen hatte, um in den Besitz der Lampe zu gelangen!«

»Das ist ja alles gut und schön«, warf Harun ein, »aber es hat recht wenig mit Palästen zu tun.«

»Bei einem solchen Publikum«, sagte Aladin mit Bitterkeit in der Stimme, »ist es kein Wunder, daß so wenig Geschichten unter den Räubern zu Ende erzählt werden!«

»Angesichts der Länge deiner Geschichte«, meinte Achmed besänftigend, »haben wir uns sehr zusammengerissen, zumindest für Menschen, die zu den Niedrigsten unter den Niedrigen gehören.«

»Nun, dann hört mir auch weiter zu«, verlangte Aladin, »denn an dieser Stelle meiner Erzählung entschied der Mann, der nicht mein Oheim war, sondern ein böser Zauberer aus dem fernen Marokko, daß er nicht länger Zeit mit jenem ungehorsamen Jüngling vergeuden wollte. Er ließ mich daher allein in der Höhle zurück, verurteilt zu einem langsamen und qualvollen Tod. Warum, so fragt ihr euch vielleicht, gibt ein Mann, so allwissend wie dieser, wohl ausgerechnet zu diesem Zeitpunkt auf? Ich habe lange über diese Frage nachgedacht, und ich glaube, daß er sich in einer ähnlichen Lage befand wie jener alte Mann, der zwar den Flug der Vögel am Horizont ausmachen kann, aber nicht dazu in der Lage ist, die Zeichen auf dem Pergament unmittelbar vor seiner Nase zu lesen. Die größeren Zusammenhänge des Lebens mochten ihm vielleicht nicht verborgen bleiben, die alltäglichen und gewöhnlichen Handlungen der Menschen dagegen vermochte er nicht zu deuten.

Damals wußte Aladin allerdings nur eines mit Sicherheit: Nun, nachdem er sich geweigert hatte, dem Zauberer die

Lampe, die er so verzweifelt zu besitzen wünschte, augenblicklich auszuhändigen, hatte eben jener Zauberer die Höhle wieder verschlossen und ihn damit zum Tode verurteilt. Das machte Aladin nicht gerade glücklich. Vielmehr rang er die Hände voller Verzweiflung und weinte: ›Oh, niemals werde ich meine Mutter oder meine Freunde wiedersehen! Niemals wieder werde ich etwas essen können, denn ich werde meine letzten Stunden damit zubringen müssen, hilflos auf wunderschöne Glasmurmeln zu starren!‹

Doch manchmal greift das Schicksal gütig ein. So war es auch an diesem finsteren Tag, denn als der Jüngling die Hände rang, rieb er auch über den Ring, den der Zauberer ihm zu seinem Schutz gegeben und dann in seinem Zorn vergessen hatte. Beim Reiben des Rings stieg ein dichter Schleier aus tiefviolettem Rauch empor, und als der Rauch sich verzogen hatte, stand ein Dschinn vor Aladin, dessen Haut die Farbe von Mahagoni hatte und dessen Augen rot wie glühende Kohle funkelten.

›Herr bin ich über Erde, Meer und Luft‹, sagte der Dschinn, ›doch auch Sklave des Rings und dessen, der mich ruft. Was ist dein Begehr, o Herr des Rings?‹

Der Junge war völlig überrascht von der Wendung der Ereignisse, doch es blieb ihm in seiner gegenwärtigen Lage wohl nichts anderes übrig, als nach jedem Strohhalm zu greifen. Daher sagte er seinem übernatürlichen Besucher: ›Herr über Erde, Luft und Meer, bleiben will ich in dieser Höhle nicht mehr!‹

Noch bevor der Junge einen weiteren Atemzug tun konnte, öffnete sich die Erde über ihm, und wie von unsichtbarer Hand getragen, wurde er in die Luft gehoben und wieder auf dem Boden abgesetzt, ganz in der Nähe jener Stelle, an der der Zauberer gestanden und seine Zaubersprüche aufgesagt hatte!«

Als Aladin einen Moment inne hielt, um Luft zu schöpfen, warf Ali Baba schnell ein: »Verzeih mir diese Unterbrechung, aber ist das vielleicht jener Ring, den du jetzt an deinem Daumen trägst?«

»Dieser Ring da?« Aladin sah auf seine Hand hinunter, als

hätte er den kleinen Goldreif noch nie zuvor gesehen. »Nichts als ein nutzloses Spielzeug, da bin ich mir sicher.« Er stockte erneut, um sich den Schmuck näher anzusehen. »Obwohl, jetzt, wo ich ihn mir näher betrachte, hat er schon etwas Ähnlichkeit mit einem Ring, den ich einmal besessen habe und der ein ganz bestimmtes ... Geheimnis in sich barg. Er sieht tatsächlich wie jener Ring aus, der einen Dschinn beherbergte. Seltsam, daß ich mich daran nicht erinnern kann.«

»Das erinnert mich an einen anderen Zauberfluch«, ergriff Achmed die Gelegenheit zu einem Einwurf, »der einmal über einen Zauberer aus meinem Bekanntnkreis verhängt worden war.«

»Was soll dieses Gerede von Zaubersprüchen?« fragte Aladin. »Das liegt alles weit in meiner Vergangenheit zurück. Jetzt bin ich ein Räuber!«

»Wie wir alle«, stimmte Harun zu. »Und darf ich vielleicht darauf hinweisen, daß noch immer keine Paläste erwähnt wurden? Doch bevor du fortfährst – mir scheint, daß der Wind über uns sich ein wenig legt. Vielleicht wird schon nach uns gesucht.«

»Darüber würde ich mir noch keine Gedanken machen«, antwortete eine andere Stimme.

Nun, demnach hatten sie noch etwas Zeit. Also fragte Ali Baba: »Warum fürchtet ihr euch eigentlich so vor dem Räuberhauptmann? Es scheint mir, als wollte jeder von euch vor ihm fliehen. Bietet euch denn ein Sandsturm und eine verborgene Höhle nicht die beste Gelegenheit, endlich nach euren Wünschen zu handeln?«

Die drei älteren Räuber sahen ihn voller Mitleid an.

»Vor dem Anführer der Räuber ist man nirgendo sicher«, sagten alle drei gleichzeitig.

Jetzt, wo Ali Baba darüber nachdachte, mußte er dem zustimmen. Egal, wie oft die Räuber ihn zurückgelassen hatten, irgendwie hatte er sich doch immer wieder in ihrer Mitte wiedergefunden.

»Und du weißt, was es bedeutet, wenn dich unsere Bande wiederfindet: Dein trauriges Schicksal wird sich dann nur noch zum Schlimmeren wenden«, meinten alle drei erneut im Einklang.

»Doch so wird es nicht für immer und ewig sein«, ertönte eine andere Stimme.

»Wer hat das gesagt?« wollte Aladin wissen.

»Ich nicht«, antwortete Harun. »Ich war derjenige, der vorgeschlagen hat, wieder nach oben zu gehen.«

»Ich habe mir Mühe gegeben, in respektvollem Schweigen zu verharren«, fügte Kassim hinzu, »in der Hoffnung, daß es mir zu einem späteren Zeitpunkt erlaubt sein würde, mich nach euren Schneiderkünsten zu erkundigen.«

»Hmmm?« fragte Achmed. »Oh, verzeiht mir, doch ich muß ein wenig eingenickt sein.«

»Ich würde noch nicht nach oben zurückkehren«, meinte die andere Stimme. »Das ist nur eine vorübergehende Windstille.«

Diesmal war sich Ali Baba sicher, daß niemand von ihnen ein Wort gesagt hatte.

»Wer ...«, begann er fragend.

»Seid ihr euch ganz sicher«, entgegnete die Stimme, »daß ihr das wirklich wissen wollt?«

Das 18. der 34 Kapitel in dem Aladins Zuhörer um einen bestimmten Ring ringen.

Es folgte ein Moment der Stille, und danach hielt es Aladin für angebracht, das Thema zu wechseln.

»Es scheint mir ein wenig stickig hier unten zu sein«, meinte er. »Ihr wißt ja, wie das so mit Höhlen ist.«

»Jetzt, wo du es erwähnst«, fügte Achmed hinzu, »muß ich dir recht geben.«

»In der Tat, so ist es«, stimmte Harun zu. »Nichtsdestotrotz denke ich, daß wir der drückenden Schwüle, die hier herrscht, ohne große Probleme entfliehen könnten, wenn wir einen kleinen Spaziergang unternehmen würden – sagen wir, in einer dicht zusammengedrängten Gruppe, und mit gezückten Schwertern?«

»Solche Drohungen prallen an Granit ab«, erwiderte die Stimme. »Außerdem kennt ihr gar nicht den richtigen Weg, um hier herauszukommen.«

»Da ist etwas Wahres dran«, stimmte Kassim dem geheimnisvollen unsichtbaren Wesen zu, das sich mit ihnen in der Höhle aufhielt. »Bei unserer Ankunft schienen wir geradewegs nach unten zu fallen.«

»Doch kommt, entspannt euch«, lud die Stimme überaus freundlich ein, »denn hört ihr nicht, daß der Sturm noch immer über euch tobt?«

Ali Baba mußte feststellen, daß der Wind in den oberen Regionen der Höhle wieder zu heulen begonnen hatte.

»Und fürchtet euch nicht«, beruhigte die Stimme sie weiterhin. »Solange ihr eure Geschichte erzählt, werde ich darauf achten, daß euch nichts zustößt.«

»Und so«, sagte Achmed voller Staunen, »hat Räuber Nummer Dreißig zu guter Letzt doch noch das perfekte Publikum gefunden!«

»Wenn das so ist, werde ich fortfahren«, erwiderte Aladin, der sich erstaunlich schnell mit dem Vorschlag der rätselhaften Stimme anfreundete. »So kam es also, daß der Junge sich draußen auf der Ebene wiederfand. Die Stadt war in der Ferne immer noch sichtbar, obwohl inzwischen viel Zeit vergangen war und die Sonne sich gen Abend senkte. Nirgendwo war der Zauberer zu sehen, und der Dschinn war ebenfalls verschwunden. Der Junge wunderte sich allerdings über gar nichts mehr. Sicherlich, so dachte er, ist das Leben voller Rätsel, und das ist eine Meinung, die ich auch heute noch vertrete.

Daraufhin machte sich der junge Bursche so schnell ihn die Beine trugen, auf den Rückweg zu seinem Heim und seiner Mutter, doch als er endlich dort ankam, war es bereits weit nach Mitternacht.

Er fand seine Mutter bei der Heimkehr noch wach, denn sie hatte keinen Schlaf finden können, voller Sorgen um den Sohn, als dieser nicht zu einer angemessenen Zeit von seinem Ausflug zurückgekommen war. Sie reichte ihm kühles Wasser zum Trinken und gab ihm alles, was noch an Essen im Haus zu finden war. Sobald er sich gestärkt hatte, wollte sie seine Geschichte hören. Der junge Aladin aß mit einem beachtlichen Appetit, denn er war dem Tode so nahe gewesen, daß er befürchtet hatte, niemals wieder etwas Eßbares zwischen die Zähne zu bekommen.

Nachdem er sein ausgedehntes Mahl beendet hatte, erzählte er die wunderlichen Ereignisse des vergangenen Tages, und zwar auf ganz ähnliche Art und Weise, wie ich sie jetzt euch erzählt habe. Daraufhin bedachte seine Mutter den niederträchtigen Mohren mit einer wahren Sturmflut von Flüchen, wie es nur eine Mutter zu tun vermag. ›Sich vorzustellen‹, sagte sie, ›daß er dich fast umgebracht hätte ... und für was? Nur wegen einer armseligen Kupferlampe!‹

Als der Junge das hörte, stand er auf, und aus seinem Gürtel und seinen Gewändern kullerten die großen, harten Früchte in Hülle und Fülle auf den Boden. ›Und ich habe mein Leben für diese dummen Dinger hier aufs Spiel gesetzt!‹ rief er bestürzt. ›Ich will nicht länger mehr ein Kind sein, das noch mit bunten Murmeln spielt!‹ So kam der junge Aladin also zu der Erkenntnis, daß diese Erfahrung sein Leben ändern würde.

Ja, und so kam es auch, daß der Junge, als er sich am folgenden Morgen von seinem Lager erhob, erneut seinen Entschluß bekräftigte, allen kindischen Spielen zu entsagen und fortan wie ein Mann zu handeln. Bevor er jedoch aufbrach, um draußen in der Welt sein Glück zu machen, verlangte es ihn nach einem herzhaften Frühstück. Er ließ das seine Mutter wissen und erhielt als Antwort bloß einen höchst besorgten Blick und ein heftiges Händeringen.

›O mein liebes, liebes Kind‹, rief seine Mutter in jener aufgewühlten Art und Weise, die sie im Laufe der harten Jahre bis zur Vollendung gebracht hatte, ›ich wünschte, ich hätte etwas, das ich dir heute morgen anbieten könnte, aber letzte Nacht hast du solchen Hunger gehabt, daß du auch den letzten Krümel, der sich noch im Haus befunden hat, gegessen hast. Doch warte eine kleine Weile. Ich werde ein paar Bündel Wäsche waschen, und in ein, zwei Stunden werde ich genug verdient haben, um dir ein Frühstück zu kaufen.‹

Als er seine Mutter so sah, verspürte Aladin sogleich den Wunsch, sie wieder fröhlich zu stimmen.

›Nein, nein, liebe Mutter‹, sagte er. ›Du hast in deinem langen Leben genug geschuftet. Warum nimmst du nicht diese Lampe und verkaufst sie auf dem Marktplatz? Das wird uns bestimmt genug für ein oder zwei Mahlzeiten einbringen. Und wenn ich erst einmal etwas gegessen und mich angezogen habe, werde ich diese vielen bunten Murmeln nehmen und sie an die … nun, sagen wir: etwas weniger Gebildeten in dieser Stadt verscherbeln. So können wir uns vielleicht für ein oder zwei Tage mit Essen versorgen, bis ich mir darüber klar geworden bin, wie ich mich als Mann beweisen und meinen Weg in dieser Welt finden kann.‹

Doch das Glück war ihnen hold, denn als Aladin die Lampe seiner Mutter überreichte, gab er sie in die Hände einer so gewissenhaften Frau, wie es in diesem Teil der Welt keine Zweite gab. Seine Mutter dachte, als sie die schmutzige, matte Lampe betrachtete, daß sie sicher einen besseren Preis auf dem Markt für sie würde erzielen können, wenn sie sie erst einmal polierte. Also nahm sie einen der vielen Lumpen, in die sie sich für gewöhnlich kleidete, und trug eine Mischung aus Wasser und Asche auf den Stoff auf. Dann nahm sie alle Kraft zusammen, die sie in den zurückliegenden drei Jahren beim Waschen mit der bloßen Hand gesammelt hatte, und machte sich daran, das Kupfer zum Glänzen zu bringen.

Doch kaum hatte sie einmal über die Lampe gewischt, da quoll eine riesige Menge purpurfarbenen Rauches aus dem Mundstück des Gerätes, und als der Rauch sich verzogen hatte, stand ein Dschinn vor ihnen, der so groß war, daß sein Kopf gegen die Decke stieß. Der Dschinn war von goldener Farbe, und seine Augen leuchteten strahlend blau, wie der Himmel an einem klaren Sommertag. Und mit dröhnender Stimme, die vielleicht wegen des engen Raumes, der den Dschinn umgab, noch lauter klang, sagte das magische Wesen:

Obwohl ein Gefangener, bin ich Herr über jeden,
und du mit der Lampe magst als Sklave von mir reden.
Was ist Euer Begehr, o Herrin, was ist Euer Begehr?

Nun hatte Aladins Mutter, was magische Geistererscheinungen anging, noch weniger Erfahrungen als ihr Sohn. Also stand sie mit großen Augen, unfähig auch nur ein Wort über die Lippen zu bringen, einfach nur da. Doch hielt dieser Zustand nicht lange an, denn bald darauf fiel Aladins Mutter in eine tiefe Ohnmacht.

Aladin hatte, während all dies geschehen war, ein wenig abseits gestanden. Jetzt sprang er schnell vor und fing die Lampe auf, bevor sie den kraftlos werdenden Fingern seiner Mutter entgleiten konnte. Sollte es sich herausstellen, daß dieser Geist hier auf die gleiche Weise arbeitete wie jener große dunkle Bursche, der ihm in der Höhle erschienen war, dann würde sich jeder seiner Wünsche wohl bald erfüllen.

›O Sklave der Lampe‹, sagte er daher, ›ich bin hungrig und brauche Essen für meine Mutter und mich.‹

›Euer Wunsch sei gewährt‹, entgegnete der goldene Dschinn, während er Aladin eine große silberne Platte reichte. Und auf dieser Platte war ein Dutzend goldener Schüsseln aufgereiht, und in jeder Schüssel befand sich eine andere exotische Speise, gut erhitzt und gewürzt. Und neben diesen Schüsseln lag ein halbes Dutzend Brotlaibe in reinstem Weiß, die an der Seite mit phantasievollen Verzierungen versehen waren, Menschen und Tiere sowie Szenen aus alten Überlieferungen. Und ganz hinten auf dieser riesigen Platte standen zwei große Becher und zwei große Krüge voller Wein, die ein köstliches Aroma verströmten. Becher wie Krüge waren aus Blattgold gefertigt und mit kleinen, geschmackvollen Edelsteinen besetzt.

Der junge Mann war mit dem, was ihm da gereicht wurde, sehr zufrieden und wies den Dschinn an, die Platte vor ihm und seiner immer noch bewußtlosen Mutter abzusetzen. Und das tat der goldene Geist auch, um gleich danach unauffällig zu verschwinden, wie es jede gute Bedienung tun sollte.

Eine solche Mischung aus süßen und würzigen Düften tat das ihre, um Aladins Mutter wieder zu beleben, und bald schon öffnete sie die Augen, um den Blick über das Festmahl schweifen zu lassen, das scheinbar aus dem Nichts vor ihr aufgetragen worden war.

›Unsere sehnlichsten Wünsche sind uns erfüllt worden‹, sagte sie voller Staunen, ›denn nie zuvor habe ich ein solches Mahl gesehen. Doch sag, wie kommen wir zu einem solch erlesenen Festessen, noch dazu im besten Tafelgeschirr?‹

Daraufhin zögerte der junge Mann, denn er erinnerte sich an den Schreck, den der Dschinn seiner Mutter eingejagt hatte. Er befürchtete, daß sie sich weigern würde, etwas zu essen, sobald sie erfuhr, daß dieses Festmahl aus dunklen magischen Quellen kam, obwohl es in jeder Hinsicht gesund und nahrhaft erschien. Allerdings wollte er, wie alle braven und gehorsamen Jungen, seine Mutter auch nicht belügen. Daher entschloß er sich zu einem Kompromiß.

›Es sieht so aus, als sei dies eine letzte Gabe jenes Mannes, der sich selbst mein Oheim nannte‹, erklärte Aladin und sagte damit wenigstens die halbe Wahrheit.

Doch selbst wenn er ihr verraten hätte, was wirklich geschehen war, hätte seine Mutter kaum weniger Gefallen an der Erklärung finden können. ›Von diesem niederträchtigen Schuft?‹ rief sie. ›Wir sollten auf sein Essen spucken und es den Hunden auf der Straße zum Fraß vorwerfen!‹

Das war, um genau zu sein, nicht ganz die Antwort, die Aladin erwartet hatte. Doch das üppige Mahl vor ihnen, zusammen mit dem offensichtlichen Hunger, der aus dem schmalen, ausgemergelten Gesicht seiner Mutter sprach, schenkte ihm die Zuversicht, sie doch noch durch gutes Zureden umstimmen zu können.

›Wäre es denn keine weitaus gelungenere Rache‹, sagte er daher, ›wenn wir diese erlesene Mahlzeit verspeisen und dabei gleichzeitig die ganze Zeit den Namen des bösen Zauberers verfluchen würden?‹

Seine Mutter warf noch einmal einen Blick auf die herrlichen Speisen und entschied dann, ja, das wäre wohl in der Tat die bestmögliche Rache. Und so kam es also, daß die beiden über das Essen herfielen, und sie aßen so lange, daß ihr Frühstück ohne Unterbrechung ins Abendessen überging.

Schließlich, als sie keinen Bissen mehr hinunterbringen konnten, schoben sie die Schüsseln beiseite, und Aladins Mutter hob das, was übrig war, für den nächsten Morgen auf und verschloß außerdem das wertvolle Tafelgeschirr im Schrank, damit niemand es stehlen konnte.

Und nun, da Aladin so königlich gespeist hatte, überlegte er sich, daß es vielleicht klüger wäre, bis zum Morgen zu warten, bevor er sich Gedanken darüber machte, wie er am besten seinen Platz in der Welt finden konnte.

Doch seine Mutter gönnte ihrem Sohn so schnell nicht seine wohlverdiente Ruhe. ›Es ist an der Zeit, daß wir uns einmal unterhalten‹, sagte sie in einem Ton, den alle Kinder an ihren Müttern zu fürchten gelernt haben. ›Sag mir die Wahrheit! Wo ist dieses Essen wirklich hergekommen?‹ Sie wedelte tadelnd mit dem Finger vor der Nase des Jungen, um ihrer nächsten Bemerkung Nachdruck zu verleihen: ›Und vergiß nicht, daß eine Mutter stets spürt, wenn man sie belügt.‹

Daraufhin gab Aladin nach und erzählte seiner Mutter, daß das Mahl von dem goldenen Dschinn kam, der in der Lampe wohnte.

›Ich traue solch höllischen Dingen nicht!‹ rief seine Mutter aus. ›Wahrlich, du solltest diese Lampe so schnell wie möglich loswerden, und ebenso den Ring, denn beides können nur Werkzeuge des Sheitans sein!‹

Doch Aladin hielt dem entgegen, daß beide Gegenstände sowie die Geister, die darin wohnten, ihnen bisher nur Gutes beschert hatten. Dann fügte er noch hinzu, daß der Geist des Ringes sogar sein Leben gerettet habe, als er in der Höhle zum Tode verurteilt schien. Und so kam es also, daß der junge Aladin sich entschloß, beide Gegenstände zu behalten, seine Mutter jedoch niemals wieder damit zu belästigen.«

»Auch wenn ich deine Erzählung erneut unterbrechen muß«, meinte Achmed plötzlich, »so erlaube mir doch, darauf hinzuweisen, daß du schon wieder einen Zauberring erwähnt hast.«

»Ja und?« entgegnete Aladin mit einigem Verdruß, als könne er nicht einsehen, was das mit ihm zu tun habe. »Der Ring ist für die Geschichte von großer Bedeutung.«

»Und offensichtlich von größerer Bedeutung als Paläste!« bemerkte Harun mit seinem gewohnten verächtlichen Naserümpfen. »Ich bin mir sicher, daß du uns inzwischen genug Hintergründe geliefert hast. Wie wär's, wenn wir gleich zu dem Teil mit dem Palast springen würden?«

»Um ehrlich zu sein, hat mir der Teil mit der Höhle ziemlich gut gefallen«, meldete sich die rätselhafte Stimme. »Ich hätte nichts dagegen, wenn du an dieser Stelle noch einmal einsetzen würdest.«

»Doch dieser Ring an deinem Finger!« warf Achmed noch einmal ein.

»Ja, doch, ich bin mir sicher, daß er uns irgendwann einmal genügend Stoff für ein Gespräch liefern wird«, stimmte

Aladin zu, »doch jetzt sollte ich, glaube ich, lieber mit meiner Geschichte fortfahren, denn der Sandsturm wird nicht ewig andauern.«

Achmed öffnete schon den Mund, um zu widersprechen, doch Aladin war wieder mitten im Erzählen.

»Ich werde diesen Teil meiner Geschichte kurz fassen. Während der nächsten Tage verkaufte der Junge nach und nach das ganze wertvolle Tafelgeschirr, in dem das – im wahrsten Sinne des Wortes – zauberhafte Mahl serviert worden war, und so hatten er und seine Mutter mehr als genug zu essen. Gleichzeitig fand der junge Bursche die Gelegenheit, ein letztes Mal an der in der Nachbarschaft stattfindenden Meisterschaft im Fezball teilzunehmen. Doch würde er, was seine Zukunft anging, ganz sicher jeden Augenblick mit einem größeren Plan aufzuwarten haben.

Um diese Zukunft kreisten auch gerade seine Gedanken, als er erneut den Ruf der drei Eunuchen vernahm. ›Gebt acht, denn die Prinzessin Badabadur wandelt unter euch!‹ Und dann: ›Gebt acht, denn wer auch immer es wagt, einen Blick auf die Prinzessin zu werfen, der wird mit dem Leben dafür zahlen müssen!‹ Und so weiter und so fort – Drohungen, die Aladin bereits früher gehört hatte.

Doch ach, sobald ein Mann einmal von einer verbotenen Frucht gekostet hat, wird er immer wieder zum Baum der Sünde zurückkehren. Und so kam es, daß Aladin sich an jene frühere Begegnung mit den Eunuchen erinnerte, sowie an jenen flüchtigen, nichtsdestotrotz aber aufregenden Blick, den er von der schönsten Prinzessin der Welt erhascht hatte. An eben jenem Tag hatte er sein Herz verloren. Doch von welch niederem Stand war er, und wie erhaben die Prinzessin! Wie sollten sie einander je von Angesicht zu Angesicht gegenüberstehen, geschweige miteinander reden oder sich berühren oder gar heiraten? Solch schicksalsschwere Gedanken, zusammen mit den aufregenden Ereignissen der letzten Tage – die Entlarvung des bösen Zauberers, die Gefahr in der Höhle, die Wunder des Rings und der Lampe, die alltäglichen Anstrengungen, mit seiner Mutter auszukommen – all das hatte den jungen Mann dazu gebracht, seine Gedanken an die Prinzessin in seinen Überlegungen ganz hintanzustellen.

Doch jetzt hatte er vielleicht die Gelegenheit, sie wiederzusehen, und an diesem Tag befand er sich in einer Straße mit offenen Ständen, die den wachsamen Augen der Eunuchen viel größere Ablenkung boten als beim ersten Mal.

›Gebt acht!‹ riefen die Eunuchen. ›Denn unsere Säbel sind scharf!‹

Dennoch, dachte sich der Junge, konnte es nichts schaden, sich ein Versteck zu suchen, denn an einer Bekanntschaft mit den Schwertern der Wache der Prinzessin lag ihm herzlich wenig. Er sah sich in der Absicht um, die Händler zu fragen, wo er denn ein geeignetes Plätzchen finden konnte. Doch alle Händler waren verschwunden, ebenso wie all ihre Kunden und, in der Tat, auch all ihre Ware.

›Gebt acht!‹ riefen die Eunuchen. ›Denn unser Urteil kennt keine Gnade!‹

In diesem Augenblick erkannte Aladin das eigentliche Problem dieser Freiluft-Stände: sie waren von nichts anderem umgeben als von freier Luft.

Er drehte sich um, und dort marschierten tatsächlich die drei Eunuchen auf den Marktplatz, und ihre Schwerter waren sehr, sehr scharf und ihre Überraschung sehr, sehr groß.

›Seht ihr das auch?‹ fragte einer.

›Aber sicher doch‹, sagte ein anderer.

›Dann sind wir uns einig‹, fügte der dritte hinzu.

Doch jeder Gedanke an die Eunuchen war wie weggeblasen, als Aladin die Prinzessin sah, und mehr noch, als die Prinzessin ihn ansah.

Er war zu keiner Bewegung mehr fähig, außer zu einem Lächeln. Und, Wunder über Wunder, die Prinzessin lächelte zurück.

Sein Blick schweifte wieder hinüber zu den Eunuchen. Auch sie lächelten alle drei. Das Lächeln der Eunuchen behagte ihm allerdings weniger.

›Du hast dein Schicksal selbst besiegelt, junger Mann!‹ sagte einer.

›Jeder Mann, der die Prinzessin zu Gesicht bekommt …‹, fügte der zweite hinzu.

›Und der nicht zur Familie gehört …‹, erklärte der dritte weiter.

…ist augenblicklich zum Tode verurteilt!‹ vollendeten alle drei gemeinsam und hörten sich dabei so fröhlich an, wie man es sich nur vorstellen kann.

›O Freude!‹ kicherte der dritte Eunuch vergnügt. ›Darf ich ihn aufschlitzen?‹

›Du durftest schon den letzten köpfen‹, erinnerte ihn der erste der drei. ›Außerdem sollten wir uns dieser armen Seele gnädig erweisen. Die letzten Düfte, die in die Nasenlöcher dieses Sterblichen dringen, müssen ja nicht gerade deine ewigen Blähungen sein.‹

›Ich kann ja auch nichts für mein Mittagessen‹, verteidigte sich der dritte. ›Na ja, wenn ich nur diesen köstlichen eingelegten Zitrusfrüchten widerstehen könnte.‹

Aladin ließ die drei Wachen ihren Streit untereinander austragen und wandte sich wieder der Prinzessin zu, die so schön wie die Sonne war, und er bemerkte, daß sie ihn scheinbar noch immer äußerst erfreut und zufrieden betrachtete. Er legte die Hände auf sein Herz, um zu verhindern, daß es aus dem Brustkorb heraussprang.

›Laßt ihn uns gemeinsam aufschlitzen!‹ schlug einer der drei vor. Die anderen beiden begrüßten den Vorschlag als eine neue und willkommene Abwechslung.

Aladin sah den näher kommenden Eunuchen entgegen, die noch immer lächelten und die noch immer sehr, sehr scharfe Säbel trugen.

Bald schon, so wurde ihm klar, würde er sich um das Schlagen seines Herzens keine Sorgen mehr zu machen brauchen.«

Das 19. der 34 Kapitel in dem unsere Geschichte nach einer bezaubernden Enthüllung eine ebensolche Fortsetzung findet.

»Der Sturm ist vorüber«, ertönte die rätselhafte Stimme.

»Was?« beschwerte sich Kassim. »Ihr wollt, daß er seine Erzählung an dieser Stelle abbricht?«

»Ich kam doch gerade erst zu dem Kern meiner Geschichte!« meinte Aladin mit Nachdruck. »Jeden Moment wären die Paläste aufgetaucht.«

»Ihr müßt mir verzeihen«, erwiderte die Stimme. »Ich kann das Wetter nur in einem bestimmten Umkreis kontrollieren. Meine Kräfte sind streng auf die nähere Umgebung beschränkt.«

Diese Stimme hatte sie nicht aufgefordert, ehrfürchtig zu Boden zu sinken, oder gedroht, sie mit siedendem Wasser zu übergießen, noch hatte sie irgend etwas getan, was man normalerweise von rätselhaften Wesen in finsteren Höhlen erwartete. Im Gegenteil: Die Stimme schien geradezu die Höflichkeit in Person zu sein. Mit diesem Gedanken im Hinterkopf kratzte der Holzfäller all seinen Mut zusammen und fragte: »Ihr kontrolliert das Wetter? Darf ich vielleicht die Frage wagen, wer oder was Ihr seid?«

»Ich bin hier«, antwortete die Stimme unmittelbar über ihnen, »und ich bin hier«, fügte die Stimme in einiger Entfernung aus der Dunkelheit hinzu. »Und ich bin hier«, fuhr die Stimme fort, diesmal an einer Stelle dicht neben Ali Babas Füßen. »Ich bin überall um euch herum.«

Ali Baba war von dieser Vorstellung sehr beeindruckt. »Ihr seid allgegenwärtig?«

Als sie das hörte, kicherte die Stimme, und das Geräusch schien Ali Baba und seine Gefährten einzukreisen. »Aber keineswegs: Ihr sitzt ganz einfach in mir drin. Ich bin eine verzauberte Höhle.«

Angesichts dieser Enthüllung schnappten alle Räuber gleichzeitig nach Luft. Und allen ging derselbe Gedanke durch den Kopf, den Kassim dann als erster aussprach: »Du bist nicht zufällig mit einer anderen verzauberten Höhle verwandt?«

»Alle Dinge in dieser Welt sind irgendwie miteinander verwandt«, antwortete die Höhle. »Löcher in der Erde bilden da keine Ausnahme.«

»Soll das etwa heißen«, fragte Aladin erstaunt, »daß du die Höhle mit der Lampe und den kostbaren Edelsteinen kennst?«

Die Stimme schien sich königlich zu amüsieren. »Ich nehme an, ihr würdet diese Höhle meinen Bruder nennen.«

»In welcher deiner Kammern«, fragte Achmed, »befindet sich denn dein Gold?«

»Wir alle sind mit bestimmten Kräften und Eigenschaften ausgestattet«, meinte die Stimme, und sie hörte sich ein wenig tadelnd an. »Einige Höhlen bringen Gold hervor. Diese Höhle hier kann sprechen.«

»Du mußt entschuldigen«, erwiderte Achmed mit einem Achselzucken. »Ich nehme an, meine Ausbildung als Räuber ist daran schuld.«

»Es gibt da eine Höhle«, unterbrach der weise Harun, »die uns besonders interessiert, eine, die mit Gold, Juwelen und unermeßlichen Reichtümern gefüllt ist, so daß sie am ehesten mit einem Palast unter der Erde zu vergleichen wäre. Nun, vielleicht bilde ich es mir nur ein, aber jene Höhle bereitet gewisse Schwierigkeiten, denn während sie zwar stets bereit ist, Schätze in sich aufzunehmen, so erlaubt sie es doch nicht immer, dieselben mit hinauszunehmen.« Der älteste der Räuber hielt einen Moment inne, um einen Blick auf den Weidenkorb neben sich zu werfen. »Und außerdem hat diese Höhle noch ein paar andere seltsame Marotten.«

»Zum Beispiel die, mich einfach nicht sterben zu lassen«, meinte Kassim, und seine Stimme verriet, daß er ein wenig gekränkt war. »Ich glaube nicht, daß man das so einfach als Marotte abtun kann, danke schön.«

»Ah, *diese* Höhle.« Die Stimme gestattete sich ein weiteres wehmütiges Kichern. »Ich kenne sie so gut wie jede andere, und ihr habt guten Grund, euch vor ihr in acht zu nehmen. Jene große Höhle ist unser aller Vater, und jeder hier im Land fürchtet sie: alle magischen Höhlen, Erdlöcher, Grotten, Tunnel, Gruben, Winkel und Spalten. Doch wisset dies: Selbst die größte aller Höhlen ist weder gut noch böse. Es bringt ihr lediglich niemand das richtige Verständnis entgegen.«

Zumindest das konnte der Holzfäller nachvollziehen. Wie sollte auch irgend jemand eine Höhle verstehen können?

»Doch laßt uns unsere Zeit nicht allzu sehr mit anderen, dazu auch noch verschrobenen Löchern in der Erde vergeuden. Ich bin begierig, zu erfahren, wie eure Geschichte weitergeht«, sagte die Stimme.

»Aber du hast doch gesagt, daß der Sturm vorüber ist«, warf Aladin ein. »Wie soll ich dir meine Geschichte erzählen, wenn wir von hier weg müssen, um uns wieder unserer Truppe anzuschließen?«

»Nichts einfacher als das«, antwortete die Höhle. »Siehst du den glatten Stein da neben deinen Füßen?«

Aladin sah nach unten. Dort lag ein kleiner Stein, nicht größer als der Fingerknöchel eines Mannes, ohne besondere Kennzeichen. Er war von einem neutralen Grau mit winzigen schwarzen Äderchen, die sich um seine Mitte zogen, und er war so glatt, als wäre er lange Zeit vom Meer umspült worden.

Aladin hob ihn auf. »Meinst du den hier?«

»Ganz genau«, stimmte die Höhle zu. »Nun, so wie du zu mir sprichst, kannst du auch zu diesem Stein sprechen, denn er ist ein Teil von mir. Und so sicher wie ich eine verzauberte Höhle bin, ist dies ein verzauberter Kieselstein.«

»Ich habe schon seltsamere Sachen gehört«, meinte Harun, während er sich den Bart zupfte.

»Das hast du?« fragte Ali Baba ungläubig.

»Um ehrlich zu sein«, antwortete Harun mit einem Stirnrunzeln, »jetzt, wo du nachfragst, muß ich das verneinen. Wenn man wie ich in einer höfischen Umgebung großgezogen wurde, ist man stets höflich, selbst lebendigen Teilen des Erdreiches gegenüber. Doch ich muß gestehen, ich habe noch nie zuvor von verzauberten Steinen gehört, die in der Lage sind, zuzuhören!«

»Und die auch sprechen können«, ergänzte der Stein in Aladins Hand. »Wenn man wie ich nur ein kleiner Felsbrokken ist, muß man jeden Vorteil, der sich einem bietet, ausnutzen.«

»Es ist ein Wunder!« stimmte Aladin zu.

»Wirklich?« wiederholte der Stein zweifelnd. »Denk einmal darüber nach. Was nützt es einem, wenn man sprechen und hören kann, aber absolut keine Fortbewegungsmöglichkeit besitzt?«

Dennoch war der Holzfäller noch immer erstaunt. Ali Baba mußte zugeben, daß sein kurzes Leben unter den Räubern ihm jetzt schon Dinge vor Augen geführt hatte, von denen er früher nicht einmal geträumt hatte. Was nicht heißen sollte, daß diese Dinge, wenn er so darüber nachdachte, ihm von irgendwelchem Nutzen gewesen wären, aber sie boten gegenüber dem ununterbrochenen Reiten, Reiten, Reiten zumindest eine angenehme Abwechslung.

»Auf diese Art und Weise«, sagte die Höhle in aller Kameradschaft, »braucht ihr nicht länger innerhalb meiner Gewölbe zu bleiben, damit ich eure Geschichte hören kann. Nein, ihr könnt tatsächlich ein Stück von mir mit auf den Weg nehmen und eure Geschichte unterwegs erzählen. Was der Stein hört, werde auch ich hören.«

»Dann wirst du nichts als Lärm hören«, sagte Aladin, und noch während er es aussprach, erkannte Ali Baba, wie recht er hatte. »Wenn wir erst einmal reiten, werden wir keine Zeit mehr zum Erzählen haben. Dann wird es nur noch das Klappern von Pferdehufen geben.«

»Oje«, erwiderte die Stimme. »Ich hatte keine Ahnung, daß es so schlimm ist. Wißt ihr, als Höhle hat man mit vielem, was sich in der Welt draußen abspielt, so seine Schwierigkeiten.« Die Höhle seufzte, ein Geräusch, das dem Pfeifen des Windes sehr ähnelte. »Um genau zu sein, als Höhle hat man so ziemlich mit allem seine Schwierigkeiten, was nicht kalt und dunkel und tief unter der Erde verborgen ist.

Doch ich habe die Geschichte, die ihr erzählt habt, sehr genossen, und ich würde gerne mehr davon hören.«

Daraufhin nickte Aladin traurig. »Und ich würde gerne weitererzählen. Ich wünschte, wir müßten noch nicht an die Oberfläche zurückkehren.«

Und als hätte oben jemand Aladins Worten gelauscht, vernahm Ali Baba eine weit entfernte Stimme, die rief: »Räuber! Der Sturm ist vorüber!«

Tief aus der Erde ertönte ein dumpfes Poltern. »Ihr habt mich zu einem Entschluß gebracht. Ich glaube, ich habe noch genug Kräfte in mir für ein paar Sandböen. Das sollte eigentlich alle Vorbereitungen, die oben getroffen werden, noch ein wenig verzögern. Doch ihr müßt euch beeilen, denn meine Kraft ist fast verbraucht.«

Die Stimmen klangen jetzt näher: »Räuber! Räuber! Kommt heraus! Der Sturm ist – uff!« Jeder weitere Schrei ging bereits im aufkommenden Wind unter.

»Die Sandböen haben angefangen«, verkündete die Stimme der Höhle, die bereits ein wenig erschöpft klang. »Bitte, erzählt eure Geschichte so schnell ihr könnt.«

»Nun gut«, erwiderte der geschichtenerzählende Räuber, und sein Ton ließ darauf schließen, daß er mit der Wendung, der Ereignisse sehr zufrieden war. »Wie ihr euch vielleicht erinnert, befand sich mein jüngeres Ich, Aladin, als ich meine Geschichte unterbrechen mußte, in der Gewalt der drei Eunuchen, die ein teuflisches Vergnügen daran zu finden schienen, gemeinsam einen jungen Burschen aufzuspießen, dessen einziges Vergehen darin bestand, von der Schönheit der Prinzessin Badabadur überwältigt worden zu sein.«

Aladin verschränkte die Hände vor der Brust. »Was konnte der Junge tun? Er rang verzweifelt die Hände in Erwartung des sicheren Todes.« Der Räuber begann zur Veranschaulichung die eigenen Hände zu ringen, dann hielt er inne und runzelte die Stirn, als wäre eine solche Handlungsweise irgendwie unangebracht. »Und ihr könnt euch nicht vorstellen«, fuhr er fort und schüttelte den Kopf, wie um ihn von abschweifenden Gedanken zu befreien, »was dann geschah: Ein seltsam vertrauter, purpurfarbener Rauch quoll zwischen den Fingern des jungen Mannes hervor.

Als sie das sahen, brachen die Eunuchen ihren todbringenden Marsch ab. Scheinbar waren sie von diesem seltsamen Schauspiel für kurze Zeit überwältigt.

Einen Moment später war der Rauch so schnell wieder verschwunden, wie er aufgetaucht war. Und vor dem überraschten Aladin und den noch erstaunteren Eunuchen stand jener große obsidianfarbene Dschinn aus der Höhle. Der Geist öffnete die Augen, und in ihnen spiegelten sich die Feuer der Dschehenna.

Der Dschinn lächelte und sprach:

Herr bin ich, Herr manch wichtigen Dings,
doch Herr auch vieler Nichtigkeiten.
Sklave bin ich, Sklave des Rings,
doch sehe ich, ihr seid in Schwierigkeiten.
Was ist Euer Begehr, Meister, was ist Euer Begehr?

O ja, dachte der Junge plötzlich, so also funktionierte dieser Dschinn-Zauber. Aladin schwor sich in diesem Augenblick, zu versuchen, diese Magie besser in den Griff zu bekommen. Wirklich, das würde er tun, sobald er sich etwas von diesem Schreck erholt haben würde. In der Zwischenzeit jedoch hielt es der Junge für das Beste, etwas Abstand zwischen sich und die Schwerter zu bringen.

›Bring mich, o Sklave der Lampe‹, sagte er daher, ›zurück in mein Heim und in die Obhut meiner liebenden Mutter.‹

Und augenblicklich sah Aladin, wie sich der Marktplatz vor ihm aufzulösen begann. Er erhaschte einen letzten Blick auf die drei Wachen, die furchterregende Mienen aufgesetzt hatten, jetzt, wo sie ihre Beute verloren hatten. Doch er sah auch die Prinzessin, und in jenem letzten Augenblick zogen sich ihre Mundwinkel nach unten, und ihre Stirn legte sich in Falten. Konnte es sein, daß sie über sein Verschwinden traurig war?

Er blinzelte, der Marktplatz war verschwunden, und er stand wieder mitten in seinem kleinen, aber sauberen Heim.

Seine Mutter hörte sich, sobald sie sich von einer neuerlichen Ohnmacht erholt hatte, sehr aufmerksam seine Geschichte an, runzelte aber sorgenvoll die Stirn, als er erzählte, daß er den Ring benutzt hatte.

›Aber Mutter!‹ widersprach Aladin. ›Der Ring hat mich wieder vor dem sicheren Tod gerettet!‹

›Nun, vielleicht‹, lautete ihre Antwort. ›Aber was hast du überhaupt auf dem Marktplatz zu suchen gehabt? Und dann auch noch Umgang zu pflegen mit *Prinzessinnen*!‹ Ihre Betonung lag auf dem letzten Wort, und daraus schloß der Junge, daß seine Mutter Prinzessinnen nicht als geeigneten Umgang für ihren vortrefflichen Sohn erachtete.

Doch der Junge konnte seine wahren Gefühle nicht länger verbergen, besonders nicht gegenüber jemandem, der ihm so nahestand wie seine Mutter. Also erzählte er ihr, daß er sein Herz an jenes wunderschöne Mädchen verloren hatte, und als sie ihren Sohn so offensichtlich leiden sah, da gab die Mutter schließlich nach und meinte, daß vielleicht bestimmte Prinzessinnen, wenn sie wirklich so wunderbar sein sollten, wie ihr Sohn andeutete, möglicherweise doch als geeignete Heiratskandidatinnen für ihn in Betracht kämen.

Und so gelang es Aladin also, seine Mutter dazu zu überreden, sein Anliegen dem Vater der Prinzessin vorzutragen.« Räuber Nummer Dreißig warf Harun einen Blick zu. »Und zwar im Palast.«

»Immer die beste Stelle in einer Geschichte«, stimmte Harun zu.

»Also bereitete die Mutter des Jungen sich vor, vor den Sultan zu treten«, fuhr der Geschichtenerzähler fort. »Sie putzte sich mit ein paar Kleidern heraus, die Aladin ihr beschaffte, indem er noch mehr von dem prächtigen Tafelgeschirr verkaufte. Außerdem stattete er sie mit wunderlichen Geschenken aus, nach deren Herkunft ihn seine Mutter lieber gar nicht erst fragte.

Doch ihr fragt euch vielleicht, ob eine so bescheidene Frau wie Aladins Mutter tatsächlich so redegewandt vor dem

Sultan auftreten konnte, daß Aladin überhaupt als geeigneter Freier in Betracht kam.«

»Ach«, unterbrach die Stimme der Höhle, »ihr werdet diese Frage zu einem anderen Zeitpunkt stellen müssen. Jede weitere Kontrolle des Wetters liegt außerhalb meiner Macht. Ich muß ganz einfach wieder Luft schöpfen, bevor ich den Wind weiter blasen lassen kann.«

Und wieder konnten die Räuber die Stimmen der anderen Bandenmitglieder von oben rufen hören.

»Ich bin euch dankbar für die *exquisite* Ablenkung«, fuhr die Höhle fort. »Es ist schwierig, etwas Unterhaltung zu finden, wenn man eine Höhle ist. Wenn ihr die Gelegenheit dazu habt, müßt ihr weiter von diesem Abenteuer erzählen. Als Gegenleistung für eure Geschichten werde ich euch Dinge zeigen, die euch zum Vorteil gereichen könnten.« Die Stimme gab einen seltsamen Laut von sich, der wie das Quäken einer Wildgans klang, und Ali Baba erkannte, daß es sich dabei um ein Gähnen handeln mußte. »Und paß auf, daß dieser Stein immer in deiner Nähe ist, Aladin, außer in Zeiten der größten Not. Dann gib ihm demjenigen unter euch, der den jüngsten Bart trägt.«

»Den jüngsten Bart?« fragte Ali Baba und dachte sich, daß dies eine seltsame Art der verzauberten Höhle war, vom jüngsten Räuber Achmed zu sprechen.

»Demjenigen, der gerade gesprochen hat«, erklärte die Höhle weiter. »Demjenigen, dessen Bart durch Zauberei gewachsen ist.«

»Mir?« fragte Ali Baba verwundert.

»Vertrau mir. Die andere Höhle mag dich. Sie hat es zugelassen, daß du Gold aus ihr hinausschaffst, ohne dich zu zerquetschen. Sie sieht sich selbst als gute Menschenkennerin.«

Ali Baba runzelte die Stirn, sagte jedoch nichts mehr. Er hatte niemandem von dem Gold erzählt. Wie konnte die Höhle von solchen Dingen wissen? Er nahm an, daß es damit zusammenhing, daß sie verzaubert war.

»Doch wie kommen wir hier heraus?« fragte Achmed die Höhle.

»Ihr wißt, wie ihr das anstellen müßt«, antwortete die Höhle leicht tadelnd. »Ihr braucht nur das Zauberwort zu sagen.«

Ein Zauberwort, das mit Höhlen zu tun hatte? Aber natürlich! Ali Baba war der erste, der den Mund öffnete und ausrief: »Sesam, öffne dich!«

Woraufhin sich über ihnen ein Loch auftat und blendendes Sonnenlicht hineinließ, und zu dieser Stelle über ihnen führte eine schmale Treppe.

Die Räuber sammelten ihre Habe – einschließlich Kassim – auf und gingen in Richtung Ausgang. Der Holzfäller hörte ein tiefes, aber beständiges Rumpeln. Es dauerte eine Weile, bis Ali Baba das Geräusch deutete. Die Höhle schnarchte leise.

»Weißt du«, wandte Achmed sich an Aladin, während sie die Stufen hinaufstiegen, »wenn du jenen Ring nicht mehr benötigen solltest, würde ich dich gerne von seiner Last befreien.«

»Der Ring? O ja, ich trage tatsächlich einen Ring, nicht wahr?« Doch gleich darauf schien Aladin viel zu sehr damit beschäftigt, einen Fuß vor den anderen zu setzen, um weiter auf dieses Thema einzugehen.

Und als ein Räuber nach dem anderen in dem jetzt blendenden Sonnenlicht auftauchte, war keine Zeit mehr für eine weitere Unterhaltung.

»Ah!« erklang die Stimme des Räuberhauptmanns. »Dann haben wir ja gar nicht so viele Männer verloren, wie wir zuerst dachten.« Er klatschte beifällig in die Hände, wobei er eine Unmenge an Sand aus seinen Gewändern klopfte, die so verstaubt waren, daß sie eher weiß denn schwarz erschienen. »Gut! ich konnte es noch nie leiden, wenn ich mehr als ein Dutzend neue Räuber auf einmal rekrutieren mußte.«

Einer der Räuber deutete auf die Treppe, die Ali Baba und seine Gefährten heraufgekommen waren. »Aber sie sind aus einem Loch in der Erde gekommen! Sollten wir diese Erdspalte nicht genauer untersuchen?«

Ali Baba versuchte blinzelnd seine Umgebung zu erkennen. Viele der mit Sand bedeckten Räuber schienen den Sturm überlebt zu haben, doch war er nicht in der Lage, ihre genaue Zahl zu bestimmen, solange er noch nicht richtig sehen konnte. Allerdings waren es auch gar nicht die Räuber, um die er sich Sorgen machte.

»Was ist aus den Frauen geworden?« fragte er mit heiserer Stimme.

Vor ihm versteifte sich ihr Anführer. »In meiner Räuberbande spricht man nicht offen über offene Löcher in der Erde!« Er klatschte in die Hände. Zwei seiner Untergebenen eilten sogleich herbei. »Bringt ihn fort und spaltet ihn in der Mitte.«

»Aber ich habe diese Frage doch nur für den Fall gestellt, daß dort unten vielleicht Schätze auf uns warten. Mir lag nur das Wohlergehen unserer Truppe am Herzen!«

»Nun gut. Ich werde Gnade vor Recht ergehen lassen. Ihr mögt ihn mit seinem eigenen Schwert spalten.«

Dann wandte er sich Ali Baba zu.

»Die Frauen, die dich im übrigen nichts angehen, sind wohlauf«, sagte ihr Anführer, während er sich den Sand aus den Kleidern bürstete. »Sie waren bei mir.« Er verdoppelte die Anstrengungen beim Säubern seines Gewandes. Offensichtlich hielt er weitere Erklärungen für überflüssig. So verstrich ein Augenblick, bevor der Räuberhauptmann sich erneut an den Holzfäller wandte.

»Doch ich wollte sowieso noch mit dir reden«, sagte er mit einer so glatten Stimme, daß jede Wahrheit auf ihr ausrutschen und hinfallen mußte. »Ich habe sowohl schlechte Nachrichten als auch hervorragende Neuigkeiten. Was möchtest du zuerst hören?«

Ali Baba kam sich vor, als stünde er vor Gericht und als gäbe es nur ein einziges Urteil, das er erwarten durfte: den qualvollen Tod. Während er unter der Erde Aladins Geschichte gelauscht hatte, hatte er sich sogar ein wenig entspannt, und was hatte er nun davon? Jetzt würde er jeden weiteren Schritt mit äußerster Vorsicht tun müssen, denn ohne Zweifel hing sein Leben davon ab.

Der Räuberhauptmann, der bereits kleinere Verstöße

gerne mit der Entfernung von Zähnen und Fingern ahndete, wartete. Welche Frage würde ein Räuber zuerst stellen? Sicherlich nicht die nach den hervorragenden Neuigkeiten. Deshalb entschied sich Ali Baba für die andere Möglichkeit, wobei er jedes Wort auf die Goldwaage legte:

»Ich glaube, ich würde gerne zuerst die schlechte Nachricht hören.«

»Bravo, so spricht ein wahrhaft verkommener Mensch!« lobte der Anführer der Räuber. »Du lernst erstaunlich schnell, dich unserer niederträchtigen Bande anzupassen!« Er lächelte auf eine Art und Weise, die nicht besonders angenehm war. »Die unangenehme Nachricht ist die, daß unsere beiden jüngsten Mitglieder befördert werden!«

Ali Baba starrte den Räuberhauptmann an. Wenn das das Schlimmste war, das ihn erwartete, machte er sich vielleicht völlig grundlos Sorgen. »Ja«, fuhr Nummer eins fort, »es sieht so aus, als sei eine bestimmte Anzahl unserer Mitglieder während dieses jüngsten Sturmes verlorengegangen oder erstickt oder an rätselhaften Stichwunden gestorben. Daher bist du nun Räuber Nummer Dreiunddreißig, und dein Bruder im Weidenkorb ist Räuber Nummer Vierunddreißig!«

Nun, das war in der Tat gar nicht so übel – einmal abgesehen von den äußerst verdächtigen Todesfällen. Doch machte Ali Baba sich darüber vorerst keine Gedanken, denn Räuber Nummer Eins starrte ihn erneut gespannt an. Der Holzfäller verstand, daß man die nächste Frage von ihm erwartete.

»Und was«, fragte er, diesmal mit leichterem Herzen als zuvor, »o Anführer, sind die guten Neuigkeiten, die Ihr mir mitzuteilen wünscht?«

Niemals zuvor hatte der Holzfäller den Hauptmann breiter grinsen sehen als jetzt, da er folgende Antwort gab: »Die gute Neuigkeit ist, daß du beweisen darfst, aus welchem Holz du geschnitzt bist – und zwar in einer Situation, in der es um Leben und Tod geht. Wenn wir erst einmal unsere magische Zahl von vierzig verloren haben, halte ich besondere Rücksichtnahme gegenüber neuen Bandenmitgliedern für nicht mehr wichtig. Denn was bedeutet in einer solchen Lage schon ein Räuber mehr oder weniger?«

Wie um diese Bemerkung noch zu unterstreichen, wehten im selben Augenblick die Schreie des Mannes zu ihnen hinüber, der ganz kurz vor seinem unerwarteten Tod die Höhle in der Erde erwähnt hatte.

»Sehr gut«, fuhr Nummer Eins fort. »Es freut mich, daß du mir zustimmst.«

Hatte er das getan? Allerdings war Ali Baba auch nicht in der Lage, sich eine andere, nicht-tödliche Alternative vorzustellen. Der Räuberhauptmann klatschte in die Hände. »Reicht ihm sein Schwert!«

Zwei Männer traten vor, von denen einer einen Säbel in der Hand hielt. Wenigstens hatten sie sich die Zeit genommen, das Blut von der Klinge zu wischen. Ali Baba starrte mit großen Augen auf die todbringende Waffe.

»Weiß er, welches Ende das Heft ist?« fragte der Mann mit dem Schwert.

Ali Baba überdachte schnell sein ganzes Wissen über Säbel, das ihm sagte – und damit war es bereits erschöpft –, daß das Heft das Ende ohne Spitze war. Er ergriff dieses Heft so, wie er andere Männer einen Säbel hatte halten sehen. Die Waffe riß ihm die Arme nach unten. Er hätte niemals vermutet, daß ein Schwert so schwer sein konnte.

»Nun, du wirst es noch lernen«, sagte der Mann, der ihm den Säbel überreicht hatte, »oder wir werden ein anderes Schwert holen müssen.«

»Oder vielleicht einen anderen Schwertträger«, lautete das letzte Wort ihres Anführers in dieser Sache. »Doch du wirst es nicht augenblicklich gebrauchen müssen. Ich denke, wir können dir ein paar Stunden zugestehen, in denen du üben kannst, damit umzugehen.«

»Ho!« erklang eine Stimme vom anderen Ende ihres Lagerplatzes. »Wir haben eine Karawane gesichtet! Nähert sich aus Nord-Nordost!«

»Andererseits wiederum«, fuhr Räuber Nummer Eins fort, »wirst du es vielleicht doch in unmittelbarer Zukunft gebrauchen müssen.«

Das 20. der 34 Kapitel, in dem man zwar auf eine Karawane stößt, aber wenig umverteilt wird.

»Was für eine Karawane?« rief der Räuberhauptmann zur anderen Seite des Lagers hinüber.

»Eine große!« kam die Antwort.

Als er dies hörte, begannen die Mundwinkel des Anführers voller Vorfreude zu zucken. »Kamele?« fragte er weiter.

»Hunderte!« erwiderte man ihm.

Räuber Nummer Eins hüpfte fröhlich von einem Bein auf das andere. »Ja, ganz sicher wirst du dieses Schwert schon in Kürze gebrauchen. Doch das wird nicht alles sein, was du brauchst, nicht wahr?« Der oberste Räuber sah Ali Baba an, als teilten sie ein Geheimnis miteinander. Der Holzfäller wünschte, er hätte eine Ahnung, worin dieses Geheimnis bestand.

»Endlich ist die Zeit gekommen, da du beweisen kannst, was in dir steckt!« kicherte Nummer Eins vergnügt. »Was nicht heißen soll, daß wir von dir verlangen, etwas zu stehlen.«

Ali Baba war sich nicht ganz im klaren darüber, wie er sich auf diese Neuigkeiten hin verhalten sollte. So etwas verlangten sie also nicht?

»Zumindest nicht gleich«, fuhr der Anführer erklärend fort. »Eine besondere Ehre soll dir zuteil werden. Du wirst der erste sein, der unser großzügiges Karawanen-Umverteilungsprogramm in einem Dünenversuch testen darf. Daher wirst du ihnen also Gold *geben* und nicht abnehmen. Das dürfte dir doch sicher keine Schwierigkeiten bereiten?«

Ali Baba nahm an, daß dies zutraf. Vielleicht würde er sein Schwert doch nicht gebrauchen müssen. Er versuchte zu schlucken, doch der Sand um ihn herum schien die Kehle völlig ausgetrocknet zu haben.

»Natürlich wirst du«, fuhr der Hauptmann fort, »sobald du herausgefunden hast, wo sie deine großzügige Gabe versteckt haben, hingehen, und sie ihnen wieder abnehmen – zusammen mit allem Gold und Reichtum, den du möglicherweise dort noch findest.« Der Anführer der Männer in Schwarz hüstelte vornehm. »Aber als Räuber sollte dir auch das keine Schwierigkeiten bereiten, oder?«

Der Holzfäller runzelte die Stirn. Er nahm an, daß auch das zutraf. Allerdings verstand er nicht ganz, worauf der Räuberhauptmann hinaus wollte. Lag es daran, daß Ali Babas Gedanken immer wieder zu dem Schwert zurückkehrten, das er in den Händen hielt und das er möglicherweise bald schon würde gebrauchen müssen?

Der Anführer fuhr fort, ihm in aller Ausführlichkeit darzulegen, was ihn erwartete; wie er sich der Karawane mit gebeugtem Haupte nähern sollte, sein Geschenk deutlich sichtbar vor sich haltend. Seine Unerfahrenheit im Umgang mit einem Säbel würde ihm vielleicht sogar zum Vorteil gereichen. Wer würde schon jemandem mißtrauen, der nicht in der Lage war, ein Schwert zu führen? Und wenn die ahnungslosen Händler dann die Gabe angenommen und ihre eigenen Schätze enthüllt hätten, sollte Ali Baba, der ja jetzt Räuber Nummer Dreiunddreißig war, ein Zeichen geben, das hieß: Seine Stimme aus irgendeinem Grunde erheben, vielleicht um einen lauten Lobgesang auf die Händler anzustimmen. Die Räuber würden dann schon den Rest erledigen. Ein so einfacher Plan dürfte doch sicherlich keinerlei Schwierigkeiten bereiten, oder?

»Eines solltest du allerdings noch wissen«, fügte der Hauptmann zum Schluß hinzu. »Fehlschläge schätze ich nicht besonders.«

Trotz seiner bescheidenen Erfahrungen in den Reihen der Räuber stimmte der Holzfäller dem restlos zu. Ali Baba hob sein Schwert und versuchte, es in die Schärpe zu stecken, ohne sich dabei zu erstechen.

»O Bruderherz!« rief Kassim aus seinem Korb heraus. »Vielleicht sehe ich dich nie mehr wieder. Möglicherweise war ich manchmal zu hart zu dir. Ich werde deine Frau wissen lassen, wie du gestorben bist.«

Soweit Ali Baba sich erinnern konnte, war dies das erste Mal, daß sein Bruder ein freundliches Wort für ihn übrig hatte. War denn der Tod des Holzfällers tatsächlich so unausweichlich?

»Du scheinst über deinen Auftrag nicht gerade erfreut zu sein«, meinte der Hauptmann der Räuber weiterhin. Ali Baba merkte, daß es ihm wohl nicht besonders gut gelungen war, seine Gefühle zu verbergen. Andererseits war er ja fast schon ein toter Mann, was machte es da also noch für einen Unterschied?

»Mach dir keine Sorgen«, munterte ihn der Anführer auf. »Wir werden dich nicht alleine gehen lassen.«

Dann waren all die Sorgen des Holzfällers also umsonst gewesen? Die Sache sah schon ganz anders aus, wenn er ein Dutzend kampferprobte Räuber in seinem Gefolge hatte.

»Danke, o Hauptmann«, meinte Ali Baba erleichtert.

Doch Nummer Eins tat Ali Babas Dankbarkeit mit einer Handbewegung ab. »Es gibt keinen Grund, mir dankbar zu sein. Du bekommst nur, was du verdienst.« Er deutete mit einer edelmütigen Geste auf den Weidenkorb neben Ali Baba. »Du kannst deinen Bruder mitnehmen.«

»Mich?« kreischte Kassim aus seinem Behältnis heraus. »Aber ich habe überhaupt keine Möglichkeit, bei der Beschaffung des Goldes zu helfen!«

»Du bist viel zu bescheiden«, tadelte der Räuberhauptmann. »Du hast zwei gesunde Hände, um Dinge zu stehlen und Waffen zu halten, auch wenn diese Hände im Augenblick nirgendwo befestigt sein mögen. Und ich kann mir keinen geeigneteren Ort vorstellen, um Beute zu verstecken, als diesen Weidenkorb da!«

Er mußte über die eigene Schlauheit lachen, und viele der anderen Räuber stimmten in dieses Lachen mit ein. »Jeder neue Räuber muß sich in unserer Bande bewähren.« Er tätschelte den Korb mit einer großzügigen Geste. »Am Ende stellen sich deine geringfügigen Beeinträchtigungen noch als Vorteil heraus.«

»Und der Tod beendet sowieso alle Beeinträchtigungen«, meinte Räuber Nummer Zwei, wobei er halb sprach und halb vor Vergnügen pfiff.

»Ah, der Zweite unter den Räubern«, sagte der Anführer, und aus seiner Stimme klang die reinste Güte. »Hast du immer noch ein paar Zähne im Mund?«

Das fast zahnlose Lächeln auf den Lippen des anderen war wie weggewischt. Er nickte stumm.

»Nun, nicht mehr lange«, versicherte ihm Räuber Nummer Eins.

Ali Baba wußte nicht, ob er es in seinem gegenwärtigen Gemütszustand ertragen würde, der Entfernung eines weiteren Backenzahnes beizuwohnen. Er hielt es daher für angebracht, die Sprache wieder auf das eigentliche Thema zu bringen. »Vergebt mir, o vorzüglichster aller Halsabschneider, aber wäre es nicht ratsam, unsere Vorbereitungen zu einem Abschluß zu bringen, bevor die Karawane an uns vorübergezogen ist?«

»Du wagst es?« brüllte Nummer Eins, und sein Gesicht nahm eine purpurne Färbung an, wie Ali Baba sie abstoßender noch nie zuvor gesehen hatte. Doch der Anführer griff sich mit beiden Händen in den Bart, und irgendwie gelang es ihm, den aufbrausenden Sturm in sich zu beruhigen. »Nein, nein, es liegt nicht in unserem Interesse, daß du zu diesem Zeitpunkt ein paar Finger verlierst, wo du doch schon so kaum ein Schwert halten kannst. Du sollst deine erste Prüfung im bestmöglichen Zustand antreten. Später können wir dein Benehmen immer noch unseren Vorstellungen entsprechend verbessern.«

»Die Karawane!« ertönte die Stimme des Beobachtungspostens vom anderen Ende des Lagers her. »Sie hat uns fast erreicht!«

»Ihr sagt, es wäre an der Zeit für unser Umverteilungsprogramm«, behauptet Ali Baba wagemutig. Hatte er noch etwas zu verlieren? Auch wenn er in naher Zukunft vielleicht kein toter Mann sein würde, so würde er doch mit Sicherheit ein verstümmelter sein. »Was soll ich der Karawane geben?«

»Geben?« erwiderte der Räuberhauptmann, als wäre er sich noch im unklaren darüber, was dieses Wort eigentlich bedeutete, und müsse zur nächsten Oase des Du-Den-Stammes reiten, der sich traditionsgemäß dem Studium der alten Schriften und Sprachen verschrieben hatte, um sich nach seinem Sinn zu erkundigen. »Geben? Nun ja. Oje, oje. Geben. Es bleibt uns wohl nichts anderes übrig, als unsere Beute nach einem geeigneten Geschenk zu durchsuchen.«

Er klatschte in die Hände, und sieben Räuber rissen sich förmlich darum, dicke Säcke voller Haushaltsgegenstände aus Kassims ehemaligem Heim anzuschleppen.

»Doch nicht alles!« wies der Hauptmann sie scharf zurecht. »Wir brauchen uns nur einen Bruchteil davon anzusehen. Schließlich wollen wir nicht unsere ganze Schatzkammer ausräumen!«

Sechs der Räuber drehten sich augenblicklich um, und alle Säcke außer einem wurden wieder zu jenen geheimen gut bewachten Plätzen zurückgebracht, von denen sie hergekommen waren.

»Nun ...« Der Räuberhauptmann sprang vor Entsetzen beinahe in die Luft, als der Räuber sich mit dem geöffneten Sack vorbeugte. »Nein! Bei Allah, schütte den Inhalt nicht auf den Boden! Etwas Wertvolles könnte im Sand verlorengehen! Und alles ist wertvoll! Jeder Becher! Jede Münze!« Er hielt einen Moment inne, um sich ans Herz zu greifen und seinen Atem zu beruhigen. »Nein, setz den Sack lieber vorsichtig vor mir ab. Ich werde mir den Inhalt mit der größtmöglichen Vorsicht ansehen.«

Der Räuber, der den Sack hielt, fürchtete nun doch um seine Zähne und Finger. Er ließ den großen Beutel auf den Boden nieder, als bestünde er aus feinstem Kristall. Der Anführer trat einen Schritt vor, öffnete die leinengewebte »Schatztruhe« und begann nach jedem einzelnen Gegenstand im Innern zu tasten, wobei er gelegentlich das eine oder andere Stück aus dem Beutel ans Tageslicht zog.

»Nein, nein«, murmelte er, »zu groß, viel zu wertvoll.« Er suchte eine ganze Weile, wobei er das Klimpern und Klappern im Sack gelegentlich mit einer Bemerkung wie »Niemals!« oder »Ein Gegenstand wie dieser wäre *nie* zu ersetzen!« oder »Nur über meine Leiche!« übertönte. Doch dann hielt er inne, und seine Lippen zitterten bei dem Gedanken, das verhaßte Wort »geben« noch einmal aussprechen zu müssen.

»Ah«, brachte er einen Moment später hervor, »ich glaube, ich habe das Richtige.«

»Dann habt Ihr das Geschenk gefunden?« fragte Ali Baba.

»Geschenk? Das hört sich ja noch schlimmer an als das andere Wort.« Der Räuberhauptmann lächelte nervös, als er einen Gegenstand aus dem Sack hervorzog. Es war etwas derart Winziges, daß Ali Baba zuerst gar nicht erkennen konnte, um was es sich eigentlich handelte. »Nun gut, wir werden ihnen diesen winzigen goldenen Eierbecher geben.« Der Anführer lächelte. Er schien stolz darauf, wie er diese harte Prüfung gemeistert hatte. »Sehr geschmackvoll, nicht wahr?«

Ali Baba, immer noch in Erwartung des baldigen Todes meinte: »Für ein Geschenk ist das recht wenig.«

»Was? Wie kannst du es wagen ...« Die Wut des Räuberhauptmannes verflog, als er sah, wie der Eierbecher in seiner geballten Faust verschwand. »Oh, vermutlich hast du recht. Nun gut. Oje, oje.« Er starrte noch einmal in den Sack. »Ich habe da einen größeren Teller entdeckt, von dem ich mich vielleicht trennen könnte. Er zeugt von einem außergewöhnlich schlechten Geschmack.«

Diese letzte Bemerkung überraschte Ali Baba nicht im mindesten, war er doch, wenn auch nur aus einer gewissen Entfernung, hinreichend mit dem Geschmack seines Bruders vertraut. Der Anführer der Räuber kramte erneut im Sack, und mit einem gewaltigen Seufzer brachte er einen Teller von beträchtlicher Größe und einigem Gewicht zum Vorschein.

Es war vielleicht das erste und letzte Mal, daß Ali Baba dem Anführer der Räuber aus ganzem Herzen zustimmen mußte. Er hätte diesen Teller *bemerkenswert* nennen können, aber dieses Wort reichte bei weitem nicht aus, die wirklich überwältigenden Eigenschaften dieses Kunstwerkes auch nur andeutungsweise zu beschreiben. Vielleicht waren die vergoldeten Nymphen, die einander auf dem Rand hinterherjagten, ein wenig zuviel des Guten. Vielleicht aber waren es auch die kunstvoll mit Juwelen dargestellten Szenen aus dem Alltagsleben sowohl der Bauern als auch der Stadtbewohner, die den Teller innerhalb dieses Randes so schön schmückten. Und dann war da auch noch die Darstellung des Kosmos, für die man natürlich nur für die Sonne und die fünf Planeten größere Juwelen verwendet hatte. Möglicherweise aber war es nur der überaus gelungene Stich badender Jungfrauen in reinstem Silber, der den Teller jenseits allen guten Geschmacks erscheinen ließ. Oder konnte es etwa jenes Relief aus Obsidian sein, das in seiner Mitte prangte und eine Vase darstellte, die sich, wenn man darauf drückte, öffnete und den Blick freigab auf den Namenszug »Kassim«, der dort mit Diamanten geschrieben stand? Nun, entweder war es das oder einer der anderen gut ein halbes Dutzend zählenden Vorzüge, die Ali Baba angesichts seines revoltierenden Magens unmöglich aufzählen konnte. Und dabei hatte er natürlich die zusätzlichen Kunstfertigkeiten auf der Rückseite des Tellers noch gar nicht berücksichtigt.

Der Räuberhauptmann hatte einige Schwierigkeiten, die Augen von dem Teller abzuwenden. »Ja, ich glaube, das sollte unser Geschenk sein. Je eher es aus meinem Blickfeld verschwunden ist, um so besser.«

»Zieht Ihr etwa meinen Geschmack in Zweifel?« fragte Kassim, der, wenn man es genau bedachte, noch weniger zu verlieren hatte als sein Bruder.

»Wenn ich mir diese Schale da ansehe, erlaube ich mir keinerlei wie auch immer geartete Meinung«, gab Räuber Nummer Eins zu. »Es gibt einfach gewisse Dinge, die anzunehmen der Verstand sich weigert.«

»Das ist genau der Grund, warum ich diesen Teller habe anfertigen lassen!« behauptete Kassim voller Stolz. »Obwohl es eine Schande ist, daß die Brennöfen meiner Heimatstadt nicht dazu in der Lage waren, auch nur einem meiner ehrgeizigen Entwürfe gerecht zu werden.«

»Zweifellos, zweifellos«, wiederholte der Hauptmann,

redlich bemüht, den Teller nicht länger anzusehen, und sogar jede Berührung damit zu vermeiden. »Er wird die Geschenkübergabe gewiß zu einem einmaligen Erlebnis machen.« Er zwang sich dazu, noch einmal auf die anstößige Schale hinunterzusehen. »Doch bevor ich sie dir übergebe, sollte ich vielleicht einige der größeren Juwelen herausbrechen.«

»Ho!« rief der Wachposten vom anderen Ende des Lagers her. »Die Karawane entfernt sich jetzt wieder!«

Der Hauptmann griff den Teller und warf ihn dem Holzfäller zu. »Oh, nun gut, nimm die ganze Platte, obwohl ich mir jetzt schon sicher bin, daß ich diese Großzügigkeit bereuen werde, wenn ich in hohem Alter einmal an Armut zugrunde gehe!«

Ali Baba fing das nur unwillig gegebene Geschenk auf. Es umfaßte ganze vier Handspannen, und durch die Juwelen und eingearbeiteten Steine wog es schwer. Irgendwie gelang es ihm, es auf dem Korb, der Kassim enthielt, im Gleichgewicht zu halten. Seufzend hob er beides etwa hüfthoch vom Boden.

Wenn es ihm jetzt noch gelang, mit seinen beiden Lasten die leichte Steigung hinauf zu dem Dünenkamm zu nehmen, hinter dem die Karawane eben erst verschwunden war, dann würde er vielleicht auch den Auftrag des Hauptmanns erfüllen können.

Wenn, ja, *wenn* es nicht diese kleineren Probleme gegeben hätte. Wie konnte jemand vorwärts kommen, wenn ihm ständig ein Schwert gegen die Knie schlug? Und sein Bruder war, obwohl er jetzt in mehrere Teile gehackt war, nicht leichter als früher, als er noch aus einem Stück bestanden hatte. Und selbst die Muskeln eines Holzfällers wurden bis an die Grenzen ihrer Belastung gespannt, wenn sie beides, Bruder und Teller, tragen mußten.

Zu allem Überfluß wollte Kassim einfach nicht den Mund halten. »Soll ich etwa unbewaffnet da hinausgehen?«

»Du hast recht«, stimmte ihm Nummer Eins höflich zu. »Wir werden ein Schwert in deinem Korb verstecken.«

Also würde er noch schwerer tragen müssen? Nun,

irgendwie würde Ali Baba lernen, es mit einem Lächeln zu ertragen.

»Gebrauche diesen Korb zu deinem Vorteil«, wies der Räuberhauptmann Ali Baba an, während er ein Kurzschwert darin verstaute. »Vielleicht kann sein Inhalt auf Beute ausgehen, während du die Karawane ablenkst.«

Und so kam es also, daß Ali Baba ausgesandt wurde, um den niederträchtigen Karawanen-Umverteilungsplan zu erproben. Den Worten des Räuberhauptmanns nach erschien dieses Vorhaben nicht nur möglich, sondern auch unfehlbar. Als er sich jedoch der Karawane näherte, kamen dem Holzfäller Zweifel, die noch viel schwerer wogen als seine Last. Sicherlich hat ein weiser Mann einmal gesagt, daß es schwer ist, das Selbstvertrauen zu bewahren, wenn man nicht einmal dazu in der Lage ist, richtig zu gehen.

Doch mit einer solchen Einstellung würde er keine Schlacht gewinnen. Er dachte immer nur an das Schlimmste. Vielleicht würden die Mitglieder dieser Karawane ihm ja die Gelegenheit geben, sein Anliegen vorzubringen, und die Umverteilung würde schnell über die Bühne gehen; schnell und so schmerzlos wie möglich. Ali Baba mußte sich nur immer wieder sagen, daß nicht jeder so rasch sein Urteil fällte wie der Anführer der vierzig Räuber.

An diesem Punkt seiner Überlegungen erreichte er die Spitze des Dünenkammes und entdeckte in einiger Entfernung die Karawane. Und die Karawane entdeckte ihn.

»Räuber!« schrie eine Stimme. »Räuber! Ich würde dieses schwarze Gewand und diesen Bart überall wiedererkennen!«

Das fing ja gut an! Ali Baba wußte, daß ihn der sichere Tod erwartete, wenn er sich jetzt einfach umdrehte und zurückging. Aber auch das Weitergehen schien ihm nichts anderes als einen Schwertstich zwischen die Rippen zu versprechen. Wenn er nur zum Reden käme, bevor größere Waffen mit ins Spiel gebracht wurden, dann hätte er vielleicht eine Chance! Er wünschte sich im Augenblick nichts so sehr, wie die gewandte Zunge einer Marjanah.

Während er näher kam, konnte er die Händler und Kameltreiber miteinander streiten hören. Nachdem er jetzt eine ganze Zeitlang unter Männern gelebt hatte, die sich stets nur in Schwarz kleideten, war es etwas seltsam, Männer in vielfarbigen Kleidern zu sehen. Ja, es gab sogar eine ganze Reihe von Händlern, die reines Weiß trugen. Auf unerklärliche Weise kamen ihm einige dieser Männer bekannt vor, und der Holzfäller gelangte zu dem sicheren Schluß, daß sie ihre Ware zuvor in seiner Heimatstadt verkauft haben mußten. Als Ali Baba allerdings erkannte, daß der Streit unter den Händlern und Kameltreibern mit gezückten Schwertern geführt wurde, waren all diese Gedanken wie weggewischt. Für einen kurzen Moment glaubte er, daß sie sich vielleicht untereinander bekämpften, doch die Säbel schienen hauptsächlich dazu benutzt zu werden, die Luft zu durchschneiden, und es erklang keinerlei Klirren von Metall auf Metall. Dies ließ nur einen einzigen Schluß zu: Die Schwerter waren ihm zugedacht.

»Ich sage euch, er muß ein Räuber sein«, rief ein Händler. »Wer sonst trägt dieses Schwarz?«

»Entweder ist er ein Räuber«, stimmte ihm ein anderer zu, »oder er trägt Trauer.«

»Also für mich«, überlegte einer der Kameltreiber, »sieht er aus wie ein Holzfäller.«

Damit erntete er allgemeines, herzhaftes Lachen bei den Händlern. Sie schienen ihre Schwerter nicht länger über den Köpfen schwingen zu wollen.

Der Kameltreiber entschloß sich dazu, seinen Scherz noch weiter zu treiben. »Wie könnte er auch ein Räuber sein, außer sie nehmen jetzt auch Holzfäller in ihren Reihen auf?«

»Es ist wirklich erstaunlich«, stimmte einer der Händler zu, »daß er sich nicht selbst mit seinem Säbel verletzt.«

Ali Baba war wirklich überrascht. Irgendwie war es ihm wohl gelungen, sie von seiner Harmlosigkeit zu überzeugen. Und jene Bemerkung über die Trauerkleidung hatte ihm außerdem noch einen guten Einfall beschert.

»Wir sind Pilger«, rief er der versammelten Karawane entgegen, »Pilger auf der Wanderschaft!«

»Pilger?« rief einer der Händler zurück. »Nun, was dein

bescheidenes Auftreten betrifft, glaube ich dir das gerne. Aber hier in der Nähe ist nicht eine einzige heilige Stätte.«

Keine einzige? Der Holzfäller hatte angenommen, es gäbe überall heilige Stätten, aber das kam vielleicht daher, daß er sein ganzes bisheriges Leben in der Stadt zugebracht hatte. In der Wüste, ja, da gab es wahrscheinlich keine heiligen Stätten. In der Wüste, da gab es nur Wüste.

Doch wenn es hier keine heiligen Stätten gab, was konnte er dann auf diese Bemerkung hin erwidern. Langsam machte sich Verzweiflung in Ali Baba breit.

»Genau darin besteht die uns auferlegte Bürde!« antwortete er daher, und er war sich selbst nicht ganz im klaren darüber, was er damit meinte.

»Dorthin zu gehen, wo es keine heilige Stätte gibt?« rief jemand aus der Karawane voller Staunen.

Dies schien die Händler am Ende doch noch zu beeindrukken. Alle Schwerter wurden augenblicklich wieder eingesteckt.

»Du mußt wirklich ein Heiliger sein mit solch einem Ziel vor Augen«, meinte der Kameltreiber, der ihn zuvor einen Holzfäller genannt hatte. »Es wird ein Leben lang dauern, und du wirst noch immer nirgendwo angelangt sein. Ich wünschte, ich wäre fähig, ein solches Opfer auf mich zu nehmen!«

Diese Bemerkung brachte den Holzfäller auf einen weiteren Gedanken. Er sagte: »Ein solches Opfer gedenke ich nun darzubringen.« Er ruckte mit dem Kinn nach vorne, um auf die Dinge hinzuweisen, die er mit sich schleppte. »Ich habe ein Geschenk für euch.«

»Ah!« rief ein Kameltreiber verzückt. »Ich habe mir schon immer einen Weidenkorb gewünscht!«

Nun, das hatte der Holzfäller eigentlich nicht gemeint. Außerdem glaubte er nicht, daß sie den Korb so begierig entgegengenommen hätten, wenn sie den Inhalt gekannt hätten. Allerdings würde er den Inhalt gar nicht erst erwähnen, denn seine Aufgabe bestand ja nicht darin, diese Menschen mit Abscheu zu erfüllen, sondern ihr Vertrauen zu gewinnen.

»Ach, nein«, sagte er. »Dieser Korb enthält all meine weltliche Habe sowie den Grund für meine Pilgerfahrt.« Wenn er es recht betrachtete, so entsprachen beide Behauptungen in gewisser Weise sogar der Wahrheit. »Ich habe euch vielmehr einen äußerst wertvollen Teller gebracht.«

Mit diesen Worten setzte er Kassim auf dem Boden ab und hob das große, protzige Geschenk in die Höhe. Die Händler mußten die Augen mit den Händen abschirmen, so sehr blendete der Teller im gleißenden Licht der Sonne. Und sie schützten ihre Augen auch dann noch, als Ali Baba die Schale in einem etwas flacheren Winkel hielt und die Sonne sich nicht länger darin spiegelte. Danach herrschte lange Sprachlosigkeit unter den Händlern.

»Sicherlich hast du eben von einem anderen Teller gesprochen«, brachte schließlich einer der Händler hervor.

Ein zweiter, der alle Farbe im Gesicht verloren zu haben schien, fragte: »Du erwartest von uns, daß wir so etwas annehmen?«

»Aber es ist von unschätzbarem Wert!« Ali Baba versuchte, die Schale in seinen Händen bewundernd anzusehen, doch auch er mußte feststellen, daß seine Augen nicht sehr lange darauf verweilen konnten.

»Ja, das stimmt. Diesen Teller würde ich auf keinen Fall schätzen«, stimmte einer der Händler zu.

»Nein, nein, die einzelnen Teile dieses ... dieses ... Dings sind vielleicht ihr Geld wert«, stieß einer seiner Gefährten unter offensichtlichen Schwierigkeiten hervor, »wenn sie unbeschädigt entfernt werden könnten und man kein Wort über ihren Ursprung verliert.«

»In der Tat«, stimmte ein Kameltreiber zu, »wir könnten das ... Ding einschmelzen.«

»Sofern es jemand lange genug anschauen kann«, meinte einer der Händler, »ohne sich dabei zu übergeben.«

»Diesen prächtigsten aller Teller?« empörte Kassim sich lautstark aus seinem Korb heraus. »Dieses kunstvollste aller Kunstwerke? Zweifelt ihr etwa an meinem Geschmack?« Möglicherweise, so überlegte Ali Baba, war es ein Fehler gewesen, von Kassims Besitztümern das weggeben zu wollen, woran sein Herz am meisten hing.

»Was war das?« fragte der Kameltreiber erstaunt. »Das hörte sich gar nicht nach dir an. Diese Stimme klang eindringlich und geradeheraus. Wirklich, das könnte die Stimme eines Räubers gewesen sein!«

»Hast du etwa in einer anderen Stimme geredet?« fragte einer der Händler voller Interesse.

»Vielleicht ist er besessen«, schlug ein anderer vor.

»Ein Pilger, der dazu auch noch besessen ist?« rief ein dritter Händler ehrfurchtsvoll. »Das muß ein wahrhaft heiliger Mann sein.«

»Oder einer, der vollkommen plemplem ist«, schränkte der erste Händler ein.

»Oder vielleicht noch schlimmer«, vermutete der Kameltreiber, »ein Räuber, der lügt.«

Es war erschreckend, dachte Ali Baba, wie nah sie damit der Wahrheit kamen. Er mußte rasch was sagen, bevor sie ihren Gedankengang weiterspinnen konnten. »Bitte, nehmt den Teller!« flehte er die Mitglieder der Karawane an. »Da ich ein Pilger bin, muß ich ein Opfer darbringen!«

»Nein«, widersprach der erste Händler, »ich denke, diesen Teller anzunehmen ist ein weitaus größeres Opfer.«

Doch Ali Baba konnte, wenn er wollte, ebenfalls sehr unnachgiebig sein. Immerhin ging es um sein Leben. »Ich muß euch diesen Teller geben!«

Aber die Händler argumentierten genauso vernünftig weiter, wie sie stur blieben. »Nein, du bist ein armer Pilger«, sagte der zweite. »Es käme uns nie in den Sinn, etwas ohne Gegenleistung von dir anzunehmen.«

Der dritte Händler griff in seine Börse. »Wir bestehen darauf, daß du diese Kupfermünzen annimmst.«

»Und den Teller kannst du behalten!« rief der erste Händler.

Ha! Ali Baba würde es schon noch gelingen, diese schlauen Händler auszutricksen! Denn wie konnte er ihr Geld entgegennehmen, wenn er doch mit beiden Händen diese häßliche Schale halten mußte?

»Ich werde die Münze für dich in den Korb legen«, bot der dritte Händler großzügig an. Und noch bevor Ali Baba etwas dagegen unternehmen konnte, trat der Mann an den Korb. Zum Glück hob der Händler den Deckel des Korbes gerade nur hoch genug, um die Geldstücke hineingleiten zu lassen. Dennoch: Wie sagt der weise Mann? Glück währt nicht ewig.

»Heh!« protestierte Kassim, als die Münzen ihm auf den Kopf fielen.

»Was war das für ein Laut?« fragte der Händler, der Ali Baba am nächsten stand und runzelte verwundert die Stirn.

Der Holzfäller versuchte ein Lächeln. »Es ist nur ein Nervenleiden, das ich mir durch das lange Umherirren in der Wüste zugezogen habe«, antwortete er und fügte außerdem hinzu: »Heh! Heh! Heh!« Um die Wirkung noch zu steigern, hüpfte er ein wenig auf und ab.

»Ganz zu schweigen von der langen Zeit, die ich in einem Korb zugebracht habe!« ergänzte Kassim. Es schien, als gäbe es jetzt, da er erst einmal seine Stimme gefunden hatte, keine Möglichkeit mehr, ihn am Sprechen zu hindern.

»Wenn du nervös bist«, fragte der erste Händler, »sprichst du also mit einer anderen Stimme aus dem Korb heraus?«

»Ich schwöre euch, das hört sich wie ein Räuber an«, meinte der Kameltreiber, »und noch dazu wie ein Räuber, den ich früher gekannt habe.«

Ali Babas Herumhüpfen schien nicht die erhoffte Wirkung erzielt zu haben. »Sicherlich«, stieß er kaum hörbar zwischen den Zähnen hervor, »irrt Ihr Euch, o Kameltreiber.« Das sah gar nicht gut aus! Er war, was das Karawanen-Umverteilungs-Programm betraf, noch keinen Schritt weitergekommen. Statt der riesigen Mengen an Gold, die sein Anführer zu entdecken hoffte, war alles, was er bisher zu Gesicht bekommen hatte, jene wenigen Münzen, die der andere Mann aus seinen Gewändern gezogen hatte. Daher fragte er voller Verzweiflung: »Ihr wollt den Teller also nicht nehmen? Was kann ich euch dann geben?«

»Wir wollen eine Ant ...«, setzte der Kameltreiber an, als würde er über etwas ganz anderes nachdenken. »Entschuldige. Zeig uns lieber noch einmal diesen Trick mit dem Weidenkorb!«

Kassim schwieg.

»Vielleicht«, schlug einer der Händler vor, »müssen wir noch etwas in den Korb hineinwerfen. Etwas Schwereres hat möglicherweise eine viel größere Wirkung. Wie wäre es mit einer dieser braunen Kürbisflaschen, mit denen wir zahllose Säcke gefüllt haben.«

»Kürbisflaschen?« wiederholte Kassim lauter als nötig. »Das ist kein Trick! Das bin ich in meiner ganzen Stattlichkeit, und dies ist vorübergehend mein Heim, und ich werde es nicht zulassen, daß irgendwelche Leute mir wahllos Gegenstände auf den Kopf fallen lassen!«

Doch noch bevor diese Unterhaltung sich weiterspinnen konnte, erklang von dem in einiger Entfernung liegenden Dünenkamm ein gewaltiger Schrei.

»Wir werden anscheinend angegriffen«, meinte der Kameltreiber.

Ali Baba drehte sich um und sah den Rest der vierzig Räuber auf ihren pechschwarzen Hengsten mit großer Geschwindigkeit die Düne hinunterstürmen.

»Du hast das Zeichen gegeben!« rief der Anführer von der Spitze der Angreifenden aus. »Jetzt werden wir rauben!«

»Räuber!« riefen die Mitglieder der Karawane und eilten geschäftig zwischen ihren Kamelen hin und her. »Räuber!«

Das war das letzte, was der Holzfäller erwartet hätte. Aber es gab tatsächlich kein Klagen, Bitten und Flehen, das ein bevorstehendes Massaker dieser Art üblicherweise begleitete. Die Rufe und Schreie klangen wie vorher geprobt. Und kein einziges Mitglied der Karawane hatte bisher sein Schwert gezogen! Statt dessen schienen alle wie wild herumzulaufen – allerdings nicht in den üblichen sinnlosen Kreisen, sondern in eine bestimmte Richtung. Es sah so aus, als legten die Händler und Kameltreiber es darauf an, die Räuber ungehindert in ihre Mitte reiten zu lassen.

Wieso nur kam Ali Baba auf den fatalen Gedanken, daß hier nicht alles so war, wie es zu sein schien?

Das 21. der 34 Kapitel, in dem das Geschick einiger Menschen eine Umkehrung findet – und das im wahrsten Sinne des Wortes.

»Wo ist das Gold?« wollte der Anführer der Räuber wissen, nachdem er sein Pferd vor Ali Baba zum Stehen gebracht hatte.

»Ich glaube, es gibt da etwas, das Ihr wissen solltet«, entgegnete Ali Baba und warf hektisch einen Blick auf jene Mitglieder der Karawane, die eben hinter ihren Kamelen verschwanden.

»Wir haben keine Zeit für lange Erklärungen!« verkündete Räuber Nummer Eins. »Wir haben nur Zeit für Gold!«

Ali Baba wurde es nun endgültig zuviel. Er hatte nicht sein ganzes Leben lang mit ehrlicher Arbeit zugebracht, nur um sich jetzt von einem widerwärtigen Menschen wie diesem herumkommandieren zu lassen. »Es wäre mir vielleicht gelungen, Euch Euer Gold zu beschaffen, wenn Ihr nicht zu früh angegriffen hättet!«

»Zu früh angegriffen? Wir haben nur auf dein Zeichen hin gehandelt!«

»Das war nicht mein Zeichen«, erwiderte Ali Baba herausfordernd.

»Es war *meines*«, rief Kassim und sprang damit *einmal* für seinen Bruder in die Bresche. »Ich kann es nicht zulassen, daß man mir Dinge auf den Kopf fallen läßt.«

»Ach ja? So ist das also?« brüllte ihr Hauptmann und fand damit ein neues Ziel, gegen das er seinen Zorn richten konnte. »Solche Unverfrorenheit kann ich nicht dulden, ganz egal, was sie dir auf den Kopf hätten fallen lassen. *Ich* werde deinen Kopf fallen lassen! ich werde deine Stücke in Stücke hacken lassen!«

Doch Kassim war noch wütender als Ali Baba. »Was regt Ihr Euch so auf?« fragte er spöttisch. »Euer genialer Plan wird niemals funktionieren. Von dem Moment an, als mein Bruder ihnen unter die Augen trat, wußten sie bereits, daß er ein Räuber ist!«

»Tatsächlich?« fragte Räuber Nummer Eins erstaunt, als wäre ihm nie zuvor ein solcher Gedanke gekommen. »Dann sind die schwarzen Gewänder also wirklich von Nachteil?« Diese Erkenntnis widersprach seinem ganzen Weltbild offensichtlich derart, daß er ganz erschüttert schien. »Vielleicht ist es Zeit, eine Ratsversammlung abzuhalten!«

Ali Baba nutzte die Pause in der Schimpfkanonade ihres Anführers, um sich umzusehen. Obwohl sie immer noch von Kamelen umgeben waren, entdeckte er kein einziges menschliches Wesen. Sollte diese Beobachtung nicht ein geeigneteres Gesprächsthema sein?

»Verzeiht ...«, setzte er an.

»Eine Ratferfammlung!« rief Räuber Nummer Zwei augenblicklich. »Eine Ratferfammlung! Eine Rat- ...« Er stockte unvermittelt, als er den Blick seines Anführers auffing.

»Das Karawanen-Umverteilungs-Programm funktioniert nicht!« verkündete Nummer Eins ohne Vorwarnung.

Der Räuber, der einmal Achmed genannt worden war, trat daraufhin einen Schritt vor. »Vielleicht sollten wir uns einen anderen Weg ausdenken, *wie* wir an die Karawanen herantreten«, überlegte er. »Zu viele Leute kennen die vierzig Räuber.«

Dies schien beim Räuberhauptmann Anstoß zu erregen, obwohl sie sich doch mitten in einer Ratsversammlung befanden. »Man fürchtet uns eben im ganzen Land!«

»Genau, was ich sage«, stimmte Achmed zu. »Wie sollen wir diese Leute dazu bringen, unser Programm anzunehmen? Man hält nicht eben mal einen kleinen höflichen Schwatz mit denen, die im ganzen Land gefürchtet sind.«

Als er dies hörte, runzelte der Räuberhauptmann die Stirn. »Diese ganzen kniffligen Trickbetrügereien sind eine vertrackte Sache. Ich muß darüber nachdenken. Doch dies ist eine Ratsversammlung. Besser, wir denken alle darüber nach!«

»Vielleicht«, schlug Harun vor, als er sich für diesen Gedanken erwärmte, »können wir aus meinen früheren Jahren unter den oberen Klassen der Gesellschaft etwas lernen. Anstatt zu den Karawanen hinzugehen, könnten wir die Karawanen zu uns kommen lassen, und dann könnten wir, als ersten Schritt sozusagen, wenn wir unseren Ruf tatsächlich ändern wollen, so etwas wie ein ›Geselliges Beisammensein unter gastfreundlichen Straßenräubern‹ abhalten, bei dem wir kühlendes Rosenwasser und kleine Plätzchen reichen ...«

Wie auch immer Haruns weitere Pläne ausgesehen haben mochten, sie gingen in einem fürchterlichen Gebrüll unter, das einem das Blut in den Adern gefrieren ließ. Plötzlich waren gut und gerne hundert Männer, alle in strahlendstes Weiß gekleidet, um sie herum aufgetaucht.

O ja, dachte Ali Baba, als er sah, wie die hundert Krieger ihre Schwerter zu schwingen begannen, genau darüber hätte er sich vorhin gerne mit den anderen unterhalten. Er fragte sich, ob es jetzt wohl zu spät dafür war.

»Wir sind umzingelt!« stellte Nummer Eins für all diejenigen fest, die sich nicht die Mühe gemacht hatten, sich umzusehen. »Doch wir werden nicht kampflos aufgeben!«

Der Mann, den Ali Baba zuerst für einen Kameltreiber gehalten hatte, warf seinen Kopf zurück und lachte. »Kämpft und werdet vernichtet! Wir zählen dreimal soviel Schwerter wir ihr! Und alle meine Leute wissen mit ihren Waffen umzugehen!«

»Nun, zugestanden, das mag wohl wahr sein«, stimmte Räuber Nummer Eins zu, nachdem er einen kurzen Blick auf Ali Baba geworfen hatte. »Doch wir werden Widerstand leisten.«

»Und ich habe euch noch nicht mit meinen Bogenschützen bekannt gemacht«, fuhr der Mann fort, von dem man nicht länger annehmen konnte, daß er ein Kameltreiber war. Die Reihe der Schwertkämpfer, die sich hinter ihm aufgestellt hatten, teilte sich, um den Blick freizugeben auf ein halbes Dutzend Männer, die in blendendes Weiß gekleidet und mit Armbrüsten bewaffnet waren. »Du siehst, meine Bogenschützen können deine Räuber nach Belieben abschießen, und deine Männer werden keinerlei Möglichkeit haben, uns auch nur zu berühren!«

»Nun, zugestanden, auch das mag zutreffen«, erkannte Räuber Nummer Eins an. »Doch wir können euch niemals garantieren, daß es nicht zu mürrischen Bemerkungen unsererseits kommt, während ihr uns gefangennehmt!«

Nachdem so die Bedingungen der Kapitulation ausgehandelt waren, warteten die Räuber geduldig, daß die hundert Männer in Weiß vortraten, um sie gefangenzunehmen. Doch es fiel Ali Baba auf, daß der Anführer der Räuber selbst jetzt noch nicht besonders beunruhigt schien. Statt dessen tauschte er vielsagende Blicke mit jenem dunkelhäutigen Räuber, der Ali Baba schon einmal aufgefallen war.

»Vielleicht wundert ihr euch, wer kühn und geschickt genug ist, die berüchtigten vierzig Räuber einzufangen?« fragte der vermeintliche Kameltreiber. »Gestattet mir, meine Verkleidung abzulegen.« Er fing an, Schicht um Schicht seiner braunen Lumpen abzulegen, bis Gewänder zum Vorschein kamen, die, sofern das überhaupt möglich war, noch eine Spur weißer waren als die der Männer um ihn herum.

»Es ist Goha!« verkündete Kassim aus seinem Weidenkorb heraus.

»Es ist schön, wenn man erkannt wird«, gab Kassims ehemaliger Brötchengeber zu, »und noch besser, wenn man endlich wieder auf sein Markenzeichen Weiß zurückgreifen darf.« Er winkte mit einer huldvollen Geste in Ali Babas Richtung. »Und dein Trick mit dem Weidenkorb gefällt mir ausgesprochen gut.«

Ali Baba überlegte kurz, ob er das Geheimnis dieses Weidenkorbes preisgeben sollte. Doch vermutlich würde Goha wenig Gefallen an der Vorstellung finden, daß einer seiner ehemaligen Untergebenen, in sechs Teile zerhackt, im Augenblick darin sein Leben fristete. Außerdem wurde seine Bewegungsfreiheit in diesem Moment von anderen weißgekleideten Männern und zahlreichen Stricken noch weiter eingeschränkt, als sie es sowieso schon war. Jedwede

Offenbarung, die er vielleicht zu machen gewünscht hätte, mußte er also gezwungenermaßen für sich behalten.

»Bleib ruhig und halte die Augen offen«, flüsterte Aladin an Ali Babas Seite. »Vielleicht ergibt sich noch eine Gelegenheit zu fliehen.«

»Du!« brüllte der Anführer der Räuber rasend vor Zorn, während ihn zwei stämmige Kerle in Weiß zu Boden rangen.

»Entschuldigt mich, bis ich meine Kleider wechsele«, war Gohas Antwort. »Meine letzte Garnitur wurde von Kamelspucke beschmutzt.«

Andere Mitglieder im Gefolge des Freudenhausbesitzers stürzten mit fleckenlosen, weißen Ersatzgewändern heran. Es dauerte nur ein paar Augenblicke, bis die Kleider gewechselt waren.

»Viel besser«, meinte Goha, während er die Falten an seinen Ärmeln glättete. »Wenn man seinen Sieg auskosten will, gehört angemessene Kleidung dazu.«

Er klatschte in die Hände. »Doch was wäre ein Sieg ohne Beute. Laßt uns nachsehen, was sich in diesen Säcken befindet!«

Nummer Eins stieß einen wortlosen Schrei aus, als versetze ihm die bloße Erwähnung des Inhaltes dieser Säcke einen Stich durchs Herz.

»Da ist nichts drin«, rief einer der Männer in Weiß, »außer Gemüse.«

»Vielleicht sind dies hier am Ende doch keine Räuber«, sagte Goha mit einem Lächeln auf den Lippen. »Vielleicht sind es einfache Bauern?«

Der Schrei, den der Anführer der Räuber diesmal ausstieß, entsprang gleichermaßen der Wut und der Qual. Ali Baba, dessen Hände inzwischen hinter seinem Rücken gefesselt waren, wurde mit einer Gruppe von Räubern neben ihre Pferde mit den Säcken voller Beute getrieben.

»Seht nach, was in den anderen Säcken ist!« befahl Goha.

»Dieser hier ist mit allem anderen als Gemüse gefüllt«, rief einer seiner weißgekleideten Untergebenen. »Dieser Sack ist mit großen, wertvollen Gegenständen aus Gold gefüllt!«

»Aha!« rief Goha triumphierend. »Endlich gebt ihr mir doch noch, was mir zusteht!«

»Die Kunstfertigkeit, mit der diese Gegenstände bearbeitet sind, läßt auf einen abscheulichen Geschmack schließen«, fuhr der andere Mann in Weiß fort. »Man möchte fast glauben, daß diese Dinge einmal Kassim gehört haben.«

»Ach«, meinte Goha mit einem Seufzer, »er spricht von einem meiner geschätzten Untergebenen, der wohl für immer von uns gegangen ist.«

»Ist das tatsächlich so?« erklang die Stimme aus dem Korb. »Und doch scheint mir, daß nichts von ewiger Dauer ist.«

»Schon wieder dieser Trick mit dem Korb?« Goha nickte anerkennend. »Nun, auch wenn ich deine Versuche, uns aufzuheitern, durchaus lobenswert finde, so kann doch nichts auf der Welt einen Kameraden ersetzen, der nicht länger unter uns weilt.«

»Vielleicht«, meinte der Korb weiterhin, »bin ich diesbezüglich im Besitz von Informationen, die von einigem Wert für Euch sind.«

»Kann das sein?« fragte Goha. »Wir würden ihn so gerne finden, um ihn ein wenig zu foltern und dann zu töten, weil er sich einfach so aus dem Staub gemacht hat.«

»Aber was weiß ich schon?« gestand die Stimme. »Bin ich doch bloß ein dummer Weidenkorb!«

Gohas Begleiter stießen erneut freudige Rufe aus, als sie weitere Säcke voller Gold fanden. Goha nickte zufrieden, doch noch immer wirkte er nicht ganz entspannt. Er trat unruhig von einem Bein aufs andere und sah von Zeit zu Zeit zum Hauptmann der Räuber hinüber, als gäbe es da noch ein bestimmtes Ritual auszuführen, bevor sein Triumph vollkommen sein würde.

Goha trat schließlich auf Räuber Nummer Eins zu. »Diese Gelegenheit ist einfach zu günstig, als daß ich mich mit dem bloßen Auskosten meines Sieges zufriedengeben könnte.« Er sah hinab, dorthin, wo der andere Mann auf die Knie gezwungen worden war. »Es gibt da einige Punkte, von denen ich nicht annehme, daß sie den Mitgliedern deiner Räuberbande bekannt sind.«

Er sah zuerst zu den Räubern hinüber, die in zwei verschiedene Gruppen zusammengedrängt worden waren, dann zu all den Männern in Weiß, die diese Männer in Schwarz bewachten. »So wisset denn alle, daß das Rauben und das Betreiben eines Freudenhauses einst unter einem Zelt stattgefunden haben. Früher einmal arbeiteten der Herr der Räuber und der Herr der Freudenhäuser zusammen, als wären sie ein Mann. Damals erwarb ich meinen Spitznamen Vier-Finger.« Er hielt die Hand hoch, die auf die entsprechende Weise entstellt war. »Und damals erwarb auch der Anführer der Räuber seinen Spitznamen.«

Alle Räuber schnappten wie auf ein geheimes Zeichen hin gleichzeitig nach Luft.

»Niemals zuvor ist eine solche Enthüllung gemacht worden!« gestand Harun in einem rauhen Flüstern. »Räuber Nummer Eins ist stets nur Räuber Nummer Eins gewesen!«

»Oh, das ist das reinste Vergnügen!« kicherte Goha. »Nicht wahr …«, er hielt bedeutungsvoll inne, bevor er hinzufügte: »… Schmutziges Leibchen?«

»Schmutziges Leibchen?« brüllte der Anführer der Räuber. »Wie kannst du es wagen! Das ist solch ein … solch ein ungerechter Name! Wie soll man denn auch seine Kleider rein halten, wenn man andauernd zum Rauben auf die staubige Straße hinaus muß?«

»Daher«, gestand Goha ihm großzügig zu, »rührt wohl zweifellos deine geänderte Tracht.«

Räuber Nummer Eins nickte grimmig und versuchte, zumindest einen letzten Rest an Würde zu bewahren. »Auf schwarzen Gewändern sieht man keinerlei Spuren.«

»Nicht einmal Blut?« fragte Goha.

Wieder schnappten alle Räuber gleichzeitig nach Luft.

»Ihr glaubt doch nicht etwa, daß wir uns mit dem Gold zufriedengeben werden, das, obwohl in rauhen Mengen vorhanden, in seiner Verarbeitung doch äußerst abscheulich ist?«

»Wollt Ihr damit etwa andeuten …«, begann Kassim, bevor er sich eines Besseren besann.

»Es war sehr weise von dir, nicht weiterzureden«, sagte Goha gefährlich sanft zu Ali Baba. »Es wird noch genügend Zeit sein für deine Weidenkorb-Späße, wenn wir diese Sache erst einmal erledigt haben. Das heißt, falls du dann noch einen Weidenkorb hast – oder eine Stimme.«

Er wandte sich wieder an Nummer Eins. Ali Baba und zweifellos der ganze Rest der Räuberbande waren inzwischen eifrig bemüht, von diesem *nicht* als »Schmutziges Leibchen« zu denken.

»Doch ich möchte hier keine leeren Drohungen ausstoßen«, fuhr Vier-Finger fort. »Meine Drohungen sollen alle Hand und Fuß haben.« Er trat mit dem Fuß in den Boden und wirbelte eine Menge Sand auf, der sich auf den Gewändern von Räuber Nummer Eins niedersetzte. »Ich war immer der Ansicht, daß man beim Verhör einer Gruppe stets an der Spitze ihrer Hierarchie anfangen sollte.

Seht ihr, wir sind im Besitz gewisser Informationen, und wir wissen, daß dies hier nur einen Bruchteil eurer Goldvorräte darstellt, denn bevor Kassim verschwunden ist, hat er noch eine Höhle voller unschätzbarer Reichtümer erwähnt!«

Ali Baba überraschte dies nicht im geringsten. Er hatte schon immer darauf vertrauen können, daß sein Bruder jedwedes ihm anvertraute Geheimnis bei der nächstbesten Gelegenheit preisgab. Dennoch war der Weidenkorb in diesem Augenblick seltsam still.

»Du willst mich tatsächlich foltern?« fragte Nummer Eins in einem Ton, der so unbeschwert war, daß er nur als Herausforderung verstanden werden konnte.

»Oh«, Goha schüttelte traurig den Kopf. »O nein. Nicht einfach foltern! Ich kenne dich noch gut genug von früher und weiß, daß eine einfache Folterung bei dir keinerlei Wirkung zeigen würde. Nein, ich denke, wir werden mit ein, zwei Stunden allgemeinen Gespötts beginnen. Dann werde ich ein paar peinliche Geschichten aus deiner Kindheit erzählen. Dem wird eine Auflistung all jener fürchterlichen Fehlentscheidungen folgen, die du getroffen hast, als du noch in meinem Dienste standest. Erst dann, wenn du ein völlig gebrochener Mann bist, werden wir so gütig sein, mit der Folter zu beginnen.«

Gohas ausgiebiges Hohngelächter wurde von einem weiteren Ruf aus dem Munde eines seiner Männer unterbrochen. »Da ist sogar noch mehr als Gold! Ich habe ein paar Frauen gefunden. Und es sind wunderschöne Frauen!«

Als er das hörte, lachte Goha erneut. »Ausgezeichnet. Das Freudenhaus kann immer Nachschub gebrauchen.« Er zwinkerte denen, die um ihn herumstanden, vergnügt zu. »Die, die bereits in meinen Diensten stehen, müssen so hart arbeiten, daß sie vorzeitig altern.«

»Das Freudenhaus?« sagte Achmed nahe an Ali Babas Ohr. »Niemals!«

»Ruhe da drüben!« befahl Vier-Finger und wies mit dem Zeigefinger auf die Gruppe von Räubern um Ali Baba. »Wir werden die Frauen natürlich zuvor einem persönlichen Test unterziehen müssen, sobald wir uns erst einmal aus diesem ungastlichen Klima zurückgezogen haben.«

Tief aus Achmeds Innerem rang sich ein gequältes Röcheln.

»Sollte euer Herr und Meister es ablehnen zu sprechen«, fuhr Vier-Finger fort, »oder sollte er sterben, bevor er uns die gewünschten Auskünfte geben kann, werden wir uns einen nach dem anderen von euch vorknöpfen. Wisset also, daß ihr nichts anderes zu erwarten habt als Folter und Tod!

Kommt!« forderte Goha die Umstehenden auf. »Es ist Zeit fürs Höhnen und Spotten!«

Als er auf seine Füße gestellt wurde, wand sich der Räuberhauptmann im Griff seiner Wächter, um einen Blick auf den geheimnisvollsten aller Räuber zu werfen. »Der Plan!« war alles, was er hervorbrachte.

»Vergeßt meine Warnung nicht!« meinte Goha, während sie den sich sträubenden Anführer der Räuber zu einem Zelt schleppten, das vor kurzem erst errichtet worden sein mußte. »Folter und Tod! Und das nur, wenn ich mich dazu durchringen kann, gnädig zu sein!«

Und so kam es also, daß die beiden Gruppen von Räubern

draußen im Sand mit nur zwei Posten, die sie bewachen sollten, zurückgelassen wurden.

»Man läßt uns einfach hier draußen in der Nacht zurück!« meinte Aladin.

»Wenn unser Anführer nicht spricht«, zitterte Harun, »dann werden wir alle gefoltert, einer nach dem anderen!«

»Draußen in der Nacht zurückgelassen«, fuhr Aladin fort, »damit wir auf andere Gedanken kommen.«

»In der Gewißheit, daß all unser Gold verloren ist«, fügte Achmed nicht gerade fröhlich hinzu, »und all die lieblichen Frauen in unseren Reihen demnächst abscheulich mißbraucht werden!«

Ja! Die Frauen! Ali Baba war die Bedeutung von Vier-Fingers Entdeckung noch gar nicht richtig bewußt geworden. Was würde ein solcher Mann wohl Kassims Frau alles antun? Und noch schlimmer, was würden er und seine Männer Marjanah antun?

»Draußen in der Nacht zurückgelassen«, fuhr Aladin unbeirrt fort, »um Geschichten zu erzählen!«

Wenn jemand so hartnäckig war, erkannten die anderen Räuber, hatte es gar keinen Zweck, irgendwelche Einwände zu erheben.

»Ich für meinen Teil freue mich darauf«, fügte eine andere Stimme hinzu. »Na los, erzähl schon!«

Es dauerte eine Weile, bis dem Holzfäller klar wurde, daß diese Stimme aus einem ganz bestimmten Stein gekommen war, der in Aladins Gepäck steckte.

Aladin räusperte sich vorbereitend.

Nun gut. Sollte er ruhig mit seiner Geschichte fortfahren. Selbst Ali Baba nahm an, daß es weitaus schlimmere Arten gab, wie man seine letzte Nacht auf Erden verbringen konnte.

Das 22. der 34 Kapitel, in dem Ali Baba sich allmählich darüber zu ärgern beginnt, daß eine völlig nebensächliche Geschichte derart viel Raum einnimmt.

»So kam es also, daß der junge Aladin«, nahm dessen älteres Ich den Faden der Erzählung wieder auf, »seine Mutter voller Erwartungen bezüglich seiner geplanten Hochzeit zu der wunderschönen Prinzessin aussandte.

Doch niemals ist etwas so einfach, wie es zunächst erscheint, und Aladins Leben stellte keine Ausnahme von dieser Regel dar. Denn wie ihr euch vielleicht erinnert, war der böse Zauberer nach Marokko zurückgekehrt, wo er sich eine große Bibliothek des magischen Wissens eingerichtet hatte und wo sich auch all die geheimnisvollen Geräte und Apparate befanden, die ihn zu einem der herausragendsten Meister seiner Kunst gemacht hatten. Und mittels der magischen Formel und Zaubermixturen entdeckte er, daß der Junge namens Aladin nicht in jener Höhle gestorben war, wie der Zauberer zuerst angenommen hatte, sondern den Geist des Ringes und der Lampe dazu benutzt hatte, um sich und seiner Mutter ein sehr komfortables Leben einzurichten. Und zu allem Überfluß stand dieser junge Bursche jetzt auch noch im Begriff, sich gesellschaftlich weiter zu verbessern, indem er um die Hand einer Prinzessin anhielt.

Nun, nichts auf der Welt erzürnt einen Zauberer mehr als die Feststellung, einen Fehler begangen zu haben. Und so war es auch mit diesem üblen Magier, der zahllose Flüche über Aladin und seine hart arbeitende Mutter und über ganz China, das Land, in dem sie lebten, niederregnen ließ. Doch Flüche brachten ihn nicht weiter, und so beschloß er, in jene Stadt zurückzukehren, in der Aladin noch immer lebte, um ihm ein für allemal die allmächtige Lampe zu entreißen.

Kurz, es war an der Zeit, so dachte der böse, schreckliche Zauberer, für eine weitere Reise.

Aladin und seine Mutter ahnten nichts von dem drohenden Unheil, und daher verfolgten sie weiter ihre einfachen Pläne. Mit dem Geld, das vom Verkauf des Tafelgeschirrs übriggeblieben war, stattete Aladin seine Mutter mit den vornehmsten Kleidern aus, die die Stadt zu bieten hatte. Außerdem veranlaßte er seine Mutter, eine prächtige weiße Schale zu nehmen, und in diese Schale legte er all jene phantastischen Früchte, die er aus der verzauberten Höhle mitgebracht hatte. Er war sicher, daß man so etwas hierzulande noch nie gesehen hatte, und ihre Schönheit würde gewiß die Aufmerksamkeit des Königs auf sich ziehen, so daß seine Mutter ihre Bitte vorbringen konnte.

Und so kam es, daß seine Mutter der großen Audienz beiwohnte, die der König in der riesigen Halle des Königspalastes zu geben pflegte.« An dieser Stelle brach Aladin seine Erzählung ab und wartete auf eine Bemerkung Haruns, doch der ältere Räuber war von den schrecklichen Ereignissen in Zusammenhang mit ihrer kürzlichen Gefangennahme derart mitgenommen, daß er gar nicht richtig zuzuhören schien. Daher fuhr der andere Räuber ohne längere Unterbrechung fort:

»Schließlich stand seine Mutter also in einer Reihe mit den anderen Bittstellern, die darauf warteten, ihrem Herrscher ihre Gaben zu überreichen. Doch als sie den König und den Großwesir über die Geschenke reden hörte, die die Bittsteller vor ihr darbrachten, beschlichen sie leise Zweifel.

›Ach, bloß ein goldenes Tablett‹, meinte der König zu der ersten Gabe. »Wirf es in den Behälter mit all den anderen Schalen. Das Bittgesuch? O ja, ja, händigt es meinem Wesir aus. Was haben wir denn als nächstes? Einen unvergleichlichen Diamanten? Sehr nett. Ich werde ihn in jenem Korb dort verstauen, der bereits mit vergleichbaren Juwelen gefüllt ist. Bittgesuch an den Wesir! Und jetzt laßt uns einen Blick auf das nächste hübsche Geschenk werfen. Bei Allah, es ist ein zauberhafter mechanischer Vogel, gefertigt aus seltenen Metallen und kostbaren Edelsteinen, der auf seiner

Stange sitzt, mit den Schwingen schlägt und seinen Schnabel öffnet, um zu singen. Ihr seid erstaunt darüber, daß ich all dies mit einem einzigen Blick feststellen kann? Nun, deshalb bin ich ja auch König. Stellt den Vogel da drüben auf jenen Tisch, wo schon sieben ähnliche stehen. Händigt das Bittgesuch aus, und dann entfernt Euch bitte. Und was haben wir da?‹

Augenblicklich wurde Aladins Mutter klar, daß sie die nächste Bittstellerin war, die der König angesprochen hatte. In diesem Augenblick wünschte sie sich nichts sehnlicher, als sich selbst in einen Vogel zu verwandeln, damit sie dem König nicht mit einer so lächerlichen Gabe wie diesem Kinderspielzeug gegenübertreten mußte. Doch die Furcht ließ ihre Füße fest mit dem Boden verwachsen und nagelte ihren Blick auf ihre Zehen, so daß sie den Eindruck einer Frau vermittelte, die genau das rechte Maß an Demut kannte, das man seinem Herrscher entgegenzubringen hatte.

Und der König, der von diesem höfischen Benehmen sehr beeindruckt war, sprach mit sanfterer Stimme zu ihr, als er es bei all denen getan hatte, die vor ihr an der Reihe gewesen waren.

›Was wünscht Ihr von mir, gütige Mutter?‹ fragte er.

›Ich wünsche nur, daß Ihr diese bescheidene Gabe annehmt, die ich Euch von meinem Sohn bringen soll‹, lautete ihre leise Antwort, ›und daß Ihr weiterhin seiner Bitte Gehör schenkt, denn sie kommt aus seinem tiefsten Herzen.‹

›Aber gewiß doch, gütige Mutter‹, entgegnete der König, denn wer vermag einer Mutter zu widersprechen, wenn sie auf diese Weise eine Gunst erbittet? ›Aber wollt Ihr mir nicht zeigen, was Ihr mir gebracht habt?‹

Daraufhin hob Aladins Mutter das Tuch an, mit dem sie ihre Gabe bedeckt hatte, und bot die Schale dar, die angefüllt war mit jenen seltsamen Früchten aus der Höhle. Und sie war recht erstaunt darüber, welche Wirkung diese Enthüllung hatte, und das nicht nur beim König und dem Großwesir, sondern beim ganzen Hofstaat, der sich in ihrer unmittelbaren Nähe aufhielt, denn alle schnappten hörbar nach Luft.

Dann bestaunten der König und der Wesir ihre Geschenk, und zum erstenmal beschlich sie eine dunkle Ahnung, was sie da eigentlich in ihren Händen hielt. Denn was sie in ihrer Schale hatte, war alles andere als lächerliches Spielzeug. In der Tat waren diese Dinge derart herrlich und wertvoll, daß selbst eine Frau, die so reinen Herzens war wie Aladins Mutter, für einen Augenblick den Wünsch verspürte, sie hätte sich heimlich ein paar davon für ihre alten Tage zurückgelegt.

›Niemals zuvor habe ich solche Juwelen gesehen‹, meinte der Herrscher, nachdem er die Steine ausgiebig bewundert hatte. ›Gewiß werden sie mich zum König aller Könige machen. Doch was ist mit deiner Bitte?‹

Daraufhin hielt Aladins Mutter den schmalen Streifen Pergament vor sich, auf den sie mit ihrer steifen, unsicheren Hand die Wünsche ihres Sohnes aufgeschrieben hatte. ›Hier ist sie, o mächtigster aller Könige!‹ sagte sie und schlug die Augen nieder, während sie ihm gleichzeitig das Papier entgegenhielt. ›Bitte lest diese bescheidenste aller Bitten, wann immer es Euch gefällt.‹

Doch der König schüttelte den Kopf. ›Davon will ich nichts hören, gütige Mutter. Wenn man Uns solche Geschenke überreicht, fordert es alleine schon Unsere Neugierde, daß Ihr Eure Bitte laut vortragt, und zwar unverzüglich!‹

Und so brachte Aladins Mutter mit zitternder Stimme den Wunsch ihres Sohnes hervor, daß er nämlich den König um die Hand der Prinzessin Badabadur bitten wolle. Viele der am Hofe Anwesenden schnappten angesichts der Verwegenheit dieser Bitte erneut nach Luft, doch der König lächelte die Bittstellerin noch immer an, selbst dann noch, als sie geendet hatte.

›Doch wer ist denn dieser Aladin‹, gemahnte der Wesir zur Vorsicht, denn genau aus diesem Grunde war er vom König in den Dienst genommen worden, ›und warum haben wir nicht schon früher von ihm gehört?‹

Doch der König wollte diesmal nichts von solch einer Vorsicht wissen und antwortete statt dessen: ›Ich sehe es gerne, wenn ein junger Mann sich nicht groß in der Öffentlichkeit aufspielt und seine Zeit lieber damit verbringt, Edelsteine wie diese hier zu suchen, um sie seinem König zu überreichen. Ich kann mir keinen besseren Mann für die Prinzessin vorstellen.‹ Und mit etwas leiserer Stimme vertraute er dem Wesir an: ›Wenn man einen Mann kennt, der so etwas wie dies hier sein eigen nennt, dann ist es am besten, man behält ihn in der Familie.‹

Und so gab der König Aladins Mutter die Erlaubnis, sich zu entfernen, um ihrem Sohn die wundervollen Neuigkeiten mitzuteilen. Des weiteren teilte er ihr mit, daß die Hochzeit stattfinden sollte, sobald die nötigen Vorbereitungen abgeschlossen wären, was in etwa einer Woche der Fall sein würde.

Als Aladin die guten Neuigkeiten aus dem Munde seiner Mutter hörte, wurde er fast verrückt vor Freude. Er entschied, daß er nicht länger in der Enge seines bescheidenen Heimes eingesperrt bleiben konnte, und beschloß, statt dessen einen letzten Abend mit den Freunden aus seiner Kindheit zu verbringen, um noch ein allerletztes Mal Fezball zu spielen, bevor er für immer berühmt und viel zu erhaben für solch einen gewöhnlichen Zeitvertreib sein würde.

Also blieb Aladins Mutter alleine zu Hause, und vielleicht wäre alles gut ausgegangen, denn sie war daran gewöhnt, ihre Zeit alleine zu verbringen, da ihr Ehemann ja schon vor vielen Jahren gestorben war. Aber an diesem Abend war alles anders, denn nicht mehr als eine Stunde zuvor war der böse Zauberer aus Marokko in die Stadt zurückgekehrt, und er war fest entschlossen, vor keiner Tat zurückzuschrecken, um die Wunderlampe in seinen Besitz zu bringen.

Aus diesem Grunde schlenderte er durch die Straßen in jenem Viertel der Stadt, in dem Aladin und seine Mutter lebten. Er hatte sich als Verkäufer von Lampen verkleidet und rief so laut er konnte:

›Tausche neue Lampen gegen alte! Neue Lampen für alte!‹

Und genau in diesem Augenblick begann sich der Unmut

in Aladins Mutter zu regen – ob aufgrund ihrer eigenen erst kürzlich gemachten Erfahrungen oder aufgrund der üblen Machenschaften des Magiers und seiner Zaubersprüche läßt sich nicht sagen. Sie erinnerte sich plötzlich an den prunkvollen Palast, den sie an diesem Tag besucht hatte, und an die vielen wertvollen Geschenke, die dem König überreicht worden waren. Zweifellos würden die Geschenke an dem Tag, an dem ihr Sohn die Prinzessin heiraten würde, noch viel prachtvoller ausfallen. Doch welches Geschenk würde sie, eine ehemals arme Frau aus einem armen Viertel der Stadt, darbringen können, das gegenüber all den anderen phantastischen und wunderbaren Gaben aus fernen Orten und Ländern nicht verblassen würde?

Und dann hörte sie den Ruf des Zauberers.

›Tausche neue Lampen gegen alte! Neue Lampen für alte!‹

Genau das, so dachte sie, könnte das passende Geschenk sein. Ihr Sohn war jedoch so stolz auf seine alte Lampe. Aus irgendeinem Grund schien er sehr an ihr zu hängen. Sie konnte sich allerdings nicht genau an den Grund erinnern. Sie wußte nur, daß es etwas mit ihren Ohnmachtsanfällen zu tun hatte. Aber sicher würde ihr Sohn doch nichts im Haus behalten wollen, das sie in Ohnmacht fallen ließ! Oder? Und würde sich eine neue Lampe nicht viel besser für ihr Haus ziemen? Wenn ihr Sohn schon jenes alte, ausgebeulte Blechstück so sehr schätzte, das unnütz in einer Ecke gammelte, wieviel glücklicher würde er dann erst mit einer blitzblanken Laterne neuester Herstellung sein?

›Tausche neue Lampen gegen alte!‹ ertönte erneut der Ruf. ›Neue Lampen für alte!‹

Sie öffnete die Tür, und dort, unmittelbar vor ihr, stand der Lampenverkäufer, und es schien fast so, als hätte er geahnt, was sie tun würde. Als er lächelte, kam er ihr irgendwie bekannt vor, aber sie konnte sich nicht erinnern, wann und wo genau sie dieses Gesicht schon einmal gesehen hatte, denn es war Zauberei mit im Spiel.

Der Zauberer war so unvermittelt vor ihr aufgetaucht, daß sie vor Schreck einen Schritt zurück trat. Vielleicht war eine neue Lampe doch nicht das passende Geschenk. Sie streckte die Hand aus, um die Tür wieder zu schließen. Doch der Lampenverkäufer war schneller und schob seinen Fuß in die Spalte zwischen Tür und Wand.

›Neue Lampen für alte!‹ sagte er fröhlich. ›Neue Lampen für alte!‹

Nun war es so, daß Aladins Mutter schon viele Lebensjahre hinter sich hatte und mit den Gepflogenheiten, wie sie auf den Marktplätzen herrschten, wohl vertraut war. Es gab nur eine erfolgversprechende Art, einen Fuß wieder aus einer Tür herauszubekommen. Und so gab sie also nach und beschloß, sich wenigstens ein klein wenig von dem anzuhören, was der Mann zu sagen hatte, bevor sie ihn mit einem kräftigen Schubs von ihrer Schwelle stoßen würde.

›Dann erzählt mir also etwas‹, sagte sie. ›Über diese neuen Lampen.‹

Daraufhin setzte der Zauberer sein einschmeichelndstes Lächeln auf und ließ einen solchen Sturzbach von Worten auf Aladins Mutter niederprasseln, daß diese sich außerstande sah, auch nur einen klaren Gedanken zu fassen, ganz zu schweigen davon, einen solchen auch noch auszusprechen.

›Seht Euch diese wunderbare Lampe an!‹ sagte der Magier und hielt ihr ein Stück aus seinem Warenbestand hin. ›Hell, glänzend und neu. Sie wird all das tun, was Eure alte Lampe nicht mehr kann – und noch viel mehr. Das liegt an unserer einmaligen verstellbaren Flamme. Und an dem besonderen Fach hier hinten, in dem ihr ein paar Dochte auf Vorrat verstauen könnt, zusammen mit unserem ganz besonderen Poliertuch, das bereits mit einer dünnen Schicht Asche überzogen ist, so daß Euch das Putzen der Lampe nur noch wenige Minuten kosten wird!‹

Die Lampe, die der Händler in seinen Händen hielt, schien in der Tat eine wunderbare Sache zu sein; soviel mußte Aladins Mutter zugeben. Allerdings bereitete ihr immer noch etwas Sorgen. Hatte die Lampe ihres Sohnes nicht eine ganz bestimmte Eigenschaft, an die sie sich eigentlich erinnern sollte?

›Und so wunderbar diese Lampe auch ist‹, fuhr der Verkäufer fort, ›wird sie Euch doch so gut wie nichts kosten. Dank der Großzügigkeit des Herstellers dieser Lampe ist es mir zur Zeit möglich, sie gegen jedwede Lampe, die sich in diesem Haushalt befindet, einzutauschen, ohne daß Ihr weitere Verpflichtungen eingeht. Ja, obwohl Ihr vielleicht von meinem außergewöhnlichen Angebot überrascht sein werdet, werde ich gerne jede Lampe annehmen, selbst jenes matte, fleckige Ding, das ich da drüben in der Ecke vor sich hinrosten sehe.‹

Aladins Mutter sah zu der Lampe hinüber, von der der Händler gesprochen hatte, und runzelte die Stirn. Wahrlich, dieser Mann mußte bemerkenswert scharfe Augen haben, um das matte Metall dieser Lampe zu entdecken, die tief verborgen in den Schatten des Hauses lag! O ja, jetzt erinnerte sie sich daran. Diese Lampe hatte etwas mit ihrem Sohn zu tun. Sie hatte versucht, die Lampe zu putzen, oder etwa nicht? Warum hatte sie sie eigentlich nie zu Ende poliert? Der Schmutz auf ihr mußte wohl zu dick gewesen sein. Sicher war es zuviel Arbeit und der Mühe nicht wert gewesen. Aber warum konnte sie sich nicht genau daran erinnern? Und gerade eben hatte sie doch noch aus irgendeinem Grunde an ihren Sohn denken müssen! Machte sich ihr Alter etwa nicht nur in ihren Knochen, sondern bereits in ihrem Geist bemerkbar?

Doch es war nicht das Alter, das sie verwirrte, sondern der Zauber des Magiers. Er hatte dieses Haus nur mit der einzigen Absicht betreten, die Lampe und ihren Dschinn in seinen Besitz zu bringen. Auf dieses Ziel hin hatte er auch seine Vorbereitungen getroffen und einen Zauber gewirkt, der verhindern sollte, daß sich auch nur ein einziger klarer Gedanke, der diesen ganz bestimmten Gegenstand betraf, in den Kopf dieser Frau einschleichen konnte.

›Eine neue Lampe‹, murmelte Aladins Mutter, die inzwischen so verwirrt war, daß sie die Worte kaum noch zu einem vernünftigen Satz formen konnte. ›Ich weiß nicht ... so eine schwierige Entscheidung.‹

›Es ist überhaupt keine schwierige Entscheidung. Nehmt nur jene Lampe dort‹, drängte der Händler.

Plötzlich, ohne daß sie wußte, wie ihr geschah, fühlte Aladins Mutter das kühle Kupfer in ihrer Hand. Ja, doch, sie hatte diese Lampe schon einmal in der Hand gehabt. War nicht eine Unmenge von Rauch aus ihr hervorgequollen? Sie fragte sich, ob es ihr gelingen würde, sie noch einmal zu polieren.

›Gebt einfach mir die Lampe‹, schlug der Händler weiterhin vor, als wäre dies das einzig Vernünftige, was sie tun konnte.

Plötzlich, ohne daß sie wußte, wie ihr geschah, hielt sie eine neue Lampe in den Händen. Das überraschte die ältere Frau so sehr, daß sie fast wieder klar denken konnte.

›Aber was‹, so fragte sie den Lampenverkäufer, ›soll ich meinem Sohn Aladin sagen?‹

›Vertraut mir‹, entgegnete der Lampenhändler, bevor sein armes Opfer sich weiter erholen konnte. ›Diese beiden Lampen sind nicht miteinander zu vergleichen.‹

Und damit war der Händler so schnell verschwunden, daß Aladins Mutter es nicht einmal bemerkte.

Tja, und so verlor Aladin seine Wunderlampe und mit ihr all seine Träume vom Glück, denn der Zauberer, rachsüchtig wie er nun einmal war, benutzte eben diese Wunderlampe, um Aladins einzig wahre Liebe zu verlocken und zu entführen. Doch der junge Mann war fest entschlossen, die Lampe wiederzubekommen – und mit ihr die liebliche Prinzessin Badabadur!«

»Das ist alles?« wollte Ali Baba wissen. »Das ist kein besonders glückliches Ende.« Beim gegenwärtigen Verlauf der Dinge würde – so wie es aussah – wahrscheinlich keine ihrer Geschichten ein besonders glückliches Ende finden.

»Ich kenne kein glückliches Ende«, meinte Aladin mit einer gewissen Schärfe in der Stimme. »Ich kenne nur die Wahrheit! Und die Wahrheit ist, daß ich mich sowohl in den tiefsten Verliesen als auch in den prunkvollsten Palästen auf die Suche nach der Lampe machte, bis ich von den vierzig Räubern gefangengenommen wurde.«

»In der Tat«, meldete sich die tiefe Stimme des Steines, der zwischen Aladins Habseligkeiten steckte, »hatte diese

Geschichte eine sehr erfrischende tragische Note. Ich mag zwar schon einige Jahrtausende hier auf Erden als Teil einer Höhle verbracht haben, aber von richtigen Tragödien habe ich immer noch recht wenig Ahnung.«

»Wenn man bedenkt«, fügte Achmed mit einem Stirnrunzeln hinzu, »daß du ein Stein bist, sollte man eigentlich annehmen, daß du von gar nichts eine Ahnung hast.«

»Nun, um genau zu sein«, entgegnete der Stein und klang dabei ein wenig beleidigt, »bin ich ein ausgesprochener Fachmann, was die Ablagerung von Gesteinsschichten betrifft.«

»Ich bin sicher, daß dies genau das richtige Thema ist, um uns in den nächsten Stunden wachzuhalten«, erwiderte der Räuber spöttisch. Er nickte in Richtung einiger seiner Gefährten, die bereits während der langen Erzählung Aladins eingenickt waren.

»Achmed?« rief eine andere Stimme vom entgegengesetzten Ende ihrer Gruppe. »Den Tonfall dieser Stimme würde ich überall wiedererkennen. Bist du es?«

»Bist du das, Sindbad?« rief Achmed.

Die andere Stimme versicherte Achmed, daß er in der Tat Sindbad sei.

»Es ist schön, dich zu treffen, Achmed«, meinte Sindbad weiter. »Es ist nicht leicht, die Leute wiederzuerkennen, wenn alle einen langen Bart tragen.«

»Und wir stecken schon wieder ganz schön in der Klemme«, gab Achmed zu.

»Wir sind vierunddreißig«, meinte Sindbad, »und sie sind einhundertundzwölf.«

»Sindbad war schon immer gut, wenn es um Zahlen ging«, erklärte Achmed. »Manchmal, so wie jetzt, wünschte ich mir allerdings, er wäre nicht mit dieser Gabe gesegnet.«

»Wir haben schon Schlimmeres durchgemacht«, erklang erneut die Stimme Sindbads. »Immerhin sind wir der Königin der Affen entkommen!« Ein Schauder durchlief den Räuber, obwohl der Abend noch recht warm war. »Doch ich habe mich nicht nur gemeldet, um unsere Bekanntschaft zu erneuern. Ich würde gerne mit demjenigen sprechen, der früher Aladin genannt wurde und der wieder Aladin genannt werden wird, denn ich habe einen Plan, wie wir unsere Namen zurückgewinnen können.«

»Deine Fähigkeit im Umgang mit Zahlen hat dir also schließlich doch noch den Verstand geraubt und Flausen in den Kopf gesetzt?« fragte Achmed leichthin.

Doch Sindbad antwortete ganz ernsthaft: »Höchstens Flausen, die erfolgreich in die Tat umgesetzt werden könnten. Denn weißt du, ich glaube, ich kenne den Ort, an dem sich Aladins Wunderlampe befindet.«

Das 23. der 34 Kapitel, in dem Bewegung in die festgefahrene Situation kommt – und in die Gewänder der Gefangenen ebenfalls.

Bis zu diesem Augenblick war dem Holzfäller gar nicht bewußt gewesen, daß ihn der Schlaf langsam, aber sicher zu übermannen drohte. Doch dann hörte er von Aladins Wunderlampe, und das war etwas, das ihn erst einmal wieder hellwach werden ließ und seine ganze Aufmerksamkeit in Anspruch nahm. Da gab es also eine Wunderlampe mitsamt Dschinn, etwas, das möglicherweise noch viel großartiger war als all das Gold in seiner Küche. Vielleicht ergab sich endlich eine Fluchtmöglichkeit für ihn und die anderen Räuber, ganz zu schweigen von Kassims Frau und Marjanah.

»Du weißt etwas über die Lampe?« fragte Aladin. »Befindet sie sich an einem sicheren Ort?«

»Ich kann mir keinen sichereren vorstellen!« behauptete Sindbad.

»Und ist dieser Ort auch ohne weiteres zugänglich?« wollte Aladin weiter wissen.

»Nun, sollte es uns gelingen, uns von unseren Fesseln zu befreien, wird es kein Problem sein, die Stelle zu erreichen. Wieder in den Besitz der Lampe zu kommen, könnte sich allerdings als etwas schwieriger erweisen.«

In diesem Augenblick drang ein sich wiederholender Gesang aus dem etwas entfernt stehenden Zelt an die Ohren der Räuber:

»Schmutziges Leibchen! Schmutziges Leibchen! Schmutziges Leibchen!«

Daraufhin ertönte ein heiserer, trotziger Schrei, und dann setzte erneut der Gesang ein.

Ali Baba sah zu ihren beiden Wachen hinüber, die ein kleines Feuer angefacht hatten, um sich vor der aufkommenden

Kälte der Nacht zu schützen. Sie waren schon seit einiger Zeit mit einem Spiel beschäftigt, das als ›Tritt das Kamel‹ bekannt war und im wesentlichen darin bestand, daß eine der Wachen sehr oft ein paar Würfel rollen ließ, während der zweite Wachposten eine ganze Menge Geld verlor, wobei er immer wieder ausrief: »Ich bin getreten worden!« Solange sie annahmen, daß die Räuber gefesselt waren, würden diese beiden sicher kein Problem darstellen.

»Wo befindet sich meine Lampe also?« drängte Aladin.

Sindbad sah nachdenklich zu den beiden Wachen und dem Zelt hinter ihnen hinüber. »Ich werde es dir sagen, wenn wir von hier verschwunden sind. Ich möchte nicht, daß die falschen Leute etwas mitbekommen.«

»Das ist ja alles sehr ermutigend«, unterbrach Achmed, »aber immerhin wird unsere Truppe von bewaffneten Wachen gefangengehalten. Wir brauchen Schwerter, um unsere Fesseln zu durchschneiden und uns gegen jeden von Gohas Männern zu wehren, der sich uns entgegenzustellen wagt.«

»Dann sitzen wir hier für alle Zeiten in der Falle!« verkündete Aladin nicht gerade sehr zuversichtlich.

»Nun, es gibt da noch einen gewissen Ring«, schränkte Achmed ein, »der uns vielleicht weiterhelfen könnte, wenn sein Besitzer sich bloß daran erinnern würde, wo er ihn herbekommen hat.«

Aladin sah ihn voller Unverständnis an, so als hätte er das Wort »Ring« noch nie gehört.

»Falls *du* ihn nicht reiben möchtest«, fuhr Achmed leicht verärgert fort, »strecke einfach nur deine Hand aus, und es wird mir eine Freude sein, das für dich zu erledigen.«

Doch statt seine Hand auszustrecken, zuckte Aladin voller Schrecken zurück. »So etwas tue ich nicht! Ich bin ein Mann, der schon einmal kurz vor der Hochzeit stand!«

Ali Baba, der sich nicht klar darüber war, wohin diese Unterhaltung führen würde, hatte sich einen anderen Weg ausgedacht, wie sie aus dieser Zwangslage herauskommen konnten.

»Ich kenne da jemanden«, sagte er daher, »dessen Arme

ungebunden sind, vielleicht sogar ungebundener, als ihm lieb ist.« Und daraufhin wandte er sich dem Weidenkorb zu, der gut ein halbes Dutzend Schritte entfernt stand, achtlos beiseite geschoben von den Männern in Weiß, die nichts von seiner wahren Bedeutung ahnten, und rief: »Kassim!«

»Hmmm?« antwortete sein Bruder im Korb, als wäre auch er dabei, ins Land der Träume hinüberzugleiten. »Ich weiß nicht, ob ich im Augenblick noch mit jemandem reden will. Es war wohl nicht genug, daß ich in Stücke gehackt wurde. Nein! Und daß ich dann all meiner irdischen Güter beraubt wurde, war auch noch nicht das Ende vom Lied! Jetzt ziehen die Leute auch noch meinen Geschmack in Zweifel! Ha! Es gibt Dinge, die sind einfach zu gemein und abscheulich, als daß man sie ertragen könnte.«

»Aber die Wachen schenken uns im Augenblick keinerlei Aufmerksamkeit«, erwiderte Ali Baba schnell.

»Dies ist *die* Gelegenheit zur Flucht«, versuchte er seinem Bruder klar zu machen. »Mit deiner Hilfe könnten wir von hier entkommen.«

»Ich bin mir nicht sicher, ob mir daran so viel liegt«, entgegnete Kassim barsch. »Um euch zu befreien, werden meine Teile über eine ganze Menge Sand kriechen müssen. Abgesehen davon, wie unangenehm das für meine Wunde werden könnte, gehe ich dabei ein ziemlich großes Risiko ein, entdeckt zu werden. Und glaubt mir, es gibt nichts, was ich mir weniger wünsche, als daß meine Teile in noch kleinere Teile gehackt werden. Vielleicht solltet ihr jemanden um Hilfe bitten, dessen Geschmack mehr dem euren entspricht.«

Der Holzfäller warf einen schnellen Blick zu den Wachen hinüber, aber beide hatten sich abgewandt, um dem Sängerchor zuzuhören, der in dem Zelt hinter ihnen erneut zu einem »Schmutziges Leibchen! Schmutziges Leibchen!« anhub.

»Aber mit deiner Hilfe«, drängte Ali Baba seinen Bruder, »können wir vielleicht Aladins Wunderlampe wiederfinden!«

»Nun, zumindest was diese Lampe betrifft«, gab die

Stimme aus dem Weidenkorb zu, »scheinen unsere Geschmäcker übereinzustimmen. Ist sie tatsächlich so allmächtig, wie der Räuber behauptet?«

»Ich habe keine Begrenzung ihrer Fähigkeiten feststellen können«, gab Aladin zu.

»Dann kann die Lampe mich vielleicht wieder zusammenfügen?« fragte Kassim, und in seiner Stimme schwang aufkeimende Hoffnung mit.

»Wer kann schon sagen, was Dschinns zu leisten imstande sind und was nicht«, schränkte Aladin ein, »aber wenn man bedenkt, daß sie jemanden durch massives Gestein befördern und im Handumdrehen eine unüberschaubare Menge an Essen und Gold herbeischaffen können, kann ich mir gut vorstellen, daß sie auch in der Lage sind, dich innerhalb eines winzigen Augenblickes wieder zusammenzusetzen.«

»Zumindest«, fügte Achmed hinzu, bevor ihm Ali Baba wieder einen warnenden Blick zuwerfen konnte, »sollte der Dschinn dazu in der Lage sein, einen blinden Schneider herbeizuzaubern.«

»Nun, man muß zugestehen, daß es in dieser großen, weiten Welt keinen allgmeingültigen Geschmack geben kann«, gab Kassim zu. »Glaubt ihr, daß die Dunkelheit inzwischen weit genug fortgeschritten ist, um meine Bewegungen hinreichend zu verbergen?«

Ali Baba sah sich um. Die Nacht hatte sich während des Gespräches tatsächlich auf sie herabgesenkt, und jetzt war außer einem dünnen Streifen rötlichen Lichts am fernen Horizont jede Helligkeit vom Firmament verschwunden. »Es dürfte keine Schwierigkeiten geben«, antwortete er. »Die Augen der Wächter werden vom hellen Feuer geblendet sein, und von einem Korb werden sie sowieso keinerlei Ärger erwarten.«

»Schmutziges Leibchen!« erklang der Ruf aus dem Zelt. »Schmutziges Leibchen!«

»Nein!« lautete die Antwort von Räuber Nummer Eins. »Ich halte das nicht länger aus!«

»Wißt ihr«, meinte der Stein aus Aladins Tasche heraus,

»was ihr da vorhabt, hört sich alles noch viel spannender an als eine eurer Geschichten. Ich sollte wirklich öfters mal einige meiner Bestandteile in die Welt hinausschicken.«

Kassim grunzte leise aus seinem Korb heraus. »Ihr werdet mich für einen Moment entschuldigen müssen«, sagte er, und seiner Stimme war die Anstrengung anzuhören. »Der Deckel über mir sitzt wirklich ziemlich fest. Ich fürchte, ich habe ihn ein wenig zu fest zugezogen, nachdem man mir die Münzen auf den Kopf hat fallen lassen. Das habe ich jetzt von meinem Zorn! Ich glaube, um mich aus meiner augenblicklichen üblen Lage zu befreien, werde ich den Korb umkippen müssen. Es wird einen Augenblick dauern. Ich werde meine Arme hin und her schwingen und sehen, was passiert.«

»Laß dir Zeit«, riet Achmed. »Wir können uns solange mit dem Stein unterhalten.«

»Ihr sollt wissen«, entgegnete der Stein ein wenig hochnäsig, »daß ich vielerlei Interessantes zu erzählen weiß.«

»Über Gesteinsablagerungen«, stimmte Achmed zu.

»Vielleicht geht es schneller«, meinte Kassim, »wenn ich auch meine Beine schwinge.«

Der Weidenkorb schwankte hin und her. Die Wachen waren noch immer in ihr Spiel vertieft und bemerkten nichts.

»Ich weiß auch eine Menge über Fossilien«, fuhr der Stein munter fort.

Ali Baba vernahm einen weiteren Schrei. Zuerst glaubte er, auch dieser Lärm käme aus dem Zelt, aber als noch ein Schrei erklang, erkannte er, daß der Lärm von der anderen Gruppe der Räuber herrührte.

»Ich kann stundenlang von Magma erzählen«, bot der kleine Felsbrocken an.

»Ich habe es fast geschafft«, rief Kassim. Sein Korb schaukelte wild vor und zurück, blieb aber immer noch aufrecht stehen. Sie hatten Glück, daß es in der zweiten Gruppe der Räuber ein Durcheinander zu geben schien, denn die Aufmerksamkeit der Wachen war dadurch abgelenkt. »Kipp um! Kipp um! Kipp um!« drängte Kassim den Korb.

»Vielleicht könnte ich euch ein paar Geschichten über Stalagmiten verraten«, schloß der Stein. »Doch sagt, macht da nicht jemand einen fürchterlichen Lärm?«

»Aha!« rief Kassim triumphierend, als sein Korb endlich fiel und sich dabei gleichzeitig der Deckel öffnete. »Jetzt kann ich mich ans Werk machen!« Sprach's, und alle seine Einzelteile krochen los.

Obwohl er aufgrund seiner früheren Erfahrungen eigentlich schon an den augenblicklichen Zustand seines Bruders hätte gewöhnt sein müssen, entschied Ali Baba, lieber nicht auf das zu achten, was sich jetzt zu seinen Füßen auf dem Sand abspielte. Statt dessen widmete er seine Aufmerksamkeit der anderen Gruppe von Räubern, von der nun mit einiger Regelmäßigkeit Schreie zu ihnen herüberdrangen, während ein unheimliches grünes Licht in ihrer Mitte zu leuchten begann.

Dieses seltsame Leuchten lenkte nicht nur seine, sondern die Aufmerksamkeit aller auf sich. Und das, befand der Holzfäller, war ein gutes Zeichen. Allerdings lockte das unnatürliche Licht und der ganze Lärm, den es unter den Wachen und den anderen Räubern verursachte, auch Verstärkung aus dem etwas weiter entfernt liegenden Zelt herbei. Das, entschied der Holzfäller, war kein gutes Zeichen.

Doch was dann geschah, rief nur noch mehr erschrockene Schreie hervor. Das grüne Leuchten erhob sich über die Köpfe der anderen, bis der Holzfäller erkennen konnte, daß es die Form eines Menschen hatte.

»Es ist ein Zauberer!« rief Aladin und sprach damit aus, was alle in diesem Moment dachten.

Der Zauberer brach in ein wildes Lachen aus und flog in einem großen Bogen über die Wachen und Gefangenen hinweg, wobei er auch dicht an Ali Baba und denen, die man um ihn geschart hatte, vorbeikam.

»Es ist *mein* Zauber! erkannte Aladin.

Der Zauberer flog auf das Zelt zu und stieß zwischen die Stoffbahnen hinab, was eine neue Serie von Schreien und Warnrufen aus dem Innern der behelfsmäßigen Folterkammer hervorrief. Nur einen Augenblick später tauchte er wieder auf, und diesmal trug er den Hauptmann der Räuber auf seinem Rücken.

»Seht nur, wessen Leibchen jetzt besudelt sind!« lachte Nummer Eins triumphierend zu denen hinunter, die tief unter ihm standen, während sich der Zauberer mit seinem Begleiter rasch aus der Reichweite von Vier-Fingers Bogenschützen entfernte.

Einen Augenblick lang standen alle wie versteinert da und beobachteten verwundert diese zauberhafte Flucht. Und dann war dieser Augenblick vorüber, und die Männer in Weiß bauten sich drohend vor Ali Baba und seinen Gefährten auf.

»Verschwendet keinen Gedanken an Flucht!« riefen sie. Und außerdem: »Wir werden schon herausbekommen, wo sich das Gold befindet, und wenn wir jeden einzelnen von euch foltern müssen!«

Doch es war weitaus mehr geschehen als bloß die Flucht zweier Gefangener. Mit dem Zauberer war auch sein hinterhältiger Bann verschwunden. Ali Baba schöpfte auf einmal wieder Mut und glaubte fest an die Möglichkeit, den Häschern Vier-Fingers zu entkommen, sich einmal wieder zu rasieren und ein ganz normales Leben zu führen. Harun al Raschid lachte und sagte, daß er sich an eine lustige Geschichte erinnere. Vielmehr, um genau zu sein, er erinnere sich an eine ganze Menge solcher Geschichten.

»Das war mein Zauberer«, wiederholte Aladin triumphierend, »und ich habe einen Ring!«

»Sprecht nur, wenn man euch anspricht!« befahlen die Männer in Weiß, während sie Harun einen Fußtritt und Aladin eine kräftige Ohrfeige versetzten. »Wir werden hier die Fragen stellen!«

Und eine dieser Fragen folgte augenblicklich: »Was bedeutet dieser leere Korb? Was war da drin?« Der Wächter, der den Weidenkorb hielt, brachte ihn näher ans Feuer, um ihn genauer zu untersuchen. »Bah! Welch ein fürchterlicher Gestank!«

Der Zauberer war also verschwunden, dachte Ali Baba, und mit ihm sein Bann. Vieles wäre jetzt möglich, wenn es ihnen nur gelingen würde, sich von ihren Fesseln zu befreien. Wo war eigentlich sein Bruder?

»Du da!« schrie einer der Männer in Weiß zu Ali Baba hinüber. »Keine Bewegung, oder du wirst es bereuen!«

Doch der Holzfäller hatte sich überhaupt nicht bewegt. Und was mochte das wohl für ein seltsames Gewicht sein, das ihn plötzlich auf dem Rücken drückte?

Ali Baba stellte mit einiger Überraschung fest, daß da etwas oder jemand in seinen Gewändern herumkroch!

Das 24. der 34 Kapitel, in dem unsere Helden auch mit Hilfe eines Dschinns keine großen Sprünge machen können, aber trotzdem Stück für Stück weiterkommen.

Erst im Nachhinein gelang es Ali Baba, die Ereignisse in eine einigermaßen vernünftige Reihenfolge zu bringen.

»Ich dachte, ich hätte dir befohlen, dich nicht zu bewegen!« fuhr einer seiner mürrischen Wächter fort. »Obwohl mir völlig schleierhaft ist, wie du deinen Körper überhaupt auf solche Weise bewegen kannst.«

Doch Ali Baba entging dem Zorn jenes Mannes für einen Augenblick, als dieser ein weitaus größeres Ärgernis entdeckte. »Halt! Was tust du da auf dem Boden?«

»Du wirst mich niemals fangen!« erklang die freche Stimme Kassims. »Ich werde einfach wegrollen!«

»Das meinst aber auch nur du«, entgegnete die Wache voller Selbstvertrauen. »Doch zuerst werde ich dir den Hals zudrücken!«

Er stürzte sich auf den Kopf.

»Aber du hast ja gar keinen Hals!« rief der Wächter aus.

»Ich bin frei!« rief Achmed rechts neben Ali Baba. »Und ich werde für meine Freiheit kämpfen!«

»Ich werde dein Kinn ergreifen!« brüllte der zornige Wachposten.

»Ich bin frei!« meinte Harun al Raschid. »Und ich werde kämpfen für mein Recht, lustige Geschichten zu erzählen!«

»Au, au!« Der Posten zog rasch seine Hand vom Boden. Statt sich Kassim zu schnappen, hatte Kassim sich vielmehr den Wächter gechnappt, und zwar mit den Zähnen!

Der Holzfäller spürte, wie sich die Fesseln an seinen Handgelenken lockerten. »Mein Bruder! Du könntest *tatsächlich* sechs Räuber zur gleichen Zeit abgeben«, meinte Ali Baba voller Bewunderung, während der Arm weiterplumpste, um den nächsten zu befreien.

»Laß meinen Finger los!« befahl der Wächter.

Doch auch die anderen Teile Kassims blieben nicht untätig. »Meine Hände sind frei!« rief Aladin. »Gestattet mir, an meinem Ring zu reiben!«

Augenblicklich quoll eine dichte Wolke purpurfarbenen Rauches zwischen seinen Fingern hervor, und aus diesem Rauch ertönte eine mächtige Stimme:

Obwohl ein Sklave des Rings der Ringe
sowie seines Trägers, hoch sei er gelobt,
herrsche ich über mancherlei Dinge,
doch sagt mir, warum ihr alle so tobt.
Was ist Euer Begehr, Meister, was ist Euer Begehr?

Der Rauch löste sich auf und enthüllte ein Wesen von derart dunkler Farbe, daß sich nicht einmal das Licht darin spiegelte. Es öffnete die Augen, und damit taten sich zwei tiefe Abgründe auf, deren Rot so grell wie das der Sonne war.

»Dschinn, dies ist mein Wunsch!« Aladin hielt sich einen der weiß gekleideten Angreifer mit einem wohlplazierten Fußtritt vom Leibe, bevor er fortfuhr: »Ich wünsche, daß du uns von unseren Fesseln befreist und uns ans andere Ende der Wüste versetzt!«

Der Geist des Ringes nickte, als er dies hörte, und entgegnete: »Das ist an sich kein schwieriger Auftrag, abgesehen davon, daß Ihr es versäumt habt, näher zu bestimmen, wen Ihr mit ›uns‹ meint.«

»Ah«, meinte Aladin, während er einen weiteren seiner Feinde mit einem Tritt zu Fall brachte und einem dritten die Faust in den Magen grub. »Dann hängt die Güte eines Wunsches also davon ab, wie genau er beschrieben ist?«

»Ein Dschinn ist immer nur so gut wie die Befehle, die man ihm gibt«, antwortete das schwarzhäutige Wesen. »Das ist übrigens eine sehr weise Feststellung, die Ihr da getroffen habt. Seit wir uns das letze Mal gesehen haben, seid Ihr um einiges reifer geworden.«

»Ich habe das Fezballspiel aufgegeben«, stimmte ihm Aladin zu. »Doch du wartest auf eine Erklärung. Wen meine ich, wenn ich ›uns‹ sage?«

»Könntet ihr euch vielleicht ein bißchen beeilen?« drängte Achmed, während er zwei mit weißen Turbanen bedeckte Köpfe gegeneinander schlug.

»Nun denn, dies also bedeutet ›uns‹.« Und da Aladin selbst nach all der langen Zeit, die er unter den Räubern verbracht hatte, noch immer ein großzügiger Mensch war, sagte er: »Alle schwarzgekleideten Männer.«

»Alle zweiunddreißig?« polterte der Dschinn, und seine Stimme hatte etwas von ihrer Selbstsicherheit verloren. »Und einer davon besteht auch noch aus einzelnen Teilen?«

»Wartet!« rief Ali Baba. »Da sind noch mehr!«

»Noch mehr?« erwiderte der Dschinn, und seiner Stimme nach zu schließen, wankte er am Rand der Verzweiflung. »Wünscht Ihr etwa, daß ich auch noch all diese Männer in weißen Gewändern versetze?«

»Ganz sicher nicht«, tadelte der Holzfäller ihn. »Doch was wird aus den Frauen?«

»Natürlich!« stimmte Aladin augenblicklich zu. »Wir müssen die Frauen mitnehmen.«

»Noch sieben Sterbliche mehr?« Der Dschinn hielt einen Moment lang inne, und tief aus seinem Innern stahl sich ein brummiges Seufzen. »Nun gut. Euer Wunsch ist mir Befehl. Ich werde euch so weit von hier fortbringen, wie es meine Fähigkeiten erlauben.«

Und augenblicklich waren Ali Baba und seine Gefährten von Rauch umgeben.

Doch fast genauso schnell lichtete sich der Rauch auch wieder.

»Sie sind davongehüpft!« ertönte ein Ruf, und er ertönte ganz in der Nähe. Und tatsächlich: Alles, was sie getan hatten, waren ein paar kleine Hüpfer gewesen, denn die Männer in Weiß standen nicht weiter als ein paar Schritte von ihnen entfernt!

»Wir haben uns kaum fortbewegt!« rief Aladin.

»Ich würde sagen, etwa achteinhalb Ellen«, lautete Sindbads Schätzung.

Die Männer in Weiß knurrten angriffslustig und stürmten

erneut vor. Und wie um ihre Sorgen noch zu vergrößern, mußte Ali Baba feststellen, daß der Dschinn verschwunden war.

Doch nicht alle in der Gesellschaft des Holzfällers verfielen in Panik. Achmeds Aufmerksamkeit schien ganz von der jungen Frau gefangen, die neben ihm aufgetaucht war. »Du bist also Marjanah?«

»Seid Ihr ein Freund meines Herrn?« lautete ihre bescheidene Antwort, während sie den Blick senkte, um ihre Füße anzustarren. Nie zuvor hatte Ali Baba seine Sklavin demütiger erlebt.

»So leicht werden sie nicht entkommen!« brüllte Vier-Finger und wedelte mit seiner mißgestalteten Hand über dem Kopf. »Zum Angriff!«

Aladin rieb rasch ein zweites Mal an seinem Ring. Purpurfarbener Rauch füllte die Luft.

Dem mit dem Ring an seiner Hand
gewähr' ich 'ne Bitte, sobald sie genannt,
auch wenn die letzte noch nicht lange her.
Was ist Euer Begehr, Meister, was ist Euer Begehr?

Doch bevor er einen Wunsch aussprach, hatte Aladin noch eine Frage. »Du bist nicht dazu in der Lage, uns weiter als achteinhalb Ellen zu versetzen?«

Der Dschinn zuckte mit den Schultern. »Ihr seid so viele. Und meine Kräfte sind leider begrenzt. Meiner Meinung nach kommt das daher, daß man für ein paar tausend Jahre in einem Ring eingesperrt ist. Dabei müssen ja die Zauberkräfte verkümmern.«

»Es tut mir leid, daß wir dich überfordern müssen«, entschuldigte sich Aladin, »aber könntest du uns noch einmal versetzen?«

»Wie man so schön sagt: Euer Wunsch ist mir Befehl«, erwiderte der Dschinn mit einer Stimme, die sowohl stolz als auch ein wenig resigniert klang. »Oder zumindest soweit Befehl, wie ich ihn befolgen kann.«

Wieder umgab sie purpurfarbener Rauch. Doch der einzige Unterschied zum vorherigen Mal bestand darin, daß er sich diesmal noch ein wenig schneller wieder auflöste. Und nur etwa acht Ellen von ihnen entfernt schob sich die immer wütender werdende Gruppe von Vier-Fingers Kriegern stetig näher.

»Diesmal werden sie uns nicht entkommen!«

Doch sie entkamen.

Als Sklave des Rings steht meine Macht
Euch zur Verfügung, doch habt acht,
diese stete Arbeit bereitet mir Pein,
Soll's das Übliche sein?

»Was sonst?« Immer wieder aufs neue wiederholte sich dieser Vorgang, bis Aladin eine Unterbrechung einlegen mußte, um seinen wundgeriebenen Ringfinger zu kühlen. Und so ging die Verfolgungsjagd weiter, bis Vier-Fingers Schergen immer müder wurden und eine große Erschöpfung sie überkam, da sie in der glühenden Wüstensonne rennen mußten, während die Gruppe, die Aladin umgab und sich mit fremder, übernatürlicher Hilfe fortbewegte, wohlausgeruht blieb. Schließlich blieben Vier-Finger und seine Männer mit jedem Schritt weiter zurück, und ihre blutrünstigen Drohungen und Schreie nach Rache wurden immer öfter von schwerem Keuchen und Rufen nach Wasser unterbrochen.

»Sie werden nicht ...«, preßte Vier-Finger zwischen den Lippen hervor, denn die meisten seiner Gefolgsleute waren inzwischen keines Wortes mehr fähig. »Wir werden sie ... Sie werden es bereuen ... Ganze Ströme von Blut werden ... das heißt ... verdammt!«

Und damit brach auch Vier-Finger zusammen.

Ali Baba riskierte einen Blick zurück auf die Spur, die die weißgekleideten Körper in der Wüste hinterlassen hatten.

»Ich erkenne ein Dickicht von Bäumen ein Stück weiter vor uns!« rief Harun den anderen zu, denn wie viele in seinem Alter war er mit der Gabe der Weitsicht gesegnet. »Wir sind am Rande eines fruchtbaren Gebietes angekommen. Der Dschinn hat uns gerettet.«

»Nun denn«, lautete Aladins Antwort, »vielleicht können wir dann sowohl dem Dschinn als auch meinem Finger eine

Ruhepause gönnen und den Rest des Weges zu Fuß zurücklegen. Beeilen wir uns, denn ich fürchte, daß sich einige unserer Verfolger wieder erholen werden.«

»O mein Schwager!« Kassims Frau stürzte auf Ali Baba zu. »Endlich habe ich Gelegenheit, dir für deinen Anteil an der Rettung von uns Frauen zu danken. Du hast uns vor den widerlichen Klauen dieses Vier-Fingers bewahrt.« Sie begann zu zittern, was ihre körperlichen Vorzüge noch nachhaltiger ins rechte Licht rückte. »Ich brenne voller Ungeduld auf den Augenblick, in dem ich dir zeigen kann, wie dankbar ich wirklich bin. Und darf ich noch sagen, wie stattlich du in diesem Augenblick aussiehst, jetzt, wo du dir etwas hast stehen lassen – deinen Bart, meine ich.«

»Nein, das darfst du nicht!« schrie Kassims Kopf. »Für euch alle mag es ja ein Leichtes sein, diesen öden Ort hier zu verlassen, aber was wird aus mir? Soll ich vielleicht auf meinen Stümpfen aus der Wüste heraushüpfen? Es ist deine Pflicht als meine Frau, mich von hier wegzutragen!«

»Ich glaube nicht, daß ich das fertigbringen könnte, so zart wie ich bin«, entgegnete seine Frau, »vor allem, was meinen empfindlichen Magen angeht. Du bist ein paar Tage zu lange der Sonne ausgesetzt gewesen, o Ehemann, und du bist ..., nun, ein wenig reifer geworden.«

Ali Baba ließ schnell seinen Blick über die versammelte Gruppe schweifen. Der Dschinn hatte, als er sie versetzt hatte, offensichtlich Kassims Korb vergessen. »Ich fürchte«, sagte er daher an seinen Bruder gewandt, »daß wir dein Transportmittel verloren haben.«

»Soll das etwa heißen, ich muß für den Rest meines Lebens auf diese Art und Weise herumhoppeln?« fragte Kassim verzweifelt. »Erinnert euch, o Räuber! Ohne meine Hilfe wäret ihr nie entkommen. Ihr könntet mich zum Dank wenigstens wieder zusammensetzen.«

Sie mußten zugeben, daß dies in der Tat der Wahrheit entsprach und Kassims Forderung durchaus berechtigt war.

Aladin nickte angesichts dieser Einstimmigkeit unter seinen Gefährten.

»Vielleicht«, überlegte er, »kann ich unter diesen Umständen den Dschinn noch ein letztes Mal rufen.«

Also rieb er erneut an dem Ring, und es stieg auch eine gewisse Menge an purpurfarbenem Rauch empor, doch Ali Baba hätte schwören können, daß dieser Rauch bei weitem nicht mehr so üppig war wie zuvor. Und als der Rauch sich verzogen hatte, stand da wieder einmal der große, schwarze Dschinn, obwohl seine Haltung diesmal etwas schlaffer erschien. Und dies sind die Worte, die der Dschinn sprach:

Als Sklave des Rings will mein Bestes ich tun,
doch erlaubt mir zu fragen, wann darf ich mal ruh'n?
Seit tausend Jahren leb' ich in 'nem Ring,
Und glaubt mir, da schwinden die Kräfte dahin.
Bei Allah, ich bedaure das sehr.
Was ist Euer Begehr, Meister, was ist Euer Begehr?

»Wir haben nur noch einen letzten Wunsch, den du uns erfüllen mußt, o mächtiger Dschinn«, sagte Aladin. »Dieser Mann da, den die Grausamkeit unseres ehemaligen Herrn und Meisters völlig aus der Fassung gebracht hat und der seitdem stets ein wenig verstreut ist, hat geholfen, uns alle vor der Folter und dem sicheren Tod zu bewahren. Als Lohn hat er verlangt, wieder zu einem Stück zusammengesetzt zu werden. Ist dies eine Aufgabe, der du gewachsen bist?«

»Das wäre schon möglich«, stimmte der Dschinn zu, »wenn ich nicht den ganzen Tag damit zugebracht hätte, neununddreißig Seelen durch die glühend heiße Wüste zu tragen.« Der Dschinn stieß einen Seufzer aus – das Geräusch einer Seele, die im Augenblick des Todes aus einem vom Alter gebeugten Körper fährt. »Ich bin viel zu erschöpft, um noch etwas zu zaubern. Laß mich ein wenig auf deinem Finger reiten. Ich werde mich buchstäblich im Handumdrehen wieder erholt haben.«

Kassim war mit dieser Antwort alles andere als zufrieden. »Dann bleibt mir also nichts anderes übrig, als von Ort zu Ort zu hoppeln?«

»Oh, nun kommt aber«, entgegnete der Dschinn. »Reißt Euch zusammen. Manchmal weiß ich nicht, was ich von euch Menschen denken soll. Ich seh' so manchen leeren Wassersack bei euch. Es müßte doch mit dem Sheitan zugehen, wenn sich unter so vielen Männern mit starken Armen nicht genügend Träger für Euch finden würden!«

Sprach so etwa ein gehorsamer Dschinn? überlegte Ali Baba. Er hatte in der Vergangenheit viele Geschichten von solchen Geistern gehört; Geschichten, wie sie sich gegen ihre Herrn und Meister wendeten, wenn diese zuviel von ihnen verlangten, oder wie sie unter den schlechten Einfluß von Menschen mit bösen Herzen gerieten.

»Vielleicht«, sagte er daher, »ist dies der geeignete Zeitpunkt, unserem magischen Wohltäter die Ruhe zu gönnen, nach der er so sehr verlangt.«

Das schwarze Wesen nickte zustimmend. »Selbst wenn man in Hochform ist, ist dies ein schwieriger Zauber, und er ist eher etwas für einen meiner älteren, erfahreneren Brüder. Ihr wißt schon, so einen, wie man ihn in einer Lampe findet. Obwohl das Zusammenkitten von lebender Haut immer eine heikle Sache ist, besonders wenn man so lange durch den Sand gekrochen ist.«

»Aber kannst du denn nicht einfach mit den Fingern schnippen und sagen: ›Was soll der ganze Firlefanz, im Nu, da bist du wieder ganz!‹?«

»So einfach ist das nun wirklich nicht«, meinte der Dschinn, und in seiner Stimme schwang eine Spur von Ärger mit. »Möglicherweise wärt Ihr besser beraten, die Dienste eines blinden Schneiders in Anspruch zu nehmen. Ich bin auf jeden Fall immer noch zu mitgenommen, um zaubern zu können. Ruft mich doch bitte morgen früh wieder.«

Und damit war der Dschinn verschwunden.

Aladin drehte sich um und sah zu den in der Ferne aufragenden Bäumen hinüber. »Ich glaube, es ist an der Zeit, daß wir uns auf den Weg machen.«

Seine Bemerkung wurde von einem heiseren, fast zaghaft klingenden Schrei aus der Wüste hinter ihnen beantwortet. Ein Schrei, den zweifellos ihre erschöpften Feinde ausgestoßen hatten, die trotz allem die Verfolgung noch nicht aufgegeben hatten.

»Und ich schlage vor, daß wir nicht nur Kassims Beine in die Hand nehmen«, fügte Aladin hinzu.

DAS LETZTE DER DREI BÜCHER, IN DEM EINFACH JEDERMANNS GESCHICHTE ERZÄHLT WIRD

Das 25. der 34 Kapitel, in dem zwar noch immer kein Gold in Sicht ist, aber trotzdem etwas herumgetragen wird.

»Aber wo sind wir?« fragte Ali Baba, denn seine vom Holzfäller-Dasein gestählten Sinne waren während der Flucht in den Rauchschwaden des Dschinns etwas durcheinander geraten.

»Ich bin diesen Weg schon einmal gegangen«, meldete sich Harun. »Wenn man so lange wie ich unter dieser Räuberbande gelebt hat, ist man überall schon einmal gewesen. Ich glaube, wir sind nicht weit von der Höhle entfernt, in der all unser Gold verborgen ist.«

»Was sollen wir jetzt machen?« wollte Achmed von den anderen wissen. »Wir können dieses verfluchte Leben hinter uns lassen, unsere Bärte abrasieren und unsere Gewänder gegen ehrbare Kleidung tauschen.« Er sah Marjanah an, die sich aus unerfindlichen Gründen bisher die meiste Zeit in seiner Nähe aufgehalten hatte. »Wir könnten uns neue Ziele suchen, für die es sich lohnt, noch einmal von vorne anzufangen.«

»Doch was wird aus dem Gold?« warf einer der anderen ein. »Was nicht heißen soll, daß auch nur ein einziger von uns für immer sein Dasein als einer der vierzig Räuber fristen will. Aber da das Gold nun schon einmal da ist, wem könnte es da eher zustehen als denjenigen, die so sehr geschuftet haben, um es zusammenzutragen?«

»Außerdem gibt es da einige unter uns«, meinte der Räuber, der einmal Sindbad genannt worden war (und der jetzt möglicherweise wieder so genannt werden konnte), »die sich keineswegs sicher sind, ob sie es sich erlauben können, für längere Zeit an ein und demselben Ort zu verweilen.«

»Du machst dir«, widersprach Achmed, »doch sicher nicht immer noch Sorgen wegen ...«

»Die Königin der Affen ist allgegenwärtig!« sagte Sindbad, und seine Augen waren vor Schreck geweitet.

»Nun übertreib mal nicht!« tadelte Achmed. »Ich habe dich all die langen Monate der Flucht begleitet, bevor wir von den Räubern gefangengenommen wurden. In all der Zeit hat dich die Königin der Affen nur sechsmal aufgespürt«, er hielt kurz inne, um nachzudenken, »oder war es siebenmal?«

Doch der andere Mann ließ sich nicht beruhigen. »Du hast gut reden! Du hast diese Pranken nicht spüren müssen! Und diese haarigen Küsse!« Sindbad sah allmählich aus, als hätte er zuviel Zeit in der prallen Sonne verbracht. »Und dann, als sie all ihr Gewicht auf mich senkte ...!« Man sah ihm deutlich an, daß er außerstande war, weiterzusprechen.

Achmed antwortete ihm mit einer Frage: »Aber wenn die Königin der Affen so verrückt nach dir war, warum hat sie dich dann in all den zurückliegenden Monaten nicht aufgespürt?«

»Was das betrifft«, entgegnete Sindbad, »haben mich die Räuber gerettet. Ich glaube, sie hat sich von unserer Überzahl abschrecken lassen.«

»Nun, wir beide müssen auf jeden Fall weitergehen«, meinte Achmed beharrlich. »All unsere Reisen, alles, was wir erreicht haben, darf nicht auf diese Weise enden!«

Da war sie schon wieder, dachte Ali Baba, diese Sache mit den Reisen. Er hatte schon früher einmal diesbezüglich nachgefragt, aber nur eine recht ausweichende Antwort erhalten. Nun jedoch, wo sie nicht länger unter der Knechtschaft ihres niederträchtigen Anführers standen, konnte er seine Neugierde nicht länger zügeln, denn inzwischen hatte er zu den anderen Vertrauen gefaßt wie zu Brüdern, um genau zu sein, mehr als zu seinem eigenen Bruder, wenn man bedachte, daß Kassim sein Bruder war.

»Bist du«, fragte er also jenen Sindbad, der recht mager war und nicht im entferntesten so aussah, wie er sich immer einen reichen Händler vorgestellt hatte, »bist du tatsächlich jener legendäre Sindbad der Seefahrer?«

Doch da Sindbad noch immer unter den schrecklichen

Erinnerungen an die Königin der Affen zu leiden schien, antwortete Achmed an seiner Stelle: »Oh, nein, nein, das war ein sehr viel älterer Herr, dessen Diener ich einst war. Wir machten uns zusammen auf jene verhängnisvolle Reise, weißt du …«

»Es sieht ganz so aus«, meldete sich der Stein aus Aladins Tasche, »als ob es hier noch einige Geschichten gäbe, die es lohnt zu erzählen.«

Und so begann Achmed, während die ganze Gruppe aus der Wüste hinausmarschierte, die Geschichte von der wundersamen achten Reise von Sindbad dem Seefahrer zu erzählen, und wie dabei etliche Fehler und Ungerechtigkeiten, die auf den sieben vorangegangenen Reisen begangen worden waren, wieder ausgebügelt wurden, einschließlich der Gefangennahme des besonders abscheulichen Flaschengeistes namens Ozzie.

Und schließlich griff auch Sindbad den Faden der Geschichte auf und erzählte von der Frau im Palankin, jener Frau, in die er sich unsterblich verliebt hatte. Ihr Name war Fatima, und was wußte er schon von ihr? Er kannte ihr Lachen, den Klang ihrer Stimme und die zierliche Bewegung ihrer Hand. Aber genügte das nicht, um einen Mann in Liebe entbrennen zu lassen? Während eines großen Durcheinanders, in dem auch Magie und einige übernatürliche Wesen mit im Spiel gewesen waren, hatte er sie jedoch unter äußerst merkwürdigen Umständen verloren und an ihrer Stelle die Königin der Affen in der Sänfte vorgefunden.

»Die Königin hat sich seitdem hartnäckig an meine Fersen geheftet«, schloß Sindbad. Er hielt einen Moment inne, bevor er fortfuhr. »Nun, das heißt, sie hat es bis vor etwa einem Jahr getan – so lange jedenfalls, bis ich Mitglied der Räuberbande wurde.«

»Eine wirklich wundersame Geschichte«, stimmte Ali Baba zu, »aber wir sind jetzt schon eine ganze Weile marschiert. Wohin gehen wir eigentlich?«

»Ich führe euch zurück zu jener Zauberhöhle«, rief Harun von der Spitze ihrer Gruppe her, »denn obwohl wir nie länger als ein paar Stunden dort verweilten, ist es doch der Ort, den wir noch am ehesten als unser Heim bezeichnen können.« Er hielt mit einem taktvollen Hüsteln inne, das er, da war Ali Baba sich sicher, vermutlich schon beherrscht hatte, als er noch in Palästen gewohnt hatte. »Außerdem hoffe ich, daß ich mir meinen gerechten Anteil an der Beute werde sichern können.«

»Das ist in der Tat der Ort, zu dem wir uns begeben müssen«, stimmte Sindbad zu, »denn dort habe ich auch Aladins Wunderlampe gesehen.«

»Dort soll sie sich befinden?« rief Aladin ebenso erstaunt wie ungläubig. »Dann war *das* also der Grund für die Anwesenheit jenes niederträchtigen Zauberers, denn er hat es sich zur Lebensaufgabe gemacht, in den Besitz dieser magischen Lampe zu gelangen. Es ist schon seltsam, wie alle unsere Geschichten miteinander verknüpft sind.«

»Aber auch sehr befriedigend«, antwortete der Stein in seiner Tasche. »Ich unterhalte mich viel, viel besser bei dieser ganzen Sache, als ich anfangs vermutet hätte.«

Und so kam es also, daß sie auf dem Weg zu jenem Ort waren, an dem Ali Babas Abenteuer angefangen hatte. Unzählige Male hatte er – während endloser Ritte – jenen Tag verflucht, an dem er den vierzig Räubern zum ersten Mal begegnet war und die Ereignisse ihren Lauf genommen hatten, die sein Leben für immer verändert hatten. Wenn er jetzt allerdings darüber nachdachte, dann hatten sich die Dinge gar nicht so schlecht für ihn entwickelt, und außerdem hatte er noch immer eine nicht unbeträchtliche Menge Gold unter seinem Küchenboden versteckt.

»Auch der Palast der Schönen Frauen befindet sich in der Nähe«, bemerkte Marjanah leise, während sie weiterhin neben Achmed einherschritt. »Den Worten eures ehemaligen Anführers nach ist er in der tiefsten Kammer jener Höhle zu finden.«

»So birgt die Höhle also nicht nur einen Goldschatz, sondern auch eine Fülle schöner Frauen?« fragte Ali Baba ungläubig. »Wieso das denn?«

Er hörte ein Seufzen, das aus Aladins Tasche kam. »Ach, die Höhle war schon immer so. Obwohl sie so riesig ist, leidet sie, so fürchte ich, seit Anbeginn an gewaltigen Minderwertigkeitsgefühlen. Was dazu führte, daß sie sich stets mit allen möglichen schönen Dingen zu schmücken versuchte.«

»Vergib mir, daß meine Ohren so schlecht sind!« Die Erklärung des Steines hatte Ali Baba überaus erstaunt. »Du behauptest, daß diese Höhle Gefühle hat?«

»Höhlen unterscheiden sich nicht von Menschen«, erwiderte der Stein. »Nun, um genau zu sein, sie sind vielleicht ein wenig zugiger. Und sie haben ein paar harte Kanten und Ecken mehr. Aber was Gefühle angeht, so brauchen Höhlen genau dasselbe, was alle denkenden Wesen brauchen: Aufmerksamkeit, das Gefühl der eigenen Wichtigkeit und vielleicht sogar Liebe.«

»Aber warum sollte die Höhle Minderwertigkeitsgefühle haben? Ich bin in ihr gewesen, und sie war wirklich riesig.«

»Was du sagst, ist richtig, aber diese besondere Höhle ist nicht gerade mit den besten Eigenschaften unterirdischer Grotten ausgestattet. Sie hat zum Beispiel keine großen Kuppelgewölbe, und ihre Stalagmiten sind im großen und ganzen nur zweite Wahl.« Der Stein stieß erneut einen Seufzer aus, ein Geräusch, das Ali Baba ganz durcheinanderbrachte. Es war schon schlimm genug, daß dieser Gegenstand sprach, aber wie konnte etwas, das nicht atmete, ausatmen? Doch der Stein hatte noch nicht zu Ende gesprochen:

»Jeder von uns könnte mit Leichtigkeit Dinge an sich entdecken, die er zu verbessern wünscht. Ich selbst, zum Beispiel, würde es vorziehen, aus Quarz zu bestehen.«

Ali Baba hatte noch eine ganze Menge Fragen zu diesem seltsamen, gefühlsbetonten Loch unter der Erdoberfläche. »Wie ich erfahren habe, hat die Höhle die Einzelteile meines Bruders wieder zum Leben erweckt und außerdem einige Männer derart verdreht, daß ihre Gesichter nach hinten blickten und ihre Arme dort aus ihrem Körper sprießten, wo eigentlich die Ohren hätten sein sollen. Doch welche Macht hat diese Höhle und dieser Ort über die vierzig Räuber?«

Diesmal war es Harun, der antwortete. »Über viele von uns gar keine. In Wahrheit übt sie nur Macht über die Nummer Eins unter den Räubern aus.«

»Dann hat sie ihn also mit einem Bann belegt?« überlegte Ali Baba. »Ich erinnere mich da an eine Geschichte, in der das Herz eines Mannes in einem Turm eingesperrt war, so daß niemand ihn töten konnte.«

»Das ist meine Geschichte, um genau zu sein«, warf einer der Räuber ein.

Erst Aladin, dann Harun al Raschid und Sindbad, und jetzt auch noch dies? Ali Baba war überrascht.

»Verbirgt sich denn hinter jedem einzelnen Räuber eine Geschichte?« fragte er.

»Das ist in der Tat so«, meldete sich ein anderer. »In meiner Geschichte spielt ein Zauberfisch eine große Rolle, den ich fing, als ich mein Netz dreimal im Toten Meer auswarf.«

»Und meine handelt von einem Zauberteppich«, erwiderte noch ein anderer, »und von drei Jungfrauen in einem verborgenen Garten.«

»Auch in meiner Geschichte kommt ein Garten vor«, fügte ein vierter hinzu, »und eine Blume mit ganz besonderen Eigenschaften. Ganz zu schweigen von einem Ring, einer geheimnisvollen Schatulle und einer listigen Schlange.«

Und so ging es weiter. Ununterbrochen erzählten die Räuber von Geschichten voller Wunder und Gefahren, bis Ali Baba sich ein wenig unbedeutend vorkam, denn sein geglückter Raubzug, auf dem er das Gold aus der magischen Höhle entwendet hatte, verblaßte im Vergleich zu all diesen dramatischen und abwechslungsreichen Abenteuern fast bis zur Bedeutungslosigkeit.

»Ja«, schloß Harun, »jeder Mensch hat eine Geschichte.«

»Oder zumindest jeder der vierzig Räuber«, schränkte Achmed ein.

»Wie auch immer«, kicherte der Stein. »Ich werde mich wie ein Sultan amüsieren.«

»Aber du warst dabei, mir vom Räuberhauptmann zu erzählen, und wieso er im Banne jener verzauberten Höhle steht«, erinnerte Ali Baba seinen Gefährten.

»Ah, ja«, stotterte Harun. »Nun, du hast mit deiner Vermutung über unseren Anführer fast richtig gelegen, denn die Höhle birgt in der Tat einen Teil von ihm in ihren Tiefen.«

»Aber es ist nicht sein Herz.«

»Viel schlimmer«, entgegnete Harun. »Die Höhle hält seine Leber gefangen.«

Ali Babas Mund klappte in stummem Erstaunen weit auf.

»Die alten Griechen waren es, glaube ich, die in der Leber den Sitz der Liebe sahen«, erklärte Harun. »Oder war es vielleicht die Milz? Oder sollten es die alten Römer gewesen sein? Nun, wer kann schon die abgründigen Gedanken einer verzauberten Höhle nachvollziehen?«

»Aber wie kann er dann noch leben?« fragte Ali Baba.

»Du hast einen Bruder, der in sechs Teile zerhackt ist«, meldete sich Kassims Kopf aus einem nahen Wassersack, »und trotzdem fragst du noch, wie jemand, dem etwas so Unbedeutendes wie die Leber fehlt, noch leben kann!«

»Es liegt mir fern, Eure gelehrte Unterhaltung zu unterbrechen, o Meister«, unterbrach Marjanah, »aber ich dachte mir, es wäre vielleicht nicht falsch, Euch darauf hinzuweisen, daß es langsam dunkel wird und wir besser so schnell wie möglich einen Unterschlupf suchen sollten.«

Ah, dachte Ali Baba, das hörte sich schon eher nach der Marjanah an, die er im Laufe all der Jahre kennengelernt hatte; bescheiden, mit dem Blick für das Wesentliche. Vielleicht würden alle bösen Nachwirkungen ihrer Gefangennahme durch den Räuberhauptmann mit der Zeit verschwinden. Dennoch würde er erst dann gänzlich beruhigt sein, wenn er Gelegenheit gefunden hatte, mit ihr zu sprechen – und vielleicht Gelegenheit, ausführlicher mit jemandem zu sprechen, der etwas älter und weiser, aber dennoch nicht weniger reizend war; jemandem wie Kassims Frau zum Beispiel; jemandem, der dazu in der Lage war, aus langen Erfahrungen zu schöpfen und Licht in die ganze Sache zu bringen.

»Ich kann fühlen, daß Ihr besorgt seid, junge Frau«, erwiderte Achmed kühn, »denn ich bin sicher, daß Ihr bisher ein behütetes Leben geführt habt und nicht viel über die Wildnis wißt. Aber laßt mich Euch versichern, daß Ihr jetzt unter meinem persönlichen Schutz steht, ebenso wie unter dem von über dreißig anderen tapferen Männern, die, obwohl sie im Grunde alle gute Menschen sind, viele Monate und Jahre lang dazu gezwungen waren, das Leben von Räubern zu führen.«

»Gezwungen«, stimmte ein anderer der ehemaligen Räuber zu. »das trifft es genau.«

»Und nun, da Nummer Eins nicht mehr unter uns weilt, werden wir niemals wieder etwas stehlen!« fügte noch ein anderer hinzu.

»Ausgenommen natürlich das«, schloß ein vierter, »was wir aus der Höhle entwenden.«

»Aber das ist kein Diebstahl«, warf ein anderer Räuber ein. »Kein richtiger jedenfalls. Ich meine, man kann doch nicht etwas stehlen, das man bereits gestohlen hat, oder?«

»Ich weiß, was du meinst«, sagte der Mann, den man gezwungen hatte. »Nun, damit wäre dann ja wohl alles in Ordnung.«

»Und ich bin so froh, daß Ihr mir versichert habt, daß ihr mich alle im Notfall beschützen werdet«, sagte Marjanah an Achmed gewandt, und sie sah ihn dabei aus großen Augen an. »Jetzt, wo ich das weiß, fühle ich mich viel sicherer.«

Nein, dachte Ali Baba, seine junge Sklavin benahm sich noch immer irgendwie seltsam. Welch gemeine Folter, so fragte er sich, hatte sie wohl in diesen schrecklichen Zustand versetzt?

»Dennoch«, sagte Aladin, »ist es keine schlechte Idee, einen Platz zu suchen, wo wir übernachten können.« Er hielt kurz inne, um sich umzusehen, denn sie waren inzwischen weit genug gewandert und befanden sich bereits inmitten von Bäumen. »Wir nähern uns der Höhle, nicht wahr?«

»Ich denke, wir sind ziemlich nahe«, erwiderte Harun.

»Dann sollten wir vielleicht, sobald wir ein geschütztes Gehölz finden, dort bleiben«, schlug Aladin vor, »damit wir an Körper und Seele erfrischt die Höhle erreichen.«

»Du hast recht«, stimmte Harun zu. »Denn wir werden es wohl nicht nur mit der Höhle zu tun bekommen.«

»Dann erwartest du also, auf unseren Hauptmann zu

treffen?« fragte Ali Baba, als der Gedanke ihn wie ein Blitzschlag traf. »Und auch auf den Zauberer?«

»Jeder von uns war so lange Zeit ein Räuber«, erklärte Harun, »wo sollten wir wohl sonst hingehen können?«

»Du hast nur teilweise recht!« rief eine andere Stimme, eine Stimme, die Ali Baba inzwischen mit allem Bösen auf der Welt gleichzusetzen gelernt hatte. Ein gräßlich grünes Glühen, das gegen den aufziehenden Abend noch um einiges heller wirkte, wischte über ihre Köpfe hinweg.

»Ihr habt vielleicht kein Gold bei euch«, rief ihnen Räuber Nummer Eins vom Rücken des Zauberers, auf dem er dahinritt, zu, »dafür aber habt ihr ein paar Frauen dabei.« Er brach in schallendes Gelächter aus. »Oder sollte ich besser sagen, ihr *hattet* sie, denn nun gehören sie uns!«

Das 26. der 34 Kapitel, in dem wir mit den Bäumen reden und sie uns zuhören.

Ali Baba sah sich um und mußte feststellen, daß ihr ehemaliger Hauptmann leider recht hatte. Die Frauen waren verschwunden. Marjanah! dachte er. Und Kassims Frau! Nie zuvor war ihm bewußt gewesen, wie sehr er die Gesellschaft dieser Frauen genoß – bis jetzt, da er sie verloren hatte.

»Der Palast empfängt sieben neue Bewohner in seinen Hallen!« meinte Räuber Nummer Eins und lachte gakkernd. »Meine Leber ist für einen weiteren Tag gerettet!«

Also war das, was die anderen gesagt hatten, tatsächlich wahr, überlegte Ali Baba. Und obwohl er nicht gerade behaupten konnte, Mitleid für einen solch niederträchtigen Teufel wie Nummer Eins zu empfinden, so begann der Holzfäller ihn zumindest zu verstehen. Dennoch blieb es ihm ein Rätsel, wie jemand, der keine Leber mehr besaß, derart von bitterer Galle erfüllt sein konnte.

Und dann waren Räuber und Zauberer mit einem Mal nicht mehr da.

»Marjanah!« rief Achmed angsichts ihres plötzlichen Verschwindens.

»Kassi...« Ali Baba hielt sich noch rechtzeitig zurück. Sicher, er rechnete die Frau seines Bruders zu den Schönsten der Schönen, und sie hatte ihm mehr als nur ein Zeichen gegeben, daß sie seine Gefühle erwiderte, und sicher war es auch richtig, daß ihr Ehemann in sechs Teile zerhackt worden war, aber für alles im Leben gab es die richtige Zeit und den richtigen Ort, und beides traf in diesem Fall nicht zu. Ganz abgesehen davon hatte er eine Frau, die zu Hause auf ihn wartete und die er vermutlich nie wieder sehen würde angesichts all der widrigen Umstände der Schwerter, Magier und verzauberten Höhlen, aber auch daran wollte er im Augenblick nicht denken. Ach, wo waren nur die Tage geblieben, als sein ganzes Leben aus nichts anderem als einem Baum und einer Axt bestanden hatte?

»Meine Frau paßt ganz sicher an einen solchen Ort«, meinte Kassim, und damit schien die Sache für ihn erledigt. »Ihr Geschmack war schon immer viel zu teuer.«

»Was sollen wir tun?« fragte Achmed, und seine normalerweise sehr gelassene jugendliche Stimme verriet Anzeichen von Panik.

»Wir könnten den Geist des Ringes rufen«, schlug Harun vor. »Sicher weiß er Rat.«

Ali Baba mußte erneut an all die Geschichten denken, die er über gereizte Hilfsgeister gehört hatte. »Aber als wir den Dschinn das letzte Mal gerufen haben«, gab er daher zu bedenken, »schien er alles andere als glücklich darüber zu sein.«

Sindbad gab ihm recht. »Was mich betrifft, ich habe viele schlechte Erfahrungen mit Dschinns gemacht.«

Ein gutes halbes Dutzend Männer murmelte ebenfalls Bedenken. Einige meinten, auch sie könnten so manche unangenehme Geschichte über Geister erzählen, wenn nur genügend Zeit dazu wäre.

»Aber Marjanah!« flehte Achmed.

Aladin schenkte dem jüngsten der Räuber einen mitfühlenden Blick. »Ich weiß, wie du dich jetzt fühlst, denn auch ich habe einst für die Prinzessin Badabadur Ähnliches empfunden und tue es tief in meinem Herzen noch immer. Aus diesem Grunde rufe ich den Dschinn. Sicherlich wird er keinen Zorn verspüren, wenn er erfährt, daß es diesmal um die Liebe geht.«

Liebe? Ali Baba verfiel in tiefes Nachdenken, während Aladin an seinem Ring rieb. War dies etwa das seltsame Gefühl, das so viele der Männer in seiner Gesellschaft befallen hatte? Wenn man bedachte, auf welch eigentümliche Art es ihr Verhalten zu beeinflussen schien, dann konnte der Holzfäller von Glück sagen, daß er verheiratet war und solche Dinge für ihn der Vergangenheit angehörten.

Aladin nahm seine Hand von dem Ring. »Der Dschinn kommt.«

Dies war, so dachte Ali Baba, sicher das erste Mal, daß jemand Zeit genug hatte, die Ankunft eines Geistes anzukündigen. Und nicht nur, was die Geschwindigkeit des Erscheinens betraf, nein, auch die Art, wie es vonstatten ging, hatte sich sehr verändert. Denn statt einer großen Wolke, die sonst aus dem Ring hervorquoll, puffte es nur ein wenig in unregelmäßigen Abständen, gerade so, als ob ein Feuer verlöschen würde, weil den Flammen der Sauerstoff fehlte, und nur ein dünner, purpurfarbener Schleier stieg auf.

Dennoch erschien der Dschinn. Allerdings verriet die Art und Weise, wie er den Kopf hielt und die Arme verschränkte, daß er nicht gerade glücklich war, wieder auftauchen zu müssen. Und als der Dschinn sprach, klang er nicht sehr erfreut.

Ich weiß, daß ein Sklave des Rings ich bin,
Gehorsam zu dienen ist meines Daseins Sinn.
Doch Ihr seid, ganz ehrlich, ein klein wenig rüde,
denn glaubt mir, bei Allah, ich bin ziemlich *müde.*
Was begehrt Ihr denn noch,
Meister, sagt, was begehrt Ihr?

»Die Frauen sind von dem niederträchtigen Magier weggezaubert worden!« erklärte Aladin, während er nach Norden deutete. »Wir müssen sie retten!«

Der Dschinn hob eine Hand, um sich das Kinn zu reiben. Seine Augen waren nur noch schmale Schlitze, in denen das Feuer glühte, und während er nachdachte, schloß er sie wiederholt. »Oha! Sogar ein nichtmenschliches Wesen wie ich kann erkennen, daß dies für euch ein ernstes Problem ist. Ich wünschte, ich hätte noch genügend Energie, um zu helfen. Wir werden uns morgen früh um die Sache kümmern müssen, falls ich bis dahin wieder genügend Kräfte gesammelt habe.«

Sprach's und war verschwunden.

Alle Dinge auf Erden, so dachte Ali Baba, hatten nun einmal ihre Grenzen.

»Wir werden Marjanah niemals wiedersehen!« wehklagte Achmed, und sein junges, unerfahrenes Herz quoll über vor Leid.

»Es gibt nicht nur einen Weg zum Palast der Schönen Frauen«, meldete sich eine andere Stimme. Ali Baba brauchte einen Moment, bis er begriff, daß es die Stimme des Steins war, der mit all der Selbstsicherheit jener Höhle sprach, die einmal sein Heim gewesen war.

»Ihr habt mich mit euren Geschichten unterhalten«, fuhr der Stein fort. »Jetzt bin ich an der Reihe, ein paar Geschichten zu erzählen. Nimm mich aus deiner Tasche und halte mich in der Hand, damit ich den Weg besser sehen kann.«

»Auch aus einem Wassersack heraus kann man nicht viel sehen«, beklagte sich Kassim.

Aladin tat, was der Stein ihm gesagt hatte, zog ihn aus der Tasche und nahm ihn in die erhobene Hand. Niemand rührte dagegen einen Finger, um Kassims Sicht zu verbessern.

»Die Nacht bricht bald herein«, sagte Aladin, während er den Stein vor sich hielt. »Wirst du etwas sehen können?«

»Steine sehen nicht auf dieselbe Art wie Menschen«, lautete die Antwort des Steins. »Wir sind ein Teil der Erde, und jeder einzelne Kieselstein, jedes Sandkörnchen ist unser Auge. Der Zauberer fliegt im Augenblick über uns durch die Lüfte, doch sobald er wieder festen Boden unter den Füßen hat, werde ich es wissen.«

Ali Baba wunderte sich, daß es so Wundersames geben konnte, während viele der um ihn Versammelten etwas vom ›Schicksal‹ murmelten.

»Doch kommt«, rief der Stein. »Wir sollten uns auf den Weg machen, noch bevor sie ihr Ziel erreicht haben, denn wir wollen doch nicht, daß den Frauen etwas zustößt.«

»Marjanah!« meinte Achmed, und es klang wie ein langer Seufzer.

»In welche Richtung ist der Magier verschwunden?« wollte der Stein wissen.

Woraufhin mehr als dreißig Räuber zum Himmel deuteten. Unglücklicherweise deuteten sie allerdings in fünf oder sechs verschiedene Richtungen.

»Irren ist menschlich, vergeben ist steinig«, sagte das Wesen, das in Aladins flacher Hand lag. »So sagt zumindest der weise Stein. Wir sollten uns darüber keine Sorgen machen, denn ich habe andere Mittel und Wege, herauszufinden, wohin sie geflogen sind.

Brüder Bäume!« rief der Stein. »Brüder Bäume! Heute nacht hat ein Zauber stattgefunden.«

Die Bäume um sie herum begannen zu rascheln, ganz so, als ob der Wüstenwind durch sie hindurchfegen würde – nur, daß es in dieser Nacht vollkommen windstill war.

»Hört!« befahl der Stein.

Ali Baba lauschte dem Rascheln der Bäume in dieser stillsten aller Nächte und glaubte, unter den Blättern Worte zu vernehmen.

»Feurige Magie ist in den Lüften«, lauteten die Worte, die er hörte. *»Feurige Magie ist in den Lüften.«*

»Brüder Bäume!« rief der Stein erneut. »Die Magie ist entflohen. Sagt uns, wohin sie gegangen ist.«

»Nach Norden«, antworteten die Bäume. *»Zum Vater aller Höhlen.«*

»Brüder Bäume!« sagte der Stein zum drittenmal. »Führt uns, damit wir ein Unrecht wiedergutmachen können.«

Und die Bäume erwiderten: *»Wir werden euch den richtigen Weg weisen.«*

In seinem ganzen Leben hatte Ali Baba noch niemals die Stimme von Bäumen vernommen.

»Wir gehen in Richtung Norden«, verkündete der Stein. Aladin hielt das kleine Felsstück vor sich ausgestreckt und marschierte los, dicht gefolgt von den anderen.

Unterwegs lauschte Ali Baba weiterhin dem Rascheln.

»Ist das nicht der Holzfäller?«

»Er hat viele Brüder von uns genommen! Möge der Blitz ihn treffen!«

»Aber er hat nur die Alten und Schwachen gefällt und die jungen Triebe sprießen lassen.«

»Er tut, was er tun muß. So ist es nun einmal, und das gilt für Bäume wie für Menschen.«

»Doch verschone uns heute.«

»Fäll uns noch nicht.«

»Laß uns noch eine Zeitlang die Sonne und den Regen genießen.«

»Auf Wiedersehen, Holzfäller, auf Wiedersehen.«

»Geht weiter«, meinten die Bäume, diesmal an alle gewandt, *»geht weiter. Der Weg, den ihr eingeschlagen habt, ist der richtige.«*

Ali Baba hörte die rauschenden Stimmen verklingen, als er und seine Gefährten das Gehölz hinter sich ließen.

»So etwas habe ich noch nie zuvor gehört«, sagte er laut.

»Du hast nur nicht gewußt, wie du hinhören mußt«, erwiderte der Stein. »Du wirst in dieser Nacht noch vieles lernen.«

Doch im Augenblick marschierten sie über einen Streifen ödes Land, und eine ganze Strecke lang gab es keine Bäume mehr, die ihnen den Weg weisen konnten.

»Werden wir uns nicht verirren?« fragte Aladin.

»Gleich werden die Sterne unsere Begleiter sein«, antwortete der Stein. »Es wird ihnen ein Vergnügen sein, uns den Weg nach Norden zu zeigen.« Viele der Männer murmelten ob dieser Weisheit zustimmende Worte.

»Doch im Augenblick«, fügte der Stein hinzu, »haben wir noch andere Helfer.« Woraufhin er wieder mit lauter Stimme ausrief: »Ihr Hasen! Mäuse! Tiere der Nacht! Habt ihr nach oben gesehen?«

Der Stein hielt einen Moment inne und rief dann erneut: »Ihr Eulen! Nachtigallen! All ihr fliegenden Vögel! Habt ihr nach unten gesehen?«

Und als der Stein sicher sein konnte, daß alle ihn gehört hatte, da sprach er erneut: »Zauber lag heute nacht in der Luft. Wohin ist er verschwunden?«

Leise, hohe Stimmen erklangen aus den vielen Verstecken des Feldes, über das Ali Baba und der Rest der vierzig Räuber schritten, und der Holzfäller konnte sogar verstehen, was sie sagten:

»Sie sind aus dem Süden gekommen und nach Norden gegangen.«

»Doch nicht genau nach Norden, nein, nicht genau nach Norden.«

»Wir glaubten, sie wären auf dem Weg zu der Höhle.«

»Dem Vater aller Höhlen.«

»Doch nicht genau nach Norden, nein.«

Und aus dem Himmel tönte der einsame Ruf der Eulen und der süße Gesang der Nachtigallen. Beide durchmischten sich, und Worte wurden hörbar:

»Sie haben sich vom Eingang abgewendet.«

»Sie landen nicht vor dem Stein, der sich bewegt.«

»Sie reisen weiter. Sie reisen weiter.«

»Nicht mehr genau nach Norden.«

»Laßt uns weitergehen«, schlug der Stein vor. »Ein, zwei Schritte nach links und dann immer geradeaus.«

Und so führte sie der Stein eine Zeitlang durch die zunehmende Dunkelheit, bis er Aladin erneut anwies, stehenzubleiben.

»Sie sind gelandet«, sagte der Stein. »Wir sind sehr nahe.« Und dann begann er wieder zu rufen:

»Bruder Erde. Es ist Magie in der Nähe. Hat sie die Erde berührt?«

Und wieder hörte Ali Baba ein Geräusch, das antwortete, ein schwaches, feines Geräusch, als ob eine Sandale über Stein schaben würde.

»So ist es.«

»Sie sind hier.«

»Kommt.«

»Jetzt werden wir sie finden«, meinte der Stein voller Zuversicht. »Sie können vielleicht zaubern, aber ich, ich bin ein Teil der Erde.«

Und mit diesen Worten führte der Stein sie einen Hügel hinunter in eine nicht sehr tiefe Schlucht.

»Dies ist die Stelle, an der sie unter der Erde verschwunden sind«, verkündete der Stein.

»Noch ein Eingang zur Höhle!« rief Aladin erstaunt.

»Hierher also haben der Zauberer und Nummer Eins die

Frauen gebracht?« fragte Ali Baba. »Sollen wir ihnen folgen?«

»Seltsame Dinge sind mit denen geschehen, die zu lange Zeit in den Gewölben dieser Höhle verbracht haben«, warnte Harun.

»Bitte«, meldete sich Kassim aus seinem Wasserschlauch. »Laßt uns doch nicht auf dem Offensichtlichen herumreiten.«

»Aber viele von uns sind in dieser Höhle hundertmal ein- und ausgegangen, ohne daß ihnen etwas zugestoßen ist«, drängte Achmed. »Wer kann schon sagen, ob es diesmal anders sein wird?«

»Höhlen können sehr launisch sein« fügte der Stein geheimnisvoll hinzu. »Ich weiß nicht, ob ich euch weiterhelfen kann. Ihr werdet nicht nur gegen den Räuber Nummer Eins und den mächtigen Zauberer kämpfen müssen, sondern auch gegen den Vater aller Höhlen.«

Daraufhin folgte ein Moment des Schweigens, in denen die ehemaligen Räuber versuchten, einen Entschluß zu fassen.

»Ich will hineingehen«, verkündete Aladin, »und die Lampe finden.«

»Ich muß hineingehen«, fügte Achmed hinzu, »damit mein Leben seinen Sinn findet – zusammen mit Marjanah.«

»Ich wollte schon immer hineingehen«, gab Harun zu, »um den Palast zu besichtigen.«

»Ich spüre die Notwendigkeit, hineinzugehen«, schloß sich Sindbad an, »wenn ich den Klauen der Königin der Affen entgehen will.«

»Auch ich würde es wagen«, meldete sich Kassim unaufgefordert. »Wenn man schon einmal in sechs Stücke gehackt worden ist, was kann eine verzauberte Höhle einem da wohl noch antun?«

»Wir wollen wegen des Goldes gehen«, stimmten andere ihrer Gefährten zu, »doch wir denken, es ist sinnvoller, die Höhle zu diesem Zweck durch den Haupteingang zu betreten.«

Und was dachte Ali Baba? »Ich denke, daß ich den anderen durch diesen Eingang hier folgen sollte. In gewisser Weise könnte man sagen, daß meine Geschichte begonnen hat, als ich zum erstenmal mit den Räubern zusammengetroffen und in diese Höhle eingedrungen bin. Ich denke, es ist mir vom Schicksal vorbestimmt, diese Höhle noch einmal zu betreten und die Sache zu einem Ende zu bringen.«

»Gut gesagt!« feuerte der Stein sie an. »Falls ihr tatsächlich alle sterben müßt, dann tut ihr es wenigstens stilvoll.«

Aladin zündete die erste der Fackeln an, die er aus Tüchern und Öl aus ihrem Gepäck gefertigt hatte. »Machen wir uns auf den Weg!«

Ali Baba sah in das tiefe Loch hinein, das sich vor ihnen auftat. Nun, vielleicht wartete sein Schicksal ja doch eher in seiner Küche auf ihn, und vielleicht bestand es bloß darin, immer und immer wieder sein Gold zu zählen. Als Ende einer Geschichte würde sich das jedoch fürchterlich machen.

Achmed reichte ihm eine Fackel, und Ali Baba folgte Aladin in die Höhle – nicht ohne seinen hochentwickelten Sinn fürs Dramatische zu verfluchen.

Das 27. der 34 Kapitel, in dem wir in die Höhle eindringen und einige ihrer abgründigen Geheimnisse kennenlernen.

Sie drangen einer hinter dem anderen in die Höhle ein, denn obwohl der Eingang und der dahinter liegende Stollen hoch genug für einen Menschen waren, so war der Weg an manchen Stellen doch so eng, daß Ali Baba und die anderen seitwärts gehen mußten, um sich nicht die Schultern an den rauhen Felswänden zu schrammen.

»Ist es wirklich so klug«, fragte Harun von irgendwo weiter vorne in der Reihe, »einfach so hier einzudringen, ohne vorher einen Plan zu fassen?«

»Das können wir ja jetzt tun«, antwortete Aladin, »solange der Mut uns noch nicht verlassen hat.«

So nannten sie das also! Mut. Ali Baba erschien es eher wie ein nagendes Gefühl in seiner Magengegend.

»Denkt ihr«, überlegte Harun, »wir sollten bis zum Morgen warten; bis der Dschinn sich wieder erholt hat?«

»Marjanah!« rief Achmed in die Dunkelheit vor ihnen. Er legte Ali Baba die Hand auf die Schulter, drängte ihn, schneller zu gehen.

»Wir werden die Überraschung auf unserer Seite haben«, meinte Ali Baba nachdenklich.

»Ich glaube nicht, daß man Zauberer überraschen kann«, lautete Haruns Antwort, die alles andere als ermutigend war. »Es gehört doch geradezu zum Wesen eines Zauberers, allwissend zu sein.«

»Das ist nicht wahr«, sagte Aladin an der Spitze ihres Zuges mit Nachdruck. »Erinnert euch an meine Geschichte – daran, wie mein Feind versehentlich nach Marokko zurückkehrte. Selbst der allergrößte Zauberer kann nicht alles wissen.«

»Nun gut«, erwiderte Harun und seufzte. »Wenn du

glaubst, daß es etwas nützt. Ich fürchte, ich weiß zuviel über Höhlen wie diese hier; wie sie einem manchmal auf den Kopf fallen können, sobald man ein falsches Geräusch macht, oder schädliche Gase ausscheiden, die einen im Nu vergiften. Manchmal wünschte ich mir, ich wäre nicht so gebildet.«

»Und das ist noch nicht alles«, ergänzte der Stein, und seine Stimme hatte einen leicht tadelnden Tonfall. »Das Einstürzen von Höhlen und das Ausscheiden von Gasen geschieht ja nicht von ungefähr. Es läuft alles auf eins hinaus: Mag die Höhle dich, oder mag sie dich nicht.«

»Wie zur Antwort auf diese Überlegungen des Steines, konnte Ali Baba ein entferntes Grollen hören.

»Aha« meinte der Stein, als könnte er die Sprache der Höhle sehr gut verstehen. »Ich glaube, ich sollte jetzt besser in der Hand des Holzfällers liegen.«

»Was immer du willst«, sagte Aladin und reichte den Stein nach hinten, bis der erstaunte und gar nicht so willige Holzfäller ihn in den Fingern hielt. »Das bedeutet allerdings auch, daß du die Führung übernehmen mußt.«

»Mein Bruder?« fragte Kassim ungläubig, dessen Kopf an Achmeds Schulter hing.

»Erinnert euch«, forderte der Stein sie auf. »Der Holzfäller hat Gold mitgenommen, und die Höhle hat ihn leben lassen – *unversehrt*.«

»Du brauchst keine weiteren Worte zu verlieren«, erwiderte Aladin, während er seinen Rücken an die Höhlenwand preßte, um Ali Baba vorbeizulassen.

Doch der Stein war noch nicht fertig. »Höhlen haben, wie jedes andere denkende Wesen auch, ihre Lieblinge. Du, Aladin, konntest dich glücklich schätzen, aus einer anderen eine Lampe mitzunehmen. Aber diese Höhle bevorzugt nun einmal Ali Baba.«

Tat sie das? Wieso fand sich Ali Baba dann plötzlich vor einer Wand, die ihm den Weg versperrte?

»Der Tunnel scheint hier zu enden«, teilte er den anderen mit.

»Für einige tut er das gewiß«, stimmte ihm der Stein zu. »Doch für andere gibt es einen Weg, der weiterführt.«

Wieder einmal wünschte Ali Baba sich, daß Marjanah in seiner Nähe wäre, denn sie war diejenige in seinem Haushalt, die sich immer auf das Rätselraten verstanden hatte. Es sei denn, dies war gar nicht das Ende des Tunnels, sondern nur ein verstecktes Eingangstor zu einem dahinter liegenden Weg. Und wenn das tatsächlich der Fall war, so erkannte der Holzfäller, dann wußte er, wie man dieses Tor öffnen konnte.

»Sesam, öffne dich!« sagte er.

Eine Steinplatte rollte zur Seite und gab den Blick frei auf einen weiterführenden breiteren und höheren Stollen. Seltsamerweise kam es Ali Baba so vor, als könne er außer dem Geräusch, das die sich öffnende Wand verursachte, noch etwas anderes hören. So etwas wie ein tiefkehliges Kichern.

»Geht weiter«, drängte der Stein in der Hand des Holzfällers, »denn das, was wir suchen, liegt hinter diesem Tunnel.«

Die ganze Zeit über hatte Ali Baba regungslos in die alles verschlingende Dunkelheit vor sich gestarrt. Jetzt beeilte er sich zu gehorchen.

»Wir werden nicht aufgeben«, meinte Achmed hinter ihm, »bis wir am Ziel unserer Wünsche sind.«

Ali Baba blieb wieder stehen. »Was noch eine Weile dauern könnte«, entgegnete er. »Wir haben nämlich eine Treppe erreicht, deren in den Stein gehauene Stufen schier endlos abwärts zu führen scheinen.«

»Wann endet denn dieser Tunnel?« beschwerte sich Kassim. »Werden wir noch lange marschieren müssen?«

Ali Baba wurde es erneut bewußt, daß er der Gesellschaft seines Bruders herzlich überdrüssig war. Dabei brauchte Kassin nicht einmal selbst zu gehen!

»Vielleicht«, meinte Harun in einem der Situation etwas angemesseneren Tonfall, »sollten wir etwas tun, um unsere Stimmung zu heben. Um uns den Abend etwas angenehmer zu machen, könnte ich zum Beispiel die Geschichte von ›Des Königs Esel und dem Wunderbaren Pups‹ erzählen.«

Das war also eine jener Geschichten, die Harun al Raschid in der fernen Vergangenheit Ruhm eingebracht hatten. Ali Baba hätte gerne haltgemacht, um richtig zuzuhören, doch leider war er dazu verdammt, ihre Gruppe tiefer in die Höhle hineinzuführen. Die wenigen Bruchstücke der Erzählung, die er aufschnappte, schienen sich durchweg um Leute zu drehen, die ›Es ist Euer Esel!‹ ausriefen, während das Tier aus dem Titel gasförmige Absonderungen unterschiedlicher musikalischer Güte von sich gab.

Sie stiegen gut hundert Stufen hinab. Haruns Geschichte fand – unter dem höflichen Gelächter einiger seiner Zuhörer – ein Ende, ganz im Gegensatz zur Treppe.

»Wir sind noch nicht unten?« stellte Harun fest. »Vielleicht sollte ich noch eine Geschichte erzählen, zum Beispiel die Geschichte vom ›Zauberer der Königin und dem Pups des Schicksals‹.«

Und so spönn der Geschichtenerzähler weiterhin sein Garn, während sie ihren Weg nach unten fortsetzten. Diese Geschichte hatte etwas mit einem Haushofmeister zu tun, der seine Darmwinde nicht unter Kontrolle hatte. Ali Baba war froh, daß er auf die Stufen vor ihnen acht geben mußte und daher nicht so genau zuhören konnte.

Einige Zeit später hatte Harun auch diese Geschichte zu Ende erzählt. Das Lachen hörte ein wenig unvermittelter auf als beim vorigen Mal. Sie marschierten schweigend weiter.

»Müssen wir denn bis zum Mittelpunkt der Erde hinabsteigen?« wollte Kassim wissen.

»Vielleicht könnten wir deinen Kopf nehmen«, schlug Achmed leise vor, »und ihn den Rest der Stufen hinunterrollen lassen. Wenn du unten ankommst, kannst du uns Bescheid sagen, wie weit es noch ist.«

»Ach, eigentlich wollte ich nur ein kleines Gespräch in Gang bringen«, erwiderte Kassim und lachte etwas gekünstelt. »Ich bin ein Kopf in einem Wasserschlauch. Was bleibt mir sonst schon zu tun?«

»Wir sollten uns nicht miteinander streiten«, gemahnte Harun zur Vorsicht. »Im Angesicht der Gefahr müssen wir wie ein Mann zusammenstehen. Soll ich vielleicht noch eine humorvolle Geschichte erzählen, wie zum Beispiel die vom ›Alternden Künstler und der Schmähung der Blähung‹?«

In einer plötzlichen Erkenntnis wußte Ali Baba auf einmal die Zeit zu schätzen, als Harun al Raschid noch unter dem Fluch des Zauberers gestanden, all seine Geschichten vergessen hatte und bloß ein alter, schwermütiger Mann gewesen war. Doch sie hatten alle noch einmal Glück, denn schließlich endeten die Stufen direkt vor ihnen.

»Wir sind ganz in der Nähe«, verkündete der Stein.

»In der Nähe von was?« fragte Aladin. »Der Lampe? Des Palastes? Der Schatzkammer?«

»Wir sind in der Nähe des Ortes«, antwortete der Stein, »an dem uns diese Höhle haben möchte.«

Das war eine Antwort, die Ali Baba nicht unbedingt ermutigte. »Wie sollen wir unser Schicksal erfüllen«, sagte er laut, »wenn wir den Weisungen einer verzauberten Höhle folgen?«

»Es sei denn«, meinte Sindbad, »unser Schicksal besteht darin, den Weisungen der verzauberten Höhle zu folgen.«

»Keine einfache Sache; wirklich sehr verzwickt«, stimmte Harun zu. »Aber ich wollte euch meine Geschichte erzählen.«

Bevor er noch ein weiteres Wort sagen konnte, füllte sich die Kammer, in der sie standen, mit dem Gebrüll vieler Stimmen. Es war ein Geräusch ganz ähnlich dem, das eine Armee zornerfüllter Krieger verursachen kann.

»War das die Höhle?« fragte Ali Baba, als es wieder still geworden war, und in seiner Stimme schwang Ehrfurcht mit. »Das gefällt mir gar nicht.«

»Ich glaube nicht, daß sie das war«, erwiderte der Stein. »Höhlen sind in der Regel ein wenig höflicher.«

Hinter ihnen erklang ein neues Geräusch. Es war der Lärm zahlreicher Füße, die über harten Felsboden stampften.

»Das sind unsere Verfolger. Sie sind noch ein ganzes Stück von uns entfernt«, erklärte der Stein. »Die Höhle erlaubt uns zu hören, wie sie vorwärtskommen.«

»So leicht entkommt ihr Vier-Finger nicht!« erklang das

Echo einer Stimme von überall und nirgends. »Ich hätte euch schon viel früher gefangen, wenn ich mir nicht zuerst saubere Kleider hätte beschaffen müssen!«

Das gefiel Ali Baba erst recht nicht.

»Wann werden wir an jenen Platz gelangen, an den wir gelangen sollen?« fragte er, und er war sich selbst nicht sicher, ob er seine Frage verstand.

»Jeder Schritt bringt uns dem Ziel näher«, lautete die Antwort des Steins, die alles andere als eindeutig war.

»Dann laßt uns schnell ausschreiten«, feuerte Achmed sie an, »damit wir Marjanah finden, bevor ihr etwas Schreckliches zustößt!«

Ali Baba wußte die Zielstrebigkeit des jungen Mannes durchaus zu schätzen, obwohl er keine Ahnung hatte, ob sie den Palast hier finden würden oder nicht. Er hob die Fackel, hielt sie in die Dunkelheit vor sich und sah, daß der Stollen vor ihnen zwar breiter und höher war als alle anderen, die sie bisher durchquert hatten, daß er sich aber immer noch nicht in eine klar erkennbare Richtung zu erstrecken schien.

Inzwischen fühlte er sich so zerschlagen, als wären sie seit einer Ewigkeit marschiert. Er gelangte an eine Stelle der Höhle, an der der Gang eine Biegung machte, und entschied, daß es Zeit für eine Rast war. Ohne die Hilfe der Höhle konnten sie Vier-Finger nicht länger hören, und das sagte ihm, daß sie von dieser Seite im Augenblick nichts zu befürchten hatten.

»Laßt uns für eine Minute ausruhen«, sagte er zu den anderen. »Dann werden wir den Palast finden.«

Doch eine andere Stimme als die seiner Gefährten antwortete ihm:

»He, wißt ihr was?« Es war die Stimme einer Frau. »Ich schwöre euch, er sieht wie ein Holzfäller aus. Würdest du mir gerne dein scharfes Beilchen zeigen?«

Und es war, so erkannte Ali Baba, nicht einfach irgendeine Frau, die da sprach.

Das 28. der 34 Kapitel,
in dem wir erfahren,
daß man von hier aus
nicht zum Palast
gelangen kann.

Ali Baba hätte diese Stimme überall wiedererkannt.

Es war Kassims Frau.

Er blickte nach oben und sah, wie sie aus einem Fenster hoch oben in der Wand der Höhle auf ihn hinunterblickte. Sie lächelte. Egal, wie man sie auch ansah, selbst aus diesem verzerrten Winkel heraus: Sie war einfach wunderschön.

»Ist das diejenige, für die ich sie halte?« fragte Kassims Kopf ein wenig unsicher.

»Höre ich da meinen Ehemann?« antwortete sie in einem Ton, der vor Gleichgültigkeit nur so triefte. »Ich werde ihn wissen lassen, daß ich in einen Palast umgezogen bin.«

»Ja«, stimmte Kassim zu, »das hört sich ganz nach ihr an.«

Sie winkte den Männern unter ihr zu, und ihr langer Arm war ganz und gar mit goldenen Armbändern und juwelenbesetzten Spangen bedeckt. »Wirklich, das ist die Art von Luxus, an die ich mich gewöhnen könnte. Wenn wir hier erst einmal wieder herausgekommen sind, o Ehemann, dann werde ich dir zeigen, wie ich wirklich behandelt zu werden wünsche.«

»Damit«, fügte Kassim hinzu, »sind wohl auch die letzten Zweifel ausgeräumt.«

»Ihr Frauen mögt zwar innerhalb des Palastes sein«, rief Ali Baba, »aber wir sind immer noch innerhalb der Höhle. Gibt es eine Verbindung zwischen diesen beiden Orten? Wie können wir bei euch eindringen?«

Diese letzte Bemerkung ließ ihr Lächeln noch breiter werden. »Ich hatte schon alle Hoffnungen aufgegeben, daß du mich das jemals fragen würdest. Aber ihr werdet raten müssen.«

Raten? Was Rätselspiele betraf, war Ali Baba, seit er den Stein in seiner Hand hielt, immer noch nicht schlauer geworden. Nun: Wenn man sich in einer verzauberten Höhle befand und einem der Weg versperrt schien, was konnte man da wohl sagen?

Er versuchte es mit: »Sesam, öffne dich!«

Ein großer Felsbrocken fiel ihnen krachend vor die Füße. Er war nur ganz knapp an Ali Babas Nasenspitze vorbeigerauscht.

»Ich bin mir nicht sicher, ob das eine Einladung zum Eintreten war«, meinte Harun zum plötzlichen Fall des Felsens, »oder vielmehr der Versuch, das schnelle und endgültige *Abtreten* eines Eindringlings sicherzustellen. Nun, wie dem auch sei: Auf jeden Fall scheint sich vor uns ein Weg aufgetan zu haben, der zum Palast führen könnte.«

Und in der Tat hatte sich ein großes Loch in der Höhlenwand geöffnet, in dem sich zuvor der möglicherweise als tödliche Falle gedachte Felsblock befunden hatte. Licht ergoß sich aus dieser Öffnung; Licht, so hell, daß Ali Baba nicht länger seine Fackel brauchte. Er machte ganz, ganz vorsichtig einen Schritt über den herabgestürzten Felsen, da er sich vor weiteren Fallen fürchtete. Doch außer dem Gesang von Vögeln war es totenstill.

Vögel? dachte Ali Baba, als er seinen Kopf durch die Öffnung steckte. Grenzenloses Staunen bemächtigte sich seiner, als er sah, was auf der anderen Seite der Felswand lag.

Er stand nun am Anfang einer riesigen Ebene, deren gegenüberliegendes Ende gut tausend Ellen von ihm entfernt war. Bis zum Dach war es etwa halb so weit, und dort spannte sich ein gewaltiges Kuppelgewölbe. Die ganze Fläche war so groß, daß sie fast eine Welt für sich darstellte; eine Welt, tief unter der Erde.

Zuerst war Ali Baba verwirrt darüber, daß diese Ebene unter dem riesigen Gewölbe tief unter der Erde so hell war, als erstrecke sie sich unter freiem Himmel und einer brütenden Mittagssonne. Deutlich konnte er zu beiden Seiten neben sich die Umrisse von Bäumen erkennen. Unmittelbar vor sich sah er die Anlagen eines ausgedehnten Landschaftsgartens. Ein Pfad aus goldenen Steinen führte durch diesen Garten zu einem der vielen Gebäude, die dahinter lagen und zum Palast gehörten, obwohl angesichts eines derart gewaltigen Gebildes die Bezeichnung ›Palast‹ eine schlichte Untertreibung war. Er war zehnmal so lang und zehnmal so groß wie die Paläste, die Ali Baba bisher zu Gesicht bekommen hatte. Er sah so viele verspielte Fenster und Minarette, daß man sie bestimmt nicht schneller hätte zählen können als das Gold unter seinem Küchenboden. Und was Gold betraf: Das Dach des Palastes war damit gedeckt, und die Rahmen der Türen und Fenster waren bestückt mit ganzen Reihen wertvoller Steine, die in dem unnatürlichen Licht blinkten und glitzerten.

»Nun, das nenn' ich mal einen Palast!« Harun sprach für sie alle. »Vielleicht läßt sich daraus eine neue Geschichte machen.«

Ali Baba vermutete, daß dieser Ort mehr als nur eine Geschichte barg, denn er hatte endlich einige der Lichtquellen entdeckt. Die Blätter an den Bäumen und Sträuchern schienen nämlich von innen heraus zu leuchten. Jedes einzelne war von einem vielfarbigen Strahlenkranz umgeben. Und die Vögel, die über den Bäumen flogen, sandten beim Flügelschlag Lichtstrahlen aus. Und wenn sie ihre Schnäbel öffneten, um ein Lied anzustimmen, dann brach ein schillernder Regenbogen daraus hervor.

»Wahrlich, dies ist ein wunderbarer Ort«, murmelte Ali Baba. »Und ich kann mir keinen geeigneteren für die Wunderlampe vorstellen.«

»Vielleicht sollten wir uns auf den Weg zum Palast machen«, schlug der Stein in Ali Babas Hand vor. »Höhlen besitzen zwar eine große Geduld, aber es ist nicht ratsam, diese allzusehr auf die Probe zu stellen.«

»Brechen wir also auf«, erwiderte Ali Baba und machte die ersten vorsichtigen Schritte auf dem goldenen Pfad. Er blieb stehen, um nach anderen Lauten in dieser seltsamen, neuen Welt zu lauschen, aber alles, was er hörte, waren die zarten Stimmen der Regenbogen-Vögel und ein ebenso zartes Klingeln, das vom Wind stammte, der durch die glühenden Blätter streifte und sie wie zehntausend winzige Glöckchen läuten ließ.

»Ich habe nur eine Frage«, wandte Ali Baba sich an den Stein, bevor er sich weiter vorwagte. »Wie ist es möglich, daß der Palast nun so weit entfernt ist, wo ich doch eben erst mit einer Frau gesprochen habe, die sich in diesem Palast aufhält und sich fast unmittelbar über mir befunden hat?«

»Es zeugt nicht von besonders großer Weisheit, Fragen über unbedeutende Einzelheiten der Umgebung zu stellen, wenn man doch weiß, daß man sich in einer verzauberten Höhle befindet«, lautete die knappe Antwort des Steins.

»Wir müssen zu diesem Palast«, beharrte Achmed, »um Marjanah zu retten!«

Und so kam es also, daß sie ihren Weg auf dem breiten goldenen Pfad fortsetzten. An einer Seite Ali Babas ging Aladin, an der anderen Achmed. Ihnen folgten Sindbad, der Kassims Kopf trug, und Harun, der ein paar Teile von Kassims Körper schleppte.

Sie kamen jedoch nicht weit, als sich ihnen auch schon das erste Problem in den Weg stellte.

»Gebt acht!« brüllte ein Chor hoher Stimmen. »Da sind Eindringlinge im heiligen Garten!«

»Rufen da die Frauen?« fragte Ali Baba.

»Das sind keine Frauen«, antwortete Aladin, und seine Stimme klang verbittert. »Ich kenne diese Stimmen aus meinem früheren Leben. Wir werden uns den Palast-Eunuchen stellen müssen!«

»Es gibt Eunuchen im Palast der Schönen Frauen?« fragte Ali Baba überrascht.

Zur Antwort traten drei große, fette Burschen vor ihnen auf den Pfad, die Krummsäbel zur Schau trugen, die so groß waren, daß sie fast wie Bettlaken aussahen.

»Nun«, meinte einer von ihnen, »wir könnten natürlich auch von Eindringlingen im ›Palast der schönen Frauen‹ reden, aber das hört sich einfach nicht so gut wie ›heiliger Garten‹ an.«

»Nicht, daß das für euch noch eine große Rolle spielt«, sagte der zweite, »denn ihr werdet bald tot sein.«

Der dritte öffnete den Mund, doch bevor er etwas sagen konnte, ertönte vom anderen Ende seines Verdauungssystems her eine laute und über mehrere Tonlagen gehende gasförmige Eruption. »Ich und meine Schwäche für eingelegte Eier vom Vogel Rock!« rief er entschuldigend aus.

»Ja«, meinte Harun, »dieser Ort birgt in der Tat eine neue Geschichte in sich.«

Aladin starrte die drei ungläubig an.

»Das sind nicht irgendwelche Eunuchen«, sagte er erstaunt. »Ich bin ihnen schon einmal begegnet und habe euch von ihnen erzählt. Dies sind die Wachen, die die Prinzessin Badabadur beschützt haben!«

»Oho!« rief der erste der drei. »Es sieht so aus, als müßten wir diesmal nicht nur die Frauen allgemein, sondern ganz speziell auch unsere Prinzessin beschützen!«

»Dieser junge Mann da kommt mir irgendwie bekannt vor«, meinte der zweite der drei. »Würde er ohne seinen dichten Bart nicht jemandem ähneln, dem wir schon einmal begegnet sind? Jemandem, den wir zwar getroffen, aber nicht geköpft haben?«

Der dritte Eunuch stieß einen gewaltigen Rülpser aus. »Oh, Verzeihung. Ihr glaubt ...«, er hielt kurz inne, um seine beiden Kameraden anzusehen, »... das ist der Mann, der uns entkommen ist?«

»Ja«, erwiderte der erste mit offensichtlichem Vergnügen, »eben jener junge Bursche, der unseren tadellosen Ruf besudelt hat, was das Köpfen und das Bauchaufschlitzen angeht!«

»Was für ein Glück, nicht wahr«, sagte der zweite, »daß dieser Ruf nun wiederhergestellt werden wird.«

Der dritte ließ zustimmend ein paar Winde entweichen. Alle drei zückten ihre Schwerter und kamen langsam näher.

»Ja«, meinte Harun, »in der Tat gibt es hier Stoff für eine Geschichte ..., das heißt, falls wir lange genug leben, um sie zu erzählen.«

»Das ist mein Kampf«, sagte Aladin voller Edelmut, in den sich zweifellos auch etwas Torheit mischte. »Ihr anderen müßt weitergehen, um die Frauen zu retten.«

»Oh, ganz sicher werden sie das nicht tun«, erwiderte der

erste der Eunuchen. »Es ist unsere Aufgabe, euch alle zu töten.«

»Bei Allah, warum machen sie es einem aber auch immer so schwer?« seufzte der zweite Eunuch.

»Kommt, laßt uns weitermachen!« drängte der dritte. »Bald ist es Zeit fürs Abendessen!«

Der erste Eunuch verlagerte nicht nur das Gewicht seines Schwertes, sondern auch das seines massigen Körpers, wobei er sich unerwarteterweise eher mit der Geschmeidigkeit eines Tigers bewegte als mit der brachialen Gewalt eines Elefanten.

»Wir sollten euch wirklich dankbar sein«, sagte der zweite Eunuch strahlend. »Hier unten wird es mit der Zeit recht langweilig.«

»Das ist richtig«, stimmte der erste zu. »Nun, immerhin bewachen wir einen Palast, der viele Ellen tief unter der Erde liegt. Und wer verirrt sich schon an einen solchen Ort?«

»Das Essen ist hier unten allerdings nicht schlecht«, fügte der dritte hinzu.

»Vielleicht wäre es an der Zeit«, schlug Achmed seinem Gefährten Aladin vor, »den Geist des Ringes zu rufen.«

»Gebt acht!« brüllten die Eunuchen wie aus einem Munde und blieben unvermittelt stehen. »Wir erinnern uns an diesen Dschinn!«

»Aber ich ...«, wollte Aladin widersprechen.

»Du willst so gnädig sein, dieses fürchterliche Wesen nicht zu rufen?« fragte Achmed so schnell, daß Aladin seinen ursprünglichen Gedanken nicht beenden konnte. »Deine Gefühle sind in diesem Fall fehl am Platz. Schau nur, diese drei da wollen uns ermorden!«

»Äh ... ah, ja«, stotterte Aladin, dem fast herausgerutscht wäre, daß der Dschinn ohne Zweifel immer noch viel zu erschöpft war, um auch nur den kleinsten Wunsch zu erfüllen. »Was du da sagst, hat durchaus etwas für sich. Vielleicht sollte ich tatsächlich Recht vor Gnade ergehen lassen und den Dschinn freilassen, damit er seine schreckliche, unmenschliche Rache ausüben kann.«

Die Eunuchen brauchten nur einen kleinen Moment angestrengter Beratung untereinander. Als sie wieder zu Ali Baba und den anderen hinübersahen, hatte ihr Lächeln etwas von seiner vorherigen Selbstsicherheit verloren.

»In der Tat«, meinte der erste der drei, »jetzt, wo du so höflich darauf hinweist, könnten wir möglicherweise einen anderen Ausgang dieses Zusammentreffens in Betracht ziehen.«

»Was macht es schon«, fügte der zweite hinzu, »wenn ein Mann mehr oder weniger nicht geköpft wird? Das Ganze ist auf jeden Fall eine sehr persönliche Angelegenheit, die wir, ohne jede fremde Einmischung, alleine unter uns ausmachen sollten.«

»Genau«, ergänzte der dritte hilfreich, »und außerdem dauert es, glaube ich, wirklich nicht mehr lange bis zum Abendessen.«

Es war schon erstaunlich, dachte Ali Baba. Man brauchte den Dschinn bloß zu erwähnen, und schon waren die drei Eunuchen gar nicht mehr so versessen aufs Köpfen und Bäucheaufschlitzen.

Doch das war nur die erste Hürde auf dem Weg zum Palast, die hatte genommen werden müssen. Denn obwohl die Eunuchen nicht mehr so kriegerisch mit ihren Schwertern herumfuchtelten wie zuvor, waren sie noch immer nicht zur Seite getreten und blockierten weiterhin den goldenen Pfad.

Auf dieses Problem kam Achmed als nächstes zu sprechen. »Also, es liegt nicht länger in eurer Absicht, uns umzubringen«, faßte er zusammen. »Vorbeilassen wollt ihr uns aber nicht?«

Der Anführer der Eunuchen antwortete in einem bestimmten, wenn auch respektvollen Ton. »Die Nähe eines Dschinns bringt uns vielleicht ins Grübeln, was die angemessene Ausführung unserer Pflichten außerhalb des Palastes betrifft. Was jedoch die Bewachung von Prinzessin Badabadur angeht, bleiben wir unerschütterlich. Wir werden alle uns zur Verfügung stehenden Mittel anwenden, um euch am weiteren Vorwärtskommen auf diesem Pfad zu hindern.«

»Sie befindet sich also tatsächlich hinter diesen Mauern? wollte Aladin wissen, und die Erregung war in seinem Gesicht zu lesen.

»Deine erregte Miene spricht nicht gerade für eine Änderung unserer Absichten«, meinte der dritte Eunuch ein wenig nervös.

»Aber habt ihr euch das wirklich gut überlegt?« Achmed schien nicht nachgeben zu wollen. »Warum wollt ihr eure Prinzessin bewachen?«

»Wir haben die Prinzessin immer bewacht«, erwiderte der erste der drei. »Es gehört nun einmal traditionsgemäß zu den Pflichten eines Eunuchen!«

»Aber dieser Palast ist doch kein Gefängnis?« forschte Achmed nach.

»Es ist, um genau zu sein, ein ausgesprochen palastartiges Gefängnis!« antwortete der erste der drei Beschützer.

»Und«, fügte der zweite hinzu, »man hat uns zu verstehen gegeben, daß den Frauen innerhalb dieser Mauern jeder nur erdenkliche Wunsch von den Augen abgelesen wird.«

»Und uns behandelt man auch ganz gut«, sagte der dritte zwischen zwei Rülpsern.

»Natürlich«, schränkte der erste ein, »wäre es schön, wenn wir ab und zu jemandem den Kopf abschlagen könnten.«

»Wir kommen ganz aus der Übung«, erklärte der zweite und starrte wehmütig auf seinen Krummsäbel.

»Es scheint so, als ob es sich kaum lohnt, unsere Schwerter auf Hochglanz zu polieren«, meinte der dritte bedauernd.

»Aber Prinzessin Badabadur ist hier«, verkündete der erste unerschrocken, als wäre keine weitere Erklärung nötig.

»Und wir sind es auch«, ergänzte der zweite.

»Und wir sind gut genährt«, übertönte der dritte seine gasförmigen Ausscheidungen, »obwohl das Essen hier schon fast ein wenig zu nahrhaft ist.«

Ali Baba sah keine Möglichkeit, diesen drei Eunuchen beizukommen. Vielleicht, so überlegte er, war es ja sein Schicksal, die Suche an dieser Stelle einfach aufzugeben und umzukehren. Aber was sollte dann aus Marjanah und Kassims Frau werden? Ohne Zweifel würde gut für sie gesorgt werden, aber sie würden trotz allem Gefangene bleiben.

Achmed war allerdings nicht bereit, so leicht aufzugeben. »Doch aus den Geschichten, die ich gehört habe«, sagte er daher, »weiß ich, daß sie oft und gerne lange Spaziergänge durch die Straßen ihrer Stadt unternommen hat.«

Dem mußten die Eunuchen zustimmen.

»Das ist in der Tat so.«

»Auch mir fehlen diese Spaziergänge.«

»Sie haben uns so oft Gelegenheit gegeben, jemanden zu köpfen.«

Achmed mußte lächeln, denn er wußte, daß er jetzt ihre Aufmerksamkeit erregt hatte und bald wohl auch mit ihrer Zustimmung rechnen durfte. »Bringt ihre Gefangenschaft«, sagte er, »sie daher nicht um eine der von ihr am meisten geliebten Betätigungen?«

»Aus diesem Blickwinkel habe ich das noch gar nicht gesehen«, sinnierte der erste Eunuch.

»Wir sind hier«, fügte der zweite ohne große Überzeugung hinzu, »also müssen wir auch den Palast schützen.«

»Ich hätte nichts dagegen, wenn wir diese Spaziergänge wieder aufnehmen würden«, meinte der dritte mit offenkundig größerer Begeisterung als sein Gefährte. »Nun, um genau zu sein, das Spazieren selbst reizt mich weniger. Aber was haben wir nicht alles an Köstlichkeiten aus den verlassenen Marktständen mitgehen lassen!« Er schloß die Augen und stieß einen überaus zufriedenen Seufzer aus.

»Und ihr sagt, daß die Prinzessin nur eine von vielen Frauen ist, die in diesem Palast leben?« steuerte Achmed weiter auf den entscheidenden Punkt zu.

»Es gibt unzählige Frauen in diesem Palast«, stimmte ihm der erste Eunuch zu, »vielleicht hundert mal hundert.«

»Und was«, so fragte sich der zweite, »bedeutet schon eine Frau mehr oder weniger in einem solch gewaltigen, überfüllten Palast?«

»Es wäre viel besser, wenn sie unter unserem unmittelbaren Schutz stünde«, begeisterte sich der dritte, »damit wir uns auch mit eigenen Augen von ihrem Wohlbefinden überzeugen und ab und zu ein paar Köpfungen vornehmen können!«

»Gebt acht!« rief der erste Eunuch den anderen zu . »Es ist Zeit, daß wir die Prinzessin befreien!«

Und daraufhin drehten die Eunuchen sich um und schritten Ali Baba und seinen Freunden voraus.

Sindbad starrte den drei Wächtern nach.

»Aberhunderte von schönen Frauen?« fragte er, ohne eine Antwort zu erwarten. »Da ja alle vierzig Räuber ihre eigene Geschichte zu haben scheinen, könnte es da nicht sein, daß die Frauen hinter jenen Mauern dort diejenigen sind, um die sich diese Geschichten drehen?« Er zögerte, als wäre sein nächster Gedanke fast zu gewagt, um ihn auszusprechen. »Könnte vielleicht sogar die liebliche Fatima in diesem Palast sein?« Er zupfte an Ali Babas Ärmel, als erwarte er die Bestätigung des Holzfällers. »Wie du dich vielleicht erinnerst, habe ich dir ja erzählt, daß sie unter recht merkwürdigen, geheimnisvollen Umständen verschwunden ist.«

Ali Baba nickte bedächtig. Es war eine faszinierende Vermutung. Und in einer verzauberten Höhle wie dieser war wohl nichts unmöglich.

»Wir werden unsere geliebten Frauen befreien!« rief Achmed den anderen zu, während er sich beeilte, zu den drei Eunuchen aufzuschließen. »Jetzt kann uns nichts mehr aufhalten!«

»Bleibt, wo ihr seid, und macht euch bereit zu sterben!« erklang eine andere Stimme hinter ihnen. »Niemand entkommt Vier-Fingers fürchterlicher Rache!«

Das 29. der 34 Kapitel,
in dem wir lernen,
daß man, wenn man den
Palast endlich erreicht
hat, äußerst sorgsam
darauf achten sollte,
wer einem das Tor öffnet.

So dicht vor dem Ziel sollten sie also sterben? dachte Ali Baba.

»Oh, wie schön«, erklang eine Fistelstimme vorne an der Spitze ihrer Gruppe.

»Dies erweist sich in der Tat als ein äußerst interessanter Tag«, stimmte die hohe Stimme des zweiten Eunuchen zu.

»Aber ganz ohne Zweifel!« ergänzte der dritte mit einem Rülpser des Entzückens. »Da kommen Köpfe, die wir ungestraft abschlagen dürfen!«

»Wenn ihr uns entschuldigen würdet, ihr Herren«, sagte der erste der drei, während die Eunuchen sich schnell zwischen Ali Babas Gefährten und die immer noch recht ansehnliche Truppe der Männer in Weiß stellten. »Geht nur weiter zum Palast. Wir werden euch dort treffen, nachdem wir unsere Schwerter mit Blut getränkt haben!«

Und so kam es, daß dieser Teil der Höhle sich sehr schnell mit Blut, Schreien und dem seltsamen, schrillen Gelächter der Eunuchen füllte. Ali Baba sah einen Kopf mit weißem Turban in die eine Richtung fliegen, dann einen zweiten in eine andere, als die drei Wächter bewiesen, daß sie noch nichts von ihrer grausigen Kunst verlernt hatten.

Ali Baba war nun doppelt dankbar für Achmeds Engelszunge und die Art und Weise, wie es ihm gelungen war, die Eunuchen zu überreden, auf ihre Seite überzuwechseln. Nun war es dem Holzfäller nicht entgangen, daß Achmed und Marjanah eine gewisse Anziehung füreinander empfanden. Die Liebe! dachte er. Sie war fast so rätselhaft wie die Wege, die das Schicksal beschritt, aber hier hatte er vielleicht tatsächlich ein Paar vor sich, das der Himmel füreinander geschaffen hatte!

Doch er mußte sich beeilen, sonst würden die anderen ihn

alleine auf dem goldenen Pfad zurücklassen! Und so eilten sie alle, so schnell sie konnten, an phantastischen Gärten vorbei, an Büschen und Sträuchern in Form von Tieren, ganz zu schweigen von den Tieren in Form von Büschen und Sträuchern, denn ein Teil der Pflanzenwelt schien in der Lage zu sein, sich zu bewegen, und einige niedrigere Sträucher wanderten sogar gelassen über die gepflegten Rasenflächen. Was Ali Baba und seine Gefährten betraf, so wanderten sie eine so lange Zeit, daß das fürchterliche Gemetzel hinter ihnen sich nur noch wie ein weit entferntes Murmeln anhörte. Doch sie schienen dem Palast noch immer nicht näher gekommen zu sein.

»Ich glaube«, rief Ali Baba nach vorne zu Achmed, der trotz des langen Marsches noch keine Anzeichen von Ermüdung zeigte und mit gleichbleibendem Tempo weiterging, »ich glaube, wir haben es mit Zauberei zu tun. Wir laufen und laufen, und der Palast scheint nicht näher zu kommen. Das Gebäude ist zwar groß, aber so groß kann es auch wieder nicht sein.«

»Der Mann hat die Wahrheit erkannt«, sagte jemand ganz in der Nähe mit silberheller Stimme.

»Es ist recht ungewöhnlich, daß jemand aus seiner Gattung so scharfsinnig ist«, antwortete eine andere Stimme.

»Sie bewegen sich so furchtbar schnell«, scherzte eine dritte, »und haben überhaupt keine Zeit, sich die Dinge genauer anzusehen.«

Ali Baba konnte dieses neuerliche Rätsel nicht länger ertragen. »Wer spricht da?« wollte er wissen.

»Wir sind bloß magische, sprechende Büsche, die überall auf diesem Anwesen herumstreunen«, meinte eine der Stimmen verächtlich, als wäre dies etwas, was jeder Holzfäller längst erkannt haben sollte.

Also leuchteten die Büsche nicht nur, sondern konnten auch sprechen?

»Die Büsche sprechen nicht mit jedem«, erklärte der Stein in Ali Babas Hand. »Du solltest dich wirklich geehrt fühlen.«

»Zugegeben«, erwiderte der Busch, »als wir sahen, daß er einen sprechenden Stein in der Faust hielt, haben wir vermutet, daß dieser Mann wohl zu der höhergestellten Klasse menschlicher Wesen gehören muß.«

Und damit schienen die Büsche und der Stein genug Komplimente ausgetauscht zu haben.

»Wenn ihr diesen Palast dort erreichen wollt«, behaupete einer der verzauberten Sträucher, »müßt ihr die Geduld eines Busches aufbringen.«

»Wartet hier eine Weile«, fügte ein anderer hinzu, »und der Palast wird zu euch kommen.«

Ali Baba sah die anderen Menschen in seiner Gruppe an.

»In den Geschichten, die ich erzähle, habe ich schon von seltsameren Dingen gehört«, meinte Harun. »Ich denke, wir sollten den Rat der Pflanzenwelt beherzigen und abwarten, wie der Palast reagiert.«

Diese Entscheidung war für Ali Babas andere Gefährten offensichtlich nicht so leicht zu treffen.

»Marjanah!« rief Achmed.

»Prinzessin Badabadur«, flüsterte Aladin.

»Fatima«, schluchzte Sindbad.

Ali Baba war sich nicht sicher, welchen Namen er ausstoßen sollte. Möglicherweise war das der Grund, warum man ihm den Stein in die Hand gedrückt hatte.

»Vielleicht ist es an der Zeit für eine neue Geschichte«, schlug Harun vor. »Wie wäre es mit der gescheiten kleinen Erzählung, die ich ›Die verzauberte Kartoffel und der fliegende Teppich im Furzflug‹ genannt habe?«

»Ich fürchte, mit solchen Geschichten könnten wir die Eunuchen beleidigen«, warf Sindbad ein. »Laßt mich euch lieber ausführlich erzählen, wie Fatima und ich getrennt wurden, denn vielleicht entdecken wir in dieser Geschichte einen Hinweis darauf, wie wir die Frauen zurückgewinnen können.«

Man einigte sich schnell, daß diese Art, die Wartezeit zu verkürzen, so sinnvoll wie jede andere war, und so begann Sindbad mit seinem schmerzlichen Bericht:

»Wir wurden vom teuflischsten aller Dämonen angegriffen, jenem Dämon, der als Er-Dem-Man-Keine-Beachtung-Schenken-Darf bekannt ist. Ich werde seinen Namen nur einmal aussprechen, denn wenn man es dreimal tut, dann ruft man ihn von jenem ekelhaften Ort herbei, an dem er lebt, wo immer das auch sein mag. Von uns allen konnte nur Fatima dem schrecklichen Humor dieses Dämons widerstehen. Doch als sie die abscheuliche Kreatur besiegt hatte, kam es zu einer gewaltigen Explosion, die schwere magische Folgen hatte und mich und meine Gefährten über das Schlachtfeld verstreute. Als ich wieder zur Besinnung kam, kroch ich zum Palankin hinüber, denn aus diesem war, soweit ich wußte, zum letzten Mal die Stimme Fatimas erklungen. Doch zu meinem Erstaunen war Fatima verschwunden, und an ihrer Stelle fand ich niemand anderen als die Königin der Affen!«

»Über das, was dann geschah«, fuhr Achmed fort, als er sah, daß Sindbad zu bewegt war, um weiterzusprechen, »hüllen wir besser den Mantel des Schweigens.«

»Der Palast!« rief Harun. »Er ist in der Tat ein ganzes Stück näher gekommen!«

Ali Baba drehte sich um und erkannte, daß sie höchstens noch ein Dutzend Schritte von den Stufen entfernt waren, die zu dem großen Eingangstor führten.

»Die Büsche haben uns gut beraten«, meinte er und machte ganze sechs Schritte, bevor er feststellte, daß die Stufen trotzdem genau jenes Dutzend Schritte entfernt blieben.

»Wir sind immer noch nicht angekommen«, seufzte er. Möglicherweise, so überlegte er entmutigt, würden sie hier stehenbleiben und Geschichten erzählen müssen, bis sie sich im Vorhof des Palastes wiederfanden.

»Hier seid ihr erst!« ertönte die Stimme des ersten Eunuchen, als die drei Wächter sich ihnen auf dem Pfad näherten. »Wir hatten angenommen, ihr wäret inzwischen schon sehr viel weiter vorgedrungen.«

»Vielleicht kennen sie den Weg nicht«, meinte der zweite Eunuch. »Es wäre gewiß besser gewesen, wenn einer von uns euch geführt hätte.«

»Die Männer in Weiß waren kaum ernstzunehmende Gegner«, sagte der dritte mit einer wegwerfenden Handbewegung. »Irgendwann sind sie einfach schreiend davongelaufen. Wir verzichteten darauf, sie zu verfolgen, da wir uns ja die Rettung der Prinzessin Badabadur zur Aufgabe gemacht haben.«

»Vorerst«, stimmte der erste der drei Wächter zu, »müssen zwölf bis fünfzehn sauber ausgeführte Köpfungen genügen.«

»Es gab auch ein paar, die nicht ganz so sauber ausgeführt wurden«, erinnerte sich der zweite grimmig.

»Solcherart ist die Schande, die eine ungeübte Hand bringt!« fügte der dritte hinzu und starrte auf seine übergroßen Füße.

»Doch worauf warten wir?« fragte der erste. »Wir stehen unmittelbar vor dem Palast. Wir müssen nur noch die Treppe hinaufsteigen.«

Ali Baba sah nach unten und stellte fest, daß er auf der ersten der Stufen stand. Er folgte den Eunuchen zu dem großen Tor hinauf, das – ganz seiner Umgebung angepaßt – aus Blattgold gefertigt schien. Anstelle der Türgriffe gab es große, glitzernde Diamanten.

»Gebt acht!« rief der erste Eunuch. »Es nähern sich Männer!« Er schielte entschuldigend zu Ali Baba und seinen Gefährten hinüber. »Ihr müßt schon verzeihen, aber das ist nun einmal die Aufgabe, die mir übertragen wurde.«

»Männer?« hörten sie mehrere Frauenstimmen sagen. »Noch mehr Männer? Wir haben seit Ewigkeiten nicht mehr so viele Männer gesehen.« Dieser Bemerkung folgten gut hundert schrille Schreie, jedoch keine der Furcht, sondern der Vorfreude und des Entzückens.

»Dem Klang ihrer Stimmen nach zu schließen«, sagte Harun düster, »sind wir es, glaube ich, die sich in acht nehmen sollten.«

Ali Baba blickte nach oben und entdeckte etwa hundert Fenster und hinter jedem Fenster das Gesicht eines holden Mädchens, das ihrem Kommen voller Freude entgegensah.

Die großen Türflügel schwangen von selbst auf, als die neun sich näherten, ganz so, als ob auch sie das Kommende nicht erwarten könnten. Allerdings war Ali Baba erstaunt, als er sah, daß in der großen Halle, die sich vor ihnen erstreckte, bereits ein recht ansehnliches Spektakel im Gang war.

Zwei Dutzend Frauen unterbrachen ihre Beschäftigung, um die Neuankömmlinge beim Betreten des Palastes in Augenschein zu nehmen. Sie schenkten Ali Baba und seinen Gefährten ein breites Lächeln und wandten sich ihnen mit offenen Armen zu. Doch da war noch jemand anwesend in dieser Halle, denn hinter den Frauen konnte der Holzfäller ein ganz entschieden männliches Stöhnen vernehmen.

Die Reihen der Frauen teilten sich, und Ali Baba entdeckte zwei Männer, die ausgestreckt auf dem Boden lagen. Ihre ehemals schwarzen Gewänder waren völlig zerrissen.

»Allah sei Dank, daß ihr gekommen seid«, meinte die Nummer Eins der Räuber. Er richtete sich schwankend auf und schien große Schwierigkeiten zu haben, einen Fuß vor den anderen zu setzen. »Entschuldigt mich. Ich brauche Wasser. Oder irgendeine Flüssigkeit, egal was.«

»Aladin!« krächzte der andere. Auch er erhob sich, zuerst auf Hände und Knie und dann zitternd auf seine Füße. »So stehen wir uns also schließlich doch noch ganz ohne Verkleidung gegenüber!« Er versuchte zu lachen, doch nur ein trokkenes, würgendes Geräusch rang sich aus seiner Kehle. »So wisse denn, daß ich die Lampe an mich nehmen und dich besiegen werde.« Er versuchte, einen Schritt nach vorne zu machen, aber mehr als ein Stolpern kam dabei nicht heraus. »Zumindest werde ich das tun, sobald ich mich etwas ausgeruht habe.«

Dann schloß sich die Reihe der Frauen wieder, und dem Holzfäller wurde die Sicht auf die beiden anderen Männer versperrt. Was würde jetzt wohl geschehen? Er hatte wirklich vorgehabt, zumindest nach Kassims Frau zu suchen und sie zu retten, obwohl er zugeben mußte, daß viele der Frauen in seiner unmittelbaren Umgebung keinesfalls weniger anziehend, bezaubernd, verführerisch, anmutig, süß, wohlgeformt und begehrenswert waren. Wie sollte er hier, verloren unter all diesen Frauen, wohl sein Schicksal finden?

Und dann kam Ali Baba ein Gedanke: So, wie die Frauen ihn anstarrten, konnte es da nicht sein, daß sein Schicksal nirgendwo anders als in ihren Armen lag?

Das 30. der 34 Kapitel, in dem wir nicht nur eine oder zwei nackte Wahrheiten erkennen, sondern auch einige ebensolche ›Tatsachen‹ begutachten können.

Doch so stark das Verlangen der Frauen auch war, das Verlangen von dreien der Männer war stärker.

Achmed war der erste, der sich einen Weg durch die Menge bahnte, ohne darauf zu achten, daß man ihm die Kleider vom Leib riß.

»Marjanah!« rief er.

Und vom anderen Ende der Halle, die inzwischen mit Horden von Frauen gefüllt war, erhielt er Antwort:

»Achmed!«

Auch Aladin, den der Erfolg seines Gefährten ermutigt hatte, kämpfte sich durch neunundneunzig nach ihm greifende Hände und küssende Lippen, um den Namen jener Frau zu rufen, die er allein begehrte.

»Prinzessin!« schrie er.

»Wie bitte?« fragte eine Frau, die auf einem Balkon über ihnen stand. »Meinst du mich?«

»Prinzessin Badabadur!« rief Aladin daraufhin etwas genauer.

Die wunderschöne Prinzessin runzelte die Stirn. »Kennen wir uns?«

»Ich bin es, Aladin!« rief er unbeirrt, während er die Treppe hinaufstürmte, um sie von diesem Ort zu entführen.

»Ja, früher einmal war ich einem jungen Mann mit dem Namen Aladin versprochen«, gab sie zu, »bevor mich jener schreckliche Zauberer entführte.«

»Fatima«, rief Sindbad. Auch seine Hoffnung war durch den Erfolg der beiden anderen gestärkt worden. »Ich weiß, daß du hier irgendwo bist!«

Seine einzige Belohnung bestand in einem Lachen, einem zarten, aber auch weit entfernten Lachen.

Und auch er lachte daraufhin. »Und dort oben auf der Treppe habe ich eine Hand vorbeihuschen sehen«, rief er erregt. »Ich würde dieses Lachen unter hundert Lachen wiedererkennen! Ich würde diese Hand sogar in einem Meer aus Händen entdecken! Fatima! Ich bin es, dein Sindbad! Ich komme, um dich zu retten!«

Irgendwo zwischen den Säulen des oberen Treppenabsatzes erklang noch ein Lachen. Sindbad nahm zwei Stufen auf einmal.

»Wo bist du, meine Geliebte?« rief er, als er den Treppenabsatz erreichte. »Versteckst du dich hinter diesem Vorhang?« Er näherte sich auf Zehenspitzen. »Ich kann dich atmen hören. Ach, was für ein verheißungsvoller Klang! Öffne den Vorhang, damit ich dich sehen kann.«

»Ook ook! Scree scree!« ertönte es zur Antwort von der anderen Seite des wallenden Stoffes.

Sindbad stieß einen Schrei aus, als sich eine haarige Tatze hinter dem Vorhang hervorschob, ihn packte und außer Sicht zog.

Achmed, der bisher damit beschäftigt gewesen war, tiefe Blicke mit Marjanah auszutauschen, sah nach oben. »Das also ist mit der Königin der Affen geschehen!«

In der Eile, ihre Geliebten zu finden, hatten die anderen die Wassersäcke, die Kassim enthielten, einfach auf den Marmorboden fallen lassen, wo sie jetzt noch lagen.

»Frauen!« rief Kassims Kopf, so daß alle um ihn herum es hören konnten. »Bei mir gibt es kein Gedränge! Kein Schlangestehen! Mich könnt ihr in sechs Stücke teilen!«

»Vorsicht, bitte!« keuchte Harun, als die Frauen sich ihm näherten. »Ich bin nicht mehr jung, und man muß mich ganz behutsam behandeln!«

Ali Baba hatte diesbezüglich keinerlei Probleme. Seine einzige Sorge galt den etwa zwanzig Frauen, die ihn inzwischen umkreisten. Und alle waren sie, dem Namen dieses Palastes vollkommen gerecht werdend, wunderschön. Er hatte eine dunkle Vorstellung von dem, was sie begehrten, und er mußte zugeben, daß er, obwohl er verheiratet war, unter anderen Umständen solcherlei Aktivitäten mit jeder einzelnen dieser Frauen nicht abgeneigt gewesen wäre. Zur

Abwechslung hätte das einmal ein schöner Tag werden können.

Aber es waren zwanzig von ihnen, und alle wollten nur das Eine.

Selbst die angenehmste Erfahrung, so wurde es Ali Baba mit einem Male klar, konnte ihre Schattenseiten haben.

Die Frauen warfen ihn auf den kalten Marmorfußboden und begannen, ihm die schwarzen Gewänder vom Leib zu reißen. Doch sehr weit kamen sie nicht, denn plötzlich schienen nicht nur die Frauen über, sondern auch die Erde unter Ali Baba zu beben.

»WAS GEHT HIER VOR?«

Er hörte diese Stimme nicht zum erstenmal, wenn sie zuvor auch nie so laut und mächtig gewesen war. Es hörte sich ganz so an, als hätte die große Höhle sich am Ende doch dazu entschlossen, ihr Schweigen zu brechen. Und das bedeutete natürlich, daß die Erde beben mußte.

»GENUG! DAS WIRD JA LANGSAM LANGWEILIG. ES WIRD ZEIT, DASS WIR EIN PAAR GESCHICHTEN HÖREN!«

Inzwischen hatten alle in ihrem Tun – wie immer es auch ausgesehen haben mochte – innegehalten. Diese überraschende Unterbrechung hatte alle erstarren lassen. Der dramatische Effekt erhöhte sich ohne Zweifel noch dadurch, daß ihre Umgebung bei jedem Wort, das gesprochen wurde, ausgiebig zitterte.

»Ist es nicht an der Zeit, daß man sich einander vorstellt?« fragte der Stein, der es irgendwie geschafft hatte, in Ali Babas Hand zu verbleiben. Zumindest er schien nicht im geringsten eingeschüchtert zu sein.

»ICH BIN DIE GRÖSSTE ALLER HÖHLEN«, rumpelte und pumpelte die gewaltige Stimme. »EINE HÖHLE, DIE SOGAR KLEINERE HÖHLEN OHNE ZÖGERN VERSCHLUCKT. NENNT MICH EINFACH – MORDRAG!«

Mordrag? dachte Ali Baba. Das hörte sich nicht sehr freundlich an. Bis zu diesem Augenblick hatte der Holzfäller nicht einmal gewußt, daß Höhlen Namen hatten.

»Kein schlechter Name«, mußte der Stein anerkennen. »Stammt er aus einer bestimmten Seitenlinie der Familie?«

»UM EHRLICH ZU SEIN, BEDEUTET DER NAME GAR NICHTS. ABER ICH DACHTE MIR, ER KLINGT EINDRUCKSVOLL.«

»Das tut er in der Tat«, stimmte der Stein zu. »Oh, bevor ich es vergesse: Onkel Sid läßt schön grüßen.«

»GRUSS ZURÜCK.«

»Warum sagst du ihm nicht einfach«, flüsterte Ali Baba dem Stein zu, »daß der Besuch sehr angenehm war und so weiter, daß wir jetzt aber leider gehen müßten?«

»IHR SEID IN MEINER HÖHLE UND IN MEINER GEWALT!« grollte Mordrag, bevor der Stein ein weiteres Wort verlieren konnte. »ALLES, WAS SICH HIER DRINNEN BEFINDET, GEHÖRT MIR!«

Doch Ali Baba hatte endgültig genug davon, tyrannisiert zu werden, ob vom Anführer der Räuber (den er jetzt, wo er seinen Spitznamen ›Schmutziges Leibchen‹ kannte, in einem ganz anderen Licht sah) oder von der größten aller verzauberten unterirdischen Höhlen, die es auf der Welt gab. Er würde Schluß machen mit dieser Tyrannei. Schluß mit dieser ununterbrochenen Folge von rabenschwarzen Tagen.

»Da muß ich, glaube ich, widersprechen«, lautete daher seine Antwort.

»Willst du dich tatsächlich der Höhle widersetzen?« fragte der Stein ganz aufgeregt.

»Ich glaube, das muß ich tun«, erwiderte Ali Baba, der seinen Entschluß fast schon wieder bereute, »obwohl ich nicht weiß, wie der Kampf ausgehen wird.«

»Ich habe das Gefühl«, meinte der Stein erhaben, »daß große Dinge geschehen werden, daß all die vielen Leute und all die vielen Abenteuer, die im Moment wie in einem Strudel um dich herumwirbeln, mit derartiger Vehemenz zusammenstoßen werden, daß die Erde erzittern wird. Aber andererseits bin ich bloß ein Stein. Und was weiß schon ein Stein?«

»WAS WEISST DU SCHON, IN DER TAT?«

Für Ali Baba war das bloß ein weiterer Versuch der Einschüchterung. »Das reicht jetzt!« sagte er und beugte sich nach vorne, um ein Stück von Kassim aufzuheben. »Wir gehen jetzt!«

»So schnell schon?« klagte sein Bruder. »Noch bevor auch nur eine einzige Frau meinen Wassersack geöffnet hat?«

»DAS HÄTTEST DU WOHL GERNE!« grollte die Höhle dumpf.

»Ich hätte gar nichts gerne!« beschwerte sich Kassim. »Ich weiß nur, daß keine der Frauen meine Wassersäcke geöffnet hat! Ihr könnt euch ja alle gar nicht vorstellen, wie man sich fühlt, wenn die einzelnen Körperteile so weit in der Gegend verstreut sind, daß man nur mit Mühe mit sich selbst in Verbindung bleiben kann. Und dann wird einem noch nicht einmal die Berührung durch andere gegönnt! Das ist einfach zuviel.«

»DU REDEST ZUVIEL. ERST JETZT MERKE ICH, WAS FÜR EINEN GEFALLEN MIR DEIN BRUDER GETAN HAT, ALS ER DICH AUS MEINER HÖHER GELEGENEN SCHATZKAMMER MITNAHM.«

»Und jetzt werde ich ihn wieder mitnehmen«, sagte Ali Baba gelassen. »Wenn Ihr mich entschuldigen wollt. Ich schlage vor, daß der Rest meiner Gefährten mir folgt.«

Und so kam es, daß sich Achmed und Marjanah sehr schnell zu Ali Baba gesellten. Sie gingen Arm in Arm, und kurz darauf kam auch Aladin, der Prinzessin Badabadur führte. Die drei Eunuchen bildeten die wachsame Nachhut. Nach ihnen kam Harun al Raschid, der mühsam seine Kleider ordnete, um wenigstens seine Würde wiederzugewinnen. Frauen hatte er bereits für sich gewonnen, und zwar an jedem Arm eine. Schließlich kam Sindbad die Treppe heruntergeeilt. Verzweifelt versuchte er das Wenige, das von seinen Gewändern übriggeblieben war, zu einem notdürftigen Lendenschurz zu binden.

Und dann trat noch eine andere Frau aus der Gruppe der Anwesenden. »Du würdest mich also tatsächlich einfach hier zurücklassen?«

Ali Baba drehte sich um und erkannte Kassims Frau. Und in der Tat, er hatte sich über das Benehmen der Höhle derart aufgeregt, daß er sie einfach vergessen hätte – zumindest bis zu dem Zeitpunkt, an dem er einen ruhigeren Ort erreicht gehabt hätte.

»Niemals, Herzallerliebste«, versicherte Kassim ihr aus dem Wassersack, der nun über Ali Babas Schulter hing. »Du bist der Hauptgrund, warum wir diesen Palast aufgesucht haben.«

»Sehr gut«, sagte sie, während sie zum Holzfäller hinüberschlenderte. »Vielleicht können wir diese Gelegenheit nutzen, uns endlich besser kennenzulernen.«

»NIEMAND LERNT HIER IRGEND JEMANDEN BESSER KENNEN«, brüllte die Höhle, »OHNE MEINE AUSDRÜCKLICHE ERLAUBNIS!«

Ali Baba sah sich nicht im geringsten bemüßigt zu antworten. Statt dessen ließ er seinen Blick über die immer größer werdende Anzahl seiner Gefährten schweifen und sagte: »Gehen wir los?«

»ICH WERDE EUCH STEINE IN DEN WEG WERFEN«, donnerte die Höhle, »UND ZWAR BEI JEDEM SCHRITT, DEN IHR TUT!«

Daß das mit den Steinen nicht unbedingt wörtlich zu verstehen war, die Drohungen der Höhle allerdings durchaus ernstzunehmen waren, mußte Ali Baba feststellen, als er die Treppenstufen des Palastes hinunterstieg. Denn dort, mitten im Garten, stand ein gutes Dutzend Männer in ehemals weißen Gewändern, die Schwerter kampfeslustig gezückt. Diesmal jedoch unterschieden sich diese Gegner in einem entscheidenden Punkt von ihren alten Widersachern, denn keiner der Männer besaß mehr einen Kopf.

Das 31. der 34 Kapitel, in dem der Tag nicht nur schwarz wird, sondern auch außerordentlich verwirrend.

»Endlich!« meldete sich Kassim aus seinem Wasserschlauch. »Hier ist eine Gelegenheit zu zeigen, daß ich auch zu etwas nützlich bin!«

»Wie bitte?« fragte Ali Baba, denn in Gedanken war er ganz mit den kopflosen Gegnern beschäftigt.

»Nimm mich aus diesem Sack und wirf mich mitten unter sie!« erklärte Kassim, und in seiner Stimme schwang Begeisterung. »Ich werde mich auf ihre Schultern setzen, dorthin, wo eigentlich ihre Köpfe sein sollten. Das wird sie zumindest ganz schön verwirren. Vielleicht kann ich sie sogar so weit bringen, daß sie ihre Schwerter gegen sich selbst richten!«

Ali Baba fand, daß es nichts schaden konnte, der Bitte seines Bruders nachzukommen, und sei es nur, weil er dann den Kopf Kassims, der ihm ständig ins Ohr brüllte, nicht länger tragen und ertragen mußte.

»Gebt acht!« riefen die drei Eunuchen, während sie auf die kopflosen Krieger zuschritten. »Haben wir zuvor schon Köpfe rollen lassen, wollen wir jetzt Arme und Beine abtrennen!«

»Nun gut, Brüder«, feuerte Aladin seine Gefährten in Schwarz an, »zeigen wir ihnen, wie gut wir unter den Räubern zu kämpfen gelernt haben.«

Ali Baba nahm Kassims Kopf aus seinem Sack.

»Schön, dich wiederzusehen, Bruder«, meinte Kassim. »In einem Sack wird es einem schnell außerordentlich langweilig.«

»Das glaube ich gerne«, entgegnete Ali Baba, der feststellen mußte, daß er noch immer Schwierigkeiten hatte, mit einem Kopf zu reden, der nicht auf einem Körper saß, selbst wenn es der seines Bruders war. »Ich werde versuchen, gut zu treffen.«

Und das tat er. Plötzlich jedoch ertönte ein Schrei aus den Reihen der Frauen.

»Warte!« Ali Baba erkannte die Stimme seiner Sklavin Marjanah.

Kassims Kopf landete inzwischen auf der Schulter eines der kopflosen Männer. Er biß sich mit den Zähnen an dem weißen, blutverschmierten Kragen fest und stieß ein paar durch den Stoff gedämpfte Laute aus, die klangen wie: »Ich hab's fast geschafft!«

»Warum wollen wir uns denn gleich zum Kampf stellen?« wollte Marjanah wissen. »Das ist, so fürchte ich, eine typisch männliche Unart und sehr unüberlegt gehandelt. Und außerdem, Mordrag, warum behandelst du deine Gäste beim ersten Anzeichen eines Konflikts so unhöflich?«

Die Höhle antwortete grollend und tief unter ihr: »WAS MEINST DU DAMIT? WAS HÄTTE ICH TUN SOLLEN?«

Kassim versuchte, sich näher an den abgetrennten Nakken heranzuziehen, wobei er sowohl seine Zunge als auch seine Zähne einsetzte. Dem Rumpf schien das jedoch gar nicht zu gefallen, denn er schüttelte unentwegt die Schultern und bemühte sich, seinen unerwünschten Besucher wieder loszuwerden. Kassim stieß weiter gedämpfte Laute aus, die diesmal klangen wie: »Das ist schwieriger, als ich vermutet habe!«

»Du sammeltst Gold und Frauen zu deinem bloßen Vergnügen«, fuhr Marjanah an die Höhle gerichtet fort, »und bist nur daran interessiert, neue Geschichten zu erfahren. Nach allem, was ich über dich weiß, ist dein größter Feind die Langeweile.«

»IN DER TAT SIND HÖHLEN NICHT GERADE FÜR IHRE WANDLUNGSFÄHIGKEIT UND BEWEGLICHKEIT BEKANNT«, gab Mordrag zu. »WAS ALSO SOLL ICH TUN, BEVOR ICH EUCH ALLE TÖTE UND MICH EINEM NEUEN ZEITVERTREIB WIDME?«

Der Körper, auf dem Kassim inzwischen wie auf einem Kamel ritt, versuchte, den Kopf mit dem Schwert aufzuspießen, was recht ungelenk aussah, hatte er doch keine Augen mehr, die ihn führen konnten. Und wieder stieß Kassim eine Reihe ziemlich unverständlicher Silben aus, die zusammengesetzt aber gut und gerne »*Holt mich hier runter!*« hätten lauten können.

»Stets suchst du nach neuen Abenteuern«, erklärte Marjanah. »Warum läßt du uns unseres nicht zu Ende führen, anstatt es an dieser Stelle abzubrechen? Dann könntest auch du es bis zum letzten Augenblick auskosten.«

»FRAU, DU HAST MICH ÜBERZEUGT – ZUMINDEST FÜR DEN AUGENBLICK«, gab Mordrag zu. »DOCH WISSET, DA WIR HÖHLEN NORMALERWEISE NICHT VIELE WORTE MACHEN, HABEN WIR NATÜRLICH KEINE ÜBUNG DARIN, EIN SOLCHES AUCH ZU HALTEN.«

Und daraufhin sackte das ganze Dutzend kopfloser Körper wieder in sich zusammen. Kassim rollte mit einem erstaunten Aufschrei über den Boden. Nachdem er wieder zu Atem gekommen war, meinte er: »Was immer ich auch tue, ich tue es zumindest mit einer gewissen Würde.«

Ali Baba schnappte sich den Kopf und steckte ihn wieder in den Wasserschlauch, bevor Kassim noch eine weitere Bemerkung fallen lassen konnte.

»Was verlangst du nun von uns?« fragte Marjanah die Höhle mutig. Jetzt, wo die Bedrohung durch die kopflosen Körper nicht mehr bestand, kehrte Achmed an ihre Seite zurück und sah sie voller Bewunderung an.

»IHR SEID NICHT DIE EINZIGEN, DIE DURCH DIESE HALLEN WANDELN ... WARUM SOLLTE ICH EUCH IN DER TAT NICHT EINFACH EUER ABENTEUER BESTEHEN LASSEN?« Die Höhle kicherte, und es war dasselbe Geräusch, das Ali Baba damals vernommen hatte, als er die Schatzkammer entdeckte. »O JA, EIN VORZÜGLICHER GEDANKE. ALSO: SESAM, ÖFFNE DICH!«

Und daraufhin krachte ein weiterer Felsblock herab, diesmal auf die noch leicht zuckenden Körper der kopflosen Krieger. Sindbad, der dem herabgefallenen Felsen am nächsten stand, blickte vorsichtig durch die entstandene Öffnung. »Es scheint derselbe Tunnel zu sein, durch den wir hereingekommen sind. Obwohl mir schleierhaft ist, wie man einen Stollen von dem anderen unterscheiden soll.«

»GEHT DENSELBEN WEG ZURÜCK«, wies Mordrag sie an, »UND IHR WERDET EUER ABENTEUER FINDEN.«

Ali Baba überlegte, daß es wohl am besten wäre, wenn er wieder voranging. Er sah auf das glatte Stück Granit in seiner Hand hinunter. »Bist du bereit, o Stein, der uns alle beschützt?«

»Ich glaube, das hier ist ein paar Nummern zu groß für mich«, antwortete der Stein ein wenig unsicher. »Bisher habe ich ja nichts anderes getan als an derselben Stelle herumzuliegen, immer unter dem Druck der Schwerkraft. Ich werde tun, was ich kann.«

Die anderen folgten dem Holzfäller in den Tunnel hinein und zündeten ihre Fackeln wieder an, um die Dunkelheit zu vertreiben. Am Ende eines kurzen Ganges führte erneut eine Treppe nach oben.

»Sollen wir?« fragte Ali Baba alle, die hinter ihm gingen.

»NACH EUCH«, bellte Mordrags Stimme überall um sie herum.

Sie stiegen die Stufen hinauf. Doch bald schon endete die Treppe, und sie stießen auf einen neuen Stollen, der eine ganze Weile geradeaus führte und dann nach links abbog. Schließlich standen sie wieder vor ein paar Stufen. Kurz, der Weg nach oben schien, soweit Ali Baba sich erinnern konnte, nicht derselbe wie der Weg nach unten zu sein.

»Treibt die Höhle vielleicht ein Spielchen mit uns?« fragte er laut.

»KÖNNTE SEIN«, grollte Mordrag aus dem Boden, von der Decke und von den Wänden.

»Mußt du denn so mit uns spielen?« fragte Aladin. »Wirst du uns je gehen lassen?«

»WENN ICH EUCH DAS VERRATEN WÜRDE, WÜRDE DIE SITUATION JA JEDE SPANNUNG VERLIEREN. DOCH SOVIEL WERDE ICH EUCH SAGEN: ICH STIMME DER JUNGEN MARJANAH IM GROSSEN UND GANZEN ZU! EUER ABENTEUER IST NOCH NICHT ZU ENDE. ES GIBT NOCH EINE PRÜFUNG, DIE IHR ZU BESTEHEN HABT.«

In diesem Augenblick fragte sich Ali Baba, ob die Einmischung seiner jungen Sklavin ihnen tatsächlich geholfen und nicht eher geschadet hatte.

Die Treppe endete ganz plötzlich in einem weiteren Tunnel, dessen Ende ihre Fackeln nicht mehr aus der Dunkelheit zu reißen vermochten.

»Wo sind wir?« fragte Achmed die um ihn Versammelten.

Niemand von ihnen wußte eine Antwort.

»Wir sind für immer verloren!« klagte Kassim.

»Dir hat es schon immer an Rückgrat gefehlt«, merkte seine Frau an.

Doch Ali Baba bekam langsam ein Gespür dafür, wie sich die Dinge in einer verzauberten Höhle abspielten. »Es scheint immer Hoffnung für denjenigen zu geben, der den Mut nicht verliert«, erklärte er den anderen. »Unsere Lage hat sich jedesmal grundlegend verändert, wenn ich dort unten in den Kammern und Gängen Fragen gestellt oder eine Entscheidung getroffen habe. Daher muß ich auch jetzt eine Entscheidung treffen.«

Er kam sich fast närrisch vor, seinen Zauberspruch an einem Ort zu versuchen, an dem es nicht das kleinste Anzeichen eines wie auch immer gearteten Ausgangs gab. Aber warum sollte er es nicht versuchen? Es hatte ja schon einmal funktioniert.

Und daher rief er: »Sesam, öffne dich!«

Die drei Eunuchen stießen einen überraschten Schrei aus, als sich unter ihren Füßen eine Falltür öffnete.

»Wohin sind sie verschwunden?« fragte Harun und hielt seine Fackel in die neu entstandene Öffnung. »Ich glaube, ich sehe – Gold!«

»Dann ist dies ein anderer Eingang in die Schatzkammer?« fragte Achmed.

»Das muß wohl so sein!« stimmte ihm Sindbad zu. »Und da drinnen ist auch die Wunderlampe.«

»Ich denke«, meinte Aladin an seine Gefährten gewandt, »die Zeit ist gekommen, unseren Brüdern, den Eunuchen, zu folgen.« Sprach's, und im nächsten Augenblick war auch er durch die Öffnung im Boden verschwunden.

Was blieb Ali Baba anderes übrig, als ihm zu folgen?

Das 32. der 34 Kapitel in dem eine ganz bestimmte Höhle sich nicht nur mit Gold füllt.

Der Sturz war nicht sehr tief. Ali Baba und die anderen landeten mit lautem, oft widerhallendem Geklimper auf hochaufgestapelten Bergen von Münzen.

»Gebt acht!« wurden sie von den Eunuchen gewarnt, die sich ganz in der Nähe aufhalten mußten. »Wir sind nicht alleine hier in der Schatzkammer.«

»Dann sind uns also der Zauberer und unser Anführer zuvorgekommen!« mutmaßte Sindbad. »Schnell, Aladin! Du mußt die Lampe als erster finden! Benutze den Ring, und bete zu Allah, daß der Dschinn inzwischen ausgeruht ist!«

Dem mußte Aladin zustimmen. In Windeseile hatte er an seinem Ring gerieben. Und diesmal stieß auch wieder eine stattliche Menge purpurfarbenen Rauches auf, der sich schnell verflüchtigte und den obsidianfarbenen Dschinn enthüllte. Die Augen des Wesens glühten hell im düsteren Licht dieses abgelegenen Winkels der Schatzhöhle, und sein gewaltiger Mund öffnete sich zu folgenden Worten:

»Zwar bin ich noch immer ein wenig zerschlagen,
Doch als Sklave des Rings kann ›nein‹ ich nicht sagen.
Was immer Ihr wünscht, ich bemühe mich sehr,
Was ist Euer Begehr, Meister, was ist Euer Begehr?

»Irgendwo in diesem riesigen Schatz«, erklärte Aladin, »ist eine Lampe versteckt, die einen deiner Artgenossen beherbergt. Diese Lampe sollst du finden und zu mir bringen!«

Doch auch diesmal schien der Dschinn zu zögern. »Ich bin

mir nicht sicher, ob ich das tun kann, o Meister. Wir geistigen Wesen unterliegen strengen Regeln, was Konkurrenzkampf und Nichteinmischung betrifft. Geister sind gewöhnlich Wesen, die Einsamkeit schätzen.«

»Vielleicht«, schlug Achmed weise vor, »sollten wir zuerst einmal unsere Fackeln löschen. In der großen Schatzkammer nebenan scheint es eine Menge Lichter zu geben, und ich denke, es wäre vernünftig, unsere Anwesenheit hier so lange wie möglich verborgen zu halten.« Das war richtig, dachte der Holzfäller. Obwohl sie in einer Kammer von beträchtlicher Größe gelandet waren, die mit Münzen so angefüllt war, daß Ali Babas Beine bis zu den Knien in den aufgetürmten Goldbergen versanken und er noch immer keinen Boden unter den Füßen spürte, schien dies nur ein Vorzimmer zur eigentlichen Schatzhöhle zu sein. Durch den riesigen Torbogen, der zu diesem Teil der Höhle führte, konnte er den Schein flackernder Fackeln erkennen. Es waren zweifellos dieselben Fackeln, die er schon bei seinem ersten Besuch gesehen hatte, und obwohl dieser erst ein paar Tage zurücklag, kam es ihm vor, als wäre es bereits eine Ewigkeit her.

Ali Baba spürte, wie zwei sanfte, aber dennoch starke Hände nach seiner Hand griffen. »Es ist so dunkel hier in dieser Ecke ohne das Licht der Fackeln«, erklang die tiefkehlige Stimme von Kassims Frau unmittelbar an seinem Ohr. »Ich bin so glücklich, daß starke Arme mich beschützen.«

»Es tut mir schrecklich leid, dich enttäuschen zu müssen, o Frau«, meinte Kassims Kopf, den Ali Baba noch immer geschultert trug. »Aber ich glaube, meine Arme befinden sich in zwei ganz anderen Wasserschläuchen.«

Harun kämpfte sich nur mit Mühe durch die Massen an Goldmünzen vorwärts, und jeder seiner Schritte wurde von einem lauten Klimpern begleitet. »Es ist mir schleierhaft«, meinte er, »wie wir uns an irgend jemanden heranschleichen sollen, wenn wir durch diesen Morast hier waten müssen.«

»Nun gut«, sagte Aladin. »O Geist des Ringes!«

Der große, dunkle Dschinn nickte. »Ich höre und gehorche – natürlich nur innerhalb gewisser Grenzen.«

Und daher fragte Aladin: »Könntest du uns mitten in die große Schatzhöhle nebenan versetzen?«

Der Dschinn schätzte schnell die Zahl der Anwesenden ab. »Das ist kein Problem für mich. Seht Euren Wunsch als erfüllt an!«

Ali Baba blinzelte und fand sich in einem Gewölbe wieder, das von Fackeln erleuchtet war. Ohne zu zögern hatte der Dschinn ihn und seine Gefährten, die drei Frauen und die drei Eunuchen hierher gebracht. Sie standen alle auf einer großen Plattform aus Gold, und um sie herum war noch mehr Gold, gab es noch mehr Münzen und Armreifen und Statuen, große Barren und riesige, unbearbeitete Klumpen – alle aus demselben Metall. Die blendende Eintönigkeit dieser Farbe wurde nur hier und da von kleinen Inseln aus Juwelen jeder erdenklichen Größe unterbrochen. In der Ferne konnte Ali Baba eine Reihe von kleineren Kammern erkennen, die dieses palastartige Gewölbe umgaben. Ohne Zweifel hatte der Dschinn sie aus einer solchen Vorhöhle hierher versetzt. Doch auch wenn er diese kleineren Kammern zum Vergleich heranzog, hatte Ali Baba keinerlei Vorstellung von der Größe des Schatzes, der hier in der Haupthöhle angehäuft war, denn wenn man den Raum, aus dem sie gekommen waren, mit einem goldenen Teich vergleichen konnte, so blickten sie jetzt auf einen riesigen Ozean.

»Ich hatte ja keine Ahnung!« Harun sprach aus, was sie alle dachten. »Ein solch unermeßlicher Reichtum läßt sogar meine Paläste schäbig erscheinen.«

»Kein Wunder, daß die Räuber Schwierigkeiten hatten, noch Gold aufzutreiben«, meinte Achmed. »Es sieht so aus, als enthielte dieses Gewölbe alles von Wert, was es in diesem Teil der Welt gibt.«

»Dreiundzwanzigmilliardenvierhundertmillionensiebenhundertunddreiundsechzigtausendundsiebzehn Dinare«, verkündete Sindbad. »Und das ist nur das, was oben liegt.«

»Vielleicht ist hier sogar aller Reichtum der Welt angehäuft«, fügte Achmed mit einem leisen, staunenden Pfiff hinzu.

»Ich habe schon von Höhlen gehört, deren Verlangen unersättlich ist«, meinte der Stein, den Ali Baba noch immer in der Hand hielt. »Höhlen sind schließlich nichts anderes als Löcher in der Erde, die gestopft werden wollen.«

Ali Baba fühlte, wie sich ein wohlgeformtes Bein an seine Seite preßte. »Dieses Verlangen kann ich nur allzugut verstehen«, flüsterte Kassims Frau.

»Aber ich muß zugeben«, fuhr der Stein fort, »daß Onkel Mordrag es anscheinend ein wenig übertrieben hat.«

»Aber wo unter all diesem Zeug«, meinte Aladin verzweifelt, »könnte wohl die Lampe mit dem Dschinn und möglicherweise auch mit dem Schlüssel zu unserem Glück verborgen sein?«

Es war, das mußte der Holzfäller zugeben, ein entmutigender Anblick. Sie hatten es also mit einer Höhle zu tun, die allen Reichtum der Welt in sich anhäufen wollte? Wenn diese Höhle bei ihren anderen Unternehmungen auch nur annähernd so erfolgreich war wie in diesem Fall, dann bedauerte es Ali Baba sehr, daß er nicht mehr Zeit gehabt hatte, sich den Palast der Schönen Frauen näher anzusehen. Doch andererseits hielt sich ja eine wunderschöne Frau ganz in seiner Nähe auf. Plötzlich wünschte sich Ali Baba, daß er sich nicht dazu bereit erklärt hätte, den Wassersack zu tragen, der Kassims Kopf enthielt und der nun über seiner Schulter hing. Es war nicht leicht, von der Frau seines Bruders zu träumen, wenn ein Teil dieses Bruders ihm so nahe war.

»Warum rufen wir nicht noch einmal den Geist des Ringes?« schlug Sindbad vor. »Er wollte uns zwar nicht die Lampe bringen, aber er hat es nicht abgelehnt, sie finden zu helfen.«

»Eine ausgezeichnete Idee«, stimmte Aladin zu, und wieder einmal rieb er an seinem Ring.

Der Dschinn erschien auch nach der wohl unvermeidbaren Rauchentwicklung.

Als Sklave des Rings halt ich's kaum noch aus,
Die ewige Arbeit hängt zum Halse mir 'raus.
Mit meiner Ruhe ist's wohl nicht weit her,
Was ist Euer Begehr, Meister,
was ist denn diesmal Euer Begehr?

Vielleicht, so überlegte Ali Baba, überforderten sie diesen Dschinn am Ende doch noch.

»Entschuldige vielmals, o Geist des Ringes«, sagte Aladin besorgt, »aber wir haben noch eine Bitte. Wir wissen zwar, daß du uns den anderen Dschinn nicht herbeischaffen kannst, aber wir fragen uns, ob du uns nicht vielleicht sagen kannst, wo genau in diesem riesigen Gewölbe er zu finden ist?«

»Dazu bin ich ganz gewiß in der Lage«, bestätigte der Dschinn. »War das alles, was Ihr wünscht?«

»Aber nein doch«, herrschte Aladin ihn an, und zwar in einer Art und Weise, die zeigte, wie angegriffen seine Nerven inzwischen waren. »Wir verlangen, daß du uns die Stelle, an der der Dschinn sich aufhält, auch zeigst.«

Es ist nicht einfach, den Ausdruck eines Gesichtes abzulesen, das jedes Licht reflektiert, doch Ali Baba schien es, als lege der Dschinn die Stirn in Falten.

»Man sollte eigentlich annehmen, daß Ihr inzwischen gelernt habt, wie man einen Wunsch vorträgt.« Er stieß ein verächtliches Grunzen aus, ein Geräusch, bar jeglicher Begeisterung. »Nun, ich kann mich nicht entsinnen, daß es einen Paragraphen im Ehrenkodex eines Dschinns gibt, der ihm verbietet, auf einen Artgenossen hinzuweisen, obwohl solch ein Begehr natürlich meinem beruflichen Stolz schadet. Aber gut. Zmindest werde ich dann etwas Zeit zum Ausruhen bekommen.« Er wies mit seinem Zeigefinger nach rechts. »Der nächstgelegene Dschinn verbirgt sich da unter diesem Haufen, und es ist in der Tat ein sehr mächtiger.«

»Wo genau?« fragte Aladin. »Ich kann keine Kupferlampe sehen!«

»Dieser Dschinn wohnt nicht in einer Kupferlampe«,

erklärte der Geist des Ringes ein wenig selbstgefällig, »sondern in jener bunten Flasche dort.«

Ali Baba sah, daß sowohl Sindbad als auch Achmed schon bei der bloßen Erwähnung eines solchen Behältnisses zusammenzuckten und einen Schritt zurück traten.

»Erkennst du diese Flasche?« fragte Achmed.

»Und ob ich das tue«, antwortete Sindbad. »Es ist dieselbe, in der wir den großen, fürchterlichen Ozzie gefangen haben, ein Dschinn, der mit viel zu viel Macht ausgestattet ist.«

»Also ist auch Ozzie hier gefangen? Vielleicht ruhen ja doch alle Schätze der Erde in dieser Höhle«, wiederholte Achmed voller Staunen seine Überlegung von vorhin.

Sie vernahmen ein tiefes, zufriedenes Kichern, das aus den Wänden der Höhle drang.

»Eine Höhle ohne einen gewissen Ruf ist nun einmal nichts wert«, meinte der Stein in Ali Babas Hand.

»Aber das ist nicht der Dschinn, den wir suchen!« rief Aladin. »Gibt es hier nicht noch einen anderen?«

»Es gibt drei oder vier, um genau zu sein«, entgegnete der Ringgeist. »Ein paar von ihnen sind wirklich unbedeutend. Fast genau unter euren Füßen gibt es einen Knopf-Dschinn. Ich kann euch sagen, in einem Knopf ist für einen Geist noch weniger Platz als in einem Ring. Und ganz am anderen Ende dieses Gewölbes gibt es einen Fingerhut-Dschinn, und in der kleinen Kammer hinter uns wohnt ein Nadelöhr-Dschinn.«

»Knopf-Dschinn?« fragte Kassim aus seinem Schlauch. »Fingerhut-Dschinn? Nadelöhr-Dschinn? Glaubst du, daß einer von ihnen vielleicht etwas vom Schneiderhandwerk versteht?«

Doch der Geist des Ringes ging nicht auf Kassims Frage ein, denn dieser war nicht der Träger des Ringes. Statt dessen fuhr er fort, das viele Gold zu durchforsten. »Lampe, habt Ihr gesagt? Nun, da gibt es noch einen Dschinn etwa in der Mitte des Gewölbes.«

Er drehte sich um und deutete auf eine Stelle hinter ihnen. »Er ist zwar bei weitem nicht so mächtig wie jener Bursche in der Flasche, aber, na ja ... Sucht ihn dort hinter diesem Stapel Gold.«

Erneut wies der Geist des Ringes mit seinem Zeigefinger die Richtung. »Ganz in der Nähe dieser anderen Herren dort. Ich nehme an, von eurem Standort aus könnt ihr sie nicht sehen.«

»Gebt acht!« rief einer der Eunuchen triumphierend. »Haben wir nicht gesagt, daß wir nicht allein in diesem Gewölbe sind?«

Über all dem Reichtum, der sie umgab, und all der seltsamen Begebenheiten hatte Ali Baba – und zweifellos auch seine Gefährten – die Gegner ganz vergessen.

Alle, die auf dem goldenen Podest standen, drehten sich um und starrten über die andere Hälfte des goldenen Ozeans. Wie zur Belohnung vernahmen sie hinter besagtem Goldstapel einen Triumphschrei.

»Einer der beiden Herren hat eben die Lampe gefunden«, erklärte der Dschinn. »Verzeiht ...«

»Nein, die bekommst du nicht!«

»*Du* bist es, der sie nicht bekommt!«

»Ich dachte, wir hätten vereinbart, alles gerecht unter uns aufzuteilen!«

»Aber sicher doch! Warum willst du deine Hälfte also nicht teilen?«

Und während dieser Streit so weiterging, sah Ali Baba zwei Hände, die um eine Lampe rangen, aus dem Goldstapel auftauchen.

»Ich werde dich verzaubern!«

»Ich werde mein todbringendes Schwert gebrauchen!«

Die Spitze des goldenen Berges barst wie ein Vulkan auseinander, als die beiden Männer aus seinen Tiefen hervorgerollt kamen. Sie hatten Arme und Beine ineinander verknotet, und irgendwo zwischen ihnen mußte die Lampe sein.

»Jetzt hab' ich sie!«

»Hast du nicht!«

»Meine Hand war zuerst dran!«

»Ja, aber nur an meiner!«

»Hör jetzt auf!« befahl der Räuberhauptmann, als sie am

Fuß des Goldberges angelangt waren. »Wir sind nicht allein!«

»Diesen Trick, meine Aufmerksamkeit abzulenken, kenne ich bestens«, erwiderte der Zauberer, und seine Stimme triefte vor Sarkasmus. »Du vergißt, wer hier die magischen Tricks vollführt ... oh, wir haben Besuch!«

Sowohl der Räuber als auch der Zauberer hatten Ali Baba und seine Gefährten bemerkt.

»He! Ihr da!« rief der Hauptmann. »Ihr treuen Gefolgsleute! Vernichtet diesen niederträchtigen Magier, denn er ist die Quelle all unseres Ärgers!«

Ali Baba verspürte nicht die geringste Lust, seinem ehemaligen Anführer auch nur den kleinsten Dienst zu erweisen. Den anderen schien es ebenso zu ergehen, denn niemand machte Ansalten, dem Befehl nachzukommen.

»Wir sind nicht länger willenlos Euren Befehlen unterworfen«, erklärte Harun dem Räuberhauptmann, »seit der Zauber des Magiers ihnen nicht mehr den nötigen Nachdruck verleiht.«

»Oh, das ist es also?« Der Hauptmann runzelte die Stirn. »Magier! Erneuere schnell deinen Bann, damit ich diese Männer da zwingen kann, dich in der Luft zu zer... bei Allah! Daraus wird wohl nichts, was.«

»Bald wird aus keinem deiner Pläne mehr etwas werden«, verkündete der Zauberer, während er auf den Münzen ausrutschte und hinfiel. »Verdammt! Wie soll man einen anständigen Kampf führen, wenn man nicht einmal einen festen Stand findet?«

»Für keinen von euch beiden werden sich in Zukunft noch irgendwelche dunklen Pläne erfüllen«, rief Aladin, »denn jetzt wissen wir, wer sich hinter dem Magier verbirgt!«

»Und außerdem«, fügte Achmed hinzu, »kennen wir unseren früheren Anführer jetzt als ›Schmutziges Leibchen‹.«

Als er das hörte, stieß der Räuberhauptmann ein fürchterliches Gebrüll aus, und in seiner grenzenlosen Wut gelang es ihm, dem Zauberer die Lampe aus der Hand zu reißen.

»Mein!« rief der Hauptmann. »Endlich wird meine Leber zu mir zurückkehren. Die Lampe ist mein!«

»Das glaube ich nicht!« entgegnete der Magier mit einer Stimme, die anzeigte, daß er nicht im geringsten beeindruckt war. »Zuerst jedoch muß ich hier ein bißchen aufräumen!« Er stieß drei rätselhafte Worte aus und vollführte eine schnelle Handbewegung über seinem Kopf.

Der Räuberhauptmann stieß einen überraschten Schrei aus, als die Münzen unter seinen Füßen plötzlich verschwanden. Die Lampe fiel ihm klappernd aus der Hand.

Ali Baba war über die Macht des Zauberers verblüfft. Mit einer einfachen Geste hatte er alles Gold in dem Gewölbe umgeschichtet, so daß sich jetzt im weiten Umkreis eine hohe, vom Boden bis zur Decke reichende Wand aus Münzen erhob. Und unmittelbar vor dieser Wand waren schön sortierte Haufen von Juwelen und anderen Reichtümern gestapelt, die sich nicht so problemlos in den Wall aus Münzen einfügen ließen. Das einzige Gold, das an seinem Platz verblieben war, schien die große Plattform in der Mitte des Raumes zu sein, auf der Ali Baba und seine Gefährten standen. Und so kam es also, daß der Zauber des Magiers mit einem Schlag über die Hälfte des Höhlenbodens freigelegt hatte.

»ICH SOLLTE DICH VIELLEICHT ALS PUTZFRAU IN DIENST NEHMEN«, dröhnte Mordrags Stimme aus den Wänden. »STELLT EUCH NUR VOR, WIEVIEL GOLD ICH NUN NOCH ZUSÄTZLICH HIER UNTERBRINGEN KANN!«

Doch der Zauberer war im Augenblick auf etwas aus, das mehr wert war als Gold. Überrascht, daß sein Spruch ihm einen derartigen Vorteil verschafft hatte, stürzte er sich auf die zu Boden gefallene Lampe.

»Die Lampe!« rief Aladin. »Doch zu spät! Ich werde sie nie erreichen!«

»Ruf deinen Dschinn!« drängte Achmed ihn.

»Oh, natürlich!« erwiderte Aladin, denn der Dschinn hatte sich wieder einmal bei der erstbesten Gelegenheit aus dem Staub, oder besser, aus dem Rauch gemacht.«

»Zu spät!« schrie der Zauberer triumphierend. »Die Lampe ist mein!«

»Das glaube ich nicht!« donnerte eine Stimme vom anderen Ende der Höhle her. Die Augen aller Anwesenden richteten sich augenblicklich auf diesen Teil des Gewölbes.

Und dort, umgeben von seinen besten Bogenschützen, stand Vier-Finger.

»Mir stehen zwanzig Mann zur Verfügung«, erklärte Vier-Finger mit der ihm eigenen Schadenfreude, »von denen jeder leicht einen Pfeil abschießen kann, bevor du auch nur einen Schritt gemacht oder einen Zauberspruch aufgesagt hast. Es war ausgesprochen liebenswürdig von euch, uns den Weg zu all diesem Reichtum zu weisen. Jetzt, wo wir einen Blick auf das Gold geworfen haben, erübrigt sich wohl die Feststellung, daß es uns gehört – ganz zu schweigen von dieser äußerst interessanten Lampe!«

»Das glaube ich nicht!« rief die Stimme einer Frau vom entgegengesetzten Ende der Höhle her.

Ali Baba und die anderen drehten sich überrascht um, um diesen neuen Eindringling in Augenschein zu nehmen.

»O Weh und Ach!« fuhr die Frau fort. »Ich fürchtete schon, dir sei etwas Schlimmes zugestoßen, o mein Ehemann!«

Ali Baba wollte seinen Augen und Ohren nicht trauen. Die Frau am anderen Ende der Höhle war seine Frau, und sie wurde von einem Mann begleitet, der den hohen Helm und die glitzernde Uniform eines Hauptmanns der Stadtwache trug.

Doch dann überkam die Neugier den Holzfäller. »Wie kommst du hierher, o Frau?« rief Ali Baba.

»Nichts einfacher als das«, antwortete der Hauptmann der Wache an ihrer Stelle. »Du hast ihr grob die Richtung angegeben, in der die Höhle liegt. Daran haben wir uns gehalten, als wir aufgebrochen sind. Und als wir dann erst einmal auf dem Gelände waren, brauchten wir nur den erschöpften, ausgetrockneten und zerstückelten Männern in weißen Gewändern zu folgen.«

»O Weh und Ach!« fuhr Ali Babas Frau fort. »Ich wußte

nicht, was ich sonst tun sollte, denn wenn ich dich nicht habe, mit dem ich reden kann, was ist mein Leben dann noch wert?«

»Vielleicht«, raunte Kassims Frau dem Holzfäller ins Ohr, »könnte ich deine zweite Frau sein und mich der Bedürfnisse annehmen, die deine erste Frau vernachlässigt.«

»Das habe ich sehr wohl gehört!« schrie Kassim aus seinem Wasserschlauch heraus. »Wie willst du ihn denn heiraten, wo du doch schon mit mir verheiratet bist?«

Kassims Frau stemmte ihre wohlgeformten Hände in ihre noch wohlgeformteren Hüften. »Warst nicht du selbst es, der gesagt hat: ›Jetzt, wo ich in sechs Stücke zerhackt bin, werde ich wohl nicht mehr lange zu leben haben‹?«

»Ein Ehemann hat das Recht, melodramatisch zu sein!« verteidigte Kassim sich jammernd.

»Und eine Ehefrau hat das Recht, ihre Zukunft zu planen!« sagte sie herausfordernd.

»Am Anfang war ich halt noch sehr niedergeschlagen«, erklärte Kassim. »Was ja auch nur zu verständlich ist, wenn man bedenkt, was geschehen ist. Ich bin nur ein wenig verstreut.«

Daraufhin nickte seine Frau zustimmend. »Einen Wasserschlauch zu umarmen ist wenig tröstlich.«

»O Weh und Ach!« Mit diesem neuerlichen Ausbruch zog die Frau des Holzfällers die Aufmerksamkeit wieder auf sich. »Jetzt ist unser Abenteuer zu Ende, und ich werde wieder zu meinem einfachen Hausfrauen-Dasein zurückkehren!«

»Und wir kümmern uns selbstverständlich um das Gold«, meinte der Hauptmann der Wache. »Irgendein Gesetz des Sultans wird dies schon abdecken, da bin ich mir sicher. Und wenn nicht, wird er gerne ein neues erlassen.« Er machte einen Schritt auf die ihm am nächsten stehende Wand aus Goldmünzen zu. »Mit so viel Gold wird sogar der Sultan seinen Haushalt wieder ausgleichen können! Und alles andere müssen wir als Beweisstücke mitnehmen, einschließlich dieser – was war es noch? – dieser Lampe? Ja, sicher doch, die Lampe ist unser.«

»Das glaube ich nicht!« verkündete der Zauberer und rief ein halbes Dutzend Worte. Der Hauptmann der Wache erstarrte dort, wo er stand, und nur einen winzigen Augenblick später war er in eine Statue aus massivem Gold verwandelt.

»Und das gleiche wird jedem zustoßen, der es wagt, sich mir auch nur einen Schritt zu nähern oder einen Pfeil auf mich abzuschießen!« Der Zauberer schritt mit langsamen, vorsichtigen Schritten auf die Lampe zu. »Ich habe zwanzig Jahre lang um diese Lampe gekämpft, einschließlich einiger Jahre unter der Herrschaft des abscheulichsten Räuberhauptmannes, den man sich vorstellen kann.« Woraufhin der Räuberhauptmann vor Zorn aufschrie, sich aber nicht von der Stelle rührte.

»Ich habe meinen Zauber für ihn wirken lassen«, fuhr der Magier fort, »um sicherzugehen, daß wir immer ungeeignetere Räuber rekrutieren würden.«

Die Räuber in Ali Babas Nähe schrien auf vor Zorn. Nach einem kurzen Moment des Zögerns stimmte Ali Baba in ihren Protest mit ein. Ungeeignet? Er war immerhin einer der besten Holzfäller!

»Man kann es sich kaum vorstellen!« kicherte der Zauberer. »Einen Mann in die Reihen aufzunehmen, der zuvor in sechs Stücke gehackt wurde!«

Kassim brüllte vor Zorn. »Wenn ich nicht in diesem verdammten Wassersack stecken würde ...«, murmelte er dann.

»Und die ganze Zeit über wartete ich nur darauf, daß man mir die Lampe zeigen würde und ich sie mir nur noch zu nehmen brauchte. Und als wir dann von dem anmaßenden Vier-Finger und seinen Männern in großtuerischem Weiß überfallen wurden, da wußte ich, daß ich meine Gelegenheit tatsächlich bekommen würde!«

Vier-Finger und seine Männer tobten. »Geht und reißt ihn in Stücke!« brüllte Vier-Finger.

Doch keiner seiner Männer hörte auf ihn. Zweifellos zogen sie es vor, statt dessen die goldene Statue des Hauptmanns der Stadtwache anzustarren.

»Und so gelang es mir also«, erklärte der Zauberer weiter, wie es alle Schurken zu allen Zeiten überall getan haben und immer noch tun, »die unangenehme Gesellschaft des niederträchtigen Räuberhauptmanns lange genug zu ertragen, bis er mir gezeigt hatte, wo die Lampe sich befand. Welche Opfer habe ich dafür auf mich nehmen müssen! Niemand außer mir verdient diesen Preis. Jetzt ist sie mein!«

»Das glauben wir nicht!«

Ali Baba sah zu einem weiteren der vielen Eingänge der Schatzhöhle hinüber. Und dort standen die Bewohner des Palastes der Schönen Frauen.

»Wir waren Tage, Monate, ja sogar Jahre an dieser verzauberten Stätte gefangen«, fuhren sie fort. »Einige von uns haben sich leider ihren niederen Instinkten hingegeben, als ihr erschienen seid, doch das ist jetzt vorbei. Wenn es jemanden gibt, dem die Beute aus dieser Höhle zusteht, dann sind wir es, die wir so schändlich ausgebeutet wurden. Und laß dir versichert sein, o niederträchtiger Magier, auch unter uns gibt es eine Menge weiser Frauen, denen es ein Vergnügen sein wird, jeden Zauber, den du gewirkt hast, wieder aufzuheben.«

»Genug des Geschwätzes!« schrie der Magier und warf sich mit einem Hechtsprung auf den Boden. »Ich habe die Wunderlampe!«

Das 33. der 34 Kapitel, in dem ein Dschinn einen anderen trifft und eine Höhle ihren Tribut fordert.

Achmed stieß Aladin den Ellbogen in die Rippen. »Warum hast du denn nicht an deinem Ring gerieben?«

»Oh, ja«, meinte Aladin und machte sich ans Werk. »Wenn viele Leute anwesend sind, lasse ich mich so leicht ablenken.«

Doch auch der Zauberer blieb nicht untätig, so daß plötzlich zwei purpurfarbene Rauchfahnen fast gleichzeitig an zwei verschiedenen Stellen der Höhle aufstiegen und zwei dröhnende Stimmen den Raum füllten.

»Ich bin der Geist der Wunderlampe ...«

»Zwar bin ich ein Sklave des Rings ...«

»Gefangen war ich so lange, daß ...«

»Und es sieht aus, als hättet Ihr mich einmal zuviel ...«

Die beiden Geister starrten sich entgeistert an und platzten mit einem Mal gleichzeitig heraus: »Ich kann mich selbst nicht hören!«

Sie schauten beide eine Weile finster drein, bevor sie hinzufügten: »Niemand wagt es, etwas zu sagen, wenn ein Dschinn spricht!«

»Vernichte sie!« befahl der Zauberer dem Geist der Lampe.

»Einen Moment Geduld, o Meister«, entgegnete der Lampen-Dschinn. »Ich bin in meinem Spruch noch nicht einmal bis zu ›Was ist Euer Begehr‹ gekommen. Es gibt da ein gewisses Zeremoniell, das man schon einhalten sollte.«

»Was kann man schon von Menschen anderes erwarten?« meinte der Ring-Dschinn.

»Und wer bist du?« fragte der Geist der Lampe und streckte seine goldschimmernde Nase hoch in die Luft. »Ein ganz gewöhnlicher Ringgeist?«

Die Augen des anderen blitzten in einem Feuer tiefsten Karmesinrots. »Da ist absolut nichts Gewöhnliches an einem Ringgeist! Von allen Geistern, die es gibt, gehören wir zu denen, die am härtesten arbeiten müssen!«

»Und ihr gehört zu den gewöhnlichsten der Gewöhnlichen«, erwiderte der goldene Geist hochnäsig. »Laßt uns das schnell hinter uns bringen, o mein Herr und Meister, damit ich diese Kreaturen da loswerde und wieder den Frieden und die Ruhe in meiner Lampe genießen kann.«

»So ist das also?« ereiferte sich der Ring-Dschinn. »Ich war ja schon wütend genug, als ich aus meinem Ring kam, aber vielleicht richtete sich meine Wut fälschlicherweise auf die Menschen! Glaubst du denn, es ist einfach, sein ganzes Leben lang in einen winzigen Ring eingezwängt zu sein? Stets muß man darauf achten, die Kräfte, über die man verfügt, so eng wie möglich um sich zu schlingen, damit man nur ja nicht zu viele verliert!«

»Genug von diesem elenden Gejammere!« entgegnete der Geist der Lampe. »Vielleicht sollte ich nicht nur diese bemitleidenswerten Sterblichen vernichten, die sich hinter dir verstecken. Vielleicht ist auch die Zeit gekommen, wo du selbst zu nichts mehr nütze bist!«

»Du wagst es?« fragte der Ringgeist und geriet völlig außer Fassung. »Und was ist mit dem Ehrenkodex der Dschinns?«

»Oh, ah ja, der«, antwortete der Lampengeist. Es schien, als habe ihn diese Zurechtweisung ein wenig vorsichtiger werden lassen. »Nun gut, ich werde nur die um dich Versammelten vernichten.«

Ali Baba sah zu dem großen goldenen Geist hinauf. Sollte das etwa ihr Ende sein? Obwohl ihnen ein Dschinn zu Diensten stand?

Doch dann trat Marjanah einen Schritt vor. »Einen Augenblick, bitte!«

»Ihr dürft fortfahren, o Herr und Meister«, meinte der Geist der Lampe. »Oder sollte ich mich an das vorgeschriebene Zeremoniell halten und sagen: ›Was ist Euer Begehr, o Meister, was ist Euer Begehr?‹?«

»Und ein mächtiger Ringgeist wie du, will es wirklich zulassen, daß jemand so mit dir umgeht?« fragte Marjanah hastig.

»Was meinst du damit?« fragte der Ring-Dschinn und schien ein wenig verwirrt zu sein.

»Könntest du sie jetzt also bitte vernichten?« fragte der Zauberer den Geist der Lampe.

»Du läßt es also einfach so zu, daß dieser hochnäsige Dschinn uns vernichtet und damit beweist, daß er weitaus besser ist als ein gewöhnlicher Dschinn wie du?« fragte Marjanah.

»Wie? Was? Nein, natürlich nicht. So etwas habe ich nie vorgehabt. Nichts könnte weiter von der Wahrheit entfernt sein!«

»Nun, natürlich kann ich das für Euch tun«, sagte der Lampengeist. »Ist das Euer Begehr? Nun, ich nehme an, inzwischen habt Ihr Zeit genug gehabt, Euch Eure Wünsche gut zu überlegen.«

»Nun denn«, fuhr Marjanah fort, »beweise deine Worte durch Taten!«

Der obsidianfarbene Geist runzelte die Stirn. »Könntest du da vielleicht ein paar Vorschläge machen?«

»Aladin!« sagte Marjanah. »Befiehl dem Geist des Ringes, den Zauberer zu vernichten!«

Und so kam es, daß Aladin sich die Vernichtung des bösen Zauberers wünschte, während der böse Zauberer sich gleichzeitig die Vernichtung von Aladin und seinen Gefährten wünschte.

»Nun gut!« meinten beide Geister wie aus einem Munde. »Euer Wunsch ist mir Befehl.«

»Meine geliebte Frau!« rief Kassim. »Wir werden sicherlich sterben. Kannst du dich vor dem Tode nicht noch schnell mit mir versöhnen?«

»Mit einem Teil von dir«, fragte seine Frau abweisend, »oder mit allen sechs,«

»Verzeih mir«, wandte sich der Ringgeist an den Dschinn der Lampe. »Ich muß an dir vorbei, um deinen Meister zu vernichten.«

»Tut mir leid«, meinte daraufhin der Lampengeist, »aber ich kann das nicht zulassen, bevor ich nicht deinen Meister vernichtet habe.«

Die beiden Geister starrten sich eine ganze Zeitlang an.

»Ach wirklich?« sagte der Lampengeist schließlich.

»Wer will mich wohl daran hindern?« erwiderte der Ringgeist.

»Ich lasse mir doch nichts von jemandem sagen, der in einem einfachen Ring wohnt!«

»Ich kann mir vorstellen, daß du nicht einmal im Traum daran denkst, deine Lampe auf Hochglanz zu polieren!«

Und so kam es, daß beide Dschinns höher und höher aufstiegen und einer den anderen anbrüllte und nichts anderes tat als zu schreien. Indem sie einander widersprechende Wünsche geäußert hatten, hatten Aladin und der Zauberer beide Geister lahmgelegt!

Plötzlich begann die Höhle um sie herum zu poltern. »GENUG IST GENUG. DAS GANZE WAR ZWAR EINE ZEITLANG RECHT UNTERHALTSAM, UND ES WAR IN DER TAT RICHTIG, DAS DRAMA SEINER VOLLENDUNG ZUZUFÜHREN, ABER JETZT SCHREIT ES GERADEZU NACH EINEM ABSCHLUSS!«

»Und was sollen wir jetzt tun?« fragte Ali Baba laut.

»ICH DENKE, DIE FRAUEN SOLLTEN IN IHREN PALAST ZURÜCKKEHREN«, antwortete die Höhle. »ICH WERDE EINE ÄHNLICHE ANLAGE FÜR DIE MÄNNER ERRICHTEN LASSEN. UND DANN WERDEN SOWOHL MÄNNER ALS AUCH FRAUEN DEN REST IHRER TAGE DAMIT VERBRINGEN, MIR DIE ZEIT MIT GESCHICHTENERZÄHLEN ZU VERTREIBEN.«

»Und damit«, seufzte der Stein in Ali Babas Hand zufrieden, »wird zumindest einem von uns sein Herzenswunsch erfüllt.«

»O Frau!« rief Kassim. »Willst du mich nicht noch ein letztes Mal umarmen, bevor wir für immer voneinander getrennt werden?«

»Was gar nicht früh genug geschehen kann«, erwiderte seine Frau, während sie das Spektakel, das sich über ihren

Köpfen abspielte, beobachtete. »Außerdem müßten dir Trennungen inzwischen doch in Fleisch und Blut übergegangen sein.«

»Verzeiht mir, o Herr«, unterbrach Marjanah, »aber vielleicht sollte ich noch einmal versuchen, mit den beiden da oben zu reden.«

»Ist sie nicht einfach die wundervollste Frau, die man sich vorstellen kann?« meinte Achmed begeistert.

»ICH WARNE DICH!« rief Mordrag und ließ ein entferntes Grollen hören. »EIN EINZIGER TRICK, UND ES GEHT DIR AN DEN KRAGEN!«

»Dschinns!« rief Marjanah. »Warum kämpft ihr gegeneinander?«

»Nun, das will ich ja eigentlich gar nicht«, antwortete der Sklave des Ringes, »aber dieser starrköpfige Bursche aus der Lampe will einfach nicht zur Seite gehen.«

»Auch ich will eigentlich nicht kämpfen«, sagte der Sklave der Lampe, »aber was bleibt einem schon anderes übrig, wenn man mit den niederen Chargen vernünftig zu reden versucht?«

»Vielleicht«, rief Marjanah, »ist es an der Zeit, daß ihr euch über die unbedeutenden Wünsche dieser Sterblichen erhebt und etwas wirklich Aufsehenerregendes tut. Etwas, das euch einzigartig unter allen Dschinns machen wird.«

Und Achmed, dem klar wurde, worauf Marjanah hinauswollte, fügte voller Begeisterung hinzu: »Etwas, von dem Geschichten und Lieder erzählen werden; etwas, das von Generation zu Generation weitergegeben wird, und zwar sowohl im Reich der Geister als auch in der Welt der Sterblichen!«

»Das hört sich recht vernünftig an«, murmelte der Lampen-Dschinn.

»Ich denke, das läge durchaus im Bereich des Möglichen«, stimmte der Ring-Dschinn zu.

»Natürlich«, fuhr Marjanah fort, »braucht ihr Leute wie uns, die die Geschichte verbreiten und damit sicherstellen, daß euer Ruhm auch in den letzten Winkel der Erde getragen wird.«

»MOMENT MAL«, polterte die Höhle. »DAS ÜBERSTEIGT EIN WENIG DAS FASSUNGSVERMÖGEN EINES STEINERNEN HIRNS. ICH ERBITTE MIR JETZT RUHE, DAMIT IHR EURE UNTERHALTSAMEN GESCHICHTEN ERZÄHLEN KÖNNT.«

Doch Marjanah war schon zu weit gegangen, um sich jetzt noch zurückhalten zu lassen. »Schnell!« drängte sie. »Schafft eine Öfnnung in dieser Höhle, die ins Freie führt, und bringt alle hier Anwesenden dorthin!«

»Ihr werdet für immer berühmt sein!« rief Achmed. »Wir werden diesen Tag den Nationalen Dschinn-Feiertag nennen!«

»Ich weiß nicht, ob ich zusammen mit einem Ringgeist berühmt werden möchte!« verkündete der Geist der Lampe.

»So ist das also?« entgegnete der Ringgeist. »Ich würde wetten, daß du morgens noch nicht einmal alleine den Weg aus dieser schäbigen Lampe da findest!«

»GENUG JETZT!« wiederholte Mordrag seinen Befehl. »DIE BEIDEN WERDEN BESTIMMT BIS IN ALLE EWIGKEIT STREITEN!«

Ali Baba erkannte, daß sie trotz der Anstrengungen der besten aller Sklavinnen höchstwahrscheinlich genau das tun würden.

»WER ALSO WILL MIR EINE GESCHICHTE ERZÄHLEN, BEVOR ICH MEINE GEDULD VERLIERE? DU DA! DU BIST IN SECHS TEILE ZERHACKT. SICHERLICH HAST DU AUCH SECHS GESCHICHTEN ZU ERZÄHLEN!«

»Laß mich in Ruhe!« winselte Kassim. »Ich habe keinen guten Tag gehabt!«

»MIR REICHT DAS JETZT MIT DIESEN EWIGEN WIDERREDEN«, grollte Mordrag laut und heftig. »ICH WERDE EUCH SCHON ZEIGEN, WAS MIT DENEN GESCHIEHT, DIE DIE BEFEHLE EINER VERZAUBERTEN HÖHLE NICHT BEFOLGEN!«

Woraufhin Kassim einen fürchterlichen Schrei ausstieß.

Für einen Moment war alles still.

»Was hast du mit meinem Bruder gemacht?« wollte Ali Baba wissen.

»Gebt acht!« verkündete der ihm am nächsten stehende Eunuch. »Wir werden in den Wasserschlauch auf deiner Schulter hineinschauen, denn wir sind an den Anblick von Blut gewöhnt.«

Sprach's, und alle drei Eunuchen versammelten sich um den Wasserschlauch, den Ali Baba ihnen reichte. Sie öffneten ihn und starrten hinein, wobei sie alle drei äußerst ernst dreinblickten.

Eine hohe Fistelstimme, die noch schriller war als die der Eunuchen, rief aus den Tiefen des Behälters heraus: »Das verzeiht dir Kassim nie, o abscheuliche Höhle! Ich werde mich fürchterlich rächen!«

Der Anführer der Eunuchen schloß schnell den Wassersack.

»Das waren seine Zähne, die gesprochen haben.«

»Sie befinden sich nicht länger in seinem Gesicht«, fügte der zweite hinzu.

»Sein Kopf ist nun in sechs Stücke getrennt«, erklärte der dritte.

»GENAUSO WIE SEINE ÜBRIGEN TEILE«, fügte die Höhle mit einem finsteren Kichern hinzu. »JETZT BESTEHT ER AUS SECHS MAL SECHS STÜCKEN. DOCH KOMMT JETZT! FÜHRT MICH NICHT NOCH EINMAL IN VERSUCHUNG, EUCH MEINE MACHT ZU BEWEISEN. WER WIRD MIR JETZT EINE UNTERHALTSAME GESCHICHTE ERZÄHLEN?«

Woraufhin alle gleichzeitig zu sprechen begannen.

»Ich kann dir die Geschichte von dem ›Großen Inselvulkan und dem noch viel größeren Aftersausen‹ erzählen«, schlug Harun vor.

»ICH FÜRCHTE, DIESE GESCHICHTE KÖNNTE SICH ALS *ZU* UNTERHALTSAM ERWEISEN«, murmelte Mordrag.

»O Weh und Ach!« rief Ali Babas angetrautes Eheweib. »Er verlangt von mir, der bedauernswerten Frau eines Holzfällers, daß ich ihm eine Geschichte erzähle?«

»Vier-Finger hat es nicht zu Einfluß und Ansehen gebracht, indem er die Bedürfnisse anderer einfach ungeachtet ließ. Vielleicht können wir uns irgendwie einigen?«

»Wir werden nicht fromm wie die Lämmer zum Palast der Schönen Frauen zurückkehren! Wisse also, daß es einige Änderungen geben wird!«

»Hier wird keine einzige Geschichte erzählt«, erklärte der nach dem vergoldeten Hauptmann ranghöchste Offzier der Stadtwache. »Nicht, bevor dieses Vermögen hier ordnungsgemäß versteuert ist!«

»Meine ist größer als deine!« schrie der Lampengeist.

»Deine Mutter war ein elender Sukkubus!« erwiderte der Ringgeist.

»GENUG!« brüllte Mordrag. »DAS GANZE WÄCHST MIR LANGSAM ÜBER'S GESTEIN! WARUM MUSSTE ICH AUCH UNBEDINGT MIT DEM SAMMELN VON STERBLICHEN BEGINNEN? WARUM KONNTE ICH MICH NICHT MIT MEINEM UNERMESSLICHEN REICHTUM ZUFRIEDENGEBEN!«

»Onkel Sid hat schon immer gesagt, daß du nie genug kriegen kannst und deine Augen größer sind als dein Magen!« verkündete der Stein in Ali Babas Hand. »Was ich nie verstanden habe, da Höhlen doch weder Augen noch Mägen besitzen.«

»O Weh und Ach!« klagte Ali Babas Frau. »So eine große Höhle, und kann es nicht ertragen, sich ein paar Klagen anzuhören?«

»ICH LASSE NICHT AN MIR HERUMNÖRGELN!« brüllte Mordrag, und die Erde begann unter ihnen zu zittern. »VOR ALLEM NICHT VON DIESER FRAU. WENN SIE NOCH EINEN MOMENT LÄNGER HIER UNTEN BLEIBT, DREHE ICH NOCH DURCH! VIELLEICHT SOLLTE ICH SIE GEHEN LASSEN. VIELLEICHT SOLLTE ICH EUCH ALLE GEHEN LASSEN. DOCH DAS SCHEINT MIR EIN VIEL ZU GROSSER AUFWAND ZU SEIN. ICH GLAUBE, ES IST EINFACHER, EUCH UNTER TAUSENDEN VON TONNEN GESTEINS ZU ZERMALMEN.«

Und dann begann die Höhle erst richtig zu beben.

Das letzte der 34. Kapitel, in dem aller Leben gerettet und aller Freiheit verloren wird und die Geschichte weiter und immer weiter geht.

»Onkel Sid hat schon immer gesagt, daß Mordrag ein wenig jähzornig ist«, meinte der Stein, den Ali Baba in der Hand hielt.

»Was sollen wir nur tun?« stöhnte Ali Baba. »Wir sind so gut wie tot!«

»Wenn wir nicht ein Wesen finden, das noch mächtiger ist als die verzauberte Höhle, fürchte ich, daß du recht behalten wirst«, stimmte ihm der Stein zu.

»Und immer noch sind beide Dschinns in diesem Fluch der sich gegenseitig aufhebenden Wünsche gefangen!« klagte der Holzfäller.

»Aber hat der Ringgeist denn nicht erwähnt, daß es hier noch einen weitaus mächtigeren Dschinn gibt?« fragte der Stein.

Am Rande des Gewölbes lösten sich größere Felsbrocken aus den Wänden und der Decke.

Ali Baba starrte wie hypnotisiert auf diesen Anfang von ihrem Ende. »Der Geist in der Flasche? Nun, ich nehme an, alles ist besser, als zu sterben. Aber wo ist diese Flasche?«

»Sie liegt dort hinten, ein wenig rechts von dir, auf der Spitze eines ganzen Stapels ähnlicher Flaschen«, erklärte der Stein.

»Oh, tatsächlich«, meinte Ali Baba. »Aber wie hast du das sehen ...«

»Wir haben keine Zeit für lange Erklärungen«, unterbrach ihn der Stein. »Solche Erklärungen müssen wir uns für einen anderen Teil dieser Geschichte aufheben. Viel wichtiger ist, daß du jetzt den Stöpsel aus dieser Flasche ziehst und den Dschinn freiläßt.«

Ali Baba bemühte sich, das Gleichgewicht zu halten, als

sich die Erde unter ihm hob. »Und wie soll ich das deiner Meinung nach tun?«

»Wirf mich«, antwortete der Stein. »Du hast die starken Arme und das sichere Auge eines Holzfällers, und außerdem kann ich mich vielleicht in der Luft ein bißchen drehen und wenden, so daß ich dir einen Volltreffer garantieren kann.«

Der Holzfäller stimmte eiligst zu. Er hob seinen Arm.

»Bist du bereit?« fragte er.

»Ein Stein ist allzeit bereit.«

Und daraufhin schleuderte Ali Baba sein Geschoß. Trotz des gewaltigen Aufruhrs um sie herum flog es pfeilgerade auf sein Ziel zu und traf den Korken, der oben auf der Flasche saß.

Nichts geschah.

»Was ist los?« rief Ali Baba. »Haben wir die falsche Flasche getroffen?«

»Nein, es ist die richtige Flasche«, rief der Stein zurück, »aber ich habe den Korken nur in zwei Teile gespalten. Ich habe versagt, und jetzt kann ich nichts anderes tun, als hier herumliegen! Das ist der Nachteil, wenn man ein Stein ist! Ihr seid alle dem Untergang geweiht, denn es gibt keine Möglichkeit, wie man die Flasche jetzt noch öffnen könnte!«

Ali Baba starrte angestrengt zu dem Stein hinüber. Warum bloß hatte er nicht schon früher daran gedacht?

»Sesam, öffne dich!« rief er.

Und mit einem lauten ›Plopp‹ flog der Korken aus der Flasche.

»GIB ACHT, O WELT DER STERBLICHEN!« donnerte eine Stimme, die noch lauter war als die der Höhle. »OZZIE IST ZURÜCKGEKEHRT, UND ER IST ZU ALLEM BEREIT!« Woraufhin ein purpurfarbener Rauch, der dichter war als alles, was Ali Baba bisher gesehen hatte, aus der Flasche aufstieg und sich zu einem sehr, sehr großen unfreundlichen und tiefgrünen Gesicht verdichtete.

»Was?« stammelte Mordrag.

»IHR WÜNSCHT, DASS JEMAND DIESE HÖHLE BÄNDIGT?« fragte Ozzie. »NUN, WIE SAGT MAN SO SCHÖN?

EINE HAND WÄSCHT DIE ANDERE. ES IST DAS MINDESTE, WAS ICH FÜR DENJENIGEN TUN KANN, DER MICH BEFREIT HAT. MORDRAG WIRD FÜR HUNDERT JAHRE SCHLAFEN.«

Die Höhle hörte augenblicklich auf zu beben. Ali Baba hatte sie alle gerettet.

»Ozzie!« erklang ein Ruf dicht neben Ali Baba.

»SINDBAD!« antwortete der Dschinn.

»Das ist mein Name.« Sindbad antwortete wie unter Zwang.

»ACH, DAS ZU HÖREN TUT EINFACH IMMER WIEDER GUT«, kicherte der Dschinn. »DOCH WAS SOLL ICH JETZT MIT EUCH ALLEN ANSTELLEN? OHNE ZWEIFEL VERDIENT ES DIE GANZE MENSCHHEIT, BESTRAFT ZU WERDEN, NACHDEM MAN MICH SO LANGE IN EINER FLASCHE EINGESPERRT HAT!«

Eine Strafe? dachte Ali Baba. Vielleicht hatte er sie doch alle dem Untergang geweiht!

»Aber wir haben dich doch gerade erst befreit …«, begann er.

»UND ICH HABE EUCH GERETTET«, erwiderte Ozzie. »DAMIT SIND WIR QUITT. UND NUN RUHE BITTE, BEVOR ICH EUCH IN ETWAS VERWANDELE, DAS AN SOLCH MUFFIGEN ORTEN HERUMKREUCHT UND FLEUCHT.«

Der Dschinn hielt einen Moment inne, um in aller Ruhe nachzudenken.

»MIR GEFÄLLT DIESE IDEE MIT DEM GESCHICHTENERZÄHLEN«, meinte Ozzie schließlich. »WENN ICH EINE GESCHICHTE ZU HÖREN BEKOMME, DIE AMÜSANT GENUG IST, WERDE ICH EUCH VIELLEICHT VERSCHONEN. FALLS SIE ES NICHT IST, WERDE ICH EUCH HÖCHSTWAHRSCHEINLICH MIT EINEM EINZIGEN, ÄUSSERST SCHMERZHAFTEN SCHLAG VERNICHTEN. UND LASST MICH EUCH VERSICHERN, DASS DAS NICHT SO HARMLOS WIE DAS SCHICKSAL KASSIMS SEIN WIRD!«

»Ich bitte um Verzeihung, o Dschinn der Flasche«, meldete sich der Geist der Lampe, denn am Ende hatten sogar die beiden anderen Dschinns lange genug in ihrem Streit innegehalten, um den Neuankömmling zu bemerken und ihn zu erkennen. »Wir waren vor dir hier, und die Regeln, die für alle Wesen unserer Art gelten, legen eindeutig fest, daß du uns den Vortritt ...«

Ozzie ließ eine Hand erscheinen und schnippte mit den Fingern, bevor der andere Dschinn ein weiteres Wort sagen konnte. Ring- und Lampengeist stießen daraufhin fast gleichzeitig einen Schrei aus und wurden beide in die Flasche hineingesaugt, in der noch bis vor kurzem Ozzie gehaust hatte.

»DAS MINDESTE, WAS ICH FÜR SIE TUN KONNTE, WAR, IHNEN DIE GELEGENHEIT ZU GEBEN, SICH WIRKLICH UND WAHRHAFTIG NÄHER KENNENZULERNEN«, erklärte Ozzie. »AUSSERDEM FÜHLE ICH MICH ENTSCHIEDEN WOHLER, WENN DIESE VERFLUCHTE FLASCHE VON JEMAND ANDEREM BELEGT IST. JETZT JEDOCH ZURÜCK ZUM GESCHICHTENERZÄHLEN. ICH WERDE MIR DREI GESCHICHTEN ANHÖREN. UND ICH WERDE DIEJENIGEN AUSWÄHLEN, DIE SIE ERZÄHLEN. OH, DAS MACHT SPASS! NUN, WEN HABEN WIR DENN DA? SINDBAD?«

»Das ist mein Name!« antwortete Sindbad.

»WIRKLICH NETT VON DIR, DICH FREIWILLIG ZU MELDEN«, erwiderte Ozzie. »UND WAS DEN ZWEITEN GESCHICHTENERZÄHLER BETRIFFT, SO DENKE ICH, DASS ICH DEM MANN DIE EHRE ERWEISEN WERDE, DER MICH BEFREIT HAT.«

»Aber ich bin nur ein einfacher Holzfäller!« widersprach Ali Baba.

»UM SO BESSER«, stimmte ihm Ozzie zu. »OH, ES WIRD MIR SICHER VERGÖNNT SEIN, EUCH AUF DIE GRAUENVOLLSTE ART UND WEISE UMZUBRINGEN! ALL DIE LANGE ZEIT, IN DER ICH IN DIESER FLASCHE EINGESPERRT WAR, HABE ICH MICH AUF DIESEN AUGENBLICK GEFREUT, MÜSST IHR WISSEN.« Er hielt kurz inne, um seinen Blick über die anderen Anwsesenden schweifen zu lassen. »UND NUN ZU UNSEREM LETZTEN GE-

SCHICHTENERZÄHLER. NEIN, NEIN, DU NICHT, HARUN. ICH BIN MIR SICHER, DASS NIEMAND GERNE EIN DUTZEND AUFGEBLÄHTER GESCHICHTEN ÜBER IRGENDWELCHE DARMWINDE HÖREN MÖCHTE, KURZ BEVOR ER STERBEN MUSS. WIE WÄRE ES MIT EINER FRAU?«

»Ich melde mich freiwillig«, rief Marjanah.

»OJE«, erwiderte Ozzie. »NEIN, NEIN. ICH HABE DIR AUS DER FLASCHE HERAUS ZUGEHÖRT. DU BIST VIEL ZU GUT IN SOLCHEN DINGEN. ICH FÜRCHTE, DASS DU SOGAR GEWINNEN KÖNNTEST.«

Er wandte sich der großen Gruppe von Frauen am entgegengesetzten Ende der Höhle zu. »VIELLEICHT JEMAND AUS DEM PALAST.«

Eine kleine, aber außerordentlich schöne Frau trat aus ihrer Mitte hervor und sagte: »Verzeiht mir, o großer und edler Dschinn, aber zu meiner Zeit war ich bekannt dafür, daß ich ein oder zwei Geschichten zu erzählen wußte.«

»AH, UND WAS FÜR EINE NIEDLICHE KLEINE MENSCHENFRAU DU BIST!«, kicherte Ozzie. »JA, ES WIRD MIR SICHER VERGNÜGEN BEREITEN, DICH ALS LETZTES ZU HÖREN, BEVOR ICH JEDEN DER HIER ANWESENDEN TÖTE. ES SEI DENN, IRGENDEINER VON EUCH – EIN LASTENTRÄGER, EIN HOLZFÄLLER ODER EINE KLEINE, SCHÜCHTERNE FRAU – KANN MICH MIT SEINER KUNSTFERTIGKEIT IM ERZÄHLEN VERBLÜFFEN! OH, WIE ICH DIESES SPIELCHEN LIEBE! HAHAHA, EIN LASTENTRÄGER, EIN HOLZFÄLLER UND EINE FRAU! HAHAHA! UND WIE IST DEIN NAME, MEIN KIND?«

»Scheherazade«, lautete die Antwort der Frau.

WAS FÜR EIN SCHÖNER NAME! NUN, ICH HOFFE, KLEINE SCHEHERAZADE, DU FÜRCHTEST DICH NICHT ZU SEHR DAVOR, EINE GESCHICHTE ZU ERZÄHLEN, UM DEINEN TOD HINAUSZUZÖGERN.« Und daraufhin brach der große grüne Dschinn in schallendes Gelächter aus.

Scheherazade jedoch verschränkte nur die Arme vor ihrer Brust, verbeugte sich leicht und lächelte.

Doch damit genug für diesmal.
Wenn Ihr mehr hören wollt, dann müßt Ihr auf
die letzte Geschichte aus
Tausendundeiner Nacht mit dem Titel

SCHEHERAZADE MACHT GESCHICHTEN

warten, die wir Euch bald erzählen werden.

Band 20 245

Angus Wells

Der Götterkrieg

Der Verrückte Gott

Deutsche Erstveröffentlichung

Vor Jahrtausenden wurde Tharn, der Verrückte Gott, zu ewigem Schlaf verdammt. Nur das Arcanum, ein verschollenes Buch, verrät, wie Tharn wieder zum Leben erweckt werden kann. Ausgerechnet dieses Buch gelangt in die Hände eines dunklen Magiers: Rhythamun will mit Hilfe des Verrückten Gottes das Chaos über die Welt bringen, und niemand scheint ihn aufhalten zu können. Calandryll und seine Gefährten Bracht und Katya machen sich dennoch an seine Verfolgung. Doch während sie von zwielichtigen Kräften aufgehalten werden, beginnt der Verrückte Gott bereits zu träumen und sich im Schlaf zu regen . . . Das Schicksal der Welt scheint entschieden.

BASTEI LÜBBE

Sie erhalten diesen Band im Buchhandel, bei Ihrem Zeitschriftenhändler sowie im Bahnhofsbuchhandel.